Diogenes Taschenbuch 30/17

William Faulkner

Wendemarke

Roman
Aus dem Amerikanischen
von Georg Goyert

Diogenes

Titel der Originalausgabe, New York 1935:
›Pylon‹
Copyright © renewed 1962 by William Faulkner
Die deutsche Erstausgabe erschien 1936 bei Rowohlt.
Die Übersetzung wurde für diese Neuedition durchgesehen
und revidiert.
Umschlagzeichnung von Tomi Ungerer.

Inhalt

Einweihung eines Flughafens

EINE GANZE MINUTE lang stand Jiggs in den dünnen Konfetti-Spritzern vom vergangenen Abend, die wie verwehter, schmutziger Schaum am unteren Rand des Schaufensters lagen, wippte leicht auf den Ballen seiner fettfleckigen Tennisschuhe und betrachtete die Stiefel. Im Sonnenlicht, das schräg durch die Spiegelscheibe fiel, ruhten sie in makellosem, unentweihtem Glanz auf ihrem hölzernen Gestell und ließen ihn an Pferde und Sporen und an die gestellten Photos von Jägern denken, wie man sie in den Anzeigen in Zeitschriften sieht. Sie standen neben einem jener Plakate aus Pappe, mit denen sich die Stadt über Nacht neben den rotgoldenen Fahnen, dem zertretenen Konfetti und den zerrissenen Luftschlangen geschmückt hatte ... die gleiche Aufschrift, die gleichen Photographien der schmucken bösartigen zerbrechlichen Flugzeuge, deren Piloten sich in gargantuanischer Beziehungslosigkeit gegen sie lehnten, als wären die Flugzeuge irgendwelche esoterische und verhängnisvolle Tiere, die weder gebändigt noch gezähmt, sondern augenblicklich nur leblos waren, und dann in sauberem Text die Namen und Leistungen – oder die erhofften Leistungen – der Piloten.

Er trat in den Laden. Seine Gummisohlen zischten mit schnellen, dumpfen Stößen über Pflaster und Eisenschwelle und dann über den Ziegelboden dieses Museums mit Glaskästen, die durch eine unirdische tagfarbene Substanz erleuchtet wurden, in der die Hüte, Krawatten und Hemden, die Gürtelschnallen und Manschettenknöpfe, die Taschentücher, die wie Golfkellen geformten Pfeifen, die wie Stiefel und Geflügel geformten Trinkgeräte, die kleinen Schmuckstücke, die man auf Krawatten trägt, und die wie Zäume und Sporen geformten Uhrketten aussahen wie kleine Lebewesen, die man in den unentweihten

Alkohol tat, bevor ihnen eigenes Leben eingehaucht wurde.
»Stiefel?« wiederholte der Verkäufer. »Das Paar im Fenster?«

»Ja«, antwortete Jiggs. »Wieviel?« Der Verkäufer rührte sich nicht. Er lehnte sich gegen den Ladentisch, sah herab in das harte, zähe, kurzkinnige Gesicht mit dem blauschwarzen Bartschimmer und dem langen fadendünnen, eben erst verharschten Schnitt, der vom Rasiermesser herrührte; die heißen, braunen Augen schienen gierig zu funkeln, wie die eines Knaben, der zum erstenmal die Lufträder, Sterne und Schlangen eines nächtlichen Karnevals aus der Nähe sieht; sah auf die schmutzige, schiefsitzende, prahlerische Schirmmütze, den gedrungenen, dicken, muskulösen Körper, der an die Photographien jenes Mittelgewichtschampions des Heeres, des Marinekorps oder der Marine von vor zwei Jahren erinnerte, die billigen Breeches, die anfänglich viel zu weit gewesen waren und jetzt so dicht auf der Haut saßen, als wären beide, sie und ihr Träger, kürzlich hoffnungslos verregnet; sie umschlossen ein Paar kurzer stämmiger, dicker, fester Beine, die an die eines Poloponys erinnerten, und steckten in jetzt sohlenlosen Stiefeln, die durch zwei Riemen unter dem Spann der Tennisschuhe gehalten wurden.

»Zweiundzwanzigeinhalb«, sagte der Verkäufer.

»Gut. Ich nehme sie. Wie lange haben Sie offen?«

»Bis sechs.«

»Verdammt. Dann bin ich noch draußen auf dem Flugplatz. Ich kann erst gegen sieben wieder in der Stadt sein. Kann ich sie nicht dann abholen?« Ein anderer Angestellter trat hinzu, der Geschäftsführer, der Aufseher.

»Dann brauchen Sie sie nicht sofort?« sagte der erste.

»Nein«, antwortete Jiggs. »Kann ich sie nicht um sieben abholen?«

»Um was handelt es sich?« fragte der Geschäftsführer.

»Wünscht Stiefel. Kann aber erst gegen sieben vom Flughafen zurück sein.«

Der zweite sah Jiggs an: »Sind Sie Flieger?«

»Ja«, entgegnete Jiggs. »Aber hören Sie mal, lassen Sie doch jemanden solange hier. Gegen sieben komme ich eben vorbei. Ich brauche sie heute abend.«

Auch der zweite sah herab auf Jiggs' Füße. »Warum wollen Sie sie denn nicht sofort mitnehmen?«

Jiggs antwortete nicht. Er sagte nur: »Dann muß ich eben bis morgen warten.«

»Falls Sie nicht vor sechs hier sein können«, entgegnete der zweite.

»Okay«, meinte Jiggs. »Also gut. Welche Anzahlung verlangen Sie?« Jetzt sahen beide ihn an, sahen in das Gesicht und die heißen Augen: betrachteten die ganze Erscheinung, die klar und deutlich eine unverbesserliche Zahlungsunfähigkeit verriet, die er immer wieder vergaß. »Wenn Sie sie mir zurücklegen. Das Paar, das im Fenster steht.«

Der zweite sah den ersten an. »Wissen Sie denn die Nummer?«

»Die passen schon«, sagte Jiggs. »Wieviel also?«

Der zweite sah Jiggs an: »Bezahlen Sie zehn Dollar, und wir stellen sie Ihnen bis morgen zurück.«

»Zehn Dollar? Na, hören Sie mal! Sie meinen wohl zehn Prozent. Bei einer Anzahlung von zehn Prozent kann ich mir ein Flugzeug kaufen.«

»Sie wollen also zehn Prozent anzahlen?«

»Ja, zehn Prozent. Wenn ich rechtzeitig vom Flughafen zurückkomme, spreche ich im Laufe des Nachmittags noch einmal vor.«

»Das macht dann zweieinviertel«, sagte der zweite. Als Jiggs die Hand in die Tasche steckte, konnten sie ihr, den Fingernägeln und Knöcheln, durch die ganze Tiefe der Tasche folgen, als sähen sie dem Strauß in dem Trickfilm zu, der eine Weckuhr verschluckt. Als Faust kam sie wieder zum Vorschein und öffnete sich um einen zerknüllten Dollarschein und Münzen aller Größe. Er legte den Schein in die Hand des ersten Verkäufers und zählte dann die Münzen auf den Schein.

»Das wären fünfzig«, sagte er. »Fünfundsiebzig. Und fünfzehn macht neunzig und fünfundzwanzig macht ...« Er sprach nicht weiter; er rührte sich nicht mehr, hielt das Fünfundzwanzigcentstück in der linken Hand und in der offenen rechten einen halben Dollar und vier Fünfcentstücke. Die Verkäufer sahen, wie er den Vierteldollar in die rechte Hand legte und dafür die vier Nickelstücke nahm. »Einen Augenblick«, sagte er. »Wir hatten neunzig, und zwanzig macht ...«

»Zwei Dollar zehn Cents«, sagte der zweite. »Nehmen Sie

zwei Fünfcentstücke zurück und geben Sie ihm den Vierteldollar.«

»Zwei und ein Zehnteldollar«, sagte Jiggs. »Genügt das als Anzahlung?«

»Sie selbst schlugen zehn Prozent vor.«

»Genau. Aber wie wär's mit zwei und einem Zehntel?«

»Nehmen Sie es«, sagte der zweite. Der erste nahm das Geld und ging fort. Wieder beobachtete der zweite, wie Jiggs' Hand sich das Bein entlang bewegte, und dann sah er sogar die beiden Münzen auf dem Grund der Tasche durch den schmutzigen Stoff hindurch.

»Wo steht der Autobus zum Flughafen?« fragte Jiggs. Der andere sagte es ihm. Jetzt kam der erste mit dem geheimnisvoll gekritzelten Quittungsdurchschlag zurück; und dann blickten beide in die heißen fragenden Augen.

»Sie stehen für Sie bereit, wenn Sie sie abholen«, sagte der zweite.

»Ja, gut«, antwortete Jiggs. »Aber nehmen Sie sie aus dem Fenster.«

»Wollen Sie sie anprobieren?«

»Nein. Sie sollen nur nicht mehr im Fenster stehen.« Als Jiggs wieder draußen vor dem Fenster war und seine Gummisohlen auf den leichten Konfettispritzern standen, die hilfloser waren als Farbspritzer, da sie weder eigenes Gewicht noch Kohäsionskraft besaßen, die sie irgendwo festgehalten hätten, und schon während der Zeit, die Jiggs im Laden war, weniger, dünner geworden und wie Schaum ein Teilchen nach dem andern in nichts vergangen waren, blieb er stehen, bis die Hand im Fenster erschien und die Stiefel herausnahm. Dann ging er fort, schnell, mit kurzem, strammem, seltsam steifknieigem Gang. Als er in die Grandlieu Street einbog, sah er eine Uhr; er lief jetzt oder ging vielmehr mit den ihm eigentümlichen schnellen, harten Schritten, wie ein Kreisel, der nur eine Schnelligkeit hat; das Zifferblatt der Uhr lag noch im Schatten der gegenüberliegenden Straßenseite, und das bißchen Sonnenlicht war noch hoch, diffus und wurde durch die schwere, feuchte Sumpf- und Marschluft sanft gebrochen. Auch hier lagen Konfetti und zerrissene Luftschlangen in sauber zusammengefegten Schwaden in Mauerecken, waren leicht gegen Gossenränder gedrückt durch die schwemmenden Hydranten der vergangenen Dämmerung, während das rotgoldene Fahnentuch, das durch Schilder mit geheimnisvoller Bedeutung an Türpfosten und Laternenpfählen aufgefangen und gehalten wurde, sich auf seinem Wege in ununterbrochenen Bogen wie Leitungsdraht über seinem Kopf hinzog. Dann bog es rechtwinklig ab, überquerte die Straße und vereinte sich mit dem der gegenüberliegenden Seite, das auch einen Winkel machte, mitten über der Straße und bildete so gleichsam einen bunten, luftigen und bodenlosen Durchgang, der in der Höhe eines ersten Stockwerks über der Erde schwebte und von dem wieder, auf Nesseltuch gedruckt, ein Verbot herabhing, auf dem Jiggs, der jetzt langsamer ging, und sich umdrehte, las: *Grandlieu Street für den Verkehr von acht Uhr abends bis Mitternacht GESPERRT.*

Jetzt konnte er den Autobus am Straßenrand sehen, wo er hielt, wie man ihm gesagt hatte; über dem breiten hinteren Ende des Wagens war an den vier Ecken ein Tuchbanner befestigt, das flog und flatterte, wenn er fuhr; er sah auch das Holzschild am Straßenrand: *Bluehound nach dem Feinman-Flugplatz 75 c.* Der Fahrer stand neben der offenen Tür; auch er sah, wie Jiggs' Knöchel sich durch die Tasche bewegten. »Flughafen?« fragte Jiggs.

»Ja«, antwortete der Fahrer. »Haben Sie schon einen Fahrschein?«

»Ich habe fünfundsiebzig Cents. Genügt das?«

»Fahrschein zum Flughafen. Oder Arbeiterkarte. Die Passagier-Autobusse fahren nicht vor Mittag.« Jiggs sah den Fahrer mit jenem heißen, freundlichen Fragen an, hielt die Hose mit der einen Hand fest, während er die andere aus der Tasche zog. »Arbeiten Sie draußen?« fragte der Fahrer.

»Ja«, erwiderte Jiggs. »Sicher. Ich bin Roger Shumanns Monteur. Wollen Sie meinen Ausweis sehen?«

»Schon gut«, sagte der Fahrer. »Steigen Sie ein.« Auf dem Sitz des Fahrers lag eine gefaltete Zeitung: eine der farbigen, die rosa oder grüne Ausgabe der täglichen Hundswache, deren erste Seite mit Bildern und Ausrufen in dicken, schweren Buchstaben bespritzt war. Jiggs zögerte, beugte sich vor und wandte sich dann um.

»Darf man mal in Ihre Zeitung gucken?« fragte er. Aber der

Fahrer gab ihm keine Antwort. Jiggs nahm die Zeitung, setzte sich auf die nächste Bank und nahm aus der Hemdentasche ein zerknittertes Zigarettenpaket, öffnete es und schüttelte zwei Zigarettenstummel in die andere Hand, tat den längeren wieder in das zerknitterte Papier und steckte es wieder in die Hemdentasche. Den kürzeren Stummel zündete er an, hielt ihn dabei mit vorgestreckten Lippen von seinem Gesicht fern und legte den Kopf auf die Seite, damit die Streichholzflamme ihm nicht die Nase verbrannte. Drei Männer stiegen in den Autobus, zwei trugen Arbeitskleidung, der dritte hatte eine Art Dienstmütze auf, die aus rotgoldenen Stoffstreifen angefertigt oder mit ihnen überzogen war; dann kam der Fahrer und rutschte von der Seite her auf seinen Platz.

»Haben Sie heute nen Kahn im Rennen?« fragte er.

»Ja«, antwortete Jiggs. »Im Rennen für dreifünfundsiebzig Kubikzoll.«

»Wie sieht's aus? Glauben Sie, daß Sie Aussicht haben?«

»Bestimmt, wenn man uns in dem Rennen für zweihundert Kubikzoll fliegen ließ«, antwortete Jiggs. Er zog schnell dreimal hintereinander an dem Zigarettenstummel, als wollte er mit einem Stecken eine Schlange aufspießen, dann schnippte er ihn durch das noch offene Fenster, als wäre es die Schlange, oder auch eine Spinne, und öffnete die Zeitung. »Die Kiste ist veraltet. Vor zwei Jahren war sie noch schnell, aber das ist eben schon zwei Jahre her. Es wäre alles in Ordnung, wenn man nach dem Bau unserer Maschine keine neuen mehr gebaut hätte. Nur ein Flieger wie Shumann konnte die Qualifikation erhalten.«

»Shumann ist wohl gut?«

»Das sind sie alle«, antwortete Jiggs und sah in die Zeitung. Sie breitete ihre fahlgrüne Oberfläche aus: schwer, schwarzbekleckst, staccato: *Flughafen-Einweihung Sonderbericht*; genau in der Mitte das Bild eines dicken, milden, unschuldig sinnlichen Levantinergesichts unter einem breiten Velourshut; der obere Teil eines dicken Körpers war eng und weich in einen doppelreihigen Anzug mit spitzen Aufschlägen geknöpft; in einem der Aufschläge steckte eine Nelke: die Photographie war wie ein Medaillon in einen Rahmen aus Tragflächen und Propellern eingelassen, die außerdem die schildförmige Reproduktion einer Federzeichnung von etwas umgaben, das augenscheinlich in Metall gegossen war und offensichtlich irgendwo existierte. Die erhabene Aufschrift in gotischen Buchstaben lautete:

FEINMAN FLUGHAFEN
NEW VALOIS, FRANCIANA

GEWIDMET DEN
FLIEGERN AMERIKAS UND
COLONEL H. L. FEINMAN
Vorsitzender
des Amtes für Abwässer

*durch dessen unwandelbare Weitsicht und nie
erlahmende Bemühung dieser Flughafen
entstand und aus dem wüsten Land auf dem Grunde
des Lake Rambaud mit einem Kostenaufwand
von einer Million Dollar geschaffen wurde.*

»Dieser Feinman«, sagte Jiggs. »Der muß ja 'n gewaltiger Saukerl sein.«

»Saukerl schon«, antwortete der Fahrer, »und gewaltig könnte man auch sagen.«

»Ja«, entgegnete der Fahrer, »ihm oder sonst wem.«

»Ja«, sagte Jiggs. »Er wird es wohl gewesen sein. Hier und da lese ich seinen Namen.«

»Hier und da, gewiß«, erwiderte der Fahrer. »In Leuchtbuchstaben auf beiden Hallen und auf dem Fußboden und an der Decke der Wartehalle und viermal an jedem Laternenpfahl, und mir erzählte einer, daß auch der Leuchtturm ihn buchstabiert, aber darin kenne ich mich nicht aus, ich habe vom Morsealphabet keine Ahnung.«

»Donnerwetter«, sagte Jiggs. Jetzt erschien plötzlich eine ganze Menge von Männern in Arbeitsanzug oder den rotgoldenen Mützen und begann in den Autobus zu steigen, so daß einstweilen die Szene jenem komischen Film glich, in dem eine ganze Armee in eine Autotaxe steigt und davonfährt. Aber es war Platz für alle, und dann schlug die Tür zu, und der Autobus fuhr ab und Jiggs lehnte sich zurück und sah nach draußen. Der Autobus verließ sofort die Grandlieu Street, und Jiggs beobachtete, wie er zwischen eisernen Balkons versank; er sah schmutzige, gepflasterte Höfe vorbeiflitzen, während der Autobus mit furchtbarem Geratter und schnell durch gepflasterte Straßen, die scheinbar für ihn viel zu eng waren, zwischen niedrigen Backsteinmauern herfuhr, die einen kräftigen, schweren, übersättigten Duft von Fisch, Kaffee und Zucker auszuschwitzen schienen; und neben diesem wurde ein anderer Duft erkennbar, tief, schwach, wie der muffige Rock eines Priesters: irgendein asketischer Duft eines mittelalterlichen Klosters.

Das alles ließ der Autobus bald hinter sich und fuhr dann noch schneller durch eine lange Allee, die von Palmen und Hainen aus bärtigen immergrünen Eichen eingesäumt war; und dann sah Jiggs plötzlich, daß die Eichen nicht in der Erde, sondern in so dickem und regungslosem Wasser standen, daß sie sich nicht spiegelten, als wäre es um die Stämme gegossen und dann hart geworden. Der Autobus fuhr plötzlich an einer Reihe morscher Hütten vorbei, deren vorderer Teil auf dem Muschelboden der Straße ruhte, während der hintere Teil von Stützpfählen getragen wurde, an denen Ruderboote befestigt waren und zwischen denen Netze zum Trocknen hingen; und bevor sie noch weiterflitzten, sah er, daß die Dächer mit dem rauchfarbenen Gewächs gedeckt waren, das von den Bäumen herabhing. Dann fuhr der Autobus schon wieder unter den Eichenzweigen her, von denen das Moos gerade und windstill herabhing wie die Bärte alter Männer, die in der Sonne sitzen. »Du lieber Gott«, sagte Jiggs. »Wer hier kein eigenes Boot hat, kann nicht mal aufs Klo gehn, was?«

»Sind wohl zum erstenmal hier draußen?« fragte der Fahrer. »Woher kommen Sie?«

»Irgendwoher«, antwortete Jiggs. »Wo ich jetzt grad herkomme, ist Kansas.«

»Familie dort?«

»Ja, zwei Kinder. Vermutlich ist meine Frau auch noch da.«

»Sind wohl durchgebrannt?«

»Ja. Es blieb für mich nicht so viel, daß ich mir auch nur einen Schuh hätte sohlen lassen können. Kaum hatte ich Arbeit, dann war sie oder der Sheriff bei dem, für den ich arbeitete, und holt sich das Geld, noch bevor ich sagen konnte, daß ich mit der Arbeit fertig war. Sprang ich mit dem Fallschirm ab, dann hatte bestimmt einer von den beiden das Geld und war auf dem Weg zur Stadt, ehe ich noch die Zugleine ziehen konnte.«

»Ist ja allerhand«, meinte der Fahrer.

»Aber bestimmt«, fuhr Jiggs fort und blickte hinaus auf die nach rückwärts sausenden Bäume. »Dieser Feinman hätte auch noch ein bißchen mehr Geld ausgeben und den Bäumen mal das Haar schneiden lassen können.« Jetzt verließen Autobus und Straße den Sumpf, ohne daß das Gelände sich hob oder zu einem Hügel anstieg; er fuhr nun über eine flache Ebene mit Schneidgras, Zypressen und Eichenstümpfen – eine pockennarbige Einöde aus irgendwelchem häßlichem und augenscheinlich nutzlosem Boden, der dem Sumpf abgerungen war, und durch die wie ein weißes Band die Muschelstraße nach etwas Niedrigem und Totem führte, etwas Niedrigem, Unnatürlichem, irgendeinem Unding, dessen ganzes Aussehen im Augenblick gar nicht ahnen ließ, daß es von Menschen und zu irgendeinem Zweck gebaut worden war. Die dicke, schwere Luft war jetzt voll von einem noch dickeren und schwereren Duft, und doch war nirgendwo Wasser zu sehen; nur das fahle, scharfumrissene Fabelwesen, über dem Wimpel gegen eine weite verdrossene Unendlichkeit wehten, die, wie der Verstand sich sagte, Wasser war, das augenscheinlich durch eine Luftspiegelung von der flachen Erde getrennt war, so daß es aussah, als schwämme das Wesen, das jetzt die Gestalt eines doppelflügeligen Gebäudes annahm, leicht einer wie die apokryphischen, mit Türmen und Zinnen geschmückten Städte in den kolorierten Sonntagsbeilagen, wo unter schwellen- und bodenlosen Bogen Gebäudes annahm, leicht einer wie die apokryphischen zahllos, zwecklos und frei aller Schwerkraft. Der Autobus fuhr an dem niedrigen, breiten Hauptgebäude mit den beiden Hallenflügeln vorbei; es war modern und mit Zinnen versehen, und die Fassade war leicht maurisch oder kalifornisch unter den goldroten Wimpeln, die im Winde, der jetzt vom Wasser herkam, knatternd flatterten und ihm ein luft- und wasserähnliches Aussehen gaben: wie ein Riesenbahnhof für noch nicht geschaute Maschinen einer Zukunft, für die Luft, Erde und Wasser eins sein werden. Und vom Autobus aus gesehen, jenseits eines unglaublich schönen Rasenplatzes, der von einem Labyrinth von Fahrwegen aus Beton durchzogen ist, die Jiggs für die nächsten zwei oder drei Tage nicht als kleinere Wiederholungen der Anlaufbahnen des Feldes selbst erkennen wird, breitete ein nach dem Kompaß gelegtes, mathematisch genaues Monogramm seine zwei großen F nach allen vier Himmelsrichtungen. Über einen dieser Fahrwege fuhr jetzt der Autobus, fuhr langsamer zwischen den blutleeren Trauben aus Lampenkugeln auf bronzenen Pfählen; als Jiggs ausgestiegen war, blieb er stehen und betrachtete die vier F, die in die Quadrate an ihrer Basis eingelassen waren. Dann ging er weiter.

Er ging um das Hauptgebäude und dann weiter über einen langen, rinnenartigen Weg, der vor einer weißen Tür ohne Knopf endete: auch er legte seine Hand auf die Handabdrücke aus Öl oder Fett auf der Tür und ging hindurch, aus schwachem und dumpfem Gemurmel in einen engen Raum, an dessen Wänden sauber geordnet und numeriert allerlei Werkzeuge hingen. Der Raum enthielt eine Waschvorrichtung, eine Reihe Haken, an denen Kleidungsstücke hingen, Hemden und Röcke, eine Hose mit baumelnden Hosenträgern; das übrige waren fettige Arbeitsanzüge aus Baumwolle, von denen Jiggs einen vom Haken nahm und in den er hineinstieg; er sprang ein wenig auf und ab, wobei er den Anzug gleichzeitig über die Schultern zog, und ging dann sofort an eine zweite Tür, die zum größten Teil aus engmaschigem Draht bestand und durch die er jetzt die Halle selbst sehen konnte, eine Höhle aus Glas und Stahl mit Flugzeugen und Rennmaschinen. Wespentaillig, wespenleicht, still, schmuck, bösartig, klein und unbeweglich, schienen sie schwer ohne Gewicht, als wären sie aus Papier und nur dazu gebaut, um auf den Schultern der Männer im Arbeitsanzug zu ruhen, die um sie herumstanden. Mit ihrer weichen, weißen Farbe, die irgendwie durch das stahlgefilterte Licht der Halle gemildert wurde, standen sie bis auf eins ganz und intakt da, denn alles, was die Monteure an ihnen arbeiteten, war so feiner und technischer Natur, daß ein Laienauge nichts davon erkannte. Dem einen aber war die Motorhaube abgenommen, und sein spärliches Eingeweide zeigte sich als ein Gewirr von feinen Wellen und Stangen, deren unendliche Feinheit gerade jene gewichtslose und furchtbare Schnelligkeit bedingte, die, wenn sie auch nur einen Augenblick versagte, den nicht wiederherstellbaren Unterschied zwischen Bewegung und reiner Materie vor Augen führte. Es sah ohne Haube trostloser aus als der halbaufgefressene Kadaver eines Tieres, dem man plötzlich in einem Walde begegnet.

Jiggs blieb stehen, knöpfte den Arbeitsanzug am Hals zu und sah durch die Halle nach den drei Personen, die an der Maschine arbeiteten, – zwei waren gleichgroß, die dritte aber war größer, alle in Arbeitskleidung; eine der beiden kleineren war von einem Klecks wirren mehlfarbenen Haares gekrönt, das selbst von hier aus nicht wie Männerhaar aussah. Er kam nicht sofort näher; immer noch mit seinem Anzug beschäftigt, sah er um sich und erkannte in einer andern Gruppe anderer Arbeiter neben einem andern Flugzeug einen kleinen wergköpfigen Jungen, der in seinem Khaki ein kleineres Abbild der Männer und ebenso mit Öl beschmiert war wie sie. »Lieber Gott«, dachte Jiggs, »nun hat er sich schon wieder ganz mit Öl beschmiert. Laverne wird ihm gründlich den Kopf waschen.« Er kam auf seinen kurzen, stämmigen Beinen näher; schon konnte er den Jungen mit der lauten, selbstsicheren, tragenden Stimme eines verzogenen Kindes aus dem Mittelwesten reden hören. Er kam näher, streckte seine grobe, harte, ölfleckige Hand aus und fuhr dem Jungen mehrere Male etwas derb über den Kopf.

»Nimm dich in acht«, sagte der Junge. Dann fuhr er fort: »Wo warst du denn? Laverne und Roger . . .« Wieder strich Jiggs dem Jungen über den Kopf und dann bückte er sich, hob die Fäuste und zog den Kopf pantomimisch zwischen die Schultern. Aber der Junge würdigte ihn kaum eines Blickes. »Laverne und Roger . . .«, sagte er wieder.

»Wer ist denn heute dein Alter, Junge?« sagte Jiggs. Jetzt kam Leben in das Kind. Ohne den Ausdruck seines Gesichtes zu ändern, senkte der Junge den Kopf, stürzte sich auf Jiggs, auf den er mit den Fäusten einschlug. Jiggs duckte sich, nahm die schwachen Schläge hin, die ihm der Knabe unversöhnlich versetzte. Jetzt hatten sich alle andern Männer umgewandt und sahen zu, wobei sie Schraubenschlüssel, Werkzeuge und Maschinenteile in ihren Händen hielten. »Wer ist denn dein Alter?« sagte Jiggs und wehrte den Jungen ab; und dann hob er ihn hoch und hielt ihn von sich, während er immer noch ergrimmt und zwecklos auf Jiggs' Kopf loshämmerte. »Genug«, rief Jiggs. Er setzte den Jungen auf den Boden und wehrte ihn wieder ab, duckte sich immer noch, wich immer noch aus und war jetzt blind, denn die Schirmmütze war ihm ins Gesicht gerutscht, und die harten, leichten Fäuste des Jungen hämmerten auf die Kappe. »Okay! Okay!« rief Jiggs. »Ich gebe auf. Ich nehme alles zurück.« Er trat zurück und zerrte sich die Kappe aus dem Gesicht; dann erkannte er, weshalb der Junge aufgehört hatte: daß er und ebenso die Männer mit ihren müßigen Werkzeugen, dem isolierten Draht und den Maschinenteilen jetzt nach etwas sahen, das augenscheinlich aus dem Sprechzimmer eines Arztes im Krankenhaus entlaufen und in den erhaschten Kleidern eines betäubten Patienten in die lebendige Welt entwischt war. Er sah ein Wesen, das aufrecht wohl einen Meter fünfundachtzig groß war und vielleicht gegen sechsundachtzig Pfund wog; es trug einen zeit- und farblosen Anzug, als wäre er aus Luft; er war wie die Tragfläche eines Flugzeugs mit der hartgewordenen Ausscheidung, die allem lebendigen Leben anhaftet, wenn es mit der Erde in Berührung kommt, überzogen, blähte sich leicht und ungehindert um ein Gerippe, als hingen beide, der Anzug und sein Träger, an einer flappenden Wäscheleine; ein Mensch, der durch sein verhaltenes, eifriges Gebaren und seine lockeren Glieder an einen halbwüchsigen jungen Setter erinnerte. Er kauerte sich vor dem Knaben nieder, hob die Hände noch drolliger, als Jiggs es getan hatte, doch war diese Drolligkeit bestimmt nicht beabsichtigt.

»Los, Dempsey«, sagte der Mann. »Wie wär's, wenn wir um ein Eis ein paar Runden machten?« Der Junge rührte sich nicht. Er war nicht mehr als sechs Jahre alt, doch betrachtete er die Erscheinung vor sich mit der erstaunten, ruhigen Unbeweglichkeit eines Erwachsenen. »Na, wie wär's damit?« fragte der Mann wieder.

Der Junge rührte sich immer noch nicht. »Fragen Sie ihn mal, wer sein Alter ist«, sagte Jiggs.

Der Mann sah Jiggs an. »Was sein Alter ist?«

»Nein. Wer sein Alter ist.«

Jetzt betrachtete die Erscheinung Jiggs mit einer Art betroffener Unbeweglichkeit. »Wer sein Alter ist?« wiederholte er. Er sah Jiggs immer noch an, als der Junge sich auch schon auf ihn stürzte; er schlug mit den Fäusten auf ihn ein; sein kleines Gesicht war grimmig und kaltblütig zum Mord entschlossen. Der Mann, der sich immer noch bückte, sah Jiggs immer noch an; Jiggs und den andern Männern klang es, als schlügen die Fäuste des Jungen auf Holz, als hingen Haut und Anzug des Mannes über einem Stuhl. Der Fremde duckte sich, wich aus und versuchte, sein Gesicht zu schützen, wobei er immer noch mit leerem Staunen Jiggs ansah und wiederholte: »Wer sein Alter ist? *Wer sein Alter ist?*«

Als Jiggs schließlich das haubenlose Flugzeug erreichte, hatten die beiden Männer den Vorverdichter schon ausgebaut und auseinandergenommen. »Hast wohl deine Großmutter begraben oder wo warst du?« sagte der Größere.

»Habe drüben mit Jack gespielt«, erwiderte Jiggs. »Und wenn du mich hier nicht gesehen hast, dann deshalb, weil hier keine Weiber sind, bei denen ich mal ein Auge riskieren könnte.«

»So?« fragte der andere.

»Ja«, antwortete Jiggs. »Wo ist der Schraubenschlüssel, den wir in Kansas City kauften?« Die Frau hatte ihn in der Hand; sie reichte ihn ihm und fuhr sich mit dem Handrücken quer über die Stirn und hinterließ dabei eine Ölspur auf und in ihrem mehlfarbenen, starken Haar, fahl wie Mais in Iowa. Dann begann er mit der Arbeit; einmal blickte er sich um und sah, wie sich die Erscheinung, auf deren Schultern der Knabe jetzt ritt, zwischen die Köpfe und schmierigen Rücken beugte, die wieder an dem andern Flugzeug beschäftigt waren, und als er und Shumann den Vorverdichter wieder in die Maschine einsetzten, blickte er sich wieder um und sah die beiden, der Junge ritt immer noch auf den Schultern des Mannes, durch die Tür der Halle zum Rollfeld gehen. Dann setzten sie die Haube wieder auf, Shumann stellte den Propeller horizontal; und Jiggs hob ohne Schwierigkeit den Schwanz des Flugzeugs, drehte ihn schon, damit er durch die Tür käme, während die Frau zurücktrat, um die Tragfläche an sich vorbeizulassen. Dann sah sie sich in der Halle um.

»Wo ist denn Jack geblieben?« fragte sie.

»Draußen, beim Rollfeld«, antwortete Jiggs. »Mit dem Mann von eben.«

»Welchem Mann?«

»Dem langen Kerl. Sagt, er wäre Reporter. Der sieht so aus, als hätte er gestern abend nicht mehr rechtzeitig den Kirchhof erreicht.« Das Flugzeug wurde an ihr vorbeigetragen, bog jetzt wieder hinein in den dünnen Sonnenschein; hoch und augenscheinlich ohne Gewicht ruhte der Schwanz auf Jiggs' Schulter, seine dicken Beine bewegten sich unter ihm mit harten, kolbenartigen Stößen, während Shumann und der größere Mann die Tragflächen hielten.

»Einen Augenblick«, sagte die Frau. Aber sie blieben nicht stehen, und sie überholte den weitergehenden Schwanz, ging vorbei und erreichte bald die auf Kippe stehende Tür des Führersitzes und ging mit ihrem Bündel, das fest in einen dunklen Sweater gehüllt war, weiter. Das Flugzeug wurde weitergetragen; schon ließ die Bedienungsmannschaft mit den rotgoldenen Mützen das Absperrseil auf das Feld herunter: und jetzt hatte auch die Kapelle angefangen zu spielen, und man hörte sie zweimal: einmal das schwache, leichte, fast luftgleiche Bum-Bum-Bum von da, wo die Sonne auf den wirklichen Instrumenten auf der Plattform gegenüber dem Tribünenabschnitt mit den reservierten Plätzen funkelte, und dann, wo der entkörperte Lärm ehern, metallisch und laut aus dem Lautsprecher ertönte, der der Schranke gegenüberstand. Sie wandte sich um und ging wieder in die Halle, trat beiseite, um ein anderes Flugzeug und seine Mannschaft vorbeizulassen. Sie sprach einen der Männer an: »Mit wem ist Jack fortgegangen, Art?«

»Das Gerippe?« entgegnete der Mann. »Sie wollten zusammen Eis essen. Er sagt, er sei Reporter.« Sie ging weiter, durch die Halle und die Tür aus Maschendraht und in den Werkzeugraum mit seinen Haken, von denen die Röcke und die Hemden und jetzt auch noch ein steifer Leinenkragen und ein Schlips herabhingen, wie man beide wohl auf dem Haken in einem Barbierladen sieht, in dem ein Prediger sich rasieren läßt, und die sie als dem Mann gehörig erkannte, der mit seiner Stahlbrille aussah wie ein Wanderprediger und der vor zwei Monaten in Miami das Graves-Trophy-Rennen gewonnen hatte. Diese Tür hatte weder Schloß noch Haken, und die andere, durch die Jiggs hereingekommen war, hing bis auf die öligen Fingerspuren ganz glatt in den Angeln. Kaum eine Sekunde lang stand sie vollkommen still, betrachtete die zweite Tür, während ihre Hand schnell dort über die Türfläche strich, wo eigentlich Schloß oder Haken hätten sein sollen. Das dauerte kaum eine Sekunde, dann ging sie in die Ecke, in der die Waschvorrichtung stand – eine ölfleckige Schale, ein Stück Seife, das aussah wie Lava, ein Metallbehälter für Papierhandtücher – und legte ihr Bündel sorgfältig auf den Fußboden, dicht an die Wand, wo der Fußboden am saubersten war; dann richtete sie sich wieder auf und sah einen Augenblick lang – es war weniger als eine Sekunde – wieder nach der Tür – eine Frau, nicht groß und nicht mager, die in dem schmierigen Arbeitsanzug fast wie ein Mann aussah, mit fahlem, struppigem, wirrem Haar, das dort dunkler war, wo es von der Sonne verbrannt war, ein gebräuntes, starkkieferiges Gesicht, in dem die Augen wie Porzellanstücke wirkten. Es war kaum ein Augenblick; sie rollte die Ärmel zurück, schüttelte die Falten frei und los, öffnete das Arbeitszeug am Hals und zog es über die Schultern zurück, wie sie es schon mit den Ärmeln getan hatte, und ging dabei offensichtlich und augenscheinlich so zu Werke, daß sie ihre schmutzige Kleidung nicht mehr als eben nötig zu berühren brauchte. Dann rieb sie Gesicht, Hals und Unterarme mit der harten Seife, spülte mit Wasser nach, trocknete sich ab, bückte sich, wobei sie die Arme von dem Arbeitsanzug fernhielt, und öffnete den zusammengerollten Sweater auf dem Fußboden. Er enthielt einen Kamm, einen billigen Toilettekasten aus Metall und ein Paar Strümpfe, die ihrerseits in ein sauberes weißes Männerhemd gewickelt waren, und einen abgetragenen wollenen Rock. Sie benutzte Kamm und Spiegel aus dem Toilettekasten und rieb dann wieder an der Ölspur auf der Stirn. Dann knöpfte sie das Hemd auf, schüttelte den Rock aus, breitete Papierhandtücher über das Waschbecken und legte die Kleidungsstücke, mit den Öffnungen nach oben und sich zugewandt, darauf; dann faßte sie die oberen Ränder des Vorderteils des Arbeitsanzugs mit zwei Papierhandtüchern, zögerte einen Augenblick und sah wieder nach der Tür: ein einziger stiller, kalter Blick, ohne Zögern, Interesse oder Bedauern, während das schwache Dröhnen der Kapelle in klanglosen Stößen und Geschmetter selbst bis hierher drang. Dann wandte sie den Rücken leicht nach der Tür und trat mit derselben Bewegung, mit der sie nach dem Rock griff, in einem Paar brauner Straßenschuhe, die jetzt nicht mehr neu waren und die, als sie es waren, nicht viel gekostet hatten, und einer dünnen, kurzen Männerunterhose aus Baumwolle und sonst nichts, aus dem Arbeitszeug.

Jetzt krachte die erste Startbombe ... ein knarrendes Getöse, auf das ein leichter, bösartiger Knall folgte, als habe die Bombe eine zweite, kleinere in der jetzt leeren Halle und in der Rotunde zur Explosion gebracht. In der hochgewölbten Stahlleere vermillionenfachte sich der eine Knall; laut und überall krachte er unter der konkaven Decke, als wären es unsichtbare geflügelte Wesen jenes noch nicht geschauten Morgen, Maschinenwesen, nicht aus Blut, Knochen und Fleisch, die miteinander in bösen, hohen Ausrufen sprachen, als verabredeten sie einen Angriff auf etwas, das unter ihnen war. Auch in der Rotunde stand ein Lautsprecher und durch ihn füllte das Getöse der Flugzeuge, die die Wendemarke des Flugfeldes umflogen, Rotunde und Restaurant, in dem die Frau und der Reporter saßen, während der Junge die zweite Portion Eis beendete. Der Lautsprecher übertönte durch des Ansagers harte, männliche und körperlose Stimme sogar das Gescharre der Füße in Rotunde und Restaurant, während die Menge schob und drängte und durch die Tore auf das Feld sickerte. Wurde eine Etappe erreicht, dann ertönte das ansteigende und wieder vergehende Geknatter und Gesurre der Motoren, wenn die Flugzeuge im Steilflug aufstiegen, in die Kurve gingen und das Murren und Schlurren der Füße auf Steinboden und die Stimme des Ansagers, die laut in der gewölbten Muschel aus Glas und Stahl in fortlaufendem Kommentar widerhallte, auf den augenscheinlich niemand hörte, als wäre sie irgendeine unausweichbare, merkwürdige Naturerscheinung, wie das Tosen des Windes oder die Erosion, sich selbst überließen. Dann fing die Kapelle wieder an zu spielen; schwach und fast albern klang sie hinter und unter der Stimme, als wäre die Stimme selbst die Naturerscheinung, vor der alle von Menschen geäußerten Laute und Geräusche vergingen und wie Blätter verwehten. Dann wieder die Bombe, das schwache, harte Schlagen, und wieder das Geknatter von Motoren, albern und sinnlos wie die Kapelle, als wären sie, wie die Kapelle, nur unbedeutende Nebenerscheinungen, deren die Stimme zur Erhöhung der Begeisterung bedurfte, wie der Zauberer seines Taschentuches oder Zauberstabes.

»... damit endet die zweite Nummer, der Rennflug in der Zweihundert-Kubikzoll-Klasse. Die genaue Zeit des Siegers wird Ihnen bekanntgegeben, sobald die Schiedsrichter sie melden. Unterdessen will ich mich kurz über die einzelnen Nummern des Nachmittagsprogramms zum Nutzen derer äußern, die zu spät gekommen sind oder kein Programm gekauft haben, das nebenbei für fünfundzwanzig Cents bei jedem Helfer, der eine rotgoldene Fastnachtsmütze trägt, gekauft werden kann...«

»Ich habe eins«, sagte der Reporter. Er zog es zusammen mit einer Menge unbeschriebenen gelben Papiers und einer gefalteten Morgenzeitung aus derselben Tasche seines unansehnlichen Rocks... ein Blatt mit kaum lesbaren vervielfältigten Buchstaben, das schon öfters geöffnet und wieder zusammengefaltet worden war.

Donnerstag (Einweihungstag)

2.30 nachmittags: Fallschirmabsprung mit Ziellandung. Preis 25 Dollar.

3.00 nachmittags: 200-Kubikzoll-Rennen. Mindestgeschwindigkeit 100 Meilen pro Stunde; Preis 1500 Dollar (1) 45 %, (2) 30 %, (3) 15 %, (4) 10 %.

3.30 nachmittags: Kunstflug. Jules Despleins, Frankreich. Leutn. Frank Burnham, Vereinigte Staaten.

4.30 nachmittags: Geschwindigkeits-Konkurrenz, 375 Kubikzoll. Mindestgeschwindigkeit 160 Meilen pro Stunde (1, 2, 3, 4).

5.00 nachmittags: Fallschirmabsprung mit verzögerter Öffnung.

8.00 nachmittags: Besondere Fastnachtsnummer. Raketenflugzeug. Leutn. Frank Burnham.

»Behalten Sie es«, sagte der Reporter. »Ich brauche es nicht.«

»Danke«, entgegnete die Frau. »Ich kenne die Reihenfolge.«

Sie sah nach dem Jungen. »Nun beeile dich doch«, sagte sie. »Du hast schon mehr gegessen, als du vertragen kannst.« Auch der Reporter sah nach dem Jungen, mit jenem verhaltenen, eifrigen, leichenhaften Ausdruck; er beugte sich auf dem morschen Stuhl vor in einer Haltung, die zugleich leblos, unsicher und leicht ausbalanciert war, als wollte er gewaltsam und endgültig aufbrechen, wie eine Vogelscheuche in einem Winterfeld. »Ich kann ihm doch nur etwas zu essen kaufen«, sagte er. »Wollte ich ihm das Luftrennen zeigen, so wäre das genau so, als nähme ich ein Füllen mit in den Washington Park. Sie stammen aus Iowa, und Shumann wurde in Ohio und er in Kalifornien geboren und ist viermal durch die Staaten gefahren, von Kanada und Mexiko ganz zu schweigen. Lieber Gott! Er könnte mich mitnehmen und mir allerhand zeigen, nicht wahr?« Aber die Frau sah nach dem Knaben und schien seine Worte überhaupt nicht gehört zu haben.

»Beeile dich. Iß es auf oder laß es stehn.«

»Und dann gibt's etwas Zuckergebäck«, sagte der Reporter. »Was, Dempsey?«

»Nein«, antwortete die Frau. »Er hat nun genug gehabt.«

»Aber vielleicht für später«, meinte der Reporter. Jetzt sah sie ihn an: fahl, ohne Neugierde, vollkommen ernst, vollkommen mutlos war ihr Blick, als er nun aufstand und sich in Bewegung setzte, dürr, schlaksig, gewichtslos und plötzlich und länger als eine Latte; der unansehnliche Anzug blähte sich sogar in dieser windstillen und angewärmten Luft, als er nach dem Stand mit dem Zuckergebäck ging. Das Schlurren und Murmeln der Füße in der Vorhalle und das Geklirr und Geklapper von Porzellan im Restaurant übertönte immer noch die Stimme des Lautsprechers, tief und mühelos, als wäre sie die Stimme dieses Mausoleums aus Stahl und Chrom, die von Wesen berichtete, die mit Bewegung, wenn auch nicht mit Leben begabt sind, die dem kleinen, kriechenden und in Qual verstrickten Erdball unfaßbar sind und kein Leid kennen, die vollständig und augenblicklich empfangen und geboren werden; listig sind sie, verschlagen und tödlich, stammen aus einer dunklen, eisernen Fledermaushöhle, aus den Uranfängen der Erde.

»... Einweihungs-Rennen, Feinman Million-Dollar-Flughafen. New Valois, Franciana, unter dem Protektorat des amerikanischen Aero-Klubs. Und nun die offizielle Bekanntgabe der Sieger im Zweihundert-Kubikzoll-Rennen, das Sie eben miterlebt haben ...« Jetzt mußten sie gegen den langsamen Strom vordringen; die Torwächter (sie trugen außer der Mütze auch rotgoldene Jacken) wollten sie nicht passieren lassen, weil die Frau und das Kind keine Eintrittskarte hatten. Sie mußten umkehren und durch die Halle gehen, um das Rollfeld zu erreichen. Und hier traf sie wieder die Stimme ... die bisher noch nicht geschwiegen hatte. Nur waren sie durch sie hindurchgegangen, ohne sie zu fühlen oder zu hören, wie durch Sonnenschein; auch die Stimme war fast ebenso ursprungslos wie das Licht. Jetzt krachte auf dem Rollfeld die dritte Bombe, und Jiggs, der mit andern Monteuren in der Nähe der für das nächste Rennen startbereiten Flugzeuge stand, blickte über das Rollfeld und erkannte die drei ... die Frau in einer Haltung unaufmerksamen Hörens, das kein Zuhören war, den Vogelscheuchenmann, der, wie Jiggs sogar von hier aus erkennen konnte, dauernd redete und dann und wann gestikulierte, und den kleinen Khaki-Fleck des Arbeitsanzuges des kleinen Jungen, der hoch oben auf seiner Schulter ritt und dessen kleine Hand glücklich und zufrieden einen kaum angebissenen Riegel Schokolade hielt. Sie gingen weiter, und Jiggs sah sie noch zweimal, das zweitemal fiel der Schatten des Kopfes des Mannes und des kleinen Jungen unglaublich weit östlich über das Rollfeld. Dann rief ihn der größere Mann an, und schon setzten sich die fünf Flugzeuge, die das Rennen flogen und deren Schwänze hoch auf den Schultern ihrer Mannschaften ruhten, zur Startlinie hin in Bewegung.

Als er und der größere Mann auf das Rollfeld zurückkehrten, spielte die Kapelle immer noch. Die Lautsprecher, die in regelmäßigen Abständen längs des Randes des Rollfeldes vor den hellen Tribünen mit der wehenden Linie rotgoldener Wimpel standen, stießen Fetzen geisterhafter und allgegenwärtiger Laute aus, die, während Jiggs und die andern an ihnen vorbeigingen, ohne an Kraft zu verlieren oder an Sinn und Wohlklang zu gewinnen, ineinander erstarben. Jenseits der Lautsprecher und des Rollfeldes lag das flache Dreieck jener dem Wasser abgerungenen und gequälten Erde, die mit langsamer, mechanischer Gewalt an die Luft und in anderes Licht gezerrt worden war – die weite Fläche des vergewaltigten Sees, eingekerbt durch das Bett aus versteinerten Austern und Garnelen, auf dem die unbefleckten Anlaufbahnen aus Beton in der Form von zwei sich steif umarmenden großen F lagen; auf einer von ihnen standen die sechs Flugzeuge wie sechs regungslose Wespen; die schrägstehende Sonne funkelte auf ihrer weißen, hellen Farbe und dem schwachen Surren der Propeller. Jetzt hörten die Kapellen auf zu spielen; die Bombe erblühte wieder am fahlen Himmel und verging schon wieder, bevor noch das knarrende Getöse, das dünne boshafte Krachen des Widerhalls ertönte; und jetzt wieder die Stimme, lauter und überall, lauter sogar als das Gesurr und Geknatter der Motoren der sechs Flugzeuge, die sich schräg und einzeln erhoben, gemeinsam hinstrebten nach der sie trennenden Wendemarke draußen im See:

»... vierte Nummer. Geschwindigkeits-Konkurrenz, dreihundertfünfundsiebzig Kubikzoll, fünfundzwanzig Meilen, fünf Runden, Preis dreihundertfünfundzwanzig Dollar. Ich gebe Ihnen die Namen der Wettkämpfer, wie sie nach Ansicht der hier anwesenden Piloten herauskommen werden. Erster und zweiter werden wohl Al Myers und Bob Bullitt, in Nummer zweiunddreißig und Nummer fünf. Sie brauchen nur zu wählen. Ihre Vermutung ist so gut wie unsere; sie sind beide gute Flieger – Bullitt gewann im Dezember in Miami das Graves Trophy gegen ein starkes Feld – und beide fliegen eine Chance Special. Es kommt auf den Flieger an, und ich will niemanden durch meine Vermutung erzürnen. – Haben Sie's gehört, Charlie? Ich meine Mrs. Bullitt. Auch die anderen Jungens sind in Ordnung, aber Bullitt und Myers haben die besten Kisten. Nach meiner Meinung wird Jimmy Ott als dritter herauskommen, während Roger Shumann und Joe Grant als letzte landen, weil, wie ich schon sagte, die andern Jungens die besseren Kisten haben. – Da sind sie, kommen rein von der Wendemarke im See, und ... richtig, Myers und Bullitt fliegen an der Spitze und Ott ist dicht hinter ihnen und Shumann und Grant liegen ziemlich weit zurück. Und jetzt haben sie gleich die erste Wendemarke erreicht.«

Die Stimme klang fest, vergnügt, selbstsicher; sie hatte in Amerika einen Ruf als Ansager für Luftrennen, wie andere für Fußball, Musik oder Boxkämpfe. Der Ansager, der selbst Flieger war, stand hüfthoch zwischen den Mützen und Hörnern auf der Musiktribüne unter den reservierten Sitzen, barhaupt, in einer etwas zu eleganten Tweedjacke, die eher an die Hollywood Avenue als an Madison erinnerte, das bescheidene geflügelte Abzeichen eines guten soliden Fliegerklubs auf dem Rockaufschlag. Als er in das Mikrophon sprach, wandte er sich ein wenig den Logenplätzen zu. Jetzt knatterten die Flugzeuge heran, nahmen die Kurve um die Wendemarke auf dem Felde und verschwanden wieder eins nach dem andern.

»Da drüben ist Feinman«, sagte Jiggs. »Auf der gelbblauen Kanzel. Der in dem grauen Anzug und mit der Blume. Der mit den Frauen. Ja, der spielt nun den Haupthahn.«

»Ja«, entgegnete der größere Mann. »Aber sieh mal da drüben. An der nächsten Wendemarke hat Roger den Kerl überholt.« Wenn auch Jiggs nicht sofort hinsah, so tat es die Stimme, fast noch bevor der größere Mann gesprochen hatte, als wäre sie irgendwie allwissend, als brauche sie nicht erst zu sehen:

»Leute, Leute, auf das Rennen war niemand vorbereitet. Es sieht ganz so aus, als wollte Roger Shumann versuchen, den Brüdern zu zeigen, was eine Harke ist. An der Wendemarke ist er wahrscheinlich schon auf dem dritten Platz; an der Wendemarke im See hat er gerade Ott abgehängt. Wir wollen ihn uns mal etwas näher betrachten. Befindet sich Mrs. Shumann irgendwo unter den Zuschauern? Vielleicht weiß sie, was Roger sich heute vorgenommen hat. Ein armseliger vierter an der ersten Wendemarke und nun an der dritten Etappe schon dritter – oh! oh! Seht nur mal, wie er die Marke nimmt. Wenn wir jetzt ganz unter uns wären, dann sagte ich, jemand hätte Roger ein Feuerchen irgendwohin gemacht: vielleicht war Mrs. Shumann die Brandstifterin. Lieber, guter Roger! Hoffentlich kannst du Ott auch weiter abhängen, aber Ott hat einen besseren Kahn, Leute. Darüber müssen wir uns von vornherein klar sein. Nein; einen Augenblick – einen A-u-g-e-n-b-l-i-c-k; Leute, jetzt versucht er, Bullitt zu überholen, Donnerwetter, wie er die Marke nahm! Leute, bei dieser Runde ist er Bullitt dreihundert Fuß nähergekommen. Aufgepaßt! an der nächsten Marke will er Bullitt abhängen – jetzt, jetzt, jetzt – Achtung! ACHTUNG! Er holt bei den Wendemarken immer wieder auf, Leute, weil er weiß, daß er auf der Geraden keine Aussicht hat, ah! Beobachten Sie ihn jetzt, vom vierten Platz so weit nach vorn, in vierundeinhalb Etappen, und jetzt überholt er Bullitt, wenn er sich an der nächsten nicht die Tragflächen abstößt. Jetzt kommen sie ran! Oh! Oh! Befindet sich Mrs. Shumann irgendwo unter den Zuschauern? Vielleicht hat sie Roger gesagt, er brauche ohne den Preis überhaupt nicht wieder nach Hause zu kommen. So, Leute, jetzt, Leute: Myers macht das Rennen, und zweiter wird entweder Shumann oder Bullitt, Shumann oder . . . Shumann hat's geschafft, und zwar in einem Rennen, wie's noch keiner geflogen hat.«

»Das hätte er glücklich geschafft«, sagte Jiggs. »Gut, daß er den Zaster reingeholt hat, sonst säßen wir heute abend mit knurrendem Magen in unserem Bau. Los. Ich will dir helfen, den Fallschirm anlegen.« Aber der größere Mann sah über das Rollfeld. Auch Jiggs blieb stehen und sah den Khakianzug des Jungen hoch über den Köpfen unter dem Musikstand reiten; die Frau aber sah er nicht. Die sechs Flugzeuge, die sechs Minuten lang eins nach dem andern der Bahn in gleicher Höhe und in fast derselben Ordnung gefolgt waren, als wären sie Perlen an derselben Schnur, spritzten jetzt in einem Umkreis von zwei oder drei Meilen in den Himmel, als hätte die letzte Wendemarke sie wie ebenso viele Papierschnitzel auseinandergetrieben, und kamen heran, um zu landen.

»Wer ist der Kerl eigentlich?« fragte der größere Mann. »Dauernd ist er um Laverne herum.«

»Der Lazarus?« fragte Jiggs. »Du lieber Gott, wenn ich er wäre, hätte ich Angst, auch nur ein Glied zu rühren. Ich hätte sogar Angst, aus dem Bett aufzustehen, als wäre ich ein Schraubenschlüssel aus Glas oder sonst was. Aber komm! Dein Fahrer wärmt schon an und wartet auf dich.«

Einen Augenblick lang sah der größere Mann traurig über das Rollfeld. Dann wandte er sich um. »Hol die Schirme und laß auch den Sack bringen; ich will . . .«

»Liegt schon alles bereit im Kahn«, sagte Jiggs. »Hab sie schon hingebracht. Nun los!«

Der andere setzte sich in Bewegung, blieb dann aber wieder stehen. Mit traurigem, hübschem Gesicht blickte er auf Jiggs herab. Die Züge seines Gesichts waren regelmäßig, brutal mutig, sein Ausdruck lebendig, wenn auch nicht besonders intelligent, nicht besonders stark. Die dunklen Ringe ausschweifenden Lebens unter den Augen schienen von einem kundigen Schminker angebracht zu sein. Er trug einen kurzen Schnurrbart über einem Mund, der viel zarter und sogar weiblicher war als der der Frau, die er und Jiggs Laverne nannten. »Was?« sagte er. »*Du* hast den Fallschirm und den Sack mit Mehl an den Kahn gebracht, *du*?«

Jiggs blieb nicht stehen. »Du bist doch gleich dran. Bist du fertig? Es wird schon spät. Worauf wartest du noch? Bis die Grenzlichter oder die Landebahnlichter brennen? Oder willst du beim Schein des Leuchtfeuers landen?«

Der andere setzte sich jetzt in Bewegung, folgte Jiggs über das Rollfeld bis dahin, wo ein Flugzeug, ein Verkehrsflugzeug mit laufendem Motor, dicht hinter der Schranke stand. »Vermutlich bist du auch schon auf dem Büro gewesen und hast meine fünfundzwanzig Dollar abgeholt und mir auch noch auf diese Weise Zeit gespart«, sagte er.

»Gut. Auch das will ich besorgen«, entgegnete Jiggs. »Nun komm! Der Bruder vertut den Brennstoff; der wird versuchen, dir sechs anstatt fünf anzukreiden, wenn du ihn nicht abstellst.« Sie gingen dahin, wo das Flugzeug auf sie wartete; der Pilot saß schon im Führersitz, die schon niedrige Sonne wurde durch die unsichtbaren Propellerflügel gebrochen, die in schwachem, kupferfarbenem Nimbus um seine Nase schimmerten. Die beiden Fallschirme und der Sack mit Mehl lagen auf dem Boden daneben. Jiggs nahm sie einzeln auf, während sich der andere den Anschnallgurt anlegte; dann bückte er sich, machte sich flink wie ein Wiesel an den Haken und Riemen zu schaffen, wobei er immer vor sich hinredete: »Ja, er hat den Zaster reingeholt. Hoffentlich werde ich heute abend auch was in die Finger bekommen. Wenn ich doch einmal weiter als zwei Dollar zählen könnte.«

»Versuche nur nicht, es wieder an meinen fünfundzwanzig zu lernen«, sagte der andere. »Hole sie ab und verwahre sie, bis ich zurückkomme.«

»Was sollte ich schon mit deinen fünfundzwanzig anfangen?« meinte Jiggs. »Wo Roger gerade dreißig Prozent von dreihundertfünfundzwanzig gewonnen hat. Wie sehen deine fünfundzwanzig Dollar daneben aus?«

»Gar nicht so ohne«, antwortete der andere. »Das Geld, das Roger gewonnen hat, gehört nicht mir, wohl aber diese fünfundzwanzig. Vielleicht ist es besser, du holst sie nicht ab. Das besorge ich lieber selbst.«

»Ja«, sagte Jiggs, der geschäftig auf seinen kurzen, strammen Beinen umhersprang und eben eine Schnalle des Reservefallschirms in Ordnung brachte. »So, das wäre wieder mal in Ordnung. Wir können heute abend wieder essen und schlafen . . . okay.« Er trat zurück und der andere watschelte steif zum Flugzeug. Der Kontrolleur kam mit seinen Papieren, notierte ihre Namen und die Nummer des Flugzeugs und ging dann wieder.

»Wo willst du landen?« fragte der Pilot.

»Ist mir ganz einerlei«, antwortete der Fallschirmspringer. »Irgendwo in den Vereinigten Staaten, nur nicht im See.«

»Wenn du merkst, daß du in den See gerätst«, sagte Jiggs, »dann fliegste wieder rauf und springst noch einmal ab.«

Sie achteten weiter nicht auf ihn. Sie blickten beide hinauf in den hohen, schlaftrunkenen Azur, der schon endgültig in Nacht überging. »Da oben ist es sicher jetzt ganz ruhig«, meinte der Pilot. »Ich fliege über die Dächer der Halle, dann kannst du landen, wo du willst.«

»Gut«, entgegnete der Springer. »Nun mal los!« Während Jiggs ihn schob, kletterte er auf die Tragfläche und von da in den vorderen Sitz. Jiggs reichte ihm den Sack mit Mehl hinauf, und der Springer nahm ihn auf den Schoß, als wäre es ein Kind. Mit seinem traurigen, humorlosen, hübschen Gesicht sah er genau so aus wie der junge Mann in der Komödie, der von seinem Mädchen an einer Straßenecke überrascht wird, als er ein fremdes Kind auf dem Arm hat. Das Flugzeug begann sich in Bewegung zu setzen; Jiggs trat zurück, als sich der Springer herausbeugte und rief: »Mit dem Geld, das besorge ich selbst, verstanden?«

»Okay, Junge«, antwortete Jiggs. Das Flugzeug watschelte hinaus auf die Anlaufbahn, drehte und hielt dann; wieder erblühte die Bombe, der weiche, langsame Klumpen Baumwollwatte, gegen den weichen, undeutlichen Seenebel, wo der

Abend noch eine Zeitlang zu warten schien, bevor er sich herniedersenkte; wieder der Knall, der Stoß und das Schnarren, das sich zweimal an den Tribünen brach, als wenn der Knall noch einmal ertönte, bevor er Echo wurde. Und nun wandte sich Jiggs um, als hätte auch er auf dieses Signal gewartet, und fast parallel begannen er und das Flugzeug sich in Bewegung zu setzen ... der untersetzte entschlossene Mensch und die Maschine, die schon beidrehte, sich erhob, in langer Steilkurve hochstieg. Sie war schon zweitausend Fuß hoch, als sich Jiggs an den rotgoldenen Wächtern am Haupteingang vorbeischob und durch die in dem Durchgang unter den reservierten Sitzen zusammengepferchte Menge drängte. Irgend jemand zupfte ihn am Ärmel.

»Wann springt denn der Mann aus dem Fallschirm?«

»Nicht bevor er wieder unten ist«, antwortete Jiggs und drängte an den andern rotgoldenen Wächtern vorbei bis in die Rotunde und nicht in die Stimme des Lautsprechers, weil er sich noch nicht aus ihr herausbewegt hatte:

»... steigt noch immer höher; der Kahn hat noch einen weiten Weg vor sich. Und dann sehen Sie einen lebendigen Menschen, wie Sie selbst, einen Menschen, wie die Hälfte von Ihnen selbst und den die andere Hälfte Ihrer selbst vermutlich gern hat, der sich in den Raum stürzt und fast vier Meilen in die Tiefe saust, bevor er die Zugleine des Fallschirms zieht; unter Zugleine versteht man den Haken, der ...« Als Jiggs hinter der Schranke war, blieb er stehen, blickte schnell um sich, stemmte sich unbeweglich gegen den jetzt verhältnismäßig schwachen Menschenstrom, der immer noch nach dem Rollfeld drängte und sich mit verblüfften, erstaunten Stimmen unterhielt:

»Was gibt es denn jetzt? Was machen sie denn jetzt da drüben?«

»Einer springt aus zehn Meilen Höhe aus einem Fallschirm.«

»Hoffentlich bald«, sagte Jiggs. »Vielleicht öffnet er sich, bevor er noch rausspringen kann.« Die mit Dämmerung gefüllte Rotunde wurde jetzt durch ein weiches, quellenloses Licht von unirdischer Farbe oder Substanz erleuchtet, das keine Schatten warf: geräumig, angenehm, klangvoll und klösterlich, wo Relief oder Wandmalerei oder Bronze und Chrom, geschickt mit

Dunkel vermischt, die wilde, stille und sagenhafte Erzählung dessen darboten, was der Mensch seine Eroberung der unendlichen und unzugänglichen Luft genannt hat. Hoch über den Köpfen wiederholte die Kuppel aus azurfarbenem Glas die zwei in Mosaik gelegten, symbolhaften F der Anlaufbahnen, der beiden F aus Messing, die in den Ziegelboden eingelassen waren und die, blank poliert, leuchtend, ihrerseits ein lautloses und schwaches Echo in dem Monogramm der Bronzegitter über den Billett- und Auskunftsschaltern und in denen fanden, die wie ein Fries in den Lambris und Sims aus synthetischem Stein eingelassen waren. »Ja«, sagte Jiggs. »Dafür ist die Million sicher draufgegangen ... Hören Sie mal, wo ist denn das Büro?« Der Wächter sagte es ihm; er ging an die kleine, diskrete Tür, die fast in einer Nische verborgen war, trat ein und verließ für eine Zeit die Stimme, die aber auf ihn wartete, als er eine Minute später wieder zum Vorschein kam.

»... steigt immer noch höher. Die Jungens hier unten können selbst nicht genau sagen, wie hoch er ist, aber er scheint die vorgeschriebene Höhe ungefähr erreicht zu haben. Jeden Augenblick kann es nun losgehen; zuerst sehen Sie das Mehl und wissen dann, daß gleich hinterher ein lebendiger Mensch mit einer Geschwindigkeit von vierhundert Fuß in der Sekunde durch den Raum stürzt ...« Als Jiggs das Rollfeld wieder erreichte (auch er hatte keine Eintrittskarte, und wenn er auch vom Rollfeld in die Rotunde gehen konnte, so oft er wollte, konnte er von der Rotunde nach dem Rollfeld nur auf dem Wege durch die Halle gelangen), war das Flugzeug nur noch ein kleiner, unbedeutender Fleck an dem jetzt endgültigen Abendhimmel, an dem es laut- und bewegungslos zu hängen schien. Aber Jiggs sah gar nicht hin. Er drängte sich durch die nach oben blickenden, bewegungslosen Körper und erreichte die Schranke gerade, als eine Rennmaschine vom Felde hereingeholt wurde. Er hielt einen der Bedienungsmannschaft an; den Geldschein hatte er schon in der Hand. »Monk, gib das doch Jackson, ja? Für den Flug mit dem Fallschirmspringer. Er weiß Bescheid.«

Er ging in die Halle zurück; er ging jetzt schnell und knöpfte schon seinen Arbeitsanzug auf, ehe er noch die Tür mit dem Maschendraht erreicht hatte. Er zog die Arbeitskleidung aus, hängte sie auf und sah nur einen Augenblick lang auf seine Hände. »Ich wasche sie, wenn ich in der Stadt bin«, sagte er. Jetzt leuchteten die ersten Hafenlichter auf; er überquerte den Platz, ging vorbei an den erblühten, blutlosen Trauben auf ihren gegossenen Pfählen, auf deren quadratischer Basis die vier F selbst im Zwielicht erkennbar waren. Auch der Autobus war erleuchtet. Er hatte seine zulässige Anzahl von Passagieren. Zusammen mit dem Fahrer standen sie neben ihm, sahen in die Höhe, während die Stimme des Lautsprechers, apokryphisch, quellenlos, unmenschlich, überall und jenseits aller Ermüdung oder Erschöpfung fortfuhr:

»... jetzt in Stellung; es kann nun jeden Augenblick losgehen ... Da ... Jetzt senkt sich die Tragfläche; jetzt hat er gedrosselt ... Jetzt ... jetzt ist es so weit, meine Herrschaften; das Mehl, das Mehl ...« Das Mehl bildete einen kaum sichtbaren Fleck, der sich gegen den Himmel wie ein Band entrollte, leicht und langsam, und dann sah man gleich nach ihm den fallenden Punkt, winzig, wachsend, der die kleine Gestalt eines Mannes wurde, der bewegungslos hineinstürzte in ein einziges, tiefes, menschliches Atemholen, bis endlich der Fallschirm erblühte. Schwebend entfaltete er sich gegen den vollendeten und unausrottbaren Abend; unter ihm schwankte langsam der Springer, senkte sich langsam herab auf das Flugfeld. Die Grenz- und Hindernislichter brannten jetzt auch; er schwebte herab, als käme er aus einer lautlosen, atemlosen Leere, auf die helle Kette aus den Lichtern des Flugfeldes und dem elektrischen Namen auf jedem Dach der Halle zu. In diesem Augenblick begann das grüne Licht über dem Leuchtfeuer auf dem Signalturm auch zu winken und zu blitzen: Punkt – Punkt – Strich – Punkt. Punkt – Punkt – Strich – Punkt. Punkt – Punkt – Strich – Punkt quer über den nachtgebundenen See. Jiggs berührte den Arm des Fahrers.

»Los, Jack«, sagte er. »Ich muß vor sechs Uhr in der Grandlieu Street sein.«

Ein Abend in New Valois

D AS wie durch einen Trichter nach unten geworfene Licht
der Tischlampe traf die Hüften des Reporters; dem
Lokalredakteur, der hinter dem Tisch saß, war der Reporter von den Hüften an aufwärts sichtbar bis in den fernen,
oberen Raum des Redaktionsbüros, wo sich in grünem Leichen-
schein, der sein Element war, wie das Wasser das des Fisches,
sein Kadavergesicht gegen das staubige Dunkel abhob. Er sah
den zerknüllten, verhauenen Hut, den Anzug, der aussah, als
habe gerade ein anderer darin geschlafen; die eine Rocktasche
hing sackartig herab infolge eines Bündels gelben Schreibpa-
piers, während aus der anderen gefaltet das kalte, gewalttäti-
ge, noch feuchte, schwarze

FALL BEI

VERBRANNT

hervorlugte ... Aussehen und Erscheinung jenes letzten und lu-
stigen Stadiums dessen, was alte Leute galoppierende Schwindsucht nennen. Dies war der Mann, den der Redakteur für un-
verheiratet hielt (oder besser: er hoffte bestimmt, daß er es sei),
wenn auch nicht aus irgendwelcher Kenntnis oder infolge eines
Berichtes, sondern weil das lebendige Sein des Mannes etwas
ausstrahlte – ein Wesen, das augenscheinlich niemals Eltern
hatte, das nicht alt wird und nie ein Kind war, das augenscheinlich erwachsen und unwiderruflich reif infolge irgend-
eines gewalttätigen und plötzlichen Vorgangs da war, wie die
Geschichten von toten Seeleuten und Maultieren. Erführe man
zum Beispiel, daß er einen Bruder hätte, so würde das weder
mehr Wärme noch Überraschung hervorrufen, als fände man
den Genossen eines abgelegten Schuhs in einem Ascheneimer. In

einer Kneipe der Barricade Street hatte der Redakteur ein Mädchen über ihn sagen hören, es wäre genau so, als wollte man dem in einer Séance beschworenen Geist, die in einem gemieteten Raum eines Restaurants abgehalten wurde, obendrein noch das Gedeck berechnen.

Auch auf dem Tisch lag es in dem vollen Kreis des Lichtscheins der Lampe: das schwarze, freche, noch feuchte

ERSTER UNFALL BEIM LUFTRENNEN
PILOT LEBENDIG VERBRANNT

Jenseits desselben sah der Redakteur, zurückgelehnt, hemdsärmelig, sein kahler Schädel über dem grünen Augenschirm sah auch leichenfarben aus, verdrießlich nach dem Reporter. »Sie haben einen Riecher für Ereignisse«, sagte er. »Würden Sie mit hundert Leuten, die Sie nie vorher gesehen haben, in einen Raum gesperrt, und wären zwei von ihnen bestimmt, einen Mord zu begehen, Sie würden glatt auf sie zugehen, wie die Krähe auf das Aas; Sie würden von Anfang an dabei sein. Sie würden sogar nach draußen laufen und für sie vom ersten besten Schutzmann eine Pistole leihen. Aber was anderes als eben nur eine Information bringen Sie nie mit. Ja, den haben Sie, all right; wir bringen alles, was die andern Zeitungen auch bringen, und sind noch nicht verklagt worden, und mehr kann ja niemand für fünf Cents verlangen, und es ist zweifellos schon mehr, als sie verdienen. Aber es ist nicht der lebendige Hauch des Neuen. Es ist eben nur Information. Und die ist schon tot, bevor Sie hier mit ihr erscheinen.« Unbeweglich stand der Reporter jenseits des harten Lichtscheins der Lampe, beobachtete den Redakteur verhalten, aufmerksam, wachsam. »Es ist genau so, als versuchte man etwas in einer fremden Sprache zu lesen. Sie wissen, daß es eigentlich da sein müßte; vielleicht wissen Sie auch, daß es da ist. Aber das ist alles. Könnte es denn infolge eines verteufelten Mißgeschicks möglich sein, daß Sie es, ohne es zu wissen, in der einen Sprache hören und sehen und dann in einer andern Sprache zu Papier bringen? Wie klingt Ihnen, wenn Sie sich vorlesen, was Sie selbst geschrieben haben?«

»Wenn ich was vorlese?« fragte der Reporter. Dann setzte er

sich auf den Stuhl, der dem des Redakteurs gegenüberstand, während ihn sein Chef innerlich verfluchte. Er klappte in dem Stuhl mit dem losen, trockenen Geklapper einer Vogelscheuche zusammen, als berührte sein Gerippe das Holz des Stuhles, und lehnte sich dann über den Tisch, eifrig, augenscheinlich nicht nur am Rande des Grabes, sondern als sähe er schon tatsächlich die andere Seite des Styx: die Räume, in denen niemals eine Registrierkasse klapperte; jenen goldenen Bezirk, wo unter Weihrauch und duftenden Ölen die himmlischen, namenlosen Busen ewigen und subventionierten Entzückens glühen. »Warum haben Sie mir das nicht schon längst gesagt?« rief er. »Warum haben Sie nicht schon längst gesagt, daß Sie das haben wollen. Die ganze Woche lang laufe ich mir die Arschbacken wund auf der Suche nach etwas, was des Erzählens wert ist, und wenn ich es dann erzähle, dann reicht es nicht aus, achttausend neue Inserenten und Abonnenten einzubringen. Aber das ist ja augenblicklich auch ganz einerlei. Hören Sie mal zu.« Er riß den Hut vom Kopf und knallte ihn auf den Tisch; der Redakteur ergriff ihn, als wäre es eine von Ameisen wimmelnde Brotkruste auf einem Picknick-Tischtuch, und warf ihn dem Reporter auf den Schoß. »Hören Sie mal zu«, wiederholte der Reporter. »Sie ist draußen im Flughafen. Sie hat einen kleinen Jungen, ich meine, es sind zwei, die die kleinen Kisten fliegen, die wie Moskitos aussehen. Nein, nur einer fliegt die Kiste; der andere macht den verzögerten Absprung im Fallschirm – Sie wissen ja, mit dem Fünfzig-Pfund-Sack Mehl, und kommt runter wie der Geist zur Weihnachtszeit oder sonst was. Ja, sie haben einen kleinen Jungen, ungefähr so hoch wie das Telephon, trägt Arbeitszeug wie sie . . .«

»Was?« unterbrach ihn der Redakteur. »Wer hat einen kleinen Jungen?«

»Ja. Das wissen sie nicht. Trägt Arbeitszeug wie sie; als ich heute morgen in die Flugzeughalle komme, war es noch sauber, vielleicht weil für sie der erste Tag einer Veranstaltung wie Montag ist; mit einem Stock kratzte er Schmiere vom Fußboden und beschmierte sich damit, damit er wie sie aussähe . . . Ja, zwei: Shumann, der heute nachmittag den zweiten Preis gewann; der kam auf vom vierten Platz in einer Kiste, von der alle draußen, die was davon verstehen, sagten, sie sei nicht mehr zu gebrauchen. Sie ist seine Frau, das heißt, ihr Name ist Shumann, wie auch der des Kindes: draußen in der Halle heute morgen in Arbeitszeug wie die andern auch, mit Schraubenschlüsseln und Maschinenteilen in den Händen und eine Menge Querkeile im Munde, wie das die Frauen mit Näh- und Stecknadeln taten, bevor die General Motors für sie die Kleider nähten, und Haar hat sie wie die Harlow, in Hollywood würde man ihr viel Geld dafür bezahlen, und einen Streifen Schmiere, wo sie es mit dem Handrücken zurückgestrichen hatte. Sie ist seine Frau: seit der Junge vor sechs Jahren in einem Schuppen in Kalifornien geboren wurde, sind sie verheiratet. Ja, damals kam Shumann in irgendeine Stadt in Iowa oder Indiana oder sonstwo, wo sie die High-School besuchte, bevor noch die Luftpost verkehrte, nach der die Bauern beim Pflügen sich den Hals ausrenkten; in der High-School war sie damals, und deshalb kam sie vielleicht auch ohne Hut heraus und stieg auf den Vordersitz einer jener Karren, die die Armee für gestempelte Briefmarken oder sonst was verkaufte. Vielleicht schickte sie auch von der nächsten Kuhweide eine Postkarte an die Tante oder wer sonst sie zum Essen erwartete, vorausgesetzt, daß sie Verwandte haben oder von menschlichen Wesen abstammen, und er lehrte sie das Abspringen mit dem Fallschirm. Sie sind ja keine Menschen wie wir; sie könnten die Wendemarke nicht so umfliegen, wenn sie Menschenblut und Menschensinne hätten, und sie brauchten das auch nicht und wagten es auch nicht, wenn sie Menschengehirn hätten. Verbrennen dann wie dieser heute abend und schreien nicht einmal im Feuer; stürzt einer ab, so findet man kein Blut, wenn man ihn herausholt: Zylinderöl, genau wie im Kurbelheft.

Und hören Sie weiter; es sind beide; heute morgen gehe ich in die Halle, wo sie die Flugzeuge fertigmachen, und ich sehe den Jungen und einen Mann, der aussieht wie ein kleines Pferd, in einem Viereck stehen; sie haben die Fäuste erhoben, und die andern, mit Schraubenschlüsseln und andern Sachen in der Hand, sehen zu, und der Kleine kommt heran, schwingt die Arme, als wären es Dreschflegel, und der Mann wehrt ihn ab, und die andern sehen zu, und dann setzt der Mann den Jungen auf die Erde, und ich trete in das Viereck und hebe die Fäuste und sage: ›Los, Dempsey. Komm, Dempsey, wie wär's, wenn wir mal ein paar Runden riskierten‹, aber der Junge rührt sich nicht, er sieht mich nur an, und dann sagt der Mann: ›Fragen Sie ihn mal, wer sein Alter ist‹; ich glaubte, er hätte gesagt: was sein Alter ist, und sagte: ›Was ist dein Alter?‹ und da sagte der Mann: ›Nein, wer sein Alter ist‹, und dann sagte ich es, und da stürzt sich der Junge mit erhobenen Fäusten auf mich, und wäre er nur halb so groß gewesen, wie er gern gewesen wäre, dann hätte er mich zu Brei gehauen. Und dann fragte ich, und man erzählte es mir.« Er hielt an; das Wort verrann ihm, vielleicht aber war er auch außer Atem, nicht wie ein Gefäß leerläuft, sondern er hörte plötzlich auf, wie ein vom Winde getriebenes, gewichtsloses Spielzeug, z. B. ein Kinderrad aus Zelluloid. Der Redakteur saß immer noch zurückgelehnt da, umklammerte die Armlehne seines Sessels und starrte den Reporter mit wütendem Staunen an.

»Was?« rief er. »Zwei Männer mit einer Frau und einem Kind?«

»Ja. Der dritte, der aussieht wie ein Pferd, ist nur der Monteur; er ist nicht einmal ein Ehemann, geschweige ein Flieger. Ja, Shumann und das Flugzeug landen in Iowa oder Indiana oder sonstwo, und sie kommt aus der Schule, ohne sich weiter um ihre Bücher zu kümmern, und sie machten sich davon, vielleicht nur mit einem Büchsenöffner und einer Decke, auf der sie unter der Tragfläche des Flugzeugs schliefen, wenn es stark regnete; und dann kommt der andere, der Fallschirmmann dazwischen, der zwei bis drei Meilen mit dem Sack Mehl herabstürzt, ehe er die Zugleine zieht. Sie sind keine Menschen. Keine Verwandten, keinen Ort, wo man geboren ist und an den man dann und wann zurückkehren muß, und wäre es auch nur, um den verdammten Ort zu hassen, der für ein oder zwei Tage ganz nett und angenehm ist. Von Küste zu Küste und Kanada im Sommer und Mexiko im Winter, mit einem Handkoffer und demselben Büchsenöffner, weil drei mit einem Büchsenöffner genau so gut leben können wie einer oder zwölf. Überall da, wo sie genug Leute finden, die ihnen Geld vorstrecken, um hinzukommen und den Brennstoff zu bezahlen. Weil sie ja kein Geld brauchen; sie sind ebensowenig hinter Geld her wie hinter Ruhm, denn der Ruhm dauert ja nur bis zum nächsten Rennen, und das heißt vielleicht nur bis morgen. Sie brauchen kein

Geld, ausgenommen dann und wann, wenn sie mit den Menschen in Berührung kommen, z. B. in einem Hotel, wo sie schlafen wollen, oder wenn sie was essen wollen, vielleicht auch, um eine Hose oder ein Hemd zu kaufen, um sich die Polizei vom Leibe zu halten. Denn an Geld ist ja auch leicht dranzukommen: aber nicht vierzehneinhalb Fuß über dem Boden in Vertikalkurve um einen Stahlpfahl mit zwei- bis dreihundert Stundenmeilen in einer verdammten Kiste, die gebaut ist wie eine Schweizer Uhr, und deren Höchstgeschwindigkeit nicht auf einem kleinen Zifferblatt steht, wobei die Maschine in Brand gerät oder man zwischen Tragflächen und Fahrgestell herausfliegt. Rund um die Wendemarke auf dem Flugfeld in Vertikalflug, und dabei bebt der Bespannungsstoff wie eine Braut, und die Kiste kostet viertausend Dollar und ist vielleicht fünfzig Stunden lang zu gebrauchen, wenn sie es so lange durchhält, und dabei sind fünf im Rennen und der höchste Preis mindestens zweihundertachtunddreißig zweiundfünfzig abzüglich Strafgelder, Gebühren, Provisionen und Trinkgelder. Und die andern, die Frauen, Kinder und Monteure, stehen auf dem Rollfeld, als wären sie aus einem Schaufenster gestohlen und in schmierige Arbeitskleidung gesteckt, und denken nicht einmal an die Hotelrechnung drüben in der Stadt oder wo sollen wir essen, wenn wir nicht gewinnen, und wie sollen wir zur nächsten Veranstaltung kommen, wenn der Motor schmilzt und durch den Auspuff ausläuft.

Und Shumann hat nicht einmal ein eigenes Flugzeug; sie erzählte mir, daß sie sich gern eins von Vic Chance bauen ließen und daß Vic Chance auch gern eins für Shumann baute, das er allein fliegen soll, nur haben weder Vic Chance noch sie es bisher fertiggebracht, das nötige Geld zusammenzusparen. So fliegt er denn alles, was sie kriegen können und was zugelassen wird. Das Flugzeug, in dem er heute startete, fliegt er auf Provision; es lag im Rennen an zweitletzter Stelle, und niemand gab ihm auch nur die geringste Chance, und er schlug sie an den Wendemarken. Wenn er nicht startet, dann leben sie vom Geld des Fallschirmmannes, was an sich schon okay ist, denn der Fallschirmmann verdient fast ebensoviel wie der Mann am Mikrophon, und der muß für seins den ganzen Nachmittag arbeiten, während der Fallschirmmann in ein paar Sekunden die zehn- bis zwölftausend Fuß heruntersaust und das Mehl ihm ins Gesicht weht, bis er dann die Zugleine zieht.

Und das Kind wurde auf einem entrollten Fallschirm in einem Schuppen in Kalifornien geboren; als es vom Rumpf des Flugzeugs fallen gelassen wurde, lief es gleich wie ein Füllen oder ein Kalb nach allem, wenn es zufällig so groß war, daß man darauf landen und starten konnte. Und ich dachte, daß er auch Vorfahren und Hölle und Himmel hat wie wir und qualvoll geboren wurde und jetzt über die Erde geht und den Arm über den Kopf krümmt, um sich zu schützen, bis man denn schließlich doch den Todesstreich erhält und sich wieder hinlegt. – Plötzlich stellte ich ihn mir vor mit zwei oder drei Großeltern, mit Onkel und Tanten und Vettern irgendwo, und ich dachte, ich wäre vor Lachen gestorben. Ich mußte stehenbleiben, mich gegen die Mauer der Halle lehnen und lachen. Ja, unbefleckte Empfängnis; auf einem entfalteten Fallschirm in einem Schuppen in Kalifornien geboren, und der Arzt ging an die Tür und rief Shumann und den Fallschirmmann. Und der Fallschirmmann holte die Würfel hervor und sagte zu ihr: ›Willst du sie werfen?‹ und sie antwortete: ›Wirf du‹, und die Würfel rollten, und Shumann warf die höchste Zahl, und am Nachmittag holten sie den Friedensrichter auf dem Benzinkarren, und so heißen sie und das Kind denn Shumann. Und dann sagten sie mir, nicht sie hätten damit angefangen, das Kind zu fragen: ›Wer ist dein Alter?‹ sondern sie, und das Kind hätte sich mit den Fäusten auf sie gestürzt, und sie hätte dann ihr hartes Knabengesicht, das aussieht, als hätte irgendeiner der vier ihr das Haar mit einem Taschenmesser geschnitten, wenn es es nötig hat, so weit herabgebeugt, daß er es erreichen konnte, und dabei gesagt: ›Schlag mich! Schlag mich feste! Fester! Fester!‹ Und was denken Sie hiervon?«

Er hörte wieder auf zu sprechen. Der Redakteur lehnte sich in den Drehstuhl zurück und atmete tief und bedächtig, während sich der Reporter wie ein mattes und eifriges Gerippe über den Tisch beugte mit jenem Ausdruck müder und verträumter Wut, wie ihn Don Quichotte gehabt haben muß.

»Daß Sie das niederschreiben sollten«, antwortete der Redakteur. Der Reporter sah ihn fast eine halbe Minute lang regungslos an.

»Niederschreiben...« murmelte er. »Niederschreiben...«
Seine Stimme erstarb in Ekstase; er blickte auf den Redakteur
in knochenleichtem Jubel herab, während der Redakteur
seinerseits ihn mit kaltem und rachsüchtigem Warten beobachtete.

»Ja. Gehen Sie nach Hause und schreiben Sie es auf.«

»Nach Hause, ... nach Hause, wo ich nicht ge ... wo
ich ... Ach, mein lieber Freund! Chef, wo bin ich Ihr ganzes
Leben lang gewesen oder wo waren Sie mein ganzes Leben
lang?«

»Ja«, entgegnete der Redakteur. Er hatte sich nicht bewegt.
»Gehen Sie nach Hause, schließen Sie sich ein, werfen Sie den
Schlüssel aus dem Fenster und schreiben Sie es nieder.« Er beobachtete das hagere, ekstatische Gesicht vor sich in der trüben
Leichenfarbe des grünen Schirms. »Und dann stecken Sie die
Bude an.« Langsam sank des Reporters Gesicht zurück, als
würde eine Halloween-Maske auf dem Stock eines Knaben
langsam zurückgezogen. Dann rührte auch er sich lange Zeit
nicht, nur seine Lippen bewegten sich leicht, als schmeckte er etwas Gutes oder sehr Schlechtes. Dann stand er langsam auf,
wobei der Redakteur ihn nicht aus den Augen ließ; es sah aus,
als sammelte er sich, als läse er Knochen für Knochen und Gelenk für Gelenk zusammen. Auf dem Tisch lag ein Päckchen
Zigaretten. Er streckte die Hand nach ihm aus; aber ebenso
schnell, wie er den Hut zurückgeworfen hatte, und ohne den
Blick vom Gesicht des Reporters zu wenden, nahm der Redakteur das Päckchen fort. Der Reporter hob den verhauenen Hut
vom Boden auf und blickte mit nachdenklicher Aufmerksamkeit in dessen Inneres, als wollte er ein Los aus ihm ziehen.

»Hören Sie«, begann der Redakteur; er sprach geduldig, fast
freundlich: »Die Leute, denen diese Zeitung gehört oder die
seine Politik leiten oder die Gehälter zahlen, ob zum Glück
oder Unglück, das will ich nicht entscheiden, haben in ihrem
Stab keinen Lewis, Hemingway oder Tschechow; und der
Grund hierfür ist zweifellos, daß sie sie nicht brauchen, denn
sie brauchen keine Romane, nicht einmal Nobelpreis-Romane,
sondern Neuigkeiten.«

»Soll das heißen, daß Sie das nicht glauben?« fragte der Reporter. »Das über s ... über diese Leute?«

»Ich will noch weitergehen: das alles ist mir ganz einerlei. Weshalb sollte ich in den vermutlichen Bettgewohnheiten dieser Frau was Sensationelles finden, solange ihr gesetzlicher Mann (so sagten Sie doch) es nicht tut?«

»Ich glaubte, die Bettgewohnheiten von Frauen wären immer was«, entgegnete der Reporter.

»So, das glaubten Sie? Glaubten Sie? Hören Sie mich mal eine Minute an. Nimmt einer von ihnen sein Flugzeug oder seinen Fallschirm und ermordet sie und das Kind vor der Haupttribüne, so ist das eine Neuigkeit. Aber bis sie das tun, bezahle ich Sie nicht dafür, daß Sie mir mitteilen, was Sie über jemanden da draußen denken, noch was Sie über jemanden da draußen hörten, auch nicht das, was Sie sahen: ich erwarte, daß Sie hier morgen abend mit einem genauen Bericht über alles das erscheinen, was morgen draußen passiert und irgendwie auf die Retina eines Menschen wirkt oder diese reizt. Und müssen Sie sich deswegen verdoppeln, verdreifachen oder gar ein ganzes Regiment werden, dann tun Sie das. Und jetzt gehen Sie nach Hause und legen sich schlafen. Und vergessen Sie eins nicht! Vergessen Sie eins nicht! Draußen ist jemand, der mir persönlich in meine Wohnung meldet, wann Sie durch das Tor gehen. Und erhalte ich diesen Bericht auch nur eine Minute nach zehn, dann müssen Sie am Montag schon im Rennflugzeug hinter Ihrer Arbeit her sein. Gehen Sie jetzt nach Hause. Verstanden?« Der Reporter sah ihn ganz ruhig, ganz niedergeschlagen an, als hätte er seit einigen Augenblicken aufgehört zuzuhören oder auch nur zu hören, als beobachte er nur höflich des Redakteurs Lippen, um zu sprechen, sobald er geendet hätte.

»Okay, Chef«, sagte er. »Wenn Sie die Sache denn so sehen.«

»Genau so. Verstehen Sie?«

»Gewiß. Gute Nacht.«

»Gute Nacht«, erwiderte der Redakteur. Der Reporter wandte sich zum Gehen; er wandte sich ruhig um, setzte den Hut auf den Kopf, genau wie er ihn auf den Tisch des Redakteurs gelegt hatte, bevor dieser ihn vom Tisch warf, und nahm aus der Tasche, die die gefaltete Zeitung enthielt, ein zerknittertes Päckchen Zigaretten. Der Redakteur sah, wie er die Zigarette in den Mund steckte und dann den unglaublichen Hut verwegen schief zog, als er durch die Tür verschwand, an deren Rahmen er ein Streichholz anriß. Aber das erste Streichholz brach ab; das zweite riß er auf dem Brett mit den Klingelknöpfen an, während der Aufzug heraufkam. Die Tür öffnete sich und schlug hinter ihm zu; schon griff seine Hand in die Tasche, während er mit der andern die oberste Zeitung von dem niedrigen Haufen auf dem zweiten Sitz, neben dem Sitz des Aufzugmanns, nahm, wobei die mit dem Zifferblatt nach unten gekehrte Dollaruhr zur Seite glitt und mit ihrem Gewicht auf die nächste drückte, dieselbe, genau die gleiche, schwarz, hart und kurz:

ERSTER UNFALL BEIM LUFTRENNEN
PILOT LEBENDIG VERBRANNT

LEUTNANT FRANK BURNHAM
STÜRZT AB MIT RAKETEN-FLUGZEUG

Er hielt die Zeitung von sich, legte das Gesicht zur Seite, kniff die Augen gegen den Rauch zu. »Shumann überrascht Zuschauer, nimmt Bullitt den zweiten Platz«, las er.

»Was sagen Sie dazu?«

»Verrückt sind sie alle«, antwortete der Aufzugmann. Er hatte den Reporter nicht wieder angesehen. Er nahm das Geldstück mit derselben Hand, die eine kalte, fleckige Maiskolbenpfeife umfaßte, und sah den andern nicht an. »Die, die das tun, und die andern, die Geld dafür ausgeben, es zu sehen.« Auch der Reporter sah ihn nicht an.

»Ja; überrascht«, sagte der Reporter und sah in die Zeitung. Dann faltete er sie zusammen und versuchte, sie in die Tasche zu stecken, neben die andere, die genau so gefaltet war. »Ja. Und wäre noch eine Etappe gewesen, so hätte er sie noch mal überrascht und Myers den ersten Platz genommen.« Der Aufzug hielt. »Ja, überrascht … Wieviel Uhr ist es?« Mit der Hand, die jetzt das Geldstück und die Pfeife hielt, nahm der Mann die mit dem Zifferblatt nach unten liegende Uhr und hielt sie ihm hin. Er sagte nichts, er sah den Reporter nicht einmal an; er saß nur da, wartete, hielt sie hin mit einer Art müder Geduld, wie ein Gast, der dem letzten von mehreren Kindern seine Uhr zeigt. »Zwei Minuten nach zehn?« sagte der Reporter. »Genau zwei Minuten nach zehn? Verdammt.«

»Treten Sie aus der Tür«, sagte der Aufzugmann. »Es zieht.« Sie schlug wieder hinter dem Reporter zu; als er durch die Halle ging, versuchte er wieder, die Zeitung zu der andern in die Tasche zu stecken. Grotesk, sich wiederholend, erschien sein Spiegelbild in der gläsernen Haustür und verschwand. Die Straße war leer, wenn auch hier, vierzehn Minuten zu Fuß von der Grandlieu Street, die Februar-Dunkelheit in leisem Aufruhr, in schwachem, geordnetem Pandämonium murrte. Hoch oben, jenseits der Palmgipfel, spiegelte der bedeckte Himmel die gesperrte und lichtstrahlende Häuserschlucht wider, in der jetzt Luftschlangen und Konfetti dem Wind preisgegeben waren und durch die die Wagen, deren grimassenhafte, groteske, kreideweiße und hilflose Gestalten von einer statischen Bordsteinmasse erstaunter Konfettigesichter angestarrt wurden, wie durch ständigen Regen fuhren. Er ging nicht gerade schnell, aber gleichsam mit gelöster und zweckloser Schnelligkeit, als suche er nicht eigentlich Gesichter, sondern als fliehe er die Einsamkeit, oder auch als ginge er nun wirklich nach Hause, wie es der Redakteur ihm gesagt hatte; und dachte dabei schon an die Grandlieu Street, die er dazu irgendwie überqueren mußte. »Ja«, dachte er, »er hätte mich per Flugpost nach Hause schikken sollen.« Während er von Licht zu Licht ging, dehnte sich sein Schatten in der Mitte jeden Schrittes, hielt Schritt mit ihm auf Pflaster und Hauswand. Als er an einer dunklen Spiegelscheibe vorbeikam und zur Seite blickte, ging er neben sich her; er blieb stehen und wandte sich um, so daß jetzt Schatten und Spiegelbild sich deckten, und starrte sich an, als sähe er seine Schulter noch unter der Geisterlast des toten Nachmittags zusammensacken, und sah als Spiegelbild neben sich den Sweater und den Rock und das harte, fahle Haar, als ginge er, auf der Schulter den Erzgezeugten tragend, neben der Vergessenden und Erzehebrecherin einher.

»Ja«, dachte er, »der verflixte kleine, gelbhaarige Bastard ... Ja, gehn jetzt zu Bett, wollen schlafen; die drei in einem Bett oder vielleicht wechseln sie sich jede Nacht ab, vielleicht legt der eine seinen Hut drauf, wie in einem Barbierladen.« Er betrachtete sich in dem dunklen Glas, lang und leicht und schlumpig, wie ein Bündel Latten, denen man Männerkleider angezogen hat. »Ja«, dachte er dann, »der arme, kleine, wergköpfige Sohn einer Hündin.« Als er sich wieder in Bewegung setzte, war es, um einem alten Mann auszuweichen, den er beinahe überrannt hätte ... ein Gesicht, ein Stock, ein Anzug, der noch schmieriger war als seiner. Er streckte ihm die beiden gefalteten Zeitungen zusammen mit dem Geldstück entgegen. »Hier, Papa«, sagte er. »Vielleicht bekommen Sie noch einen Zehner dafür. Dann können Sie sich ein großes Glas Bier kaufen.«

Als er die Grandlieu Street erreichte, entdeckte er, daß er sie nur auf dem Luftwege überqueren konnte, obwohl er sich auch jetzt noch nicht damit aufgehalten hatte, zu entscheiden, ob er wirklich nach Hause gehen wollte oder nicht. Und zwar nicht nur wegen der polizeilichen Vorschriften, sondern wegen der physischen Bordsteinmasse aus Köpfen und Schultern, die sich in unruhiger Silhouette gegen den Lichtschein, die Luftschlangen, das Konfettigestöber, die grotesken vorbeifahrenden Wagen abhob. Aber noch bevor er die Ecke erreichte, wurde er von einer Bö schreiender Zeitungsjungen überfallen, die augenscheinlich ebensosehr die Bedeutung des Augenblicks vergaßen, wie Vögel, die die Taten der Menschen wohl sehen, aber gleichgültig darüber hinwegfliegen und ihr Häufchen Kot auf sie fallen lassen. Sie umschwirrten ihn, schrien: im Licht der vorbeiziehenden Fackeln schienen die vertrauten, dicken, schwarzen Typen und die heiseren Schreie zu leuchten und schneller zu verschwinden, als der Geist den Sinn erfassen konnte, durch den jeder empfangen worden war. »Burnham brennt!« Erster Unfall beim Luft .. »Das muß jeder lesen. Erster Fastnachtsunfall!« »Leutnant Burnham tödlich abgestürzt!« »Burnham brennt!«

»Nein«, schrie der Reporter. »Laßt mich in Ruhe. Soll ich denn einen Nickel gleichsam in den Ozean werfen, weil wieder einmal so ein Blödsinniger sich hat braten lassen? – Ja«, dachte er, böse, wild, »sie müssen auch schlafen, um soviel von der dunklen Hälfte des Lebens zu verbringen. Nicht um sich auszuruhen, weil sie morgen wieder ins Rennen müssen, sondern weil sich für sie wie jetzt Luft und Raum nicht schnell genug bewegen und die Zeit zu schnell an ihnen vorbeirast, als daß sie in ihr ruhen könnten, bis auf die sechseinhalb Minuten, die es dauert, die fünfundzwanzig Meilen zu fliegen, während die andern auf dem Rollfeld stehn, wie ebenso viele Schaufenster-figuren, denn die andern sind nicht einmal da, wie in der Mäd-chenschule, wo eine von ihnen zuerst mit all den feinen Klei-dern fortgegangen ist. Ja, leben nur sechsundeinehalbe Minute täglich in einem Flugzeug. Und so schlafen sie jede Nacht in ei-nem Bett, und warum sollte nicht jeder von ihnen oder beide zugleich schlaftrunken unerwacht in Frauenschlaftrunkenheit eindringen, so daß keiner von den dreien weiß wer und sich auch nicht weiter darum kümmert... Ja«, dachte er, »viel-leicht war ich schließlich doch auf dem Wege nach Hause.« Dann sah er Jiggs, den Ponymenschen, das Menschenpony von heute nachmittag, der jetzt in die Mitte eines kleinen starken Rückstaus regungslos zurückgewandter Gesichter gedrängt wurde.

»Treten Sie sich gefälligst auf Ihre eigenen Füße«, knurrte Jiggs.

»Entschuldigen Sie«, sagte eins der Gesichter. »Ich wollte nicht...«

»Passen Sie gefälligst auf«, schrie Jiggs. »Ich muß mit mei-nen bis ans Ende des Lebens auskommen. Und wahrscheinlich muß ich dann noch ein Stück Wegs laufen, ehe ich eine Fahrge-legenheit finde.« Der Reporter sah, wie er bald auf diesem, bald auf jenem Bein stand und mit der Mütze abwechselnd über die Füße rieb, wobei er dem rauchigen Licht der vorbei-ziehenden Fackeln einen tonsurähnlichen sattellederfarbenen Fleck darbot. Als sie nebeneinander standen und sich ansahen, glichen sie dem großen und dem kleinen Mann des altherge-brachten und immer wieder komisch wirkenden Gespanns – der eine sah aus wie eine Leiche aus dem Leichenkeller der Anatomie, dem man für den Augenblick Kleider aus einem La-ger für Opfer einer Hochwasserkatastrophe angezogen hatte, während der andere seine Kleider wie ein Ringer seine schmuk-ken gemeinen Trikots bis in die kleinste Falte ausfüllte. Wie-der dachte Jiggs, was ihm schon einmal ein guter Gedanke ge-wesen zu sein schien: »Lieber Gott! Machen sie denn auch die Kirchhöfe erst Mitternacht wieder auf?« Jetzt sprangen die Zeitungsjungen um die beiden herum und schrien:

»Globe, Statesman! Burnham brennt!«

»Ja«, sagte Jiggs. »Donnerstag abend verbrennen oder Freitag morgen verhungern. Das ist also Fastnacht. Warum bin ich nicht, wo ich mein ganzes Leben lang gewesen bin?« Aber der Reporter blickte immer noch in heller Verwunderung zu ihm herab.

»Im Terrebonne?« sagte er. »Sie erzählte mir doch heute nachmittag, Sie alle hätten ein paar Zimmer drunten in der französischen Stadt. Oder soll das heißen, daß er, nachdem er heute nachmittag ein bißchen Geld gewonnen hat, zu dieser Nachtzeit seine Sachen gepackt und ins Hotel gezogen ist? Er sollte doch schon seit einer Stunde im Bett liegen, damit er morgen fliegen kann!«

»Heißen soll das weiter gar nichts«, antwortete Jiggs. »Ich sagte nur, ich hätte Roger und Laverne vor einer Minute in das Hotel oben in der Straße gehen sehen. Ich habe sie nicht gefragt, was sie dort wollten ... aber wie wär's mit einer Zigarette?« Der Reporter gab sie ihm aus dem zerknüllten Päckchen. Jenseits der Barrikade aus Köpfen und Schultern zogen in dauerndem Konfettiregen die Wagen vorbei, fast ohne Bewegung, geheimnisvoll, fast apokryph, wie ein bewohnter Archipel, der bei Flut ins Meer hinausfährt. Und jetzt schrie ihnen ein anderer Zeitungsjunge, ein neues, junges, alterloses Gesicht mit wild durcheinanderstehenden Zähnen, als hätte er sie sich jahrelang in den Straßen zusammengesucht, einen neuen Satz entgegen, als spielte er verzweifelt sein letztes As aus:

»Laughing Boy. Fünfter im Washington Park!«

»Ja«, schrie der Reporter und sah dabei auf Jiggs herab. »Weil Menschen wie ihr keinen Schlaf nötig haben. Ich glaube, sein ganzes Training für ein Rennen besteht darin, daß er sich die ganze Nacht vorher in der Stadt herumtreibt. Aber abgesehen davon – wieviel war es? Er gewann dreißig Prozent von dreihundertfünfundzwanzig Dollar heute nachmittag. Kommen Sie«, fuhr er fort. »Wir brauchen die Straße nicht zu überqueren.«

»Ich dachte, Sie gingen so schnell nach Hause«, sagte Jiggs.

»Ja«, entgegnete der Reporter über die Schulter; er schien die statische menschliche Masse nicht zu durchdringen, sondern wie ein Geist durch sie hindurchzusickern, ohne dabei seine Gestalt irgendwie zu ändern oder zu verkleinern. Jetzt wandte er sich zur Seite, um Jiggs etwas zuzurufen; er ging zwischen den einzelnen Menschen durch, als wäre er eine Spielkarte, und rief: »Ich muß nachts schlafen, ich bin kein Rennfahrer; ich habe auch kein Flugzeug, in dem ich schlafen könnte, ich kann auch keine fünfundzwanzig Meilen Raum in drei Meilen die Stunde in sechsundeinehalbe Minute zusammenpressen. Kommen Sie.« Das Hotel war nicht weit, und der Seiteneingang, die Anfahrt, war verhältnismäßig hell durch das Licht, das unter dem freundlichen Vordach herströmte, auf dessen Fries Hotel Terrebonne stand. Über ihm hing an einem Flaggenstock ein auf Wachstuch gemaltes Plakat: Hauptquartier, Amerikanischer Aero-Klub Einweihungs-Veranstaltung, Feinman Lufthafen.

»Ja«, rief der Reporter, »hier werden sie sein. Hier findet man die, die im Hotel nicht schlafen wollen. Ja, Reihen identischer Schlafkojen für tausend Übernachtungen. Und wenn man gerade Geld genug hat, die Nacht draußen zu verbringen, braucht man nicht einmal zu Bett zu gehen.«

»Was?« sagte Jiggs, der sich schon zu der Mauer neben dem Eingang durcharbeitete. »Oh!... Ja... Tausend sind zu vermieten... wenn man das nötige Geld hat... Großartig. Tausend Stück. Und wenn ich das Geld dazu hätte, dann sollten Sie mal was erleben. Wie wär's mit einer Zigarette.« Der Reporter gab ihm wieder eine aus dem zerknitterten Paket. Jiggs stand jetzt an der Mauer. »Ich warte hier«, sagte er.

»Kommen Sie doch mit rein«, entgegnete der Reporter. »Sie müssen ja hier sein. Bis die erst mal merken, daß die Grandlieu Street gesperrt ist, ist es Mitternacht. Haben ja feudale Stiefel an.«

»Ja«, sagte Jiggs. Wieder sah er auf seinen rechten Fuß. »Wenigstens war er kein Fußballspieler, vielleicht ein Fahrer... Ich warte hier. Sie können mich ja rufen, wenn Roger was von mir will.« Der Reporter ging weiter. Jiggs stand wieder auf dem linken Bein und rieb mit seiner Mütze am rechten Spann herum. »Das ist ne Stadt«, dachte er. »Will man hier spazierengehen, muß man ein Schild: ›Achtung! Straße gesperrt‹ auf dem Rücken tragen.«

»Weil ich bis morgen, eine Minute nach zehn, noch Reporter

bin«, dachte der Reporter, während er die flachen Stufen zur Halle hinaufstieg, »das hat er ja selbst gesagt, muß ich bis dann wohl auch einer bleiben. Wenn ich auch jetzt rausgeschmissen bin, so kann er doch in dieser Minute, zu der ich hier gehe, niemandem sagen, er solle bis morgen mittag meinen Namen von der Gehaltsliste streichen. Ich kann ihm dann sagen, es sei mein Pflichtbewußtsein gewesen. Ich kann ihn von hier, vom Hotel aus, anrufen und ihm sagen, mein Pflichtbewußtsein gestatte mir nicht, nach Hause zu gehen und zu schlafen.« Er trat zurück, ging auch hier dem Papierkram, der Pierrotmaske, einer gemischten Gesellschaft aus dem Wege, die nach Whisky und Gin roch und dann verschwand; hinter sich ließ sie die schmutzigen, hohen Haufen zertretenen Konfettis, das sich über den Steinboden bewegte vor den geschäftigen Eimern und Besen bezahlter Straßenkehrer, die drei Nächte lang kaum etwas anderes tun werden; sie verschwanden, und einsam stand der Reporter einen Augenblick lang neben demselben Plakat, mit dem die Stadt geschmückt worden war – Photographien von Mann und Maschine, jede über dem sauberen Text:

MATT ORD, *NEW VALOIS REKORDMANN, WELTSCHNELLIGKEITSREKORD FÜR FLUGZEUGE.*

AL MYERS. *CALEXCO.*

JIMMY OTT. *CALEXCO.*

R. Q. BULLITT, *GEWINNER DES GRAVES TROPHY MIAMI, FLA.*

LEUTN. FRANK BURNHAM.

Und auch hier das durch geheimnisvolle Schilder *(inri)* gehaltene Fahnentuch, das den für den Augenblick unendlich langen Korridor mit Maschinenplüsch und vergoldetem synthetischem Gips in ein Zelt verwandelt. Er läuft her zwischen namenlosen und vermietbaren Räumen oder Alkoven von Sonnenaufgang bis Sonnenuntergang quer durch Amerika, läuft her zwischen dem namenlosen Frauengesicht aus Porzellan hinter den phallischen Zigarrenreihen und den Polsterstühlen, neben denen als Schildwache der Spucknapf und die eingetopfte Palme steht –

der dazu passende türkischrote Streifen unter frischgewichsten und heimlosen Schuhen, der weiter führt zu einem Raum von unerbittlicher Sauberkeit: ein stiller und leichter Geruch nach Lysol und Bad – Anschlagbrett und Vermittler für die, die sich in den alten fröhlichen Tagen selbst Kommis nannten: zwischen den eleganten Messing-Spucknäpfen und den zierenden eingetopften Palmen heimlose und symbolische Legion: die uralten Schwibbögen aus zehn Millionen amerikanischer Samstagsnächte mit schlauen Köpfen, gefüllt mit den kosmischen Neuerungen des Morgen in Form von Preislisten und Telephonnummern unzufriedener Frauen und Schülerinnen der High-School. »Und dann fährt man mit dem Aufzug nach oben und telephoniert dem Pagen, er soll Weiber holen«, dachte der Reporter.

Aber heute abend war die Halle auch noch mit anderen gefüllt; schon sah er sie scharf sich in zwei bestimmte Kategorien trennen: die eine in Madison-Avenue-Jacken, die vielleicht einmal das Zeugnis als Verkehrsflugzeugführer erwarb und es vielleicht heute noch hat, wie der Fabrikant, der selbst einmal Monteur oder Angestellter war, in dem neuen Chrom-Geddes-Heiligtum den alten ersten Stempel oder den Vervielfältiger verwahrt, mit dem er anfing, und die heute vielleicht nur die bescheidenen Q. B.-Flügel haben, mit denen sie das ruhige Seidenbändchen, auf dem Richter oder Beauftragter steht, an den duftenden Rockaufschlag klemmen; oder sie haben das Führerzeugnis als Verkehrsflieger nicht und vielleicht das Bändchen und den Tweed, aber nicht einmal die Flügel: und die anderen mit nüchternen und stillen Gesichtern, weil sie nicht heute abend trinken und morgen fliegen können und es nie gelernt haben, zu jeder Zeit zu reden, in blauem Serge, der augenscheinlich nicht nur vom gleichen Ballen abgeschnitten, sondern auch auf demselben Brett in dieselben Falten gelegt wurde, die das schwere Führerzeugnis besitzen und heute abend infolge emsig gerührter Werbetrommel von hundert namenlosen Flughäfen, die nur das Federal Departement of Commerce kennt, hierher gekommen sind und deren Ausrüstung aus ihnen selbst, einem Monteur und einem Flugzeug besteht, das nicht neu ist. Der Reporter mischte sich in das Gedränge, und wieder schien er eher durch es hindurchzusickern als zu gehen. »Ja«, dachte er,

»ihr braucht nicht zu gucken. Es ist der Geruch, das könnt ihr den Brüdern sagen, sie riechen wie ein Bügeltuch anstatt wie Harris Tweed.«

Dann sah er sie; sie stand neben einer spanischen Vase, die mit Sand gefüllt und mit Kaugummi, Zigaretten und abgebrannten Streichhölzern gepockt war. Sie trug einen braunen abgetragenen Hut und einen fleckigen Trenchcoat, aus dessen Taschen eine gefaltete Zeitung hervorsah. »Ja«, dachte er, »weil ein Trenchcoat jedem steht; vielleicht haben sie zwei, und dann kann einer immer mit dem Jungen zu Hause bleiben.« Als er auf sie zuging, sah sie ihn einen Augenblick lang voll, mit bleichem, leerem Nichterkennen an, so daß er jetzt, als er durch die gefüllte Halle auf sie zuging, und später drei Stunden lang, während deren zuerst er und sie und Shumann und Jiggs und später auch der kleine Junge und der Fallschirmspringer dicht gedrängt in der Taxe saßen und er sah, wie die Taxameteruhr unerbittlich weiterraste, ein Gefühl hatte, als ginge er einsam und kalt und ohne weiterzukommen durch einen Stahlkorridor wie eine Fliege durch ein Flintenrohr, und dachte: »Ja, Hagood sagte mir, ich solle nach Hause gehen, und ich wußte nie, ob ich die Absicht hatte, es zu tun oder nicht. Aber Jiggs sagte mir, sie wäre in dem Hotel, aber das glaubte ich nicht«; und dachte (während unter dem trüben, eindringlichen Lämpchen die unwiderruflichen Zahlen klickten und klickten und das Kind auf seinem knochigen Schoß schlief und die vier andern die Zigaretten rauchten, die er für sie gekauft hatte, und der Wagen über die dunkle, sumpfriechende Muschelstraße nach dem Flughafen und dann wieder zurück zur Stadt fuhr), daß er nicht erwartet habe, sie wiederzusehen, weil morgen und morgen nicht zählen, denn dann sind sie nicht auf dem Flugfeld, und Luft und Erde sind voll von Getöse, und da draußen sind sie auch nicht lebendig, denn sie sind ja keine Menschen. Nicht so wie jetzt; anständig und sittsam in Kleidung und Haltung, so daß die Polizei auch nicht einen Blick auf sie wirft – in der menschlichen Nachtwelt von halbelf und dann elf und zwölf: und dann, hinter Millionen geheimer, geschlossener Türen lassen wir uns schlaff und wehrlos auf den Rücken fallen, bereit, uns dem tief schlaflosen, dem unentrinnbaren und drängenden Fleisch zu öffnen. Stand dort neben dem baskischen Nachttopf um zweiundzwanzig Minuten nach zehn, weil einer ihrer Gatten heute nachmittag in einer Kiste flog, die vor drei Jahren in Ordnung war, die vor drei Jahren so in Ordnung war, daß seitdem alle andern sich haben zusammentun müssen, um sie so zu erhalten, daß das Wort »Rennmaschine« auf sie noch paßt; und deshalb müssen sie auch jetzt zusammenbleiben, denn wenn sie einmal nachlassen, dann werden sie überholt und von ihrem eigenen Laich vernichtet wie jener borneanische Wieheißternoch, der laichen muß, damit ihn seine eigene Brut nicht verschlingt. »Ja«, dachte er, »steht da und wartet, damit er in seinem blauen Serge-Anzug und dem andern Trenchcoat zwischen dem Whisky und Tweed umhergehen kann, wo er doch schon längst in ihrer sogenannten Wohnung im Bett liegen sollte, aber sie sind ja keine Menschen und brauchen nicht zu schlafen«; dachte wohl, daß er beide, jeden von ihnen allein leiden mochte. »Ja«, dachte er, »übereinandergestellte Betten für tausend ... Nächte. Sie müssen sich beeilen, wenn einer noch mit ihr schlafen gehen will«, und ging geradewegs hinein in den fahlen, kalten, leeren Blick, der erst erwachte, als er die Hand ausstreckte und die gefaltene Zeitung aus der Tasche des Trenchcoat zog.

»Schläft Dempsey?« fragte er und öffnete die Zeitung auf der Seite, die er auswendig hätte hersagen können, bevor er auch nur einen Blick auf sie warf:

Burnham brennt.

Valoisianer behauptet Liebesnestkomplott.

MYERS GEWINNT LEICHT ERÖFFNUNGSRENNEN IM FEINMAN-FLUGHAFEN.
LAUGHING BOY FÜNFTER IN WASHINGTON PARK.

»Keine Neuigkeit ist gute Zeitungsneuigkeit«, sagte er und faltete die Zeitung wieder zusammen. »Dempsey schon zu Bett?«

»Ja«, antwortete sie. »Behalten Sie sie. Ich habe sie schon gelesen.« Vielleicht war es sein Gesicht. »Ja, ich erinnere mich. Sie arbeiten ja selbst an einer Zeitung. Ist es diese? oder sagten Sie mir?«

»Ja«, entgegnete er. »Ich sagte es Ihnen. Nein, diese ist es nicht.« Dann wandte auch er sich um, obwohl sie schon gesprochen hatte.

»Es ist der, der Jack heute das Eis kaufte«, sagte sie. Shumann trug den blauen Serge, aber keinen Trenchcoat. Er trug einen neuen, grauen, weichen Hut, aber nicht schief wie auf den Bildern in den großen Läden, sondern gerade auf dem Hinterkopf, so daß er (nicht groß, mit blauen Augen in einem ebenmäßigen, magern, tief nüchternen Gesicht) nicht unter ihm her, sondern mit offener, fataler Humorlosigkeit aus ihm heraussah, wie jener alte Brite, dem versichert wurde, der römische Gouverneur würde ihn nur empfangen, wenn er den geborgten Helm eines Centurio trüge. Er sah den Reporter einen einzigen Augenblick lang fest an, und dieser Blick war noch leerer, als es der der Frau gewesen war.

»Haben heute da draußen ein feines Rennen geflogen«, sagte der Reporter.

»So?« entgegnete Shumann. Dann sah er die Frau an. Auch der Reporter sah sie an. Sie hatte sich nicht gerührt; sie stand jetzt da in vollständiger und irgendwie furchtbarer Unbeweglichkeit, in dem fleckigen Trenchcoat, eine Zigarette brannte in den rauhen, schwarzgeränderten Fingern der einen Hand; sie sah Shumann mit nackter, drängender Konzentration an. »Komm«, sagte Shumann, »wir wollen gehen.« Aber sie rührte sich nicht.

»Hast du es nicht bekommen?« fragte sie. »Konntest du nicht . . .«

»Nein. Sie zahlen erst am Samstagabend aus«, antwortete Shumann. (»Ja«, dachte der Reporter und schlug die hermetisch schließende Tür hinter sich zu, während das automatische Deckenlicht aufblitzte, »aufgereihte Sargstübchen hintereinander; der Great American in einer Milliarde Exemplare an den Pfosten gekettet wie ein Sklave und bekritzelt: ewiges Liebesjucken und letzte Hoffnung auf elektrischem Wege.«)

»Werfen Sie fünf Cents für drei Minuten ein«, sang die sanfte Maschinenstimme. Mit Schweißgriff ergriff er den metallenen Stiel, und während ihm aus der Guttaperchablume der eigene Atem entgegenduftete, lauschte er, tastete, zählte, während das leise Klicken und Klingen in Drahtsummen erstarb.

»Das wären fünf«, bellte er. »Gehört? Fünf Nickel. Nun trennen Sie mich nicht vor dreihunderteinundachtzig Sekunden und sagen Sie mir . . . Hallo!« bellte er wieder, krümmte sich, packte den Metallstab, als hinge er an ihm über dem Rand eines Schwimmbeckens. »Hören Sie. Verstanden . . . Ja . . . Im Terrebonne . . . Ja, nach Mitternacht; weiß ich. Hören Sie. Aussicht, für das gottverdammte Blatt endlich mal was anderes zu tun als sich den Arsch wundzusitzen über dem, was die Grandlieu-Street-Juden von uns für ihre Hälfte der Zeitung verlangen, die Ihnen auch noch vorschreiben, was Sie in unserer Hälfte nicht bringen dürfen, und dabei soll man noch was finden, womit man den leeren Raum in der Rubrik: Weltgeschehen und Volksbildung füllt hahahaha . . .«

»Was?« schrie der Redakteur. »Terrebonne-Hotel? Als Sie vor drei Stunden von hier fortgingen, sagte ich Ihnen doch . . .«

»Stimmt«, unterbrach ihn der Reporter. »Fast drei Stunden, mehr nicht. Nur eine Taxifahrt, um zuerst mal auf die andere Seite der Grandlieu Street zu kommen, und dann hinaus zum Flughafen und wieder zurück, weil da draußen nur hundert Betten für die Piloten, die als Gäste kommen, verfügbar sind, und General Behindman alle für seinen Empfang nötig hat. Und deshalb fuhren wir wieder zurück ins Hotel, weil sie hier alle sind, um ihm zu sagen, er soll am Samstagabend wiederkommen, vorausgesetzt, daß ihn der Saukerl nicht morgen oder Samstag umbringt. Und welcher schützende Arschkratzer nach Ihrer Meinung Geschick, Schicksal oder derartigen Blödsinn lenkt, danken Sie ihm, daß ich oder ein anderer hierher kam trotz der Tatsache, daß dies logischerweise der Platz ist, wo man das findet, was wir scherzenderweise Neuigkeiten nennen, um zehn Uhr nachts, und dabei fängt die Hälfte der Leiter des Luftrennens an, besoffen zu werden, und alle Fastnachtsleute sind es schon. Und er, der schon seit drei Stunden im Bett liegen sollte, weil er morgen im Rennen fliegen muß, aber er kann morgen nicht fliegen, weil er nicht zu Bett gehen kann, denn er hat kein Bett, in das er zu Bett gehen könnte, weil sie kein Geld haben, einen Platz mit einem Fußboden drin zu mieten, weil er heute nachmittag nur dreißig Prozent von dreihundertfünfundzwanzig Dollar gewann, und für die Brüder, die das Rennen veranstalten, bedeutet das nicht mehr als ein geborgter Regenschirm, und auch der Fallschirmmann kann ihnen nicht helfen, weil Jiggs seine fünfundzwanzig Dollars abgeholt hat und . . .«

»Was, was? Sind Sie besoffen?«

»Nein. Hören Sie weiter. Reden Sie mal nicht, sondern hören Sie zu. Als ich sie heute am Flughafen sah, hatten alle für die Nacht ein Unterkommen, wie ich Ihnen zu erzählen versuchte, aber Sie sagten ja, das sei keine Neuigkeit; ja, das sagten Sie, ob ein Mensch schläft oder nicht, oder weshalb er nicht schlafen kann, ist keine Neuigkeit, sondern nur, was er tut, wenn er nicht schläft, vorausgesetzt natürlich, daß das, was er tut, von dem, dessen Beruf es ist, Neuigkeiten reinzubringen, für eine Neuigkeit gehalten wird. Ja, ich versuchte, Ihnen das zu erzählen; aber ich bin ja nur ein armseliger Kerl, der hinter Polizeiambulanzen herjagt: ich bin ja auch zu blöde, als daß ich wissen könnte, was eine Neuigkeit ist, sonst bekäme ich ja auch wohl mehr als fünfunddreißig Dollar die Woche . . . Aber wo war ich stehngeblieben? Richtig . . . Hatten für die Nacht ein Zimmer, denn sie sind ja schon seit Mittwoch hier und mußten natürlich irgendwo die Tür hinter sich abschließen und etwas von ihren Kleidern ablegen können, wenigstens den Trenchcoat, mußten sich auch mal niederlegen können, rasiert hatten sie sich schon anderswo. Jiggs hat dabei eine Schramme in den Kiefer erhalten, wie man sie schöner in keiner Barbierstube abbekommt. Sie waren also alle gut untergebracht; in welchem Hotel, fragte ich sie nicht, weil ich von vornherein wußte, daß es keinen Namen hatte, vielleicht nur ein kleines Schild am Türpfosten, das der Alte am Samstag machte, als sein Ischias so weit in Ordnung war, daß er mal rausgehen konnte, aber sie wollte ihn nicht fortlassen, bis er dann das Schild verfertigte und es annagelte: und was hätte es da für einen Sinn gehabt, wenn ich gefragt hätte: welche Straße sagten Sie? Wo ist das? Ich bin ja kein Rennpilot, ich bin Reporter ha ha ha! und weiß natürlich nicht, wo solche Häuser stehn. Ja, alle untergebracht, und heute nachmittag gewann er das Geld, und ich stand da und hielt das Kind und sie sagte: ›So‹; genau so; ›So.‹ Und dann weiß ich noch, daß sie sich während der ganzen sechseinhalb Minuten oder vielleicht waren es auch sechs und neunundvierzig Zehntausendstel oder so, nicht gerührt hat; sie sagte nur: ›So.‹ Genau so; und alles war okay, als er mit dem Kahn vom Flugfeld kam, aber wir konnten Jiggs nicht finden, der helfen sollte, den Kahn in die Halle zu rollen, und er sagte nur: ›Vermutlich wieder hinter einer Schürze her‹ und schieben die Kiste rein, und er ging nach dem Bureau, um seine eins-null-sieben fünfzig abzuholen; wir standen da und warteten, daß der Fallschirmmann landete, und das tat er dann auch, und er wischte sich das Mehl aus den Augen und fragte: ›Wo ist Jiggs?‹ ›Warum?‹ fragte sie. ›Warum?‹ antwortete er. ›Er hat mein Geld abgeholt‹, und da sagte sie: ›Du lieber Gott . . .‹«

»Hören Sie! Hören Sie mal!« rief der Redakteur. »Hören Sie mal!«

»Ja, der Monteur. In Breeches mit Strippen, die kann er abends ausziehen, als schälte man zwei Bananen, und Stiefelschäfte, die unter dem Spann von ein paar Tennisschuhen gehalten werden. Er hat die fünfundzwanzig Dollar für den Fallschirmmann abgeholt, als dieser auf dem Heimweg von der Arbeit war, der Fallschirmmann bekommt nämlich fünfundzwanzig Klötzchen für die paar Sekunden, von denen die fünf Dollar abgehen, die er an den Verkehrspiloten zahlen muß, der ihn sozusagen an die Arbeitsstelle bringt, und dann noch die acht Cents pro Pfund Mehl, aber heute war das Mehl schon bezahlt, und so bekam er bare zwanzig Dollar. Und Jiggs holte das Geld und haute ab, weil man ihm noch Geld schuldete, und dachte sicher: Shumann hat ja das Rennen gewonnen und bekommt auch gleich richtiges Geld, wie das auf dem Programm steht, und damit kann er nicht nur die Rechnung von vergangener Nacht in dem Puff bezahlen, wo sie . . .«

»Wollen Sie mich nun auch mal zu Worte kommen lassen, ja oder nein?«

»Aber gewiß. Ich höre. So komme ich denn in die Grandlieu Street und denke daran, daß Sie mir sagten, ich sollte nach Hause gehen und es aufschr . . . nach Hause gehen, und frage mich, wie Sie es sich wohl vorstellten, wie ich zwischen damals und Mitternacht die Grandlieu Street überqueren soll, und plötzlich höre ich erregte Worte und Fluchen, und es ist Jiggs, dem jemand auf den Fuß getreten hat, so daß einer der neuen Stiefel eine Schramme hat, nur begreife ich das damals nicht sofort. Und er sagt mir, er hätte sie und Shumann ins Terrebonne gehen sehen, das war alles, was er wußte; ich glaube ja auch nicht, daß er noch lange zuhörte, als er mit dem Geld des Fallschirmmanns zur Stadt abhaute, die Stiefel kaufte und in ihnen dann dahin ging, wohin sie gerade vom Flugfeld gekommen waren, und Shumann hatte versucht, seine eins-null-sieben fünfzig abzuholen, aber man wollte sie ihm nicht auszahlen. Ich konnte also die Grandlieu nicht überqueren, und so gingen wir denn nach dem Terrebonne, obwohl das der letzte Ort in der Stadt ist, wo ein Reporter um halb elf abends noch was erreichen kann, besonders wenn die vom Rennausschuß besoffen werden und die Hälfte der Fastnachtsleute es bereits ist... aber einerlei; das habe ich Ihnen ja auch schon erzählt. Wir kommen hier also an, und Jiggs will nicht mit rein, und ich kapiere das immer noch nicht, obwohl ich die Stiefel schon bemerkt habe. Ich gehe also rein, und da steht sie neben diesem gemeinen Nachttopf, und die Halle ist voll von Betrunkenen mit Abzeichen und in Anzügen, die aussehen, als müßten sie mal rasiert werden, und alle gratulieren sich, daß der Flughafen eine Million kostet und sie vielleicht in den nächsten drei Tagen herausfinden, wie man noch eine Million verpulvern kann und wie die dann in der Abrechnung erscheinen soll. Und dann kam er, Shumann kam, und sie war noch regungsloser als der Topf und sah ihn an, und er sagte, daß sie ihm erst am Samstag das Geld auszahlen, und sie fragte: ›Hast du versucht? Hast du versucht?‹ Ja, versucht, eine Anzahlung auf die hundertsieben Dollar zu bekommen, damit sie mit dem Kind zu Bett gehen können, das schon auf dem Sofa in Madames Zimmer schläft, und der Fallschirmmann sitzt daneben, damit einer da ist, wenn er zufällig aufwachen sollte. Und dann gingen sie von der Amboise Street ins Hotel, das ist nicht weit, beide liegen innerhalb der Stadtgrenzen, um etwas von dem Gelde zu bekommen, das er sich einbildete gewonnen zu haben, und ich fragte: ›Amboise Street?‹, denn sie hatte mir am Nachmittag noch gesagt, sie hätten ein Zimmer in der French Town, und sie wiederholte Amboise Street und sah mich dabei an, ohne mit der Wimper zu zucken, und sollten Sie nicht wis-

sen, welche Art Logis man in der Amboise Street vorfindet,
dann lassen Sie sich das mal von Ihrem Sohn oder jemand anders erzählen: ja, Sie mieten das Bett, und die beiden Handtücher, und die Decke liefern Sie selbst. Sie gingen also in die
Amboise Street und bekamen hier auch ein Zimmer; das tun sie
immer, denn in der Amboise Street kann man heute nacht
schlafen und morgen bezahlen, weil eine Hure ein Kind auf
Kredit schlafen läßt. Aber sie hatten für die letzte Nacht noch
nicht bezahlt und wollten deshalb diese Nacht das Bett nicht
wieder umsonst nehmen, in Anbetracht der Fliegersache in der
Stadt, von dem natürlichen Verlauf der Fastnacht ganz zu
schweigen. Sie ließen also das Kind auf Madames Sofa schlafen
und kamen ins Hotel, und Shumann sagte, man wollte ihn erst
am Samstag auszahlen, und da sagte ich: ›Schadet nichts, ich
habe Jiggs getroffen.‹ Sie sahen mich nicht einmal an. Ich hatte
es immer noch nicht spitz, daß Jiggs das Geld verpulvert hatte:
und dann gingen wir zu der Taxe, und Jiggs stand immer noch
an der Mauer, und Shumann sieht ihn an und sagt: ›Du kannst
auch mitkommen. Wenn man sie fressen könnte, hätte ich es
längst getan‹, und Jiggs kommt und steigt auch ein, er schiebt
sich von der Seite rein und kriecht dann ins Auto, als wäre es
ein Hühnerhaus, und torkelt dann auf den kleinen Sitz und
zieht die Füße darunter, und ich merke immer noch nichts, auch
dann noch nicht, als Shumann zu ihm sagt: ›Am besten ver-
kriechst du dich in ein Einsteigeloch, wenn Jack in das Auto
steigt.‹ Wir steigen also ein, und Shumann sagt: ›Wir können
zu Fuß gehn.‹ Und ich sage: ›Wohin? Nach der Lanier Avenue, wo wir die Grandlieu kreuzen können?‹ Und das waren
die ersten ein Dollar achtzig, und kaum wurde die Tür auch
nur ein bißchen geöffnet, als wir aus der Karre rauskrochen; ja,
sie hatten's eilig; und wir gingen ins Haus, und der kleine Junge war wach und aß ein Butterbrot, das die Madame hatte holen lassen, und die Madame und eine kleine junge Hure und
der fette Louis der Hure in Hemdsärmeln und mit baumelnden
Hosenträgern spielten mit dem Kind, und der Fette wollte
dem Kind ein Glas Bier holen, und der Junge saß da und erzählte ihnen, sein Vater sei der beste Wendemarkenflieger in
Amerika, und Jiggs lungerte in der Halle herum und zupfte
mich am Ellbogen, bis ich dann endlich verstand, was er flüster-

te: ›Nun hören Sie doch mal; sehen Sie mal nach, wo der Sack ist, öffnen Sie ihn, Sie finden dann ein Paar Tennisschuhe und ein Paket, das sich anfühlt, als wäre . . . ein . . . ein . . . Stiefelknecht drin, und das alles reichen Sie mir doch eben mal raus.‹ Und ich frage: ›Was? Was ist drin?‹ Und da sagt auch schon der Fallschirmmann im Zimmer: ›Wer ist denn da draußen? Jiggs?‹ Und als niemand antwortet, sagt der Fallschirmmann: ›Komm nur rein.‹ Und Jiggs schob sich rein bis in die Tür, so daß der Fallschirmmann gerade sein Gesicht sehen konnte; er sagt dann wieder: ›Komm nur rein.‹ Und Jiggs schiebt ein bißchen weiter rein, und der andere sagt wieder: ›Komm nur.‹ Und da schiebt Jiggs ins Licht, das Kinn zwischen den Hemdtaschen und den Kopf zur Seite gewandt, und der andere mustert ihn langsam von Kopf zu Fuß und umgekehrt und sagt dann: ›So'n Schweinehund.‹ Und die Madame sagt: ›Ganz meine Meinung. Man muß schon ein schmieriger Jude sein, wenn man ihm wegen der vierzig Cents den Schweinehund macht.‹ Und da sagt der Fallschirmmann: ›Vierzig Cents?‹ Ja, so war es. Die Stiefel kosteten zweiundzwanzig-fünfzig. Jiggs zahlte hierauf zwei Dollar und einen Zehner an, und dann mußte er dem Piloten des Fallschirmmanns fünf Dollar bezahlen, und so hatte er immer nur zwanzig Dollar übrig, als er den Autobus verließ, und deshalb lieh er sich die vierzig Cents von der Madame, ja, er verließ den Lufthafen um 5.30 Uhr und erledigte das alles, bevor der Laden um 6 Uhr geschlossen wurde; er kam gerade noch zur rechten Zeit, so daß er einen der Tennisschuhe zwischen die Tür schieben konnte, bevor sie geschlossen wurde. Und dann bezahlten wir die Madame, und das waren die nächsten fünf-vierzig, weil sie ihnen das Zimmer für letzte Nacht nur mit drei Dollar berechnete, und weil sie in ihrem Zimmer saßen, konnte sie das andere bis Mitternacht fürs Geschäft benutzen, dann läßt der Ansturm nach, und deshalb berechnete sie ihnen nur drei Dollar, nur für das Schlafen im Zimmer, und die beiden andern Dollar waren für die Fahrt mit dem Autobus. Und jetzt hatten wir den Jungen und den Fallschirmmann auch noch, aber der Fahrer meinte, es würde schon gehen, denn zum Flughafen war ja eine weite Fahrt. Im Programm stand, es wären draußen alle Bequemlichkeiten für hundert Piloten vorhanden, und wenn mehr als zwei bis drei aus der Halle des

Terrebonne fehlten, dann nur deshalb, weil sie sich verlaufen hatten und noch nicht da waren, und außerdem hatten Sie mir gesagt, Sie würden mich rausschmeißen, wenn ich morgen früh nicht mit Tagesanbruch draußen wäre ... nein; heute, jetzt ... und es war elf, fast morgen, und außerdem sparte die Zeitung die Kosten für die Rückfahrt in die Stadt. Ja, das dachte ich mir auch, denn scheinbar habe ich ja keine Ahnung von Fliegerei; dann nahmen wir das ganze Gepäck, das der beiden und auch Jacks Mehlsack, und fuhren raus, und das waren die nächsten zwei Dollar fünfunddreißig Cents; unterdessen war das Kind wieder eingeschlafen, und so war vielleicht der eine Dollar Schlafwagen-Zuschlag. Draußen waren immer noch viele Menschen, standen herum und starrten in die Luft, wo dieser Burnham geflogen war, und in das tiefe Loch im Flugfeld, in das er auch geflogen war, und wir konnten draußen nicht bleiben, weil sie nur Betten für hundert Piloten hatten und Colonel Feinman sie alle für seinen Empfang benötigte. Ja, Empfang. Man legt einen Flugplatz an, man engagiert ein paar empfängliche Damen, sorgt für Getränke, schließt die Eingänge, die Billett- und Auskunft-Schalter, und wenn sie dann nicht gerade das Geld oben in den Strumpf stecken, dann ist das ein Empfang. Sie können also da draußen nicht schlafen, nur deshalb fuhren wir wieder in die Stadt zurück, und das wären die nächsten zwei Dollar und fünfundachtzig Cents, denn wir ließen den ersten Wagen zurückfahren und mußten nach einem andern telephonieren, und das Telephon kostete einen Zehner und die extra zwanzig Cents waren dann dafür, weil wir nicht in der Amboise Street hielten, wir kommen also wieder ins Hotel, weil sie noch immer da sind und er sie noch einmal um sein Geld bitten kann, denn er glaubt immer noch, Luftrennen seien eine Art Sport oder etwas, was von Menschen betrieben wird, die um fast ein Uhr Schluß machen und ihm die dreißig Prozent von dreihundertfünfundzwanzig Dollar auszahlen, aus keinem andern Grunde als dem, daß sie ihm sagten, sie würden es tun, wenn er zuerst etwas täte. Und das ist die Aussicht für die Rubrik: Weltgeschehen und Volksbildung ...«

»Werfen Sie bitte fünf Cents für drei Minuten ein«, sagte die sanfte Maschinenstimme. In der luftlosen Kabine fummelte der Reporter nach Münzen, ergriff mit Schweißhand das

Telephon; wieder erstarb das leise Klick zu totem Drahtgesumm.

»Hallo! Hallo!« bellte er. »Sie trennen mich ja; geben Sie
mir meine . . .« Aber jetzt summte es schon wieder auf dem
Tisch des Redakteurs; jetzt die Zeit wütenden und apoplekti-
schen Wartens: das vollstimmige Drahtgesumme vor dem un-
gedämmten lawinengleichen:

»Rausgeschmissen! Rausgeschmissen! Rausgeschmissen!« des
Redakteurs. Er lehnte sich halb über den Tisch unter die Lampe
mit dem grünen Schirm; als er das Instrument ergriffen hatte,
klammerten sich Telephon und Hörer an ihn, wie ein gestopp-
ter Halfback, der halb über der Torlinie liegt; dann setzte er sich
wieder aufrecht, seine weißen Knöchel lagen auf den Armleh-
nen und seine Zähne glitzerten unter seiner Lippe, während er
in starrer und wartender Wut auf das Telephon blickte; so hatte er während der fünf Minuten dagesessen, seit er den Hörer
sorgfältig zurücklegte und wartete, bis das Summen wieder ertönte. »Hören Sie mich?« schrie er.

»Ja«, antwortete der Reporter. »Hören Sie. Ich würde mich
gar nicht erst um diesen blöden Feinman kümmern. Der Page
kann Ihnen den richtigen Mann hier in der Halle kommen lassen. Oder hören Sie. Auch das ist nicht mal nötig. Sie brauchen
nur ein paar Dollar, um das Essen und Nachtquartier bezahlen
zu können; rufen Sie doch eben das Hotelbüro an und sagen Sie
dort, ich könnte für Rechnung der Zeitung Geld in Empfang
nehmen. Ich füge dann auch die elf-achtzig hinzu, die ich . . .«

»WOLLEN Sie mich nun endlich mal reden lassen?« fragte der
Redakteur. »Bitte, wollen Sie das?«

». . . ausgab, um rauszufahren und . . . was? . . . Gewiß. Gewiß. Chef. Schießen Sie los.«

Der Redakteur sammelte sich wieder; er schien sich auszu-
dehnen, sich ein wenig weiter und flacher über den Tisch zu legen, genau wie der Verteidiger, wenn das Tor wieder sicher ist,
sich ein wenig weiter vorwagt, während er schon auf dem Boden liegt. Jetzt hörte er sogar auf zu beben. »Nein«, sagte er;
er sagte es langsam und deutlich. »Nein. Verstehen Sie? NEIN!«
Jetzt hörte er auch nur totes Drahtgesumm, als reichte das andere Ende jenseits der Atmosphäre hinein in kalten Raum; als
lauschte er jetzt dem tiefen Laut der Unendlichkeit, der Leere

selbst, die gefüllt ist mit dem kalten, unaufhörlichen Murmeln
äonmüder, unwandelbarer Sterne. In den Lichtkreis schleuderte eine Hand des Morgens erste Fahnenabzüge: die noch feuchten sauberen Abzüge, die in der Zeitung natürlicher Ordnung
keine aufregenden Schlagzeilen hatten, und da sie nichts Neues
brachten, seit Anfang der Zeit auch nichts Aufregendes enthielten: – jener Querschnitt aus Zeit und Raum, als wäre es ein
Lichtstrahl, der für den Bruchteil einer Sekunde zwischen
Unendlichkeit und wütendem und gemeinem Staub von einer
Linse eingefangen wird:

BAUERN WEIGERN SICH

BANKIERS DEMENTIEREN

STREIKER VERLANGEN PRÄSIDENTEN-JACHT

BESCHRÄNKUNG DER ANBAUFLÄCHE

FÜNFLINGE ÜBERLEBEN

EX-SENATOR RENAUD FEIERT
ZEHNTEN JAHRESTAG ALS RESTAURATEUR

Jetzt wurde das Drahtgesumme lebendig.

»Sie wollen also sagen, daß Sie nicht . . .«, sagte der Reporter. »Sie wollen doch nicht etwa . . .«

»Nein, NEIN. Ich will nicht einmal den Versuch machen, Ihnen zu erklären, weshalb ich nicht will oder nicht kann. Hören
Sie jetzt zu. Hören Sie genau zu. Sie sind entlassen! Verstanden? Sie arbeiten nicht mehr für diese Zeitung. Sie arbeiten für
niemanden, den diese Zeitung kennt. Sollte ich morgen erfahren, daß Sie es doch tun, dann reiße ich, so wahr mir Gott hel-
fe, ihre Annoncen mit eigenen Händen raus. Haben Sie Telephon zu Hause?«

»Nein, aber drüben an der Ecke ist eins; ich kö . . .«

»Dann gehen Sie nach Hause. Und wenn Sie dieses Büro
oder dieses Haus heute nacht noch einmal anrufen, lasse ich Sie
wegen Herumtreibens verhaften. Gehen Sie nach Hause.«

»Gut, Chef. Wenn Sie die Sache so sehen, okay. Wir gehn
nach Hause, wir müssen morgen wieder ein Rennen fliegen . . .
Chef! Chef!«

»Ja?«

»Wie ist das mit meinen elf-achtzig? Ich arbeitete noch für
Sie, als ich Sie ausg . . .«

Nacht im Vieux Carré

JETZT konnten sie die Grandlieu Street überqueren. Wieder wogte darin der Verkehr; zu Geschrill und Getöse von Licht und Glocke krachten und glänzten Elektrische und Automobil über die Kreuzung, rasten dahin in leichtem, bordsteingedämmtem Nebel aus gequälten und besudelten Luftschlangen und zertretenen Konfetti, die auf der Dämmerung Weißschwingen warteten – wertloser Flitterdung von Momus Nilbarken-Klatterfalk. Von Licht und Glocke geführt und geleitet, konnten sie jetzt mit den beiden Taschen aus imitiertem Leder und dem Mehlsack aus Drell hinüber. Die vier sahen hin zu dem Reporter, der, den kleinen noch schlafenden Jungen auf der Schulter, am äußersten Dammrand des Bordsteins in wiegender und gebeugter Unbeweglichkeit stand, wie eine Vogelscheuche, die langsam aus dem Erdboden wittert, der sie aufrecht und intakt gehalten hat, und nun beim ersten, leichten, ziellosen Wind, der sie letzter Auflösung entgegenführt, anfängt zu schwanken. Jetzt setzte er sich in eine Art flatternden Galopp, war den andern bald fünfzehn bis zwanzig Fuß voraus, ehe diese sich in Bewegung setzen konnten, ging quer durch den Schein der Vorderlichter der Autos, offenbar ohne die Erde zu berühren, als wäre er eins jener apokryphen nächtlichen Fledermauswesen, deren Nest oder Horst noch kein Mensch schaute, die man nur sekundenlang in ihrem wilden Fluge sieht, wenn ein Lichtstrahl sie einfängt zwischen Nichts und Nirgendwo. »Nehme einer ihm doch Jack ab«, sagte die Frau. »Ich habe Angst . . .«

»Vor ihm?« sagte der Fallschirmspringer, der eine der Taschen trug, während er sie mit der andern Hand am Ellbogen faßte. »In den fährt keiner hinein, so wenig wie in die Glasstange beim Barbier. Oder einen Sack mit leeren Bierflaschen auf der Straße.«

»Aber er könnte fallen und das Kind dabei zu Schaden kommen«, meinte Jiggs. Dann fügte er hinzu (es war immer noch gut und gefiel ihm immer noch, obwohl es nun schon das drittemal war): »Wenn er auf der andern Seite ankommt, stellt er vielleicht fest, daß der Kirchhof auch wieder geöffnet ist, und das wäre bestimmt nicht gut für Jack.« Er reichte Shumann den Sack, ging an der Frau und dem Springer vorbei, schritt schnell einher auf seinen kurzen, stämmigen Beinen, wobei die Stiefel in der aufgereihten dichten Unbeweglichkeit der Scheinwerfer blitzten, überholte den Reporter und griff nach dem Jungen. »Geben Sie ihn mir mal«, sagte er. Ohne stehenzubleiben sah ihn der Reporter mit dem seltsam gläsernen Ausdruck eines Menschen an, der letzthin nicht viel geschlafen hat.

»Lassen Sie nur«, sagte er, »er ist nicht schwer.«

»Wenn schon«, entgegnete Jiggs und zog den noch schlafenden Knaben von der Schulter des andern, wie einen Ballen Spannstoff von einem Regal, als sie zusammen den andern Bordstein erreichten. »Sie müssen jetzt vor allem überlegen, wie Sie den Weg zu Ihrer Wohnung finden.«

»Ja«, sagte der Reporter. Sie blieben stehen, wandten sich um, warteten auf die andern; der Reporter sah mit seltsam verstörtem Blick auf Jiggs herab, der jetzt augenscheinlich den Knaben mit der gleichen Mühelosigkeit trug, mit der er den Schwanz des Flugzeugs getragen hatte; auch er hatte sich halb umgewandt, stand da wie eine kurze Schneiderschere, die mit den Spitzen in einer Tischplatte steckt, und beugte sich leicht vor, wie ein in den Boden gefallenes Bowiemesser. Die drei andern hatten die Straße noch nicht überquert – die Frau, die es irgendwie sogar fertigbrachte, den Rock unter dem geschlechtslosen Trenchcoat zu tragen, wie es jeder der drei Männer getan hätte; der große Fallschirmspringer, dessen hübsches Gesicht jetzt den Ausdruck dumpfen Nachdenkens trug; und hinter ihnen Shumann in dem sauberen Serge-Anzug und dem neuen Hut, der auch jetzt noch ganz so aussah, als ruhte er, wie die Maschine ihn preßte und formte, auf dem Hutständer im Laden – und von allen drei ging der gleiche Eindruck aus, der bei Jiggs eine immer wieder vergessene und leichtgetragene Zahlungsunfähigkeit, bei allen aber die unwiderrufliche Heimatlosigkeit von drei Einwanderern war, die über den Zwischendecklaufsteg das Schiff verlassen. Als die Frau und der Fallschirmspringer den Bordstein erreichten, schrillten Licht und Glocke wieder und versanken dann in dem Motorengeknatter des weiterrasenden Verkehrs; Shumann sprang mit einer steifen, leichten Bewegung unglaublicher und starrer Schnelligkeit auf den Bordstein, ohne daß sich dabei sein Gesichtsausdruck änderte oder der Hut auch nur um Haaresbreite verschob. Und jetzt wirbelte hinter ihnen saugender Stoßwind wieder den leichten wallenden Nebel aus gequälten Konfetti und Luftschlangen aus der Gosse. Der Reporter sah sie jetzt alle an mit seinem verzerrten, benommenen, drängenden Gesicht. »Die Schweinehunde!« schrie er. »Diese Saukerle!«

»Ja«, sagte Jiggs. »Und wie nun weiter?« Noch einen Augenblick lang sah der Reporter sie an. Dann bog er, als würde er nicht durch ein gesprochenes Wort, sondern allein durch das schwere Gewicht ihrer geduldigen und heimatlosen Passivität in Bewegung gesetzt, in die dunkle Seitenstraße ein, die so eng war, daß sie hintereinander unter den schmalen, vorstehenden Balkonen mit den Eisengittern hergehen mußten. Die Straße war leer, kein Licht als nur der Schein aus der Grandlieu Street; sie roch nach Schlamm und etwas Undefinierbarem, das zwischen Kaffeesatz und Bananen lag. Jiggs sah sich um und versuchte, den Namen, dessen Buchstaben in verwischtem Ziegelmosaik in den Bordstein eingelassen waren, zu entziffern; er erkannte aber nicht gleich, daß es nicht nur ein Wort, ein Name war, den er zuvor weder gesehen noch gehört hatte, sondern daß er ihn auch noch verkehrt herum betrachtete. »Lieber Gott«, dachte er, »nur die Höflichkeit eines Franzosen kann so etwas Straße nennen, von dem Namen ganz zu schweigen.« Er trug immer noch den schlafenden Jungen auf der Schulter, und die drei andern folgten ihm, und alle vier gingen ruhig hinter dem vorwärtseilenden Reporter her, als hätten sie mit der Grandlieu Street, ihren Lichtern und ihrer Bewegung die Lethe selbst überschritten, als wären sie vier Schatten außerhalb der lebendigen Welt, die ernst, ruhig und ohne Angst in vollkommene Vergessenheit geführt wurden von jemandem, der augenscheinlich nicht nur lange genug im Reiche der Schatten weilte, so daß er dessen Bürger geworden war, sondern hier auch allem Anschein nach geboren war. Der Reporter sprach immer noch, aber sie hörten ihn anscheinend gar nicht, als wären sie erst kürzlich hierhergekommen und der menschlichen Sprache noch zu wenig entwöhnt, als daß sie die ihres Führers auch nur gehört hätten. Jetzt blieb er wieder stehen, wandte ihnen wieder sein wildes, drängendes Gesicht zu. Wieder eine Straßenkreuzung – zwei enge, dachlose Tunnel, wie offene Stollen. Zwei fahle Einbahnpfeile bezeichneten sie. Sie schienen das wenige Licht in sich gezogen zu haben und in leichter Schwebe zu halten. Dann sah Jiggs, daß links die Straße in etwas Helles, Lebendiges lief – eine Reihe Wagen am Bordstein unter einem beleuchteten Schild, ein Name, gegen das sich das schmale, dunkle Gitterwerk der ewigen Balkone in gewichtloser und spitzengleicher Silhouette abhob. Dieses Mal ging Jiggs vom Bordstein hinunter und buchstabierte den Namen der Straße: »Toulouse«, buchstabierte er. »Tu Hus«, dachte er. »Ja. Prostemahlzeit! Unser Haus hat sich scheinbar gestern abend auf dem Nachhausewege verirrt.« So achtete er denn auch nicht auf das, was der Reporter sagte, der sie jetzt in einem Bild unbeweglich zusammenhielt, das (bis auf seinen Hut) an Stadtanarchisten in Zeitungskarikaturen erinnerte. Als Jiggs wieder aufblickte, sah er, daß er auf das erleuchtete Schild zulief. Sie alle sahen ihm nach, beobachteten die lange, dünne fledermausähnliche Gestalt, während sie dahineilte.

»Ich will nichts trinken«, sagte Shumann. »Ich will schlafen.« Der Fallschirmspringer steckte seine Hand in die Tasche des Trenchcoats der Frau und zog ein Päckchen Zigaretten hervor, das dritte von denen, die der Reporter gekauft hatte, bevor sie das Hotel zum erstenmal verließen. Er zündete eine an und stieß den Rauch böse durch die Nase.

»Ich hab gehört, wie du's ihm gesagt hast«, sagte er.

»Trinken?« sagte Jiggs. »Lieber Gott, meinte er das?« Sie beobachteten den Reporter, die ungeschickt gehende Gestalt in dem flatternden Anzug, die unbeholfen auf die parkenden Wagen zulief. Sie sahen den Zeitungsjungen von irgendwoher auftauchen, die Zeitung hielt er schon bereit, der Reporter nahm sie, wobei er kaum stehenblieb, sie zu bezahlen.

»Seit wir ihn heute abend trafen, ist das schon die zweite«, sagte Shumann. »Ich dachte, er arbeitete für eine.« Der Fallschirmspringer zog den Rauch in die Lunge und stieß ihn dann wieder aus.

»Vielleicht kann er sein eigenes Geschreibe nicht lesen«, sagte er. Die Frau trat plötzlich einen Schritt vor; sie näherte sich Jiggs und griff nach dem kleinen Jungen.

»Ich will ihn mal tragen«, sagte sie. »Du und der andere, mag der Teufel wissen, wie er heißt, habt ihn den ganzen Abend getragen.« Aber bevor Jiggs noch den Knaben loslassen konnte, kam der Fallschirmspringer und griff nach ihm. Die Frau sah ihn an. »Laß das, Jack«, sagte sie.

»Laß du das«, entgegnete der Springer. Er nahm beiden den Jungen fort, nicht zart und nicht rauh. »Ich trage ihn; das kann ich ja wohl für Essen und Unterkunft tun.« Er und die Frau sahen sich über den Jungen hinweg an.

»Laverne«, sagte Shumann, »gib mir eine von den Zigaretten.« Die Frau und der Springer sahen sich wieder an.

»Was willst du?« fragte sie. »Willst du die ganze Nacht durch die Straßen laufen? Soll Roger die Nacht im Wartesaal herumsitzen und dann morgen ein Rennen gewinnen? Soll Jack . . .«

»Ich habe ja gar nichts gesagt«, entgegnete der Springer. »Ich mag sein Gesicht nicht. Aber schon gut. Das ist ja meine Sache. Aber gesagt habe ich nichts, oder doch?«

»Laverne«, wiederholte Shumann, »nun gib mir doch die Zigaretten.« Aber jetzt setzte Jiggs sich in Bewegung; er ging auf den Springer zu und nahm ihm das Kind ab.

»Gib ihn her«, sagte er. »Du hast ja keine Ahnung, wie man Kinder trägt«, sagte er. Von irgendwoher aus den dunklen, toten, engen Straßen barst plötzlich tosende Lustigkeit: schrill, strotzend, mauergedämpft, als käme sie von jenseits eines niedrigen Torwegs oder aus einem Keller – aus irgendeinem luftlosen, rauchgefüllten Raum. Dann sahen sie den Reporter. Er erschien wieder unter dem beleuchteten Schild, tauchte auf aus einer Höhle mit Ziegelfußboden und gemauerten Wänden, die nichts enthielt, wie ein unfertiger Duschraum einer Turnhalle; sie war eingeteilt in zwei Reihen diskreter, verhangener Nischen, aus einer derselben war ein faungesichtiger Kellner, der nur noch ein paar verfaulte Zahnstumpen im Munde hatte, erschienen und hatte ihn erkannt.

»Hören Sie mal«, sagte der Reporter. »Ich brauche eine Gallone Absinth, Sie wissen ja welche Sorte. Ich brauche ihn für ein paar Freunde, aber ich will auch davon trinken, und außerdem sind es keine Fastnachtstouristen. Sagen Sie das Pete. Sie wissen ja, was ich meine.«

»Gewiß«, antwortete der Kellner. Er wandte sich um, ging in den hinteren Teil des Raumes und damit in die Küche, wo an einem mit Zink belegten Tisch ein Mann in Seidenhemd und mit vielen schwarzen Locken aus einer großen Schüssel aß. Er sah den Kellner mit Topasaugen an, während dieser den Namen des Reporters wiederholte. »Er will von dem guten«, sagte der Kellner italienisch. »Er hat Freunde zu Besuch. Ich glaube, ich muß ihm Gin geben.«

»Absinth?« fragte der andere auch italienisch. »Natürlich. Weshalb nicht?«

»Er will von dem guten.«

»Natürlich. Rufe Mama.« Dann aß er weiter. Der Kellner ging durch eine zweite Tür; einen Augenblick später kam er mit einem Gallonkrug zurück, der etwas Farbloses enthielt, und ihm folgte eine bescheidene, verwitterte alte Dame in einer tadellos sauberen Schürze. Der Kellner stellte den Krug in den Spülstein, und die alte Dame zog ein kleines Fläschchen aus der Schürzentasche. »Sieh erst nach, ob sie das Opium hat«, sagte der Mann am Tisch, ohne aufzusehen oder aufzuhören zu kauen. Der Kellner beugte sich vor und sah auf das Fläschchen, aus dem die alte Dame etwas in den Krug goß. Sie goß ungefähr eine Unze hinein; der Kellner schüttelte den Krug und hielt ihn gegen das Licht.

»Ein bißchen mehr, Madonna«, sagte er. »Die Farbe ist noch nicht ganz richtig.« Er brachte den Krug nach draußen; der Reporter erschien jetzt wieder unter dem Schild und trug ihn; die vier an der Ecke sahen, wie er ungeschickt herangelaufen kam; es sah nicht so aus, als wolle er hinfallen, sondern als würde er sich beim nächsten Schritt vollkommen auflösen.

»Absinth!« rief er. »New Valois Absinth! Ich sagte Ihnen ja, daß ich sie kenne. Absinth! Jetzt gehen wir nach Hause, und ich mache Ihnen mal ein paar echte New-Valoiser Drinks, und dann soll der Teufel sie alle holen.« Er sah sie mit glühenden Augen an und schwenkte den Krug. »Diese Schweinehunde!« schrie er. »Diese Saukerle!«

»Passen Sie doch auf!« rief Jiggs. »Lieber Gott, beinahe hätten Sie den Pfosten beschädigt.« Er reichte Shumann den kleinen Jungen hin. »Da, halt ihn mal«, sagte er. Er sprang vor, griff nach dem Krug. »Ich will ihn tragen«, sagte er.

»Ja, nach Hause«, rief der Reporter. Er und Jiggs umklammerten den Krug, während er sie alle mit wildem, strahlendem Gesicht anblickte. »Hagood wußte nicht, daß er mich erst rausschmeißen mußte, damit ich hingehe. Und merkt euch das! Ich arbeite jetzt nicht mehr für ihn, und so wird er auch nie erfahren, ob ich hinging oder nicht!«

Als die Aufzugstür hinter dem Redakteur zuschlug, bückte er sich und hob die mit dem Zifferblatt nach unten liegende Uhr von dem Haufen Zeitungen, von jenem geheimnisvollen Staccato-Querschnitt eines Augenblicks, kristallisiert und jetzt zwei Stunden tot, obwohl nur der Moment, der Augenblick; sein Wesen aber nicht nur nicht tot, nicht vollständig, sondern gerade in seinem unlösbaren Rätsel menschlicher Torheit und Albernheit eine flüchtige und tragische Unsterblichkeit besitzend:

FARMER BANKIERS STREIKER ANBAUFLÄCHE
WETTER BEVÖLKERUNG

Jetzt fragte der Aufzugmann nach der Zeit. »Halb zwei«, antwortete der Redakteur. Er legte die Uhr zurück, legte sie ohne sichtbares Zögern oder Berechnung genau in die Mitte der Reihe von Großbuchstaben, so daß jetzt, in der Form einer billigen Metallscheibe, der geheimnisvolle Streifen genau in der Mitte durch die blanke Rückseite des größten und unentrinnbarsten aller Rätsel geteilt wurde. Der Aufzug hielt, die Tür glitt zurück. »Gute Nacht«, sagte der Redakteur.

»Gute Nacht, Mr. Hagood«, entgegnete der andere. Wieder schlug die Tür hinter ihm zu. Jetzt beobachtete der Redakteur in der gläsernen Haustür, in die der Reporter vor fünf Stunden sich hatte gehen sehen, sein Spiegelbild – ein gedrungener, seßhafter Mann in abgetragenen, billigen Halbtweed-Knickers und gummibesohlten Golfschuhen, mit seidenem Halstuch, in Shetlandjacke, die unverkennbar Geld repräsentierte und aus deren einer Tasche Schlips und Kragen hervorsahen, die er wahrscheinlich auf dem Golfplatz irgendwann während des Nachmittags abgenommen hatte, gekrönt von einem kahlen Schädel mit Hornbrille – das Gesicht einer intelligenten verratenen Askese – das Gesicht eines Yale- oder vielleicht Cornell-Seniors, ärgerlich überrascht und überwältigt durch eine plötzliche und böse Doppeldekade –, das dauernd auf ihn zukam, während er durch die Halle ging, bis genau an den Punkt, wo entweder er oder es weichen mußte, als auch es wieder vorbeiflitzte und verschwand und er die beiden flachen Stufen hinab- und damit in die kalte und zaudernde Vordämmerung des Winters hinausging. Sein Wagen stand am Bordstein, der Wächter der Nachtgarage daneben; die sauber geputzten und irgendwie an geburtshilfliche Instrumente erinnernden Golfkellen ragten, leicht geneigt, über das zurückgeklappte Verdeck des Wagens und wiederholten das Glitzern und Funkeln andern Chroms an des Wagens glanzlossilbernem Rumpf. Der Wächter öffnete die Tür, aber Hagood gab ihm zu verstehen, zuerst einzusteigen.

»Ich muß zur French Town«, sagte er. »Sie fahren bis an Ihre Ecke.« Der magere Wächter glitt schnell an dem Golfsack und der Steuerung vorbei unter das Rad. Hagood stieg steif ein, wie ein alter Mann, ließ sich in den niedrigen Sitz sinken, worauf ihn lautlos und ohne Warnung der Golfsack mit augenscheinlich berechneter und lauernder Bosheit gegen Kopf und Schulter schlug. Es klirrte hart, und es klang, als würden diese Laute halb im Scherz, halb in tödlichem Ernst von den Kiefern eines zwar gebändigten, aber nicht gezähmten Tieres hervorgebracht, als stammten sie von einem verhätschelten Hai. Hagood stieß den Sack zurück und fing ihn gerade noch auf, ehe er ihn ein zweites Mal traf. »Warum, zum Teufel, haben Sie ihn denn nicht nach hinten gelegt?« sagte er.

»Ich tue es sofort«, entgegnete der Wächter und öffnete die Tür.

»Lassen Sie es jetzt«, sagte Hagood. »Nun mal los. Ich muß durch die ganze Stadt, bevor ich nach Hause fahren kann.«

»Ja, ich glaube, jeder ist froh, wenn dieser Fastnachtsrummel endlich vorbei ist«, sagte der Wächter. Der Wagen setzte sich in Bewegung; steigerte langsam die Geschwindigkeit und fuhr mit verklingendem Motorgeräusch die Straße hinunter, fuhr dann wieder langsamer, ohne aber stehenzubleiben; dann bog er in die Avenue, fuhr wieder schneller – eine Maschine, teuer, kompliziert, zart und eigentlich nutzlos, für irgendein dunkles psychisches Bedürfnis der Gattung, wenn nicht der Rasse, aus den jungfräulichen Hilfsmitteln eines Kontinents geschaffen, um Muskeln, Knochen und Fleisch einer neuen und beinlosen Art zu werden –, in die leere Straße zwischen den rotgelben Papierfahnen, die von Pfosten zu Pfosten gehalten wurden durch geheimnisvolle Schilder, Symbole für Gelächter und Freude, die verklungen waren. Er fuhr durch die dunkle, einsame Straße; seine Größe und die Summe Geld, die er darstellte, konzentrierten sich allein auf ein einziges, sanft erleuchtetes Zifferblatt, auf dem Zahlen ohne Bedeutung ständig einem noch unenthüllten Crescendo letzten Triumphes entgegenwuchsen, dessen einzige Zeugen Landstreicher waren. Er fuhr jetzt langsamer und hielt so glatt und geschickt, wie er angefahren war; der Wächter glitt heraus, bevor er noch ganz hielt. »Okay, Mr. Hagood«, sagte er, »gute Nacht.«

»Gute Nacht«, erwiderte Hagood. Als er hinüberglitt ans Steuerrad, machte der Golfsack still einen neuen Angriff auf ihn. Dieses Mal aber warf er ihn rüber in die andere Ecke. Wieder fuhr der Wagen, aber jetzt war es eine ganz andere Maschine. Mit wildem, unwiderstehlichem Stoß sprang er an, als hätte ihn mit dem andern und jüngeren Mann etwas seines Wesens verlassen, als er hielt; er fuhr weiter, in die Grandlieu Street, von Licht oder Glocke jetzt unbehelligt. Statt dessen starrte nur das Mittelauge an jedem Pfosten trübe und stetig gelb; die vier Ecken der Kreuzung waren durch vier milchfarbene Strahlen, die von den Hydranten ausgingen, bezeichnet, und neben jedem der vier Hähne stand regungslos ein Mann in Weiß, die alle vier an burleske Assistenzärzte in Komödien erinnerten, während auf jedem gossengeflochtenen Strom nun das Wrackgut des toten Abends trieb: Luftschlangen und Konfetti. Der Wagen fuhr über die Kreuzung und in das Viertel enger Schluchten, offene Stollen, behangen mit Eisenspitze, fuhr jetzt schneller, Kiesel bildeten den Boden, und das Dach der niedrige verhangene Himmel, die Mauern aber waren dichter und furchtbarer Lärm, als hinge aller Widerhall wie unsichtbarer Nebel in den engen Straßen, den schon ein Stromlinier und Propeller zu wildem und ungeheuerlichem Getöse erweckten. Langsam fuhr er in einer Nebenstraße an den Bordstein, und als er ausstieg, sah er im zweiten Stock die Form eines erleuchteten Fensters, das den Schatten des Balkons auf das Fliesenpflaster warf, und dann im Rechteck des Fensters den Schatten eines Armes, der, wie er von hier aus erkennen konnte, den Schatten eines Trinkglases hielt. Als er die Wagentür schloß, trat er auf die zerbröckelten Mosaikworte *The Drowned,* die in den Bordstein eingelassen waren, und ging dann wütend, aber nicht überrascht, die Straße herauf. Als er dem Fenster gegenüberstand, sah er auch den lebendigen Arm, obwohl er schon lange vorher die Stimme des Reporters gehört hatte. Jetzt hörte er nichts anderes, kaum seine eigene Stimme, als er unter dem Balkon stand, rief und dann schrie, bis plötzlich ein untersetzter strammbeiniger Mann an das Gitter kam und sich darüber lehnte. Er hatte ein stumpfes Gesicht und eine Priestertonsur. Hagood blickte zu ihm hinauf und dachte in wütender Ohnmacht: »Er erzählte mir, sie hätten auch ein Pferd. Verdammt noch mal!«

»Suchen Sie jemand, Doktor?« fragte der Mann auf dem Balkon.

»Ja«, rief Hagood und schrie dann den Namen des Reporters.

»Wen?« fragte der Mann auf dem Balkon und hielt die Hand ans Ohr. Wieder schrie Hagood den Namen. »Soviel ich weiß, ist niemand dieses Namens hier oben«, antwortete der Mann auf dem Balkon; dann fuhr er fort: »Warten Sie mal.« Vielleicht war es Hagoods erstauntes, wütendes Gesicht; der andere wandte den Kopf, und jetzt bellte auch er den Namen in den Raum hinter sich. »Heißt jemand hier so?« fragte er. Die Stimme des Reporters verstummte für eine Sekunde, länger nicht, dann schrie sie wieder in dem gleichen Ton, den Hagood vom Ende der Straße hatte hören können.

»Wer will das wissen?« Aber bevor noch der Mann auf dem Balkon antworten konnte, schrie sie schon wieder: »Sag ihm, er wäre nicht hier. Sag ihm, er wäre verzogen. Er wäre verheiratet. Er wäre tot.« Dann brüllte die Stimme: »Sag ihm, er wäre an die Arbeit gegangen.« Der Mann auf dem Balkon sah wieder hinab.

»Na, Mister«, sagte er, »vermutlich haben Sie ihn genau so deutlich gehört wie ich.«

»Einerlei«, sagte Hagood. »Kommen Sie mal runter.«

»Ich?«

»Ja«, schrie Hagood. »Sie!« Er stand auf der Straße und sah, wie der andere in das Zimmer zurückging, das er selbst nie gesehen hatte. Über das, was der Reporter, der seit zwanzig Monaten unmittelbar unter ihm gearbeitet hatte, seine Wohnung nannte, wußte er nur Bescheid durch das Formular, das der Reporter am Tage seines Eintritts ausgefüllt hatte. Dieses Zimmer, diese Wohnung, die der Reporter Bohème nannte, hatte er in diesem Teil von New Valois' Vieux Carré aufgestöbert, wie er auch die Einrichtung, die sie unordentlich füllte, Stück für Stück mit der eifrigen und betrogenen Hingabe eines Kindes, das Ostereier sucht, zusammengeschleppt hatte. Es war eine elende Höhle, mit einem Scheunendach, mit abgenutzten, abgetretenen und sogar verfaulten Dielen und skrofulösen Wänden; sie war durch einen alten Theatervorhang in zwei ungleiche Hälften, Schlafzimmer und Arbeitszimmer, geteilt, und mit schlampig ausgebesserten und zwecklosen Tischen angefüllt, die mit imitierten Batikdecken bedeckt waren; auf den Tischen standen wacklige Lampen aus Likörflaschen und Gegenstände aus oxydiertem Metall, deren ursprünglichen Zweck kein Mensch kannte; an den Wänden hingen Batik- und maschinengefertigte indianische Decken und unentzifferbare Relief-Plaketten, die irgendwie religiös-italienisch-primitiv waren. Die Wohnung war angefüllt mit Gegenständen, deren vertrocknete und zerbrechliche Nutzlosigkeit eine Verwandtschaft mit dem physischen Sein ihres Besitzers verriet, als wären er und sie alle im selben Leibe empfangen und auf einer Spreu gelaicht – mit Gegenständen, auf denen, wie auf alten Huren, die Geister so vieler namenloser Besitzer lasten, daß selbst der gegenwärtige Titelhalter eigentlich nur Rechte, aber keinen wirklichen Besitz hatte – eine Wohnung, die augenscheinlich aus einer Theatermorgue ausgegraben war und, so wie sie war, von einem Monat zum andern vermietet wurde.

Ungefähr zwei Monate nachdem der Reporter ohne Zeugnisse oder irgendwelche durch Dokumente oder Auskünfte belegte Vergangenheit bei der Zeitung eingetreten war, er, der aussah wie ein Wesen, das durch heißen Dampf in einem Laboratorium geschaffen worden und wie ein Steppengewächs ohne jegliches Bedürfnis nach künstlicher Nahrung, ja auch nicht geschaffen dafür, der wie ein eifriger Hund die kindliche Anlage hatte, nie dort zu sein, wo sich gerade was Neues ereignete, sondern immer nur da, wo die meisten Leute waren, suchte er im Vieux Carré nach einer Wohnung und deren Einrichtung und Ausschmückung – Decken und Batik und allerlei Gegenständen, die er kaufte und ins Büro schleppte, wo er dann mit immer demselben erschrockenen Staunen zuhörte, wenn Hagood ihm geduldig bewies, daß er für den Krempel zwei- dreimal zuviel bezahlt hätte. – Eines Tages blickte Hagood auf und sah eine Frau, die er noch nie vorher gesehen hatte, das Redaktionsbüro betreten. »Sie sah aus wie eine Lokomotive«, erzählte er später dem Besitzer der Zeitung mit bitterer Wut. »Sie erinnern sich ja wohl: als die Eisenbahngesellschaft damals durch die Filme, die die neuesten Diesel-Züge zeigten, und das Gefrage der Reporter über die Zukunft des Eisenbahnwesens zur Verzweiflung getrieben wurde, holte sie schließlich die alte Lokomotive hervor, die 1902 oder 1910 oder irgendwann den Rekord aufstellte, und schickte sie in die Werkstatt; und eines Tages wird sie in Gegenwart der Filmleute und Reporter enthüllt. Sie ist mit Girlanden aus Rosen geschmückt, und Kongreßmitglieder und sechsunddreißig höhere Töchter aus der Schönheitsschau in Badekostümen sind auch dabei. Aber es ist nur äußerlich eine neue Maschine, und jeder ist froh und stolz, daß sie innerlich noch die alte schnelle von 1902 oder 1910 ist. Auf dem Tender steht noch dieselbe Nummer, auch die Maschinenteile sind noch die alten, guten, zeiterprobten, nur das Gestell und der Kessel sind wacholderblau angestrichen, und das Gestänge und die Glocke sehen goldener aus als Gold und der Vorverdichter sieht nur in hellem Licht besonders aus, und die Nummer ist jetzt aus Neon: die erste Nummer der Welt aus Neon.«

Er blickte auf von seinem Tisch und sah sie auf einer Duftwolke hereinkommen, die ebenso gefährlich war wie Giftgas, und ihr folgte der Reporter, der mehr denn je aussah wie ein Schatten, dem der, der ihn warf, schon vor vielen, vielen Wochen glücklich entronnen war ... der schöne volle Busen erinnerte an die von Mauern umgebenen, unzugänglichen Städte des Mittelalters, deren Ursprung älter ist als die Schrift, die in unzähligen, wilden Angriffen immer wieder genommen wurden, die sie in der kurzen Wut eines Augenblicks überrannten und dann vergingen, ohne eine Spur zu hinterlassen; der breite Mund war tomatenfarben, die Augen freundlich, schlau und mehr als nur enttäuscht, das Haar hatte jenen diamantharten und unzugänglich neuen Glanz eines vergoldeten Services in einem Ladenfenster, die goldgefleckten Zähne waren viereckig und weiß und groß wie die eines Pferdes. Das alles sah er unter schwerem, reichem rosa Federgewoge, so daß er glaubte, er betrachte ein Gemälde aus der Frühlingszeit der Malerei, als die Maler noch nicht schreiben konnten, um sie zu signieren – ein Gemälde, empfangen und ausgeführt in der Unschuld des Schlafes und offener Eingeweide, ein Bild, das die reiche, modrige, unkeusche Erde wohl mit rosigen Wolken bedeckte, in denen selbstvergessene Cherubim sich tummeln und spielen. »Ich bin nur eben mal hereingekommen, um zu sehen, für wen er eigentlich arbeitet«, sagte sie.

»Darf ich . . . Danke.« Sie nahm aus dem Päckchen auf dem Tisch eine Zigarette, bevor er noch eine Bewegung machen konnte, wartete dann aber, bis er ein Streichholz anzündete und es ihr reichte. »Und Sie zu bitten, doch ein wenig auf ihn zu achten. Er ist ja ein Narr. Ich weiß nicht, ob er Zeitungsmann ist oder nicht. Vielleicht wissen Sie das auch noch nicht. Aber er ist das Baby.« Dann war sie weg – der Duft, die Federn; der Raum, der eben noch voll rosa Wolken und goldener Zähne war, wurde wieder dunkel, geizig – und Hagood dachte: »Baby von was?«, denn der Reporter hatte ihm gesagt und jetzt auch wieder versichert, er habe weder Brüder noch Schwestern und keine anderen Angehörigen als die Frau, die eben, ohne sich aufzuhalten, durch das Redaktionsbüro – und augenscheinlich auch durch New Valois gegangen war und irgendwie an die Verkürzungen und die selbstzufriedene Masse eines leichten Kreuzers erinnerte, der durch eine Kanalschleuse fährt – und dazu noch der unglaubliche Name.

»Der Name ist aber echt«, sagte der Reporter zu ihm. »Zuerst glaubt das kein Mensch, aber es stimmt, soviel ich weiß.«

»Wenn ich nicht irre, sagte sie doch, sie hieße . . .«, und Hagood wiederholte den Namen, den die Frau ihm genannt hatte.

»Ja«, entgegnete der Reporter, »so heißt sie jetzt . . .«

»Hat sie denn . . .« unterbrach ihn Hagood.

»Ja«, antwortete der Reporter. »Seit ich denken kann, hat sie ihn zweimal geändert. Beide waren anständige Kerle.« Und Hagood glaubte, das Bild vor sich zu sehen: die Frau, nicht gierig und habsüchtig, aber allesfressend, wie der Magen der Lokomotive des eben gebrauchten Symbols; das sagte er sich mit wilder Enttäuschung: Ja; komme hierher und will mal sehen, für wen er eigentlich arbeitet. In Wirklichkeit aber wollte sie feststellen, ob er überhaupt Arbeit hatte und sie auch behielt. Er glaubte jetzt zu wissen, weshalb der Reporter seine Barschecks jeden Samstag, bevor er das Gebäude verließ, einkassierte; beinahe sah er ihn nach dem Postamt laufen, um es noch vor Schluß der Dienststunden zu erreichen – vielleicht war es auch das Telegraphenamt, im ersten Fall das dünne, blaue Papier der Postanweisung, im zweiten die gelbe Durchschlagsquittung. So daß Hagood an jenem ersten Mittwochabend, als der Reporter das Thema schüchtern anschnitt, ihm einen Vorschuß aus seiner eigenen Tasche zahlte, was er fast ein Jahr lang fortsetzte, wobei er das dicke Weib verfluchte, das er nur einmal gesehen hatte, das ohne haltzumachen und für immer den Horizont seines Lebens gekreuzt und gestört hatte, wie der Luftstrom hinter der unachtsamen Lokomotive, die eine ferne und kehrichtgefüllte Vorortstraße kreuzt. Aber er sagte nichts, bis der Reporter kam und ein Darlehn verlangte, das doppelt so groß war wie sein Wochenverdienst, aber auch dann schnitt er das Thema noch nicht an. Sein Gesicht veranlaßte den Reporter zu einer Erklärung; es wäre ein Hochzeitsgeschenk.

»Ein Hochzeitsgeschenk?« fragte Hagood.

»Ja«, antwortete der Reporter. »Sie ist immer gut zu mir gewesen. Ich meine, es ist schon besser, wenn ich ihr etwas schicke, obwohl sie es nicht nötig hat.«

»Nicht nötig hat?« schrie Hagood.

»Nein. Was ich ihr schicken kann, hat sie bestimmt nicht nötig. In der Beziehung hat sie immer Glück gehabt.«

»Einen Augenblick mal«, sagte Hagood. »Das erklären Sie mir doch etwas genauer. Sie wollen ein Hochzeitsgeschenk kaufen. Sie sagten mir doch, Sie hätten weder Schwestern noch Brü...«

»Nein«, entgegnete der Reporter. »Es ist für Mama.«

»So was!« sagte Hagood nach einiger Zeit, die dem Reporter vielleicht nicht sehr lang vorkam; vielleicht dauerte es aber auch gar nicht lange, bevor Hagood wieder sprach: »Ich verstehe. Ja. Muß man Ihnen gratulieren?«

»Danke«, entgegnete der Reporter. »Ich kenne den Mann nicht. Die beiden, die ich kannte, waren okay.«

»Ich verstehe«, sagte Hagood. »Ja. Gut. Verheiratet. Die beiden haben Sie also gekannt. War einer von ihnen Ihr... Ist ja auch ganz gleichgültig. Sagen Sie es mir nicht. Sagen Sie es mir nicht!« rief er. »Wenigstens ist es etwas. Auf alle Fälle tat sie für Sie, was sie konnte.« Jetzt sah der Reporter Hagood mit höflicher Frage an. »Ihr Leben wird sich nun wohl anders gestalten«, sagte Hagood.

»Hoffentlich nicht«, erwiderte der Reporter. »Ich glaube nicht, daß sie diesmal schlechter gefahren ist als sonst. Sie haben ja selbst gesehen, daß sie immer noch eine gut aussehende alte Dame und gut in Form ist, wenn sie auch nicht mehr zu denen gehört, die man um sechs Uhr morgens im Tanzturnier findet. Ich glaube, alles ist in Ordnung. In dieser Beziehung hat sie immer Glück gehabt.«

»Sie hoffen also...« sagte Hagood. »Sie... einen Augenblick.« Er nahm eine Zigarette aus dem Päckchen auf dem Tisch, und endlich beugte sich der Reporter vor, strich das Streichholz an und reichte es ihm. »Noch eins. Sie wollen also sagen, daß Sie gar nicht... daß das Geld, das Sie von mir borgten, das Sie fortschickten...«

»Was wohin schickte?« fragte der Reporter nach einem Augenblick. »Ach so! Nein, Geld habe ich ihr nicht geschickt. Sie schickt mir Geld. Und ich glaube nicht, daß ihre neue Heirat...« Hagood lehnte sich nicht einmal in seinem Sessel zurück.

»Raus! Machen Sie, daß Sie hier rauskommen!« schrie er. »Raus! Raus!«

Der Reporter sah ihn noch einen Augenblick erstaunt, verblüfft an, dann wandte er sich zum Gehen. Aber noch bevor er an dem Gitter um den Tisch vorbei war, rief Hagood ihn mit heiserer, verhaltener Stimme zurück. Er kam nun an den Tisch zurück und sah, wie der Redakteur hastig aus einer Schieblade einen Notizblock nahm, auf das oberste Blatt etwas kritzelte und ihm dann Block und Feder hinwarf.

»Es sind hundertachtzig Dollar«, sagte Hagood deutlich und sorgfältig, als spräche er zu einem Kind. »Sechs Prozent Zinsen jährlich und zahlbar bei Sicht. Nicht auf Verlangen, bei Sicht. Unterschreiben Sie das.«

»Du lieber Gott«, sagte der Reporter, »ist es schon soviel?«

»Unterschreiben Sie«, sagte Hagood.

»Gewiß, Chef«, entgegnete der Reporter. »Ich hatte nie die Absicht, Sie darum zu betrügen.«

Aber das war achtzehn Monate her; jetzt standen Hagood und Jiggs nebeneinander auf den alten unebenen Fliesen, die, wie die New-Valoiser behaupten, mehr als einmal unter den Schritten des Piraten Lafitte widerhallten, sahen hinauf zu dem Fenster und der lauten, betrunkenen Stimme hinter ihm.

»So heißt er also«, sagte Jiggs. »Und weiter?«

»Weiter nichts«, antwortete Hagood. »Es ist sein Nachname. Oder der einzige Name, den er, den ursprünglichen ausgenommen, hat, soviel ich oder ein anderer in dieser Stadt weiß. Aber es muß schon seiner sein; ich habe nie von jemand, der so heißt, gehört, und ihn würde auch kein vernünftiger Mensch, der etwas zu verbergen hat, annehmen. Verstehen Sie? Jeder, selbst ein Kind, wüßte sofort, daß er falsch ist.«

»Ja«, entgegnete Jiggs. »Nicht einmal ein Kind ließe sich anschmieren.« Sie sahen nach dem Fenster hinauf.

»Ich kenne seine Mutter«, fuhr Hagood fort. »Ich weiß schon, was Sie denken. Ich habe das auch gedacht, als ich ihn zum erstenmal sah. Was jeder denkt, wenn er erklären soll, wo und wann und warum er auf die Welt kam, genau das, was man über einen Käfer oder einen Wurm denkt: ›Schon gut. Schon gut. In Gottes Namen, alles in Ordnung.‹ Und jetzt versucht er zweifellos seit ungefähr halb zwölf sich zu besaufen, und wie ich glaube, mit Erfolg.«

»Ja«, sagte Jiggs. »Da haben Sie recht. Er erzählt Jack, wie er fliegen muß und wie Matt Ord ihm einmal zwei Stunden lang Unterricht gab. Wenn man draußen im Lufthafen startet und auf den vier Beton-F landet, so wäre das, als flöge man in und aus einer ... vielleicht Organisation. Er sagte Organisation oder Organasmus, aber vielleicht wußte er selber nicht, was er sagen wollte; redete von ein paar Mücken, die um ein paar verheiratete Elefanten herum sind, die zusammen im Bett liegen und bei denen es Tage und Tage und sogar Wochen dauern soll, bis sie damit fertig sind. Ja, er und Jack, alle beide, weil doch Laverne und Roger mit dem Jungen im Bett liegen, und deshalb versuchen er und Jack vielleicht, sich so zu besaufen, daß sie auf dem Fußboden schlafen können; er hat auch schon so viel für die Taxe bezahlt, daß wir alle ins Hotel hätten gehen können. Aber es half alles nichts, wir mußten mit ihm nach Hause. Ja, er nannte es Haus; und unterwegs läuft er in eine Kneipe und kommt wieder raus mit einem Krug, der etwas enthält, das er laut Absinth nennt; ich habe noch nie Absinth getrunken, aber das Zeug hätte ich ihm auch in einem Zuber aus Kornschnaps, Opium oder vielleicht ist es auch Laudanum, zusammengebraut. Kommen Sie doch mit und probieren Sie selbst. Und dann gehe ich jetzt wohl am besten wieder rauf. Ich muß auf ihn und Jack ein Auge haben, verstehen Sie?«

»Auf sie aufpassen?« fragte Hagood.

»Ja. Eine Schlägerei wird's ja nicht gleich geben. Ich sagte zu Jack, dann könnte er geradesogut mit seiner Großmutter eine Keilerei anfangen. Jack hat nämlich gesehen, wie er und Laverne den ganzen Nachmittag auf dem Rollfeld herumstanden oder aus dem ...« Hagood wandte sich Jiggs zu.

»Soll ich denn«, schrie Hagood in dünner Wut, »soll ich denn die eine Hälfte meines Lebens anhören, wie er mir von euch erzählt, und die andere, wie Sie mir über ihn was vorschwatzen?« Jiggs' Mund stand noch immer offen. Langsam machte er ihn zu; er sah Hagood mit seinem heißen, hellen Blick an; die Hände hatte er in die Hüften gestemmt, wiegte sich leicht vorgebeugt auf seinen Mustangbeinen.

»Sie brauchen sich gar nichts anzuhören, Mister, wenn Sie keine Lust haben«, sagte er. »Sie haben mich gerufen und nicht ich Sie. Was wollen Sie denn von mir oder ihm?«

»Nichts«, sagte Hagood. »Ich kam hierher in der schwachen Hoffnung, er läge zu Bett oder wäre wenigstens so nüchtern, daß er morgen wieder zur Arbeit kommen könnte.«

»Er hat uns erzählt, er arbeite nicht mehr für Sie. Sie hätten ihn rausgeschmissen.«

»Das ist gelogen«, schrie Hagood. »Ich habe ihm gesagt, er solle morgen um zehn Uhr draußen sein. Das habe ich ihm gesagt.«

»Soll ich ihm das von Ihnen bestellen?«

»Ja. Nicht heute abend. Versuchen Sie nicht, es ihm heute abend noch zu sagen. Warten Sie damit bis morgen, wenn er ... Das können Sie ja wohl für die Unterkunft diese Nacht tun, was?« Wieder sah Jiggs ihn mit heißen, forschenden Augen an.

»Ja, ich will es ihm bestellen. Aber nicht nur, um ihm so zu vergelten, was er heute nacht für uns getan hat. Verstehen ja wohl, was ich meine?«

»Verzeihung«, sagte Hagood. »Aber bestellen Sie es ihm. Wann, das überlasse ich ganz Ihnen. Wenn Sie es ihm nur sagen, bevor er morgen von hier fortgeht.«

»O. K.«, sagte Jiggs. Er sah, wie der andere sich umwandte und die Straße hinunterging, dann wandte auch er sich um, trat in das Haus, den Flur, stieg die schmale, dunkle, unsichere Treppe hinauf und ging wieder hinein in die besoffene Stimme. Der Fallschirmspringer saß auf einem eisernen Feldbett, das auch mit einer indianischen Decke und mit hellen, verschossenen Kissen bedeckt war, um die der Staub selbst am Ende des Lagers, das der Springer bisher noch nicht berührt hatte, in dünnem Strahlenkranz zu schweben schien. Der Reporter stand neben einem besudelten Tisch, auf dem neben dem Krug eine Schüssel stand, die jetzt zum größten Teil schmutziges Wasser enthielt, wenn auch noch ein paar Stückchen Eis in ihr umherschwammen. Er war in Hemdsärmeln, den Kragen hatte er aufgeknöpft, der Knoten seines Schlipses war nach unten gerutscht; die Enden des Schlipses waren dunkel feucht, als habe er sie in die Schüssel getaucht; gegen die helle, lebhafte, wenn auch maschinengefärbte Decke an der Wand hinter ihm sah er aus wie irgendein seltsames Tier, das auf einem Ausflug nach dem Westen erlegt, von einem Ausstopfer halb bearbeitet und dann vergessen und endlich doch noch fertig präpariert wurde.

»Wer war da?« fragte er. »Sah er aus wie einer von den

Brüdern, die man freitags nach dem Abendessen nur hinter der Kirche findet, wo die Boy-Scouts einander das Bein stellen?«

»Was?« fragte Jiggs. »Kann schon sein.« Dann fuhr er fort: »Ja. So sah er aus.« Der Reporter sah ihn an; er hielt in der Hand ein Glas, in dem man in Einheitsläden Marmelade kauft.

»Haben Sie ihm gesagt, daß ich verheiratet bin? Haben Sie ihm gesagt, daß ich jetzt zwei Männer habe?«

»Ja«, antwortete Jiggs. »Wie wär's, wenn wir uns schlafen legten?«

»Schlafen?« schrie der Reporter. »Schlafen? Wenn ich einen verwitweten Gast im Hause habe, dann ist das wenigste, das ich für ihn tun kann, daß ich mich mit ihm besaufe, weil ich nichts anderes tun kann, denn ich bin ja in derselben Lage wie er, nur bin ich dauernd in dieser Lage und nicht nur heute nacht.«

»Klar«, sagte Jiggs. »Aber wir wollen schlafen gehn.« Der Reporter lehnte sich gegen den Tisch und sah mit hellem, unbekümmertem Gesicht zu, wie Jiggs an das Gepäck in der Ecke ging und aus dem fleckigen Leinensack ein in Papier gewickeltes Paket nahm, es öffnete und einen funkelnagelneuen Stiefelknecht herausnahm; dann sah er, wie Jiggs sich auf einen der Stühle setzte und versuchte, den rechten Stiefel auszuziehen; jetzt hörte er ein Geräusch, wandte sich um und sah den Fallschirmspringer hell und forschend an, der es sich inzwischen auf dem Feldbett bequem gemacht hatte, auf dem er mit übergeschlagenen Beinen lag und Jiggs mit böser und humorloser Stetigkeit anlachte. Jiggs setzte sich auf den Fußboden und streckte dem Reporter ein Bein entgegen. »Ziehen Sie doch mal«, sagte er.

»Gern«, antwortete der Springer. »Das wollen wir gleich besorgen.« Der Reporter aber hatte den Stiefel schon gefaßt; der Springer schob ihn lässig beiseite. Der Reporter torkelte gegen die Wand und sah dann, wie der Springer, dessen hübsches Gesicht voll wilder Spannung war und dessen Zähne unter dem dünnen Schnurrbart leuchteten, den Stiefel packte und dann plötzlich seinen Fuß gegen Jiggs' Leistengegend hob, bevor dieser sich rühren konnte. Der Reporter stürzte sich auf den Springer, riß ihn beiseite, so daß dessen Fuß Jiggs nur in der Flanke traf.

»Hören Sie mal«, schrie er, »das ist gemein.«

»Gemein?« wiederholte der Springer. »Von gemein keine Spur.« Der Reporter sah nicht, daß Jiggs vom Fußboden aufsprang; er sah ihn nur im Aufsprung selbst, als hätte er sich ohne Hilfe seiner Beine erhoben; dann packte Jiggs den Springer mit der einen Hand, während er mit der andern den Reporter wieder gegen die Wand schleuderte.

»Schluß jetzt«, sagte er. »Besieh dir den mal! Das ist schon kein Spaß mehr.« Er sah über die Schulter nach dem Reporter. »Gehen Sie schlafen«, sagte er. »Los, voran. Um zehn müssen Sie wieder an der Arbeit sein.« Der Reporter rührte sich nicht. Er lehnte gegen die Wand, sein Gesicht war in einem dünnen, verzerrten Lächeln erstarrt. Jiggs setzte sich wieder auf den Fußboden, streckte das rechte Bein wieder aus und packte es mit beiden Händen. »Los«, sagte er. »Ziehen Sie doch mal.« Der Reporter faßte den Stiefel und zog; plötzlich saß auch er auf dem Fußboden, Jiggs gegenüber, und hörte sich lachen. »Pst«, sagte Jiggs, »Roger, Laverne und das Kind werden ja wach. Pst, Pst.«

»Ja«, flüsterte der Reporter. »Ich möchte schon aufhören, aber ich kann nicht.«

»Natürlich können Sie«, erwiderte Jiggs. »Na, hab ich's nicht gesagt?«

»Ja«, sagte der Reporter. »Aber vielleicht ist es wie beim Freilauf.« Wieder begann er zu lachen; jetzt beugte Jiggs sich vor und schlug ihm mit dem flachen Stiefelknecht auf den Schenkel, bis er aufhörte.

»Nun ziehen Sie noch mal«, sagte Jiggs. Der Stiefel lockerte sich, da ja schon an ihm herumgearbeitet worden war; Jiggs zog ihn ganz aus. Als dann der linke dran kam, gab dieser so plötzlich nach, daß der Reporter hintenüber fiel, obwohl er diesmal nicht lachte; er lag da und sagte:

»Okay. Ich lache ja nicht mehr.« Dann sah er nach Jiggs, der in Baumwollsocken über ihm stand, die, wie die Schuhe, die er am Morgen getragen hatte, nur aus Schaft und Spann bestanden.

»Stehen Sie auf«, sagte Jiggs und hob den Reporter auf.

»Ja, ja«, entgegnete der Reporter. »Aber erst halten Sie mal die Bude an.« Er wollte liegenbleiben, aber Jiggs riß ihn hoch;

er lehnte von außen gegen die Arme, die ihn auf den Beinen hielten und auf das Feldbett zuschoben. »Warten Sie doch, bis sie wieder rumkommt«, rief er. Dann schoß er nach vorn, kroch auf das Feldbett zu und fühlte, daß jemand ihn darauf fallen ließ. Er wollte sich losreißen und sagte undeutlich durch eine plötzliche, heiße, flüssige Masse in seinem Mund: »Nun lassen Sie mich doch. Ich bin ja drauf.« Dann war er frei, wenn er sich auch noch nicht bewegen konnte. Er sah, daß Jiggs, den Kopf auf dem Leinwandsack und den Rücken dem Zimmer zugekehrt, auf dem Fußboden in der Nähe der Wand lag, während der Fallschirmmann an dem beschlabberten Tisch stand und sich aus dem Krug eingoß. Der Reporter erhob sich unsicher, aber er sprach ganz deutlich. »Ja, das ist immer noch das einzig Wahre. Trinken.« Vorsichtig ging er auf den Tisch zu; sein Gesicht zeigte wieder jene helle und verzweifelte Unbekümmertheit. Augenscheinlich führte er Selbstgespräche mit einem leeren Raum. »Aber mit wem soll ich denn trinken? Jiggs hat sich schlafen gelegt, Roger ist zu Bett gegangen und Laverne kann heute abend nicht trinken, weil Roger es ihr nicht erlaubt.« Dann sah er mit jener hellen, matten Verzweiflung über Krug, Marmeladegläser und Schüssel hinweg nach dem Springer, der auf der andern Seite des Tisches stand, und sprach dabei augenscheinlich immer noch in einen leeren Raum. »Ja, Roger war es. Roger wollte nicht, daß sie heute abend was trank, er nahm ihr das Glas aus der Hand, das ihr ein Freund gereicht hatte. Und dann sind sie und Roger zu Bett gegangen.« Sie sahen einander an.

»Vielleicht wollten Sie mit ihr zu Bett gehn?« sagte der Springer. Sie sahen sich immer noch an. Das Gesicht des Reporters hatte seinen Ausdruck geändert. Die helle Unbekümmertheit war noch nicht gewichen, aber sie war von jener gemeinen Verzweiflung überdeckt, die in Ermangelung von etwas Besserem Mut ist.

»Ja«, schrie er. »Ja.« Dann sprang er zurück und hielt dabei die Arme vor das Gesicht. Zuerst merkte er gar nicht, daß ihm nur der Fußboden einen Schlag versetzt hatte, bis er wieder, die Arme über Gesicht und Kopf haltend, hingestreckt dalag und zwischen ihnen hindurch auf die Füße des Springers sah, der sich nicht gerührt hatte. Er sah, wie die Hand des Springers vorschoß und die Lampe vom Tisch fegte, und als dann das Getöse erstarb, sah und hörte er nichts mehr; ganz passiv und zuwartend lag er auf dem Boden. »Lieber Gott«, sagte er ruhig, »eben glaubte ich wahrhaftig, Sie wollten den Krug runterhauen.« Aber es kam keine Antwort, und wieder raste in seinem Inneren jener Maelstrom, für den es keinen Brennpunkt gab, nicht einmal in ihm selbst. Regungslos und wartend lag er da und fühlte den schnellen, schwachen Luftzug und dann den Fuß, den Schuh, der ihn hart in die Seite traf, einmal, und dann hörte er über sich die Stimme des Springers, die augenscheinlich von irgendwoher innerhalb der dichten Unbeständigkeit des Raumes, der Dunkelheit, sprach, in ruhiger Loslösung dahinwirbelte und im gleichen Ton die gleichen Worte sagte, die sie vor sechs Stunden im Bordell zu Jiggs gesprochen hatte. Sie schienen dauernd weiterzutönen, ruhig auf ihn herabzutropfen, obwohl, wie er gehört hatte, der Springer schon längst zu dem Feldbett gegangen war, auf das er sich niederlegte; er konnte die ruhigen, wilden Bewegungen hören, als der andere die staubigen Kissen zurechtlegte und die Decke hochzog.

»Mindestens zwölf«, dachte der Reporter. »Seit er sich schlafen legte, hat er mich mindestens achtmal Saukerl genannt ... Ja«, dachte er, »ich sagte es Ihnen ja. Ich gehe ja schon, all right. Aber Sie müssen mir Zeit lassen, bis ich aufstehen und mich bewegen kann ... Ja«, dachte er, während die lange, schwindelnde Dunkelheit einen Wirbel vollführte, der tiefer war als alle bisherigen; jetzt fühlte er, wie das dicke, kalte Öl ihm aus den Poren sprang, und als seine tote Hand endlich sein totes Gesicht fand, saugte sie es nicht auf und wischte es auch nicht fort, sondern es verdoppelte sich nur unter der Hand, als wäre jeder Tropfen das Atom, das sich nicht nur sofort in zwei Teile teilt, sondern in zwei Teile, von denen jeder dem Ganzen gleich ist; »gestern schwatzte ich mich um meine Stellung; heute abend aber scheine ich mich um meine Wohnung geschwatzt zu haben.«

Aber schließlich konnte er wieder sehen: die trübe Form des Fensters gegen irgendwelchen lichtgefärbten Luftraum draußen; sein Blick stürzte sich darauf, hielt es fest, klammerte sich verzweifelt und blind daran an ... als wäre es das Schlabberlätzchen eines Kindes, das von einem Zaun oder Baum zu Boden fällt. Auf Händen und Knien und die Augen immer noch auf das Fenster gerichtet, erreichte er den Tisch und kam wieder auf die Füße. Er erinnerte sich genau, wohin er den Schlüssel gelegt hatte, nämlich sorgfältig unter den Fuß der Lampe; da aber die Lampe jetzt verschwunden war, fühlte seine noch immer kraftlose Hand nicht, wie er ihn vom Tische fegte; aber er hörte es: ein einsames schwaches Klirren. Er bückte sich und fand ihn schließlich; vorsichtig richtete er sich wieder auf, wischte den Schlüssel mit dem Ende seines Schlipses ab und legte ihn dann mit unendlicher Vorsicht, als wäre es eine Dynamitpatrone, mitten auf den Tisch; dann fand er eins der schmutzigen Gläser, in das er nach Gehör und Gefühl aus dem Krug eingoß, hob das Glas, trank gierig, wobei ihm der eiskalte, fast reine Alkohol über das Kinn rann und durch sein kaltes, nasses Hemd und in sein Fleisch hineinzulodern schien. Er versuchte sofort wieder hochzukommen; er tastete sich nach der Treppe und die Stufen hinunter, würgte und schluckte das Gekotz, das ihn zu ersticken drohte.

Eigentlich hatte er etwas ganz anderes tun wollen, aber das fiel ihm erst wieder ein, als die Tür unwiderruflich hinter ihm ins Schloß gefallen war und die kalte, schwere Vordämmerung gegen sein feuchtes Hemd wehte, das kein Rock bedeckte oder wärmte. Aber jetzt hatte er plötzlich vergessen, was er vorgehabt hatte, wohin er hatte gehen wollen, als wären Bestimmung und Zweck irgendein theoretischer Punkt wie Breite oder Zeit, an dem er in der Halle vorbeigegangen war, oder vielleicht ein frankierter Brief in dem Rock, den er vergessen hatte. Dann erinnerte er sich; er stand auf den kalten Fliesen, bebte mit langsamer und hilfloser Heftigkeit in seinem nassen Hemd, erinnerte sich, daß er auf dem Wege zur Redaktion war, wo er den Rest der Nacht auf dem Fußboden des jetzt leeren Redaktionsbüros verbringen wollte (das hatte er früher auch schon getan), wobei er im Augenblick vergessen hatte, daß er entlassen war. Wäre er nüchtern gewesen, hätte er versucht, die Tür zu öffnen, wie das in der vagen Hoffnung auf ein Wunder, an das man doch nicht glaubt. Aber er war betrunken und tat das nicht. Vorsichtig begann er, sich in Bewegung zu setzen, und hielt sich an der Mauer, bis er in Bewegung war, blieb dann wieder stehen und versuchte der Übelkeit Herr zu werden und dachte dabei ruhig aus friedlicher, tiefer und losgelöster Verzweiflung und Staunen heraus: »Vor vier Stunden waren sie draußen und ich war drinnen, und jetzt ist es gerade umgekehrt. Als gäbe es so etwas wie ein kosmisches Gesetz für Armut, wie es eins für den Wasserspiegel gibt, wie auch immer eine gewisse Menge von Bummlern auf Parkbänken oder in Wartesälen herumlungern muß, wo sie den Morgen erwarten, sonst würde die Welt in Schutt zerfallen, und wir alle würden wild aufschreien, wie fallende Sterne irgendwo Halt suchen und ins Nichts geschleudert.« Aber es mußte ein Bahnhof sein, Wände, obwohl er sich schon längst nicht mehr gegen das Zittern wehrte und die Kälte gar nicht mehr spürte. Zwei Bahnhöfe waren in der Nähe, aber er kannte sie nicht, wußte auch nicht, welches der nächste war; plötzlich blieb er stehen und dachte an den Markt und damit an Kaffee. »Kaffee«, sagte er. »Kaffee. Wenn ich Kaffee getrunken habe, dann ist es morgen. Ja. Wenn man Kaffee getrunken hat, dann ist es schon morgen, und dann braucht man nicht mehr darauf zu warten.«

Er ging jetzt ziemlich schnell, atmete mit weit geöffnetem Mund, als hoffte er (vielleicht tat er es auch wirklich), seinen Magen durch Feuchtigkeit, Dunkelheit und Kälte zu beruhigen.

Jetzt sah er den Markt – eine breite, niedrige, leuchtende, wandlose Höhle, die mit sauber aufgereihtem Gemüse gefüllt war, das dem Äußeren nach so hell und unzugänglich war wie künstliche Blumen, zwischen dem Männer in Sweatern und Frauen in Männersweatern und zuweilen auch Männerhüten mit dunklen, vom Schlaf gedunsenen Gesichtern, um deren Mund und Nase noch schlafwarmer Atem dampfte, stehenblieben und nach dem Mann in Hemdsärmeln und offenem Kragen sahen, dessen Gesicht mehr denn je wie das einer dem Grabe entstiegenen Leiche aussah, die gewaltsam dem unwiderruflichen und letzten Schlaf entrissen wurde. Er ging auf den Kaffeestand zu; er fühlte sich jetzt ganz wohl. »Ja, jetzt geht es mir wieder ganz gut«, dachte er; ganz plötzlich hatte er aufgehört zu zittern und zu beben, und als dann endlich die Tasse mit der heißen, fahlen Brühe vor ihm stand, sagte er sich wieder, daß er sich ganz wohl fühle. Aber gerade die Tatsache, daß er sich dies immer wiederholte, hätte ihn erkennen lassen müssen, daß nicht alles war, wie es sein sollte. Vollkommen regungslos saß er da, sah mit jener verzückten Sammlung auf die Tasse hinab, mit der man in sich hineinlauscht. »Lieber Gott«, dachte er, »vielleicht versuchte ich es zu schnell. Vielleicht hätte ich noch etwas länger gehen sollen.« Aber nun war er einmal hier, vor ihm wartete der Kaffee; schon beobachtete ihn der Verkäufer mit kalten Blicken. »Ja, ich habe schon recht; wenn man Kaffee getrunken hat, dann ist es morgen: muß es sein«, rief er tonlos mit der klugen, selbsttäuschenden Logik eines Kindes. »Und morgen ist's nur noch ein Jammer; morgen ist man nicht mehr betrunken; morgen fühlt man sich nicht mehr so elend.«

Er hob die Tasse, wie er das letzte Glas gehoben hatte, bevor er das Haus verließ; er fühlte, wie auch die heiße Flüssigkeit sein Kinn hinabrieselte und durch sein Hemd gegen sein Fleisch schlug. Als sie ihm wieder hochkam, versuchte er, den Brechreiz zu unterdrücken, und sah verzweifelt nach dem niedrigen Sims über der Kaffeemaschine und meinte, die Tasse, die er an den Mund hielt, würde jeden Augenblick explodieren und wie ein Champagnerkorken ohne Flugbahn in die Luft sausen. Er stellte die Tasse nieder, verließ fast eilig den Kaffeestand, tastete sich schnell von einem der hellen Tische zum andern, wie ein Affe, bis er gegen einen Tisch mit Kisten voll Erdbeeren taumelte, an dem er sich, ohne zu wissen, weshalb und wann er stehengeblieben war, festhielt, während eine Frau mit schwarzem Schal hinter dem Tisch wiederholte:

»Wieviel, Herr?« Dann hörte er, wie sein Mund etwas sagte, versuchte, etwas zu sagen.

»Qu'est-ce qu'il voulait?« fragte eine Männerstimme vom Ende des Tisches.

»D'journal d'matin«, antwortete die Frau.

»Donne-t-il«, fuhr der Mann fort. Die Frau sagte nichts; sie kam bald mit einer Zeitung zurück, die mit einer inneren Seite nach außen gefaltet war, und reichte sie dem Reporter.

»Ja«, sagte er. »Das wär's.« Aber als er versuchte, sie zu ergreifen, verfehlte er sie; sie flatterte zwischen seinen und der Frau Händen hinab und öffnete sich, so daß die erste Seite nun außen war. Sie faltete sie jetzt richtig, und er nahm sie, schwankte, hielt sich mit der andern Hand am Tisch fest und las mit lauter, deklamatorischer Stimme: »Bankiers streiken! Bauern Jacht! Fünflinge Anbaufläche! Beschränkung überleben! – Nein, einen Augenblick!« Er schwankte, starrte die Frau mit dem Schal mit elender Sammlung an. Er suchte in seiner Tasche; die Geldstücke fielen klirrend auf den Boden mit dem gleichen Laut wie der Schlüssel, und als er sich bückte, versetzte ihm der kalte Fußboden einen schweren Schlag ins Gesicht, und dann packten ihn wieder Hände, während er aufzustehen versuchte. Jetzt torkelte er nach dem Ausgang; er stieß gegen den letzten Tisch, ohne es zu fühlen, und der heiße, schlechte Kaffee hockte sich in seinem Innern zusammen wie ein großer, schwerer Vogel, der auffliegen will, als er durch die Tür schoß und gegen einen Laternenpfahl sauste, an dem er sich ermattet festhielt; denn Leben, Gefühl, alles schien aus seinem Munde hervorbrechen zu wollen, als versuchte sein ganzer Körper in einem einzigen wilden Orgasmus sein Inneres nach außen zu kehren.

Jetzt dämmerte es. Auf einmal war die Dämmerung da; plötzlich kam ihm zu Bewußtsein, daß er nun die Worte in der Zeitung erkennen konnte, daß er jetzt in einer grauen, greifbaren Masse ohne Gewicht oder Licht stand und sich gegen die Mauer lehnte, von der wegzugehen er noch nicht versucht hatte. »Weil ich nicht weiß, ob ich es kann oder nicht«, dachte er mit friedlichem und neugierigem Interesse, als wäre er an einem Gesellschaftsspiel ohne Geldeinsatz beteiligt. Als er sich endlich in Bewegung setzte, schien er leicht wie ein Blatt an der grauen Mauer entlangzugehen, an der er, genaugenommen, keine Stütze suchte, sondern mit leichter Reibung entlangglitt, wie ein Blatt, das der schwache Wind nicht dauernd in Bewegung zu halten vermag. Es wurde immer heller, und doch schien das Licht aus keiner Quelle oder bestimmten Richtung zu kommen; jetzt konnte er die Worte, den Druck ganz gut lesen, wenn sie auch immer noch versuchten auseinanderzuflattern und ihm ihre Bedeutung, ihren Inhalt zu entziehen, als er sie jetzt laut las: »Fünflinge Bank . . . Nein, da steht keine Wendemarke. Einen Augenblick. Einen Augenblick. Natürlich war es eine Wendemarke, nur zeigte sie nach unten und war damals vergraben, und Fünflinge waren sie auch nicht, als sie sie umflogen . . . Bauern Bank. Ja. Bauernjunge, zwei Bauernjungen, einer we-

nigstens aus Ohio, wie sie mir erzählte. Und sie pflügen den
Boden, aus Iowa; ha, zwei Bauernjungen sausten runter; ja,
zwei begrabene Wendemarken in dem einen Iowahalbschlaf
Frauenhalbschlaf Wendemarkenhalbschlaf . . . Nein. Einen
Augenblick.« Er hatte jetzt die Straße erreicht und mußte sie
überqueren, denn der Eingang seines Hauses lag in der gegenüberliegenden Wand: so daß die Zeitung jetzt in der Hand
war, die sich tastend an die Wand klammerte; und dabei hielt
er gleichsam in letzter Anstrengung die Seite hinauf in die
graue Dämmerung, heftete den Blick, es war ein geist- und ver-
ständnisloser Blick, auf die symmetrische Linie der Schlagzeilen:

BAUERN WEIGERN SICH
BANKIERS DEMENTIEREN
STREIKER VERLANGEN PRÄSIDENTEN-JACHT
BESCHRÄNKUNG DER ANBAUFLÄCHE
FÜNFLINGE ÜBERLEBEN
EX-SENATOR RENAUD FEIERT
ZEHNTEN JAHRESTAG ALS RESTAURATEUR.

. . . das zarte Gewebe aus Druckerschwärze und Papier, bestimmt, anmaßend; tief und unwiderruflich, wenn auch nur in
dem Sinn, daß es tief und unwiderruflich unwichtig war . . .
des toten Augenblicks Frucht von vierzig Tonnen Maschinen
und einer ganzen Nation grotesker Betrug. Das Auge, das Or-
gan ohne Gedanken, Grübeln oder Staunen ließ ab von dem
letzten Wort, starrte geradeaus und erkannte die Tür unter
dem Balkon, klammerte sich an sie und sah dann nichts mehr.
»Ja«, dachte der Reporter. »Ich bin fast da, aber noch weiß ich
nicht, ob ich es schaffe oder nicht.«

Morgen

EIN FUSSTRITT in den Rücken weckte Jiggs. Er drehte sich, so daß er dem Zimmer und dem Tageslicht sein Gesicht zuwandte, und erkannte Shumann, der über ihm stand; er war, bis auf das Hemd, angezogen; er sah auch den Fallschirmspringer, der wach auf der Seite auf dem Feldbett lag; er hatte die indianische Decke bis ans Kinn hochgezogen, und seine Füße bedeckte der Teppich, der gestern abend auf dem Fußboden neben dem Feldbett gelegen hatte. »Es ist halb neun«, sagte Shumann. »Wo ist denn der Wieheißternoch?«

»Wer, wo?« fragte Jiggs. Dann setzte er sich aufrecht, streckte seine Füße in den Beinlingen geradeaus und sah sich in erstaunter Erinnerung im Zimmer um. »Du lieber Gott, wo mag er sein? Er und Jack ... Du lieber Gott, gegen drei kam sein Chef und sagte, er sollte um zehn Uhr irgendwohin zur Arbeit kommen.« Er sah den Fallschirmspringer an, der, bis auf die offenen Augen, dalag, als wenn er schliefe. »Was ist denn aus ihm geworden?« fragte er.

»Wie kann ich das wissen?« antwortete der Springer. »Als ich ihn zuletzt sah, lag er ungefähr da auf dem Fußboden, wo du stehst«, sagte er zu Shumann. Auch Shumann sah den Springer an.

»Hast du dich wieder mit ihm gehabt?« fragte er.

»Ja, das hat er«, antwortete Jiggs. »Deshalb bist du auch aufgeblieben, bis ich mich schlafen legte.« Der Springer antwortete nicht. Sie sahen, wie er Decke und Teppich abwarf und aufstand; er war angezogen wie am vergangenen Abend – Rock, Weste und Schlips –, nur die Schuhe hatte er nicht an; sie sahen, wie er die Schuhe anzog, sich dann aufrichtete, einen Augenblick lang seine zerknitterte Hose in bleicher und wilder Unbeweglichkeit anstarrte und dann auf den verschossenen Theatervorhang zuging.

»Will mich waschen«, sagte er. Shumann sah, wie Jiggs in den Leinensack griff, aus dem er die Tennisschuhe und Schäfte hervorholte, die er gestern getragen hatte; die Schuhe zog er an. Die neuen Stiefel standen sauber, nur um die Gelenke waren sie ein wenig faltig geworden, an der Wand, wo Jiggs' Kopf gelegen hatte. Shumann betrachtete die Stiefel und dann die abgetragenen Tennisschuhe, die Jiggs zuschnürte; aber er sagte nichts. Dann fragte er:

»Was ist gestern abend passiert? Hat Jack . . .«

»Nein«, antwortete Jiggs. »Alles in Ordnung. Nur getrunken. Jack versuchte wohl, ihn ein bißchen anzuöden, aber ich habe ihm gesagt, er solle ihn in Ruhe lassen. Und, du lieber Gott, sein Chef bestellte, er sollte um zehn Uhr zur Arbeit kommen. Hast du unten mal nachgesehen? Vielleicht liegt er drüben unter dem Bett? Vielleicht . . .«

»Ja«, entgegnete Shumann. »Hier ist er nicht.« Er sah jetzt zu, wie Jiggs die Tennisschuhe langsam und mit viel Anstrengung durch die Schäfte zwängte, wobei er knurrte und fluchte. »Wie sollen die denn über die Schuhe gehen?«

»Wie soll ich denn sonst den Riemen von außen unter die Schuhe bekommen?« sagte Jiggs. »Du müßtest eigentlich wissen, wo er geblieben ist; du warst gestern abend nicht voll; oder doch? Ich habe seinem Chef versprochen, ihm zu . . .«

»Schon gut«, entgegnete Shumann. »Geh rüber und wasch dich.« Jiggs zog die Beine an und wollte aufstehen; aber er blieb sitzen und betrachtete einen Augenblick lang seine Hände.

»Ich hab mich gestern abend im Hotel ordentlich gewaschen«, sagte er. Er begann wieder aufzustehen, hob aber vorher noch eine halbgerauchte Zigarette vom Boden auf. Dann sprang er auf, wobei er in die Hemdentasche griff, und stand dem Tisch gegenüber. Den Stummel im Mund und das Streichholz in der Hand, zögerte er einen Augenblick. Auf dem Tisch lag in der fleckigen Spreu aus Gläsern, abgebrannten und nicht abgebrannten Streichhölzern und Asche, die den Krug und die Schüssel umgaben, ein Päckchen Zigaretten; es war eins von denen, die der Reporter am vergangenen Abend gekauft hatte. Jiggs steckte den Stummel in die Hemdentasche und griff nach dem Päckchen. »Lieber Gott«, sagte er, »während der letzten

Monate bin ich so tief gesunken, daß mir nicht einmal mehr eine ganze Zigarette Freude macht.« Dann zögerte seine Hand wieder; aber es dauerte nicht länger als ein Uhrticken, und Shumann sah, wie sie nach dem Hals des Kruges griff, während die andere Hand von der klebrigen Tischplatte das Glas losbrach, aus dem der Reporter in der Dunkelheit getrunken hatte.

»Laß das Zeug aus dem Leibe«, sagte Shumann. Er sah auf die plumpe Uhr an dem nackten Handgelenk. »Es ist zwanzig vor neun. Wir wollen nun weg von hier.«

»Ja«, antwortete Jiggs und goß das Glas voll. »Zieh dich an; wir müssen die Ventile noch nachsehen. Verdammt, ich habe seinem Chef versprochen... Gestern abend habe ich auch erfahren, wie er heißt. Auf den Namen wärst du nie gekommen...« Er sprach nicht weiter. Er und Shumann sahen sich an.

»Wieder weg, was?« fragte Shumann.

»Ich will erst mal eins trinken; das habe ich mir gestern abend für heute morgen aufgespart. Sagtest du nicht gerade, wir wollten raus nach dem Hafen? Wie, zum Teufel, soll ich da draußen was zu trinken bekommen, selbst wenn ich es wollte, wenn man mich beschuldigt, ich hätte das Geld, das ich seit drei Monaten mal habe, gestohlen? Und dabei haben wir dem einzigen Menschen, der mir seit drei Monaten mal einen ausgab, sein Bett weggenommen und ihn auf dem Fußboden schlafen lassen und uns zu ihm so saumäßig benommen, daß ich ihm jetzt nicht einmal von seinem Chef bestellen kann, wohin er zur Arbeit gehen soll...«

»Eins trinken?« wiederholte Shumann. »Da hinten steht ein Spülfaß, das hole dir, leere den Krug hinein und bade drin.« Er wandte sich um. Jiggs sah, wie er den Vorhang zur Seite schob und hinter ihm verschwand. Dann hob Jiggs das Glas, machte schon das dazupassende Gesicht, schüttelte sich und zögerte dann doch. Dieses Mal war es der Schlüssel, er lag da, wohin der Reporter ihn sorgfältig gelegt hatte, und neben ihm stand die zerbrochene Lampe, die Shumann vom Boden aufgehoben hatte. Jiggs berührte den Schlüssel und stellte fest, daß auch er in der Flüssigkeit auf der Tischplatte klebte.

»Dann muß er doch noch hier sein«, sagte er. »Aber wo nur,

um Himmels willen?« Wieder ließ er die Blicke durch das Zimmer schweifen; dann ging er plötzlich an das Feldbett, hob die zerknüllte Decke hoch und sah unter das Bett. »Irgendwo muß er doch sein«, dachte er. »Vielleicht hinter der Täfelung. Das würde man kaum mehr merken, als wenn sich eine Schlange dahinter verkrochen hätte.« Er ging an den Tisch zurück und hob wieder das Glas; dieses Mal war es die Frau und der kleine Junge. Sie war angezogen, der Trenchcoat gegürtelt; verständnisvoll sah sie mit fahlem Blick durch das Zimmer, dann sah sie ihn an, kurz, für einen Moment, blaß. »Trinke ein kleines Frühstück«, sagte er.

»Meinst wohl Abendessen«, erwiderte sie. »Nach zwei Stunden schläfst du ein.«

»Hat Roger dir erzählt, daß wir den Kerl verlegt haben?« fragte er.

»Rede nicht, trinke«, antwortete sie. »Es ist gleich neun Uhr. Wir müssen heute alle Ventile rausnehmen.« Aber wieder hob er das Glas noch nicht an den Mund. Shumann war jetzt auch angezogen. Durch das erhobene Glas sah Jiggs, wie der Springer zu dem Gepäck ging, das er wie auch die Stiefel ins Zimmer stieß. Dann wandte er sich an Jiggs und knurrte:

»Los, sauf's!«

»Weiß denn niemand, wohin er gegangen ist?« fragte die Frau.

»Ich weiß es nicht«, antwortete Shumann, »und sie behaupten, es auch nicht zu wissen.«

»Tu ich auch nicht«, sagte der Springer. »Ich habe ihm nichts getan. Plötzlich fiel da was auf den Fußboden, und ich machte das Licht aus und ging zu Bett; als Roger mich dann weckte, war er verschwunden, und es ist verdammt höchste Zeit, daß wir hier verduften, wenn wir vor drei die Ventile noch nachprüfen und wieder in den Motor einsetzen wollen.«

»Ja«, sagte Shumann, »er wird uns schon finden, wenn er uns braucht. Wir sind jedenfalls leichter für ihn zu finden als er für uns.« Er nahm einen von den Koffern; der Springer hatte schon den andern in der Hand. »Los«, sagte er, ohne nach Jiggs zu sehen. »Sauf's aus und komm mit.«

»Ja«, sagte Jiggs. »Wir wollen gehen.« Er trank jetzt und stellte das Glas auf den Tisch, während die andern sich nach der Treppe in Bewegung setzten und diese hinuntergingen. Dann besah er seine Hände; er besah sie, als habe er gerade erst entdeckt, daß er sie hatte, als wisse er noch nicht, was er mit ihnen anfangen sollte. »Ich will sie doch lieber mal waschen«, sagte er. »Geht schon vor; ich hole euch ein, ehe ihr die Autobushaltestelle erreicht habt.«

»Gewiß morgen«, antwortete der Springer. »Nimm auch den Krug mit. Nein; laß ihn stehen. Wenn er auch den ganzen Tag besoffen herumliegt, dann lieber hier als draußen.« Er war der letzte; er versetzte den Stiefeln, die ihm im Wege standen, einen wütenden Tritt. »Und was machst du damit? Nimmst du sie in der Hand mit?«

»Ja«, entgegnete Jiggs. »Bis ich sie bezahlt habe.«

»Bezahlt? Ich meinte, das hättest du gestern schon mit meinen . . .«

»Ja«, sagte Jiggs, »das stimmt.«

»Beeilt euch doch«, rief Shumann von der Treppe her. »Los, Laverne.« Der Springer ging zur Treppe. Shumann trieb sie jetzt alle vor sich her. Dann blieb er stehen und sah sich nach Jiggs um. Er war ordentlich angezogen und tief ernst unter dem neuen Hut, den Jiggs vielleicht immer noch durch die Spiegelscheibe betrachtet hätte. »Hör mal«, rief er, »willst du heute einen Schlag machen? Ich will dich nicht dran hindern, weil ich weiß, aus Erfahrung weiß, daß ich das nicht kann. Aber dann sag es mir gleich, dann besorge ich mir jemand anders, der Jack und mir bei der Arbeit an den Ventilen hilft.«

»Mach dir meinetwegen keine Sorge«, erwiderte Jiggs. »Ich weiß doch genau so gut wie ihr, wie wir drin sitzen. Geht nur schon vor; ich will mich eben nur etwas waschen und habe euch eingeholt, bevor ihr die Main Street erreicht habt.« Sie gingen; Shumanns Hut verschwand. Dann bewegte sich Jiggs mit gummisohliger und leichter Schnelligkeit. Er hob die Stiefel auf und verschwand hinter dem Vorhang in ein enges Schlafzimmer, das auch mit Decken, mit Fetzen abgenutzten, verschossenen, gefärbten oder bemalten Tuches behangen war, dessen Bedeutung rätselhaft und dessen Zweckmäßigkeit unerkennbar war. Es enthielt einen Stuhl, einen Tisch, einen Waschtisch, eine Kommode, auf der ein Kamm aus Zelluloid und zwei Schlipse lagen, wie sie jemand, der keine Schlipse trägt, aus dem Mülleimer rettet, und ein sauber gemachtes Bett, das durch seine Ordentlichkeit laut verkündete, daß es kürzlich von einer Frau benutzt worden war, die hier nicht wohnte. Jiggs ging an den Waschständer, wusch aber nicht Hände und Gesicht, sondern die Stiefel, wobei er mit grimmigem Interesse eine lange Schramme quer über den Spann des rechten Stiefels betrachtete, neben der er außerdem die umgekehrte Handelsmarke des Absatzes, der ihn getreten hatte, erkennen zu können glaubte; mit dem feuchten Handtuch rieb er an der Schramme herum. »Vielleicht kann ich sie mit Stiefelwichse verdecken«, dachte er. »Auf alle Fälle kann ich mich freuen, daß der Hund kein Fußballspieler war.« Aber der Schaden wurde nicht besser, er putzte beide Stiefel ab, Oberteil und Sohle, hängte das jetzt schmutzige Handtuch sorgfältig auf und ging in das andere Zimmer zurück. Vielleicht sah er im Vorbeigehen auch nach dem Krug, aber ehe er an den Tisch ging, verpackte er die Stiefel sorgfältig in dem Leinwandsack.

Hätte er darauf geachtet, so hätte er Laute, ja sogar Stimmen von der Straße unter dem Fenster gehört. Aber das tat er nicht. Er hörte jetzt nur das tosende Schweigen und die Einsamkeit, in denen der Geist des Menschen den sich ewig wiederholenden Rubikon seines Lasters in dem Augenblick überschreitet, nachdem der Schrecken und bevor der Triumph Entsetzen wird – der moralische und geistige Lump, der sein schwaches Ich-bin-Ich hinausschreit in die Wüste des Zufalls und der Katastrophe. Er nahm den Krug; seine brennenden, hellen Augen sahen, wie das klebrige Glas sich fast bis zur Hälfte füllte; er stürzte es hinunter, roh, soff dann blind auch das schale, schmierige Wasser aus der Schüssel in sich hinein; einen wilden und als Opfer dargebrachten Augenblick lang dachte er daran, eine Flasche zu suchen, die er füllen könnte, um sie dann zusammen mit den Stiefeln, dem schmutzigen Hemd, dem Sweater, der Zigarrenkiste, die ein Stück Waschseife, ein billiges Rasiermesser, eine Zange und eine Spule isolierten Draht enthielt, in seinem Sack mitzunehmen; aber er tat es nicht. »Der Teufel soll mich holen, wenn ich das tue«, rief er tonlos, während sein Inneres ihm jetzt unbarmherzig sagte, daß er es schon nach einer Stunde bedauern würde: »Der Teufel soll mich holen, wenn ich jemandem hinter seinem Rücken seinen Whisky stehle«, rief er, nahm den Sack, eilte die Treppe hinab und floh vor der Versuchung; doch übte er diese Tugend eher infolge der gegenwärtigen Befriedigung seines Gelüstes als aus dauerndem Verzicht heraus, denn er war augenblicklich gar nicht gierig auf das Getränk, und sollte dieser Augenblick eintreten, dann war er mindestens fünfzehn Meilen von diesem Krug entfernt. Er floh nicht vor dem augenblicklichen Bedürfnis nach weiterem Getränk. »Davor laufe ich nicht weg«, sagte er sich, während er über den Korridor nach der Straßentür eilte.

»Wenn ich auch ein heruntergekommener Kerl bin, so fresse ich noch lange nicht allen Dreck«, rief er aus dem stillen Glanz seiner Ehre und seines Stolzes heraus, riß die Tür auf und sprang nach draußen, als der Reporter, fehlender Gastgeber der letzten Nacht, langsam in den Korridor zu Jiggs' Füßen torkelte, was er auch schon vor fünf Minuten getan hatte, als der Fallschirmspringer die Tür geöffnet hatte. Shumann hatte den Reporter aufgehoben, aber die Tür war infolge ihres Gewichtes hinter ihnen zugeschlagen; friedlich lag der Reporter wieder im Türrahmen, sein schwer zu beschreibendes Haar hing ihm wirr in die Stirn, seine Augen waren geschlossen, sein Hemd und sein schiefsitzender Schlips waren steif von geronnenem Gekotz. Als Jiggs seinerseits die Tür jetzt wieder öffnete, torkelte der Reporter langsam seitwärts in den Korridor, doch Shumann faßte ihn wieder, und Jiggs stieg über beide hinweg, als die Tür infolge ihres Gewichtes wieder ins Schloß fiel.

Darauf passierte Jiggs etwas Seltsames, Unerwartetes. Nicht etwa, daß er in seinem Vorsatz schwankend geworden wäre oder daß Absicht und Entschluß sich gewandelt hätten und ihm jetzt feindlich gegenüberstanden. Es war vielmehr so, als hätte sich die ganze sichtbare Welt, durch die hindurch er vor der Versuchung siegreich und in gutem Glauben floh, plötzlich gewandelt, während er über den beiden Männern im Türweg stand; als wäre sein körperliches Sein ein anderes geworden, als hätte es, ohne ihn weiter zu befragen, jene katzengleiche Drehung gemacht, so daß er jetzt die glatte und diesmal unwiderruflich geschlossene Tür vor sich sah, auf der wie auf einer Projektionsfläche der Krug auf dem Tisch in dem leeren Raum oben greifbar sichtbar wurde. »Paß auf, daß die Tür nicht zuschlägt«, rief er; es sah aus, als spränge er an sie zurück, bevor er noch die Fliesen berührte, dann kratzte er mit den Händen an ihrer glatten Oberfläche. »Warum hat sie denn keiner aufgefangen? Weshalb, zum Teufel, hat denn niemand was gesagt?« Aber niemand würdigte ihn eines Blickes; jetzt bückten sich der Fallschirmspringer und Shumann über den Reporter. »Was?« sagte Jiggs. »Frühstück, was?« Niemand beachtete ihn.

»Sieh mal nach, was er hat«, sagte der Springer. »Laß nur, ich will selbst nachsehen.«

»Wir wollen erst mal probieren, ob wir ihn nicht ins Haus bringen können«, meinte Jiggs. Er bückte sich zwischen ihnen durch und versuchte wieder, die Tür zu öffnen. Er sah jetzt sogar den Schlüssel auf dem Tisch neben dem Krug liegen – ein ganz kleiner Gegenstand, den ein Mensch wahrscheinlich ohne schlimme Folgen verschlucken konnte, und der jetzt, mehr noch als der Krug, höhnisches und wildes Bedauern versinnbildlichte, da er eine Vereitelung nicht in Meilen, sondern in Zoll darstellte; das Gambit war verloren; verwirrt stand er da und war nun an diesen Kerl gefesselt, der nicht einmal in seine Wohnung konnte.

»Los«, sagte der Springer zu Shumann. »Sieh mal nach, was er noch hat, falls uns nicht schon ein anderer zuvorgekommen ist.«

»Ja«, sagte Jiggs und packte den Reporter bei der Seite. »Wenn wir ihn nur ins Haus bringen könnten . . .« Der Springer faßte ihn bei der Schulter und riß ihn zurück; als Jiggs sein Gleichgewicht wieder gefunden hatte, sprang er zurück und sah nun, wie die Frau den Arm des Springers packte, als er nach der Tasche des Reporters griff.

»Weg da«, sagte sie. Der Springer erhob sich; er und die Frau sahen einander an. Sie hart, kalt, ruhig; er gespannt, wütend, verhalten. Auch Shumann hatte sich aufgerichtet; Jiggs sah ruhig und gespannt von ihm zu den andern und umgekehrt.

»Du willst es also selbst tun«, sagte der Springer.

»Ja, das will ich.« Wieder sahen sie sich an, und dann schimpften sie aufeinander in kurzen, harten Staccato-Silben, die klangen wie Schläge, während Jiggs, die Hände in den Hüften, sich ein wenig vorbeugte, auf seinen Gummisohlen sich wiegte und von ihnen zu Shumann blickte und umgekehrt.

»Jetzt aber Schluß«, sagte Shumann. Er trat zwischen sie und versetzte dem Springer einen leichten Stoß. Dann bückte sich die Frau, und während Jiggs den leblosen Körper des Reporters von dem einen Schenkel auf den andern wälzte, nahm sie ein paar zerknüllte Scheine und eine Handvoll Silber aus seiner Tasche.

»Ein Fünfer und vier Einer«, sagte Jiggs. »Laß mich mal das Kleingeld zählen.«

»Drei für den Autobus«, sagte Shumann. »Und dann nimm noch drei.«

»Ja«, sagte Jiggs. »Mit sieben bis acht haben wir reichlich. Laß ihm den Fünfer und einen Einer zum Wechseln.« Er nahm den Fünfer und einen von den Einern aus der Hand der Frau, faltete sie, steckte sie in die kleine Uhrtasche des Reporters und wollte sich gerade wiederaufrichten, als er sah, daß der Reporter, der ausgestreckt im Türrahmen lag, ihn mit ruhigen und leeren Augen anblickte, in denen keine Spur von Geist oder Gedanken lebte, als hätte man ihm zwei tote Glühlampen in den Schädel eingesetzt. »Seht mal«, rief Jiggs, »er ist ja . . .« Er sprang auf; eine Sekunde lang sah er das Gesicht des Springers, bis dieser das Handgelenk der Frau ergriff, ihr das Geld aus der Hand nahm, das er wie eine Hand voll Kies in des Reporters friedliches, offenaugiges, blindes Gesicht warf, wobei er mit dünner und verzweifelter Wut sagte:

»Ich will auf Rogers Kosten essen und schlafen, und will auf deine Kosten essen und schlafen. Aber nicht auf Kosten dieses Arschlochs, verstanden?« Er nahm seinen Handkoffer und wandte sich zum Gehen; er ging schnell; Jiggs und der kleine Junge sahen, wie er um die Straßenecke bog und dann verschwand. Jiggs sah jetzt wieder zu der Frau, die sich nicht gerührt hatte, und zu Shumann, der auf den Knien lag und die um die regungslosen Beine des Reporters liegenden Scheine und Münzen aufhob.

»Jetzt müssen wir aber versuchen, ihn ins Haus zu bringen«, sagte Jiggs. Sie antworteten nicht. Aber er schien auch keine Antwort zu erwarten oder zu wünschen. Er ließ sich auch auf die Knie nieder und fing an, die umherliegenden Münzen aufzuheben. »Verdammt, Jack hat sie gründlich umhergeschmissen«, sagte er, »wir können froh sein, wenn wir die Hälfte wieder zusammenkriegen.« Aber noch immer schienen die beiden keine Notiz von ihm zu nehmen.

»Wieviel war's?« fragte Shumann die Frau und hielt dabei Jiggs die offene Hand hin.

»Sechs Dollar und siebzig Cents«, antwortete die Frau. Jiggs legte die Münzen in Shumanns Hand; Jiggs rührte sich ebensowenig wie Shumann. Seine heißen Augen beobachteten Shumann, der die Münzen still zählte.

»Stimmt«, sagte Shumann, »bis auf den halben.«

»Dafür will ich ein paar Zigaretten kaufen«, entgegnete Jiggs. Shumann sagte nichts; er lag immer noch auf den Knien und hielt Jiggs die Hand hin. Einen Augenblick später legte Jiggs die letzte Münze hinein. »Okay«, sagte er. Seine heißen, leuchtenden Augen verrieten nichts von dem, was in ihm vorging; er sah nicht einmal, daß Shumann das Geld in die Tasche steckte; er nahm seinen Leinwandsack auf. »Schade, daß wir ihn nicht von der Straße wegbringen können«, sagte er.

»Ja«, entgegnete Shumann, der den andern Handkoffer nahm. »Leider unmöglich. Nun aber los.« Er ging voran; er sah sich nicht einmal um. »Ein Ventilstift hat sich gedehnt«, sagte er. »Ich wette einen Viertel. Deshalb hat sie sich gestern heißgelaufen. Wir müssen sie alle rausnehmen.«

»Ja«, antwortete Jiggs. Er ging hinter den andern her, trug den Leinwandsack. Auch er sah sich nicht um; gespannt starrte er in geheimnisvollem, niedergeschlagenem und doch ruhigem Grübeln auf Shumanns Hinterkopf. Er führte spöttische Selbstgespräche, die fast humorvoll waren: »Ja, ich wußte ja, daß es mir leid tun würde. Man könnte meinen, ich würd's doch einmal fertigbringen und das Ehrlichsein auf den Sonntag aufsparen. Alles war in bester Ordnung, bis . . . und jetzt kann ich von dem Saukerl nicht los, der . . .« Er sah sich um. Der Reporter lag immer noch im Türrahmen: die ruhigen, nachdenklichen, leeren Augen schienen sie immer noch ernst, ohne Vorwurf oder Überraschung zu beobachten. »Ja«, sagte Jiggs laut, »ich habe ihm gestern abend ja gesagt, es wäre kein Opium, sondern Laudanum oder was . . .«, denn für einen Moment hatte er den Krug vergessen und dachte jetzt an den Reporter und nicht an den Krug. »Und nun wird es nicht mehr lange dauern«, dachte er mit fast verzweifelter Wut. Sein Gesicht war vollkommen ruhig, und während er hinter den andern herging, schlugen ihm die Stiefel durch den Leinwandsack bei jedem Schritt gegen die Beine; seine Augen waren heiß, verwirrt und tot, als hätten sie sich in seinem Schädel umgedreht, als zeigten sie nur die leere Rückseite, während sie die heißen, wilden, geheimen, wirbelnden Dämpfe des Getränks betrachteten, die eingefangen waren durch das zerbrechliche Gewebe aus Fleisch und Nerven, in dem er lebte, wohnte. »Ich will die Zeitung anrufen und sagen, daß er krank ist«, sagte er aus dieser scheinbaren Enttäuschung seines Bedürfnisses und Wunsches heraus, die selbst in dieser seiner ureigensten Welt unbekümmert jedes Anerkennen oder auch nur Erkennen von Lüge oder Wahrheit beiseite schob. »Vielleicht weiß einer von ihnen, wie man reinkommen kann. Und dann sage ich ihm und Laverne, sie hätten mich gebeten, zu warten und ihnen zu zeigen, wo . . .«

Sie hatten das Ende der Straße erreicht. Ohne stehenzubleiben, reckte Shumann den Hals und sah die Straße hinauf, wo der Springer verschwunden war. »Geh doch weiter«, sagte Jiggs. »Wir treffen ihn schon an der Autobushaltestelle. Zu Fuß geht er auf keinen Fall raus, und wenn er in seinen Gefühlen auch noch so verletzt ist.« Aber der Springer war nicht an der Haltestelle. Der Autobus war im Begriff abzufahren, aber der Springer saß nicht darin. Vor zehn Minuten war ein Wagen abgefahren; Shumann und die Frau beschrieben den Springer dem Mann, der die Wagen abließ, aber er hatte auch jenen Autobus nicht benutzt. »Dann kann er nur zu Fuß gegangen sein«, sagte Jiggs und ging auf das Trittbrett zu. »Wollen einen Platz belegen.«

»Wir könnten auch erst was essen«, meinte Shumann. »Vielleicht kommt er doch noch vor Abfahrt des nächsten Wagens.«

»Ja«, sagte Jiggs. »Wir könnten den Fahrer bitten, inzwischen das Verdeck zurückzuklappen.«

»Wir können auch draußen was essen«, sagte die Frau plötzlich.

»Dann verfehlen wir ihn vielleicht«, entgegnete Shumann. »Und er hatte kein . . .«

»Meinetwegen«, sagte sie; der Ton, in dem sie sprach, war kalt, hart. Sie sah Jiggs nicht an. »Glaubst du denn, daß Jack heute morgen mehr beaufsichtigt werden muß als er?« Jiggs fühlte ganz deutlich, daß auch Shumann ihn gedankenvoll aus der von der Maschine geschaffenen Ebenmäßigkeit des neuen Hutes heraus ansah. Aber er rührte sich nicht; regungslos stand er da, wie eine dieser Wachsfiguren, die um acht Uhr morgens aus Vorstadtläden und Pfandhäusern herausgeschafft werden, still wartend und ruhig; und nachdenklich, sein nach innen gewandter Blick beobachtete etwas, das nicht einmal Gedanke war, das ihn aus einem unentrinnbaren Wirbel halberkannter Bilder, als wäre ein Roulette anstatt mit Zahlen mit Sätzen versehen, mit wilden, letzten Resten von Plänen versorgte – er wollte ihnen sagen, er hätte den Springer sagen hören, er ginge noch mal in die Amboise Street und er, Jiggs, wollte ihn dort holen – wie er, und sei es nur fünf Minuten lang, entkäme und dann den ersten, der ihm begegnete, niederschlüge und dann den nächsten und wieder einen und noch einen, bis er einen halben Dollar zusammen hätte; und schließlich, und zwar immer wieder mit verzweifelter Überzeugung aus Wahrheit und Bedauern, daß, wenn Shumann ihm das Geld gäbe und zu ihm sagte, er solle einen heben, er es nicht einmal annähme, und sollte er es doch tun, er nur ein Glas und nicht mehr trinken würde, und zwar aus lauter Dankbarkeit dafür, daß er seiner Ohnmacht und Not und seinen Gedanken und seiner Vermutung hatte entgehen können, die ihn jetzt schon veranlaßten, ganz zufällig und unschuldig zu sprechen.

»Wer, ich«, fragte er. »Zum Teufel, ich habe gestern abend so viel mitgekriegt, daß ich vorläufig genug habe. Los. Er ist sicher irgendwie mitgefahren.«

»Ja«, sagte Shumann, der ihn noch immer mit jenem offenen und tödlichen Ernst betrachtete. »Wir müssen die Ventile herausnehmen und mit dem Mikrometer prüfen. Wenn heute alles klappt, bekommst du heute abend eine ganze Flasche. Okay?«

»Lieber Gott«, sagte Jiggs. »Soll ich denn schon wieder voll werden? Ja? Los, wollen reingehn.« Sie stiegen ein. Der Autobus setzte sich in Bewegung. Es war schon besser so, denn selbst wenn er den halben Dollar hätte, könnte er sich dafür erst dann etwas zu trinken kaufen, wenn der Autobus entweder hielt oder den Flughafen erreichte, und schließlich bewegte er sich dem ja entgegen; wieder dachte er aus der tosenden Ein-

samkeit, dem Augenblick des Frohlockens zwischen dem Schrek-
ken und dem Entsetzen heraus: »Hindern kann mich kein
Mensch. Sie sind nicht genug, mich zu hindern. Ich muß eben
nur warten.« »Ja«, sagte er und beugte sich zwischen Shumanns Kopf und dem der Frau über die Lehne des Sitzes, der
dem gegenüberstand, auf dem er und der Junge saßen, »vielleicht arbeitet er schon an der Kiste. Ich gehe sofort rüber und
fange schon mal mit den Ventilen an und schicke ihn sofort ins
Restaurant.« Aber sie fanden den Springer auch nicht sofort
auf dem Flughafen, obwohl Shumann eine Weile über den
morgens verlassenen Platz schaute, als habe er erwartet, den
Fallschirmspringer noch in der Sekunde zu sehen, die jener
folgte und längst vergangen war, als er an der Straßenecke
verschwand. »Ich gehe jetzt und fange schon mal an«, sagte
Jiggs. »Wenn er in der Halle ist, schicke ich ihn rüber ins Restaurant.«

»Wir wollen erst mal essen«, sagte Shumann. »Willst du
denn noch warten?«

»Ich habe keinen Hunger«, antwortete Jiggs. »Ich esse später. Ich will schon mal anfangen . . .«

»Nein«, unterbrach ihn die Frau. »Roger, tu's nicht . . .«

»Komm mit frühstücken«, sagte Shumann. Jiggs hatte ein
Gefühl, als stände er lange in dem hellen, diesigen Sonnenlicht,
als täte ihm der Mund etwas weh, aber das dauerte wahrscheinlich nicht lange, jedenfalls merkte man seiner Stimme
nichts an.

»Okay«, sagte er. »Dann mal los. Meine Ventile sind's ja
nicht. Ich brauche ja nicht um drei Uhr heute nachmittag hinter
ihnen zu sitzen.« Die Rotunde war leer, außer ihnen war auch
niemand im Restaurant. »Ich nehme Kaffee«, sagte er.

»Iß was«, sagte Shumann. »Nun mach doch keine Geschichten.«

»Ich bin nicht hungriger als vor zwei Minuten da drüben an
dem Laternenpfahl«, sagte Jiggs. Seine Stimme klang immer
noch wie sonst auch. »Ich sagte nur, ich käme mit«, fuhr er fort,
»von Essen ist kein Wort über meine Lippen gekommen.« Shumann sah ihn kalt an.

»Hör mal«, sagte er dann. »Du hast heute morgen schon
zwei oder drei getrunken. Iß jetzt was. Und heute abend sorge

ich dafür, daß du zwei bis drei Drinks bekommst. Kannst dich sogar besaufen, wenn du willst. Jetzt aber wollen wir die Ventile ausbauen.« Jiggs rührte sich nicht, sah auf seine Hände, die auf dem Tisch lagen, und dann auf den Arm der Kellnerin, dicht neben sich, dessen Gelenk mit vier Woolworth-Armbändern geschmückt war. Die Fingernägel waren fünf rote, glitzernde Flecken, als wären auch sie gekauft und auf die Fingerspitzen aufgeklemmt.

»Hör doch endlich auf«, sagte er. »Was willst du denn lieber? Einen Kerl mit zwei oder drei Drinks im Bauch, der dir die Ventile ausbauen hilft, oder einen mit 'ner Schicht Essen über den Drinks, der irgendwo in einer Ecke pennt? Sag mir nur, was du lieber willst. Langsam kommst du dahinter. Ich will also nur Kaffee. Den verlange ich nicht, ich bitte darum. Oder muß ich noch extra bitte sagen?«

»Gut«, sagte Shumann. »Dann also dreimal Frühstück«, sagte er zu der Kellnerin. »Und zwei Kaffee extra. Der verdammte Jack«, fuhr er fort. »Er muß doch auch was essen.«

»Den finden wir schon in der Halle«, sagte Jiggs. Dort fanden sie ihn denn auch, wenn auch nicht sofort. Als Shumann und Jiggs in Arbeitszeug aus dem Werkzeugraum auftauchten und vor der Drahttür auf die Frau warteten, die sich noch umzog, sahen sie fünf bis sechs andere Gestalten in Arbeitszeug vor einem Anschlagbrett genau in der Mitte des Halleneingangs, das gestern hier noch nicht gestanden hatte. Es war ein großes, mit ungelenker Schrift bedecktes Brett, das irgendwie geheimnisvoll und bestimmt wirkte, und dessen Aufschrift im Augenblick von niemandem verstanden wurde, als hätte der Lautsprecher verkündet:

BEKANNTMACHUNG

Alle am Rennen Beteiligten, Piloten, Fallschirmspringer und alle, die sich um einen Preis bewerben, werden aufgefordert, sich heute um 12 Uhr im Büro des Rennleiters einzufinden. Wer fehlt, bekundet durch seine Abwesenheit seine Zustimmung und unterwirft sich den Beschlüssen und Entscheidungen des Rennausschusses.

Die andern beobachteten Shumann und die Frau, die jetzt den Anschlag lasen.

»Unterwirft sich was?« sagte einer der andern. »Um was handelt es sich? Haben Sie eine Ahnung?«

»Keine Spur«, antwortete Shumann. »Ist Jack Holmes schon hier draußen? Hat ihn jemand heute morgen schon gesehen?«

»Da ist er ja«, sagte Jiggs. »Drüben an der Kiste; ganz wie ich es dir gesagt habe.« Shumann blickte durch die Halle. »Er hat die Haube schon runter.«

»Ja«, sagte Shumann. Er setzte sich sofort in Bewegung. Jiggs sprach mit dem Mann, neben dem er stand, fast ohne die Lippen zu bewegen.

»Leih mir nen halben Dollar«, sagte er. »Heute abend kriegste ihn zurück. Schnell.« Er nahm das Geldstück, schnappte es weg; als Shumann das Flugzeug erreichte, war Jiggs dicht hinter ihm. Der Springer hockte unter dem Motor, er sah zu ihnen auf, kurz und ohne in der Arbeit aufzuhören, als habe er nach dem Schatten einer vorbeiziehenden Wolke gesehen.

»Hast du schon gefrühstückt?« fragte Shumann.

»Ja«, antwortete der Springer ohne aufzublicken.

»Wovon denn?« fragte Shumann. Der andere schien ihn nicht gehört zu haben. Shumann nahm das Geld aus der Tasche, die übriggebliebene Dollarnote, drei Viertel und ein paar Nickelstücke und legte zwei Vierteldollar auf den Motorrahmen neben den Ellbogen des Springers. »Trink jetzt erst mal Kaffee«, sagte er. Der andere schien ihn nicht gehört zu haben, er arbeitete immer noch unter dem Motor. Shumann betrachtete seinen Hinterkopf. Das Geld fiel klirrend auf den Betonboden, und Jiggs bückte sich, kroch umher und stand schon wieder und hielt das Geld hin, bevor Shumann sich rühren oder ein Wort sagen konnte.

»Da«, sagte Jiggs nicht laut; man hätte ihn keine zehn Fuß weit hören können: die Wildheit, den Triumph. »Da! zähl's nach. Vorwärts und rückwärts, damit du auch ja sicher bist.« Dann sprachen sie nichts mehr. Sie arbeiteten ruhig und schnell wie eine Zirkus-Truppe mit der einer solchen Truppe eigenen Ökonomie der Bewegung, während ihnen die Frau die Werkzeuge reichte, wie sie sie brauchten; sie brauchten ihr nicht einmal das Werkzeug zu nennen. Es ging jetzt alles ganz mechanisch, wie in dem Bus; er brauchte nur zuzusehen, wie die Ventile eins nach dem andern herausgenommen und auf der Arbeitsbank eine lange, saubere Reihe wurden, und dann war es endlich so weit.

»Es muß doch bald zwölf sein«, sagte die Frau. Shumann beendete die Arbeit, die er gerade vor hatte, dann sah er nach der Uhr, stand auf und reckte Rücken und Beine. Er blickte nach dem Springer.

»Fertig?« fragte er.

»Willst du dich denn nicht waschen und umziehen?« fragte die Frau.

»Lieber nicht«, antwortete Shumann. »Das kostet nur wieder Zeit.« Er nahm das Geld wieder aus der Tasche und gab der Frau die drei Viertel. »Du und Jiggs könnt essen gehen, wenn Jiggs die übrigen Ventile ausgebaut hat. Und«, er sah Jiggs an, »von der Prüfung mit dem Mikrometer laß die Finger. Das besorge ich selbst, wenn ich zurückkomme. Du kannst den Vorverdichter säubern; damit hast du zu tun, bis wir wieder da sind.« Er sah Jiggs an. »Jetzt hast du ja auch wohl Hunger.«

»Ja«, sagte Jiggs. Er hatte seine Arbeit nicht unterbrochen; er sah ihnen auch nicht nach, als sie hinausgingen. Er kroch unter den Motor, hockte dort gespannt wie eine Schirmstange und fühlte, daß die Frau ihm auf den Hinterkopf sah. Er sprach jetzt ohne Wut, ohne Triumph, lautlos: »Ja, geh nur. Du kannst mich nicht dran hindern. Nicht eine Minute lang und selbst nicht, wenn du versuchtest, mich zwischen deinen Beinen festzuhalten.« Er dachte nicht an Laverne als Frau, oder irgendeine; sie war nur der letzte und jetzt schnellvergehende Rest des *es*, der *sie*, die ihm auf den Hinterkopf sah, während er den Vorverdichter ausbaute und nicht einmal wußte, daß sie von ihm schon geschlagen war.

»Willst du denn wenigstens jetzt was essen?« fragte sie. Er antwortete nicht. »Soll ich dir ein Sandwich holen?« Er antwortete nicht. »Jiggs«, sagte sie. Er hob den Kopf und sah sich um; er zog die Augenbrauen hoch und sah sie unter dem Mützenschirm her mit heißen, leuchtenden Augen fragend, starr an.

»Was? Hast du was gesagt? Hast du mich gerufen?« fragte er.

»Ja. Willst du jetzt essen gehen oder soll ich dir was holen?«

»Nein, ich habe noch keinen Hunger. Ich will erst mit dem Vorverdichter fertig sein, ehe ich mir die Hände wasche. Geh nur schon.« Aber sie ging nicht; sie stand da und sah ihn an.

»Ich lasse dir Geld hier, du kannst dann gehen, wenn du fertig bist.«

»Geld?« wiederholte er. »Was soll ich mit Geld, wo ich bis an die Ellbogen in dem Motor sitze?« Jetzt wandte sie sich zum Gehen. Er sah, wie sie wieder stehenblieb und den kleinen Jungen rief, der aus einer Gruppe am Ende der Halle zu ihr kam; sie gingen dann beide in Richtung auf das Rollfeld und verschwanden. Jetzt stand Jiggs auf; sorgfältig legte er das Werkzeug fort, tastete durch den Stoff nach dem Geldstück in der Tasche, obwohl das gar nicht nötig war, denn er hatte es die ganze Zeit gefühlt. Er dachte nicht an sie; sprach auch nicht zu ihr; er sagte ohne Triumph oder Frohlocken, ganz ruhig: »Lebe wohl, du rumschnüffelndes Aas.«

Aber sie hatten nicht sagen können, ob der Reporter sie alle gesehen hatte oder nicht; wahrscheinlich aber konnte er weder hören noch sehen; jedenfalls kam die dünne, jugendliche, hellfarbige Negerin, die gegen halb zehn in einem modischen, wenn auch nicht neuen Hut und Mantel die Straße heraufkam und einen Marktkorb aus Weiden am Arm trug, den ein sauberes Tuch bedeckte, fast sofort zu dem Schluß, daß er beides nicht konnte. Sie betrachtete ihn vielleicht zehn Sekunden lang mit tiefem, ganz unpersönlichem Interesse, bewegte dann ihre Hand vor seinem Gesicht und nannte ihn beim Namen: und als sie dann in seine Taschen faßte, bewegte oder verschob sie seinen Körper nicht um einen Zoll; ihre Hand griff in die Tasche und zog die beiden gefalteten Noten, die Jiggs in diese Tasche gesteckt hatte, mit einer geschmeidigen, knochenlosen und leicht gierigen Bewegung, die an die eines Oktopus erinnerte, hervor; dann machte die Hand eine zweite geschmeidige Bewegung, diesmal in das Innere des Mantels, aus dem sie leer wieder hervorkam. Es lag im Wesen ihrer Rasse und ihres Geschlechts, daß sie nur einen der Scheine nahm, ganz einerlei, wieviel es waren – entweder den Fünfer oder den Einer, was ganz von ihrem Bedürfnis oder dem Wunsch des Augenblicks oder von der Situation selbst abhing –, aber diesmal nahm sie beide, richtete sich wieder auf und sah mit einer Art grimmiger, aber doch unpersönlicher Scheinheiligkeit auf den Mann im Türrahmen hinab.

»Wenn er noch was vorfände, so wäre es keine Lehre für ihn«, sagte sie laut. »Liegt hier besoffen auf der Straße. Wer weiß, wo er sich rumgetrieben hat, ein Bums scheint's nicht gewesen zu sein, sonst hätte man ihn nicht mit so viel Geld in der Tasche wieder rausgelassen.« Von irgendwoher unter dem Mantel holte sie einen Schlüssel, schloß die Tür auf und hielt ihn nur ihrerseits, als er langsam und schwer in den Korridor zu torkeln begann, und trat dann ins Haus. Schon bald kam sie mit der Schüssel schmutzigen Wassers zurück, das sie ihm plötzlich ins Gesicht goß, und als er anfing zu pusten, packte sie ihn und schleppte ihn fort. »Hoffentlich sind Sie so schlau gewesen und haben Ihre Brieftasche zu Hause gelassen, als Sie sich entschlossen, hier draußen zu pennen«, rief sie, während sie ihn schüttelte. »Wenn nicht, dann wette ich, daß Sie jetzt nur noch die leere Brieftasche haben.« Sie schleppte ihn fast buchstäblich die enge Treppe hinauf, wie ein Stück Feuerwehrschlauch, und ließ ihn augenscheinlich wieder bewußtlos auf dem Feldbett liegen und ging hinter den Vorhang, wo sie mit undurchdringlichem Gesicht das saubere Bett betrachtete, das, wie sie auf den ersten Blick erkannte, nicht ihre Arbeit war. Sie nahm eine Schürze und ein helles Tuch aus dem Korb. Als sie zu dem Reporter zurückkehrte, hatte sie die Schürze um und an Stelle des Hutes und des Mantels das Tuch um den Kopf; sie trug die Schüssel, die jetzt mit frischem Wasser gefüllt war, dazu Seife und Handtücher. Was sie dann tat, hatte sie augenscheinlich schon öfters getan: sie zog dem Mann, der für diese halbe Stunde der sechs Wochentage ihr Arbeitgeber war, das schmutzige Hemd aus, wusch ihn und klapste ihn dabei wach, bis er wieder sehen und hören konnte. »Es ist schon nach zehn«, sagte sie. »Ich habe das Gas angesteckt, Sie können sich jetzt rasieren.«

»Rasieren?« sagte er. »Ja, wissen Sie das denn nicht? Ich brauche mich nie wieder zu rasieren. Er hat mich rausgeschmissen.«

»Um so mehr Grund, mal endlich auf die Beine zu kommen und sich ordentlich anzuziehen.« Das feuchte Haar klebte ihm am Schädel, aber es klebte nicht fester an den Knochen, Bukkeln und Nähten als das Fleisch seines Gesichtes; seine Augen sahen jetzt wirklich aus wie Löcher, die man mit einem Schüreisen in das Pergament-Diplom gebrannt hat, das einem Studenten für seine Saufereien erteilt wurde. Vom Gürtel an nackt, schien man nicht nur seine Rippen von vorn, der Seite und von hinten, sondern den ganzen Brustkasten sehen zu können, wie man bei einem Drahtschirm Einschlag und Faden von beiden Seiten erkennt. Er schwankte schlaff unter ihren geschmeidigen, weichen und unfreundlichen Händen; er konnte sprechen, war sogar gesammelt, wenn er sich auch noch eine Zeitlang in dem Zwielicht zwischen Täuschung aus Trunkenheit und Täuschung aus Nüchternheit bewegte.

»Sind sie fort?« fragte er. Gesicht und Gebaren der Negerin änderten sich nicht.

»Wer fort?« fragte sie.

»Ja«, sagte er schlaftrunken. »Sie waren vergangene Nacht hier. Sie schlief drüben im Bett. Einer von ihnen schlief bei ihr, und es hätten ganz gut beide sein können. Aber sie war hier. Und er wollte sie nicht trinken lassen, er nahm ihr das Glas aus der Hand. Ja, ich konnte den langen, weichen, sehnsüchtigen Laut allen Frauenfleisches im Bett hinter dem Vorhang hören.« Zuerst erkannte die Negerin nicht, was ihren Schenkel berührte, bis sie nach unten blickte und den stockgleichen Arm und die unsichere leichte und augenscheinlich gefühllose Hand sah, die einem Bündel vertrockneter Zweige glich, die steif an ihr herumtastete und fühlte, während die Augen in den elenden Augenhöhlen an zwei Flecken ersterbenden Tageslichts erinnerten, die sich im Wasser eines tiefen, nicht mehr benutzten Brunnens spiegeln. Die Negerin war nicht zimperlich oder beleidigt; sie ging der augenscheinlich blinden oder möglicherweise nur gefühllosen Hand mit einer einzigen, geschmeidigen Drehung ihrer Hüften aus dem Wege, redete ihn an, nannte ihn beim Namen und sprach dabei das Wort M.i.s.t.e.r ganz deutlich, klar und zögernd, wie Neger das tun, als bestände es aus zwei Teilen von je zwei oder drei Silben.

»Wenn Sie meinen, Sie müßten unbedingt etwas tun«, sagte sie, »dann nehmen Sie mal dieses Handtuch. Oder sehen Sie mal nach, wieviel man Ihnen von Ihrem Geld gelassen hat, nachdem man Sie schlafend auf der Straße liegen lassen hat.«

»Geld?« fragte er. Er wurde jetzt vollkommen wach, auch sein Geist, wenn es auch gewisse Zeit dauerte, bis seine Hände die Taschen fanden. Unterdessen beobachtete ihn die Negerin, die jetzt mit den Händen in den Hüften dastand. Sie sagte nichts. Sie beobachtete nur sein ruhiges, nachdenkliches und gespanntes Gesicht, während er in seine leeren Taschen griff. Sie erwähnte seinen Besuch nicht wieder; er aber schrie: »Ich habe draußen auf der Straße geschlafen. Sie können das bezeugen, Sie haben mich gefunden. Ich ging von hier fort und schlief draußen, weil ich den Schlüssel vergaß und nicht wieder ins Haus konnte; lange vor Tagesanbruch war ich da unten. Das können Sie auch bezeugen.« Sie sagte immer noch nichts, beobachtete ihn. »Ich weiß noch ganz genau, als ich die Erinnerung verlor.«

»Wieviel hatten Sie denn, als Sie die Erinnerung verloren?«

»Nichts«, antwortete er. »Nichts. Ich habe alles ausgegeben.« Als er sich erhob, erbot sie sich, ihm in das Schlafzimmer zu helfen, aber er wollte das nicht. Er ging immer noch unsicher, und als sie ihm kurz darauf folgte, konnte sie ihn durch die dünne Trennungswand des Schlafzimmers, das etwas größer war als ein Kleiderschrank, hören. Sie ging nun auch in das Schlafzimmer und setzte Wasser auf den Gasherd, neben dem er sich rasierte, und fing an, Kaffee zu machen. Wieder betrachtete sie das aufgeräumte Schlafzimmer mit kaltem, undurchdringlichem Blick, ging dann wieder in das Vorderzimmer und brachte das Feldbett in Ordnung, legte Decke und Kissen zurecht. Dann nahm sie das schmutzige Hemd und das Handtuch vom Boden auf, zögerte, legte das Hemd auf das Feldbett, behielt aber das Handtuch in der Hand, ging an den Tisch und betrachtete den Krug mit nachdenklichen und unergründlichen Augen. Sie säuberte dann eines der klebrigen Gläser mit größter Sorgfalt, goß aus dem Krug etwa einen Fingerhut voll hinein und trank es dann, während sie den kleinen Finger ihrer Hand zierlich krümmte, mit vielen augenscheinlich widerwilligen Vogelschlücken. Dann nahm sie von den während der vergangenen Nacht unordentlich umhergeworfenen Gegenständen, so viel sie tragen konnte, und kehrte hinter den Vorhang zurück. Als sie dorthin ging, wohin sie den Korb, auf dem Hut und Mantel lagen, auf den Fußboden gegen die Wand gestellt hatte, konnte man sie nicht über den Fußboden gehen hören, auch hörte man nichts, als sie aus dem Korb eine leere Flasche nahm, die blitzsauber war wie eine Flasche für sterilisierte Milch. Meist füllte sie die Flasche nicht in einer der Wohnungen, in die sie auf ihrer Morgenrunde kam, sondern füllte sie allmählich mit einer Art geiziger und weitsichtiger Sparsamkeit und kam so gegen Mitte des Nachmittags mit einer ganzen Flasche eines unheimlichen, starken, namenlosen und seltsamen Getränks nach Hause; aber dieses Mal schien ihr die ganze Situation für sich selbst zu sprechen. Sie ging an den Korb zurück, in den sie lautlos die gefüllte Flasche legte. Der Reporter hörte eine Zeitlang nur den Besen und andere gedämpfte Geräusche, als brächte sich das Zimmer vermöge einer geisterhaften und unsichtbaren Macht von selbst in Ordnung. Endlich kam sie an die Tür des Schlafzimmers, an der er stand und den Schlips band; sie trug wieder Hut und Mantel und hatte den Korb mit dem sauberen Deckchen wieder am Arm.

»Ich bin fertig«, sagte sie. »Der Kaffee steht auch da; aber Sie trinken ihn besser nicht, Sie haben keine Zeit mehr.«

»Schon gut«, erwiderte er. »Ich muß Sie wieder mal anpumpen.«

»Bis zur Zeitung brauchen Sie nur einen Zehner. So viel werden Sie ja wohl noch haben.«

»Ich gehe nicht mehr zur Zeitung. Rausgeschmissen haben sie mich. Ich brauche zwei Dollar.«

»Ich muß mir mein Geld sauer verdienen. Das letztemal hat's drei Wochen gedauert, bis ich's wieder kriegte.«

»Weiß ich. Aber ich muß das Geld haben. Nun los doch, Leonora. Samstag gebe ich es Ihnen zurück.« Sie faßte in den Mantel; eine der Noten gehörte ihm.

»Der Schlüssel liegt auf dem Tisch«, sagte sie. »Ich habe ihn auch sauber gemacht.« Er lag auf dem sauberen Tisch, auf dem sonst nichts lag; er nahm ihn, betrachtete ihn nachdenklich mit einem Gesicht, das die wenigen Stunden wilder Ausschweifung verändert hatte. Aus dem Gesicht eines heiter und friedlich Toten war das eines Menschen geworden, der aus der Hölle zurückkommt oder aus ihr herausschaut.

»Es ist schon alles in Ordnung«, sagte er. »Einerlei. Es hat nichts zu bedeuten.« Er stand in dem sauberen, leeren Zimmer, in dem kein Zigarettenstummel, kein abgebranntes Streichholz an die vergangene Nacht erinnerte. »Ja, nicht einmal eine Haarnadel hat sie hier gelassen«, dachte er. »Vielleicht gebraucht sie gar keine. Vielleicht war ich betrunken, vielleicht waren sie überhaupt nicht hier«; während er so mit sich selbst sprach, betrachtete er den Schlüssel mit leicht tragisch verzerrtem Gesicht, das entfernt einem Lächeln glich, und gab sich den Rat, den er doch nicht befolgte; das wußte er schon, als er die zwei Dollar borgte. »Dreißig hatte ich, bevor ich die elf achtzig und dann die fünf für den Absinth ausgab. Da blieben doch ungefähr dreizehn übrig.« Dann rief er, nicht laut, nicht erregt: »Vielleicht sagt sie es mir auch. Vielleicht wollte sie das schon die ganze Zeit, aber sie konnten nicht so lange auf mich warten«, ohne sich auch nur darum zu kümmern, sich zu sagen, daß er bewußt log; ruhig und hartnäckig fuhr er fort: »Schon gut. Auf alle Fälle gehe ich jetzt. Und sollte ich auch nur dorthin gehen, wo sie mich sehen kann, und dort nur eine Minute bleiben.«

Er hielt den Schlüssel jetzt in der Hand, als die Tür hinter ihm ins Schloß fiel, blieb einen Augenblick stehen und schloß die Augen gegen das grelle Licht der dünnen Sonne; dann öffnete er sie wieder, lehnte sich gegen den Türrahmen, in dem er geschlafen hatte, dachte an den Kaffee, den die Negerin zubereitet und den er bis jetzt ganz vergessen hatte. Die Straße verschwamm in seltsame Formen, die wie das Meer oder besser wie die Oberfläche des Sees schwankten, und gegen sie nahm, was das Schicksal ihm an Hoffnung und Furcht bestimmt hatte, vor seinen geblendeten Augen, die ihm helles, vages Jahrmarktgeglitzer unter den wehenden rotgoldenen Wimpeln zeigten, Gestalt an. »Ist alles in Ordnung«, sagte er. »Es ist ja nur Geld. Einerlei.«

Es war noch nicht zwei, als er den Flugplatz erreichte; aber schon füllten sich die Parkplätze entlang dem Boulevard; und die jungen Burschen, die zweifellos aus irgendeinem nur ungern gezeichneten Nationalfonds bezahlt wurden und rotgoldene Mützen trugen, die sie sich geliehen hatten, die vielleicht aber auch Vorschrift waren, standen auf den Trittbrettern, bewegten Kopf und Schultern über den Verdecks der langen Reihe schon parkender Wagen, und es sah so aus, als bestünden sie nur aus

Oberkörpern, als gehorchten ihre ziel- und zwecklosen Bewegungen irgendeinem Mechanismus. Ein stetiger Menschenstrom ergoß sich über die schmalen Betonwege zu den Eingängen, aber der Reporter schloß sich ihm nicht an. Links stand die Halle, in der sie jetzt sicher waren; aber auch dorthin ging er nicht; er stand in dem hellen, diesigen, mit Feuchtigkeit gefüllten Sonnenlicht, über ihm wehten steif die Wimpel, und der Wind, der sie bewegte, schien auch durch ihn hindurchzuwehen, nicht kalt, nicht unfreundlich; ließ nur seine Kleider flattern, als wehte er, nur von diesen leicht behindert, durch seinen Brustkasten und um seine Knochen. »Ich sollte eigentlich was essen«, dachte er. »Ja, das sollte ich.« Aber er rührte sich nicht, als habe er jemandem ein Versprechen gegeben, das er, wie er selbst jetzt noch glaubte, nicht brechen wollte. Das Restaurant war nicht weit; schon glaubte er, Geklirr, Geklapper und Stimmen zu hören und das Essen zu riechen. Er dachte an gestern, als sich der kleine Junge mit erlahmender Entschlossenheit in das zweite Eis bohrte. Dann hörte er den Lärm, das Stimmengewirr, roch das Essen, als er zu dem Tisch sah, an dem sie gestern gegessen hatten und an dem jetzt eine ganze Familie von Großmutter bis Säugling saß. Er ging an die Theke. »Frühstück«, sagte er.

»Was wünschen Sie?« fragte die Kellnerin.

»Was ißt man denn zum Frühstück?« erwiderte er, sah sie an – eine porzellangesichtige Frau, deren Haar, Gesichtsfarbe und Uniform aus verschiedenen Schattierungen jenes Materials zu bestehen schienen, das früher die Buchhalter zum Schutz ihrer Ärmel verwandten, und lächelte: oder besser: er hätte es Lächeln genannt. »Richtig. Es ist jetzt keine Frühstückszeit.«

»Was wünschen Sie also?«

»Rostbeef«, sagte schließlich sein Geist. »Kartoffeln«, sagte er. »Ist ja ganz einerlei.«

»Sandwich oder Lunch?«

»Ja«, sagte er.

»Was, ja? Wollen Sie was bestellen oder nicht?«

»Sandwich.«

»Einmal Frühstück«, rief die Kellnerin.

»So, das wäre erledigt«, dachte er, als hätte er sein Versprechen eingelöst; als hätte er durch seine Bestellung, dadurch, daß er dem Gedanken nachgab, auch schon gegessen. »Und dann will ich . . .« Aber die Halle war für ihn größere Wirklichkeit als das Restaurant, die Theke, das Klirren und Klappern, das Geräusch, das herrührte vom Essen und Kauen. Er glaubte die Gruppe vor sich zu sehen: das Flugzeug, die vier Gestalten in Arbeitskleidung, den kleinen Jungen, der auch Arbeitskleidung trug, und sich selbst, der auf sie zukam: *Hoffentlich haben Sie alles gefunden, bevor Sie fortgingen? Ja, danke. Es waren dreizehn Dollar. Nur bis Samstag. – Bitte sehr; macht doch gar nichts; deswegen machen Sie sich doch keine Gedanken.* Jetzt hörte er auch plötzlich den Lautsprecher in der Rotunde; er hatte schon seit einiger Zeit gesprochen, aber er bemerkte es erst jetzt:

»... zweiter Tag der Einweihungs-Veranstaltungen im Feinmann-Lufthafen, die nach den offiziellen Regeln des Amerikanischen Aero-Klubs und unter gütiger Mitwirkung der Stadt New Valois und von Oberst H. J. Feinman, Vorsitzendem des Entwässerungsamtes von New Valois, durchgeführt werden. Heute nachmittag wird geboten ...« Er hörte nicht mehr zu, nahm das Programm von gestern aus der Tasche und öffnete es auf der zweiten vervielfältigten Seite.

FREITAG

2.30 nachmittags: Fallschirmabsprung mit Ziellandung. Preis 25 Dollar.

3.00 nachmittags: Geschwindigkeits-Konkurrenz; 375 Kubikzoll. Mindestgeschwindigkeit 180 Meilen pro Stunde. Preis 325 Dollar (1. 2. 3. 4.).

3.30 nachmittags: Kunstflug. Jules Despleins, Frankreich. Leutn. Frank Burnham, Vereinigte Staaten.

4.30 nachmittags: Geschwindigkeits-Konkurrenz; 575 Kubikzoll. Mindestgeschwindigkeit 200 Meilen pro Stunde. Preis 650 Dollar (1. 2. 3. 4.).

5.00 nachmittags: Fallschirmabsprung mit verzögerter Öffnung.

8.00 nachmittags: Besondere Fastnachtsnummer. Raketenflugzeug. Leutn. Frank Burnham.

Lange nachdem der erste Schock optischen Staunens vergangen war, starrte er noch auf die Seite. »Weiter nichts«, sagte er. »Nur das müßte sie tun. Sie brauchte mir nur zu sagen, sie hätten ... Das Geld ist es ja nicht. Sie weiß auch, daß es das nicht ist. Auf das Geld kommt es mir ebensowenig an wie ihnen«, sagte er; der Mann mußte den Reporter zweimal ansprechen, bevor er überhaupt merkte, daß er da war. »Hallo«, sagte er.

»Sie sind also doch noch rausgekommen«, sagte der andere. Hinter dem Mann stand noch jemand; er war klein, hatte ein mürrisches Gesicht und trug eine Kamera.

»Ja«, antwortete der Reporter. »Sieh da, Jug«, sagte er zu dem zweiten Mann. Der erste sah ihn neugierig an.

»Sie sehen aus, als hätte man Sie an den Hacken durch die Hölle geschleift«, sagte er. »Erledigen Sie das heute hier draußen?«

»Nicht, daß ich wüßte«, erwiderte der Reporter. »Soviel ich weiß, bin ich rausgeschmissen. Wieso?«

»Nur ne Frage. Hagood telephonierte mich heute morgen um vier Uhr aus dem Bett. Er sagte mir, ich sollte heute rausfahren und die Sache machen, wenn Sie nicht da wären. Vor allem aber feststellen, ob Sie da wären, und Ihnen sagen, ihn unter dieser Nummer anzurufen.« Er nahm ein gefaltetes Stück Papier aus der Manteltasche und reichte es dem Reporter. »Es ist der Country Club. Sie sollen ihn anrufen, sobald ich Sie finde.«

»Danke«, sagte der Reporter. Aber er rührte sich nicht. Der andere sah ihn an.

»Na, wie wollen Sie es machen? Wollen Sie hier arbeiten oder soll ich es tun?«

»Nein, ich meine ja. Übernehmen Sie es. Ist ja ganz einerlei. Jug weiß besser, was Hagood braucht, als Sie oder ich.«

»Okay«, sagte der andere. »Aber rufen Sie Hagood doch sofort an.«

»Ja«, entgegnete der Reporter. Jetzt kam das Essen: der gehäufte, unzerbrechliche Teller und die gescheuerte Hand mit den häßlichen Korallennägeln; auch die Hand sah aus, als wäre sie in der Küche oder vielleicht unten in der Stadt erdacht, geformt und gebraten und in schnellem Wagen zusammen mit dem bunten Gebäck, das unter der Glasplatte der Theke lag, nach hier gebracht worden. Vom Kamm einer Woge reiner, fast physischer Flucht sah er herab auf Essen und Hand. »Lieber Gott, Mädchen«, sagte er, »ich habe mit dem Verkehrten gescherzt.« Aber er trank den Kaffee und aß auch etwas; er schien sich zu beobachten, wie er langsam und furchtbar wie ein Maulwurf sich durch das Essen wühlte, blind gegen alles andere und taub, sogar gegen den Lautsprecher; er aß einen großen Teil, schwitzte, schien ewig und ewig zu kauen, bis er jeden Mundvoll so weit hatte, daß er ihn hinunterschlucken konnte. »Nun ist's ja wohl genug«, sagte er endlich. »Es muß einfach genug sein.« Er war jetzt in der Rotunde und ging auf den Tribüneneingang zu, als er sich besann und kehrtmachte; er stemmte sich gegen den Strom, erreichte den Ausgang, kam nach draußen und damit in das helle, weiche, diesige Sonnenlicht, das aussah, als wäre es kürzlich erst aus dem Wasser gezogen und noch nicht ganz trocken; in ihm wimmelte es von Menschen, Gesichtern und Wagen, die vorfuhren, ausluden und weiterfuhren. Jenseits des Platzes schien der Hallenflügel zu schwanken und zu beben wie ein Fesselballon. »Aber es geht mir doch besser«, dachte er. »Es muß mir besser gehen. Ich hätte das alles nicht essen können, wenn es mir nicht besser ginge, und folglich kann es mir gar nicht so schlecht gehen, wie ich noch glaube.« Jetzt konnte er wieder die Stimme des Lautsprechers über dem Eingang hören . . .:

»... wünscht mitzuteilen, daß infolge des tragischen Todes des Leutnant Frank Burnham gestern abend der Rennausschuß die Abendveranstaltung abgesagt hat ... Es ist jetzt ein Uhr zweiundvierzig. Die erste Nummer des heutigen Programms . . .«

Der Reporter blieb stehen. »Ein Uhr zweiundvierzig«, dachte er. Jetzt fühlte er, wie etwas, das sicher die Nahrung war, die er eben zu sich genommen hatte, langsam und stetig gegen seinen Schädel schlug, der bisher leer gewesen war und ihm weiter keine Beschwerden gemacht hatte bis auf das Gefühl, als flöge er davon wie ein kleiner Ballon, der der Hand eines Kindes im Zirkus entwischt. Er versuchte sich zu erinnern, für welche Zeit das Dreihundertfünfundsiebzig-Kubikzoll-Rennen angesetzt war, und dachte, daß er vielleicht im Schatten noch einmal auf dem Programm nachsehen könnte. »Es sieht doch ganz so aus, als müßte ich ihr die Gelegenheit bieten, mir zu sagen, daß sie mich bestahlen ... nicht das Geld. Es ist nicht das Geld. Das ist es nicht.« Jetzt fiel der Schatten der Halle auf ihn, und er konnte noch einmal im Programm nachsehen; die undeutlichen vervielfältigten Buchstaben schlugen und pulsten gegen seine sich zusammenziehenden Augäpfel; dann wurden seine Augen ruhiger, so daß er nach der Uhr sehen konnte. Es dauerte mindestens noch eine Stunde, bevor er hoffen konnte, ihr allein zu begegnen.

Er wandte sich um, ging an der Wand der Halle entlang und über sie hinaus. Jenseits der Straße war der Parkplatz fast besetzt, und ein neuer Menschenstrom bewegte sich jetzt auf die Tribünen zu. Obwohl er mit noch immer klopfenden Augen an dem einen Rand des Stromes stand und den andern beobachtete, der vor einer der hölzernen Erfrischungsbuden langsamer wurde und sich zusammenballte, die am Saum des Hafengeländes entstanden waren, wie ja auch in den Ladenfenstern in der Stadt die Photographien von Piloten und Maschinen plötzlich aufgetaucht waren, dauerte es doch geraume Zeit, bis er erkannte, daß außer dem noch verhältnismäßig neuen Schauspiel, im Freien zu trinken, etwas anderes die Leute anziehen mußte. Dann glaubte er, die Stimme zu erkennen, und erkannte wirklich die schmierige, schiefsitzende Mütze. Er drängte sich in die Menge, sickerte durch sie hindurch und kam so zwischen Jiggs' betrunkenes, kriegerisches Gesicht und das des italienischen Budenbesitzers, der sich über die Theke beugte und schrie.

»Saukerl, was? Ich ein Saukerl?«

»Was ist denn los?« fragte der Reporter. Jiggs sah ihn einen Augenblick lang aus heißem, trübem Bemühen heraus an, ohne ihn aber zu erkennen; der Italiener antwortete:

»Nichts«, schrie er. »Er kommt hierher, er trinkt eins, trinkt zwei; nötig hatte er das nicht mehr, aber er zahlt, und das war mir die Hauptsache. Dann sagt er, er warte auf einen Freund, und wollte noch ein Glas, um den Freund zu überraschen. Das klang doch komisch, aber meine Frau gab es ihm, und das machte dann drei, die er gewiß nicht nötig hatte, und da sagte ich: Nun bezahlen Sie und verduften Sie. Und er antwortet

o. k., auf Wiedersehen, und da frage ich: Wollen Sie nicht zahlen, und er sagt, das Glas, um den Freund zu überraschen; scheint Sie auch zu überraschen, was? Und ich packe ihn und rufe die Polizei, weil ich mit Betrunkenen keine Scherereien haben will, und da sagt er in Gegenwart meiner Frau Saukerl zu mir . . .« Jiggs rührte sich immer noch nicht. Während er sich an der Theke festhielt, erinnerte er irgendwie an eine feine Stahlfeder an einem Drücker.

»Ja«, sagte er, »drei Glas, und was haben die mir schon getan?« Seine Stimme wurde mit jedem Wort lauter, verstummte aber, bevor sie idiotisches Gelächter wurde; dann sah er den Reporter wieder mit trübem Ernst an und sah, wie er den zweiten der beiden Dollarscheine, die die Negerin ihm geliehen hatte, dem Italiener gab. »Da sind Sie ja, Kolumbus«, sagte Jiggs. »Ja. Ich hab's ihm gesagt. Ich hab sogar versucht, ihm Ihren Namen zu sagen, aber er fiel mir nicht ein.« Er sah den Reporter mit heißer Spannung an, wie ein erstauntes Kind. »Der von gestern abend sagte mir, wie Sie heißen. Heißen Sie denn wirklich so? Können Sie schwören, daß das kein Ulk ist?«

»Ja«, erwiderte der Reporter. Er legte seine Hand auf Jiggs' Arm. »Kommen Sie. Wir wollen gehn.« Die Zuschauer hatten sich wieder in Bewegung gesetzt. Der Italiener und seine Frau, die hinter der Theke standen, schienen die beiden weiter nicht mehr zu beachten. »Kommen Sie«, wiederholte der Reporter. »Es ist sicher schon nach zwei. Wir wollen helfen, den Kahn in Ordnung zu bringen, und dann spendiere ich Ihnen noch ein Glas.« Aber Jiggs rührte sich nicht, und dann merkte der Reporter, daß Jiggs, in dessen Augen etwas Seltsames, Berechnendes, Gespanntes lauerte, ihn beobachtete; sie waren auf einmal gar nicht mehr trübe, und plötzlich richtete Jiggs sich auf, ehe noch der Reporter ihn halten konnte.

»Ich wartete schon auf Sie«, sagte Jiggs.

»Einmal in meinem Leben bin ich zur rechten Zeit gekommen, was? Aber wir wollen jetzt in die Halle gehen. Ich glaube, die andern warten schon auf Sie. Und dann bekommen Sie auch . . .«

»Daran liegt mir nichts«, unterbrach ihn Jiggs. »Ich uzte den Kerl ja nur! Ich hatte den Viertel. Hatte alles, was ich brauchte. Kommen Sie.« Er ging voran, ging ein wenig vorsichtig, aber immer noch mit den leichten, federgleichen Schritten, drängte sich mit Püffen und Stößen durch die zum Eingang strömende Menge; der Reporter folgte; endlich waren sie aus dem Gedränge. Wer sich ihnen jetzt hätte nähern wollen, hätte dabei behutsam vorgehen müssen, denn er wäre auf hundert Meter weit sichtbar gewesen, und doch sahen beide den Fallschirmspringer nicht, der das gerade tat.

»Ob sie mit den Arbeiten am Kahn wohl schon fertig sind?« fragte der Reporter.

»Bestimmt«, antwortete Jiggs. »Roger und Jack sind gar nicht mehr da. Sie sind in die Versammlung gegangen.«

»Versammlung?«

»Ja. Versammlung der am Rennen Beteiligten. Vielleicht wollen sie streiken. Aber hören Sie . . .«

»Streiken?«

»Gewiß. Mehr Geld. Aber das Geld ist es ja nicht. Hier geht's ums Prinzip. Lieber Gott, was brauchen wir Geld?« Jiggs fing wieder an zu lachen; das Lachen klang hart und verstummte, bevor es wirkliches Gelächter wurde, wie es angefangen hatte, ehe es noch wirkliche Freude war. »Aber das ist es ja auch nicht. Ich suchte Sie.« Wieder sah der Reporter in die heißen Augen, die ihm nichts verrieten, »Laverne hat mich geschickt. Sie sollten mir für sie fünf Dollar geben.« Das Gesicht des Reporters änderte sich nicht. Ebensowenig das Jiggs': die heißen, undurchdringlichen Augen, Bindehaut und Fiber das Sorglose und Unerschrockene wie mit einem Gewebe oder Netz verdeckend. »Roger hat gestern Geld gewonnen. Samstag bekommen Sie es zurück. Ich an Ihrer Stelle würde aber so lange gar nicht warten. Sie kann's ja anders regeln.«

»Anders regeln?«

»Gewiß. Auf diese Weise sparen Sie doch die Mühe, es wieder in die Tasche stecken zu müssen. Sie knöpfen die Hosen zu und damit basta.« Das Gesicht des Reporters änderte sich immer noch nicht, auch seine Stimme blieb die gleiche, nicht laut, ohne Verwunderung.

»Glauben Sie, ich könnte das?«

»Weiß nicht«, erwiderte Jiggs. »Haben Sie es noch nie versucht? Soviel ich weiß, geschieht das irgendwo jede Nacht. Wahrscheinlich sogar jetzt in New Valois. Und wenn Sie's nicht können, kann sie's Ihnen ja zeigen.« Das Gesicht des Reporters änderte sich nicht; er sah Jiggs nur an, und dann kam auf einmal, ganz plötzlich Leben in Jiggs; der Reporter sah, daß die beiden geheimnisvollen Augen lebendig wurden, und als er sich umwandte, sah auch er das Gesicht des Fallschirmspringers.

Das war kurz nach zwei Uhr; von zwölf bis Viertel vor eins waren Shumann und der Springer im Büro des Rennleiters gewesen. Sie waren durch die gleiche verschwiegene Tür gegangen, die Jiggs am Nachmittag vorher benutzt hatte, und waren dann durch das Vorzimmer in einen Raum gekommen, der wie der Sitzungssaal einer Bank aussah – ein langer Tisch, um den eine Reihe bequemer Stühle stand, in denen ungefähr ein Dutzend Männer saßen, die geradesogut um einen derartigen Tisch drüben in der Stadt hätten sitzen können; in einer anderen Gruppe von Stühlen aus Stahl, die holzfarben gestrichen waren, saßen mit seltsamem Ernst, der an das gesittete Benehmen der älteren Schüler einer Besserungsanstalt am Weihnachtsabend erinnerte, die Männer, die sonst um diese Zeit an den Flugzeugen in der Halle arbeiteten – die Piloten und Fallschirmspringer, in ölbeflecktem Arbeitszeug oder in Lederjacken, die fast ebenso dreckig waren. Als Shumann und der Springer eintraten, wandten sich ihnen die ruhigen, nüchternen Gesichter zu. Genau wie die blauen Sergeanzüge von gestern abend fehlten auch, bis auf eine Ausnahme, die Tweedröcke und Abzeichen. Die trug nur des Mikrophons personifizierte Stimme. Er saß für sich allein; seinen Stuhl, der eigentlich am Ende des Tisches hätte stehen sollen, hatte er mehrere Fuß zurückgeschoben, als wollte er sich mit der Lehne gegen die Wand lehnen. Aber er war genau so ernst wie jeder in den beiden Gruppen; die Szene entsprach durchaus der hergebrachten Konferenz zwischen den Fabrikbesitzern und der Abordnung der Arbeitnehmer; der Ansager war der Anwalt der Arbeiter – der Mann, der früher selbst Arbeiter war, dessen schwielige Hände jetzt aber weich und weiß geworden sind, so daß er, abgesehen von dem nicht in Worte zu Fassenden, dem Unausrottbaren, das in seiner Kleidung zum Ausdruck kam – das wird immer so bleiben – und ihn für immer von den Männern hinter dem Tisch wie von denen vor ihm unterscheidet, wie das

Abzeichen der Arbeiter-Organisation an seinem Rockaufschlag ihn für immer als einen der Ihren kennzeichnet, geradesogut hinter dem Tisch hätte sitzen können. Das tat er aber nicht. Und gerade die geringe Entfernung zwischen ihm und dem Tisch bedeutete eine Kluft, die viel unüberbrückbarer war als die zwischen Tisch und zweiter Gruppe, als wäre er mitten in einer heftigen Bewegung, wenn nicht des Protestes, so doch mindestens der Meinungsverschiedenheit durch den Eintritt der Männer aufgehalten worden, in deren Namen er, wenn sie abwesend waren, eben anderer Meinung war. Er nickte Shumann und dem Springer zu, die sich nach einem Stuhl umsahen, und sagte dann zu dem dickgesichtigen Mann an der Mitte des Tisches:

»Sie sind jetzt vollzählig hier.« Die Männer hinter dem Tisch sprachen leise miteinander.

»Wir müssen auf ihn warten«, sagte der Mann mit dem dicken Gesicht. Er sprach jetzt lauter: »Wir warten noch auf Colonel Feinman, Leute.« Er zog eine Uhr aus der Tasche; drei oder vier andere sahen auch auf ihre Uhr. »Er hat uns auf zwölf Uhr hierher bestellt. Er hat sich verspätet. Sie können rauchen, wenn Sie wollen.« Einige aus der zweiten Gruppe fingen an zu rauchen, reichten brennende Streichhölzer weiter, sprachen ruhig miteinander wie eine Schulklasse, die sich einen Augenblick lang unterhalten darf.

»Was ist denn eigentlich los?«

»Weiß ich nicht. Vielleicht wegen Burnham.«

»Ja, vielleicht ist es das.«

»Verdammt noch mal, deswegen braucht man uns doch nicht alle . . .«

»Wie mag das wohl passiert sein?«

»Wahrscheinlich geblendet.«

»Ja. Geblendet.«

»Wahrscheinlich konnte er den Höhenmesser nicht lesen. Vielleicht hat er auch vergessen, ihn zu beobachten. Steuerte sie geradenwegs auf den Boden zu.«

»Ja, ich weiß noch, wie ich einmal . . .« Sie rauchten. Manchmal hielten sie die Zigaretten, als wären es Dynamitpatronen, damit die Asche nicht abfiel, sahen ruhig auf den neuen, sauberen Fußboden; dann wieder schwippten sie die Asche verstohlen neben sich. Aber schließlich waren die Stummel so klein, daß sie sie nicht länger halten konnten. Einer von ihnen stand auf; der ganze Raum beobachtete ihn, als er an den Tisch ging, einen Aschenbecher nahm, der aussah wie ein Motor mit Radiatoren, und mit ihm zurückkam. Wie ein Sammelteller in der Kirche wurde er dann vor den drei Stuhlreihen weitergereicht. Shumann sah auf die Uhr; es war fünfundzwanzig Minuten nach zwölf. Er sagte ganz ruhig zu dem Ansager, als wären sie allein im Zimmer:

»Höre mal, Hank. Ich habe sämtliche Ventile rausgenommen. Ich muß sie noch mit dem Mikrometer prüfen, bevor ich . . .«

»Ja«, unterbrach ihn der Ansager. Er wandte sich dem Tisch zu. »Hören Sie bitte mal«, sagte er. »Sie sind vollzählig hier. Sie müssen die Maschinen für das Rennen um drei Uhr in Ordnung bringen. Mr. Shumann zum Beispiel hat alle Ventile rausgenommen. Können Sie es ihnen denn nicht mitteilen, ohne länger auf F . . . auf Colonel Feinman zu warten? Sie werden einverstanden sein. Das sagte ich Ihnen ja schon. Es bleibt ihnen ja auch nichts anderes übrig – sie werden also einverstanden sein.«

»Womit?« fragte der Mann, der neben Shumann saß. Aber schon sprach der Vorsitzende, der Mann mit dem dicken Gesicht:

»Colonel Feinman sagte . . .«

»Ja«, unterbrach ihn ganz ruhig der Ansager. »Aber diese Leute müssen ihre Maschinen in Ordnung bringen. Wir müssen doch den Leuten, die den Eintritt bezahlt haben, dafür auch etwas bieten.« Die Männer hinter dem Tisch sprachen wieder leise miteinander, während die andern sie ganz ruhig beobachteten.

»Wir können jetzt natürlich probeweise abstimmen«, sagte der Vorsitzende. Er sah sie an und räusperte sich. »Meine Herren, der Ausschuß, der die Interessen der New-Valoiser Geschäftsleute vertritt, die diese Veranstaltung unterstützt und es Ihnen ermöglicht haben, Barpreise zu gewinnen . . .« Der Ansager wandte sich ihm zu.

»Einen Augenblick«, sagte er. »Ich will es ihnen erklären.« Er wandte sich jetzt den ernsten, fast gleich aussehenden Gesichtern der Männer auf den harten Stühlen zu; auch er sprach ganz ruhig: »Es handelt sich um die Programme. Die gedruckten Programme. Mit den Darbietungen für jeden Tag. Sie wurden alle in der vergangenen Woche gedruckt und deshalb steht auch Franks Name noch mit drauf . . .« Jetzt unterbrach ihn der Vorsitzende:

»Und der Ausschuß möchte jetzt hier allen Piloten gegenüber, die Freunde und Kollegen . . .« Sein Nebenmann unterbrach ihn.

». . . zugleich auch im Namen des Colonel Feinman.« » Ja – und im Namen des Colonel Feinman – die Freunde und Kollegen von Leutnant Burnham waren, sein tiefstes Bedauern über den verhängnisvollen Unfall von gestern abend zum Ausdruck bringen.«

»Ja«, sagte der Ansager. Er hatte den Sprecher nicht einmal angesehen, er hatte nur gewartet, bis er fertig war. »Und so glaubt er – der Ausschuß –, daß er etwas ankündigt, was er nicht mehr bieten kann. Er meint, Franks Name müßte vom Programm verschwinden. Ich teile die Ansicht des Ausschusses und weiß, daß Sie das auch tun.«

»Dann soll man ihn doch verschwinden lassen«, meinte einer aus der zweiten Gruppe.

»Ja«, entgegnete der Ansager. »Das will man ja auch. Aber das ist nur möglich durch einen Neudruck der Programme. Verstanden?« Aber das verstanden sie nicht gleich. Sie sahen ihn gespannt an. Der Vorsitzende räusperte sich, obwohl er augenblicklich niemanden unterbrechen konnte.

»Wir ließen die Programme sowohl zu Ihrem Besten, die Sie die Vorführungen bestreiten, als auch zum Besten der Zuschauer drucken, ohne die, das brauche ich wohl nicht besonders zu betonen, für Sie keine Barpreise hätten ausgesetzt werden können. Sie müssen also zugeben, daß Sie die eigentlichen Nutznießer dieser gedruckten Programme sind. Nicht wir; das Verzeichnis der Vorführungen kann uns weder informieren noch überraschen, da wir das Ganze ja arrangiert haben, ohne dabei aber am Gewinn beteiligt zu sein – denn man hatte uns darauf hingewiesen, aber ich darf wohl hinzufügen, daß wir uns das schon lange selbst gesagt hatten, daß die Luftrennen noch nicht . . . auf der wissenschaftlichen Höhe von Pferderennen stünden . . .« Er räusperte sich wieder; leises, höfliches Lachen erklang um den Tisch und erstarb. »Wir haben also die Programme unter Aufwand erheblicher Kosten drucken lassen, an denen Sie in keiner Weise teilnehmen, obwohl sie Ihretwegen geplant und zu Ihrem . . . ich will nicht sagen Profit, aber Vorteil gedruckt wurden. Wir haben sie in der sicheren Annahme drucken lassen, daß das, was wir in ihnen versprechen, auch gezeigt wird; wir wußten ebensowenig wie Sie, daß dieser verhängnisvolle Unf . . .«

»Ja«, unterbrach ihn der Ansager. »Darum handelt es sich also. Jemand muß den Druck der neuen Programme bezahlen. Und nach Meinung dieser Leu . . . dieser . . . müssen wir Piloten und Ansager und jeder, der bei dieser Veranstaltung Geld verdient, bezahlen.« Keiner rührte sich; der Ausdruck der stillen Gesichter blieb unverändert. Dringlich, fast bittend sprach der Ansager weiter, obwohl noch niemand eine gegenteilige Meinung geäußert oder auch nur angedeutet hatte. »Es macht nur zweieinhalb Prozent. Wir sind alle daran beteiligt; ich auch. Nur zweieinhalb Prozent; und werden die vom Preis selbst abgezogen, dann merken Sie das gar nicht, weil Sie das Geld ja erst nach Abzug erhalten. Nur zweieinhalb Prozent und . . .« Wieder sprach der Mann aus der zweiten Gruppe:

»Andernfalls?« sagte er. Der Ansager antwortete nicht. Nach einem Augenblick fragte Shumann:

»Ist das alles?«

»Ja«, entgegnete der Ansager. Shumann stand auf.

»Ich will lieber an meinen Ventilen weiterarbeiten«, sagte er. Als er und der Springer jetzt durch die Rotunde gingen, sikkerte die Menge stetig durch die Tore. Sie drängten sich in die Reihe und bewegten sich langsam auf die Tore zu, bis sie erfuhren, daß nur der Besitz von Tribünenkarten sie zum Eintritt berechtigte. So wandten sie sich wieder um und arbeiteten sich wieder aus der Menge heraus und zu der Halle; sie gingen jetzt in einem schwachen, tiefen Dröhnen, das von irgendwoher aus der Sonne zu kommen schien, und dann sahen sie sie – ein Geschwader einsitziger Jagdflugzeuge, die das Feld in Formation umkreisten, um zu landen. Jetzt kamen sie heran, schnell, stumpfnasig, in Schrägflug, bösartig, gewaltig. »Die fliegen noch mit vollem Motor«, sagte Shumann. »Wenn man da nicht höllisch aufpaßt, kann allerlei passieren. Ich täte das nicht für zwei sechsundfünfzig pro Monat.«

»Ihnen werden aber auch nicht so mir nichts, dir nichts zweieinhalb Prozent abgezogen«, sagte der Springer wütend. »Was macht das eigentlich, zweieinhalb Prozent von fünfundzwanzig Dollar?«

»Die ganzen fünfundzwanzig gehen nicht dabei drauf«, sagte Shumann. »Hoffentlich hat Jiggs den Vorverdichter in Ordnung gebracht, daß wir ihn wieder einbauen können.« Unterdessen hatten sie fast das Flugzeug erreicht, bevor sie erkannten, daß die Frau und nicht Jiggs an ihm arbeitete, daß sie den Vorverdichter wieder eingebaut, den Motorkopf und die Ventile aber vergessen hatte. Sie richtete sich auf und strich sich mit dem Handrücken das Haar zurück, obwohl sie noch keine Frage an sie gestellt hatten.

»Ja«, sagte sie. »Ich dachte, es wäre mit ihm alles in Ordnung. Ich ging dann zum Essen und ließ ihn hier.«

»Was, zum Teufel, geht uns das an«, sagte der Springer hart und wütend. »Wir wollen erst mal den verdammten Vorverdichter wieder rausnehmen und die Ventile einsetzen.« Er sah die Frau an, wütend, verhalten. »Was hat dieser Kerl mit dir gemacht? Hat er dich mit Glauben an die Menschheit angesteckt wie mit Syphilis oder Schwindsucht oder sonst was, daß du Jiggs traust.«

»Los«, sagte Shumann. »Raus mit dem Vorverdichter. Vermutlich hat er auch die Ventilstifte nicht nachgesehen.«

»Ich weiß es nicht«, sagte sie.

»Na, einerlei. Gestern funktionierten sie noch. Und jetzt haben wir keine Zeit. Vielleicht sind wir bis drei am Start, wenn wir mit der Prüfung keine Zeit vertun.« So lange aber dauerte es gar nicht; vor drei stand die Maschine mit laufendem Motor auf dem Rollfeld. Jetzt ging der Springer, der in grimmiger Wut gearbeitet hatte, schnell fort, obwohl Shumann hinter ihm herrief. Er ging geradewegs auf Jiggs und den Reporter zu. Er konnte gar nicht wissen, wo sie zu finden waren, aber er ging gerade auf sie zu, als leite ihn in seiner Wut ein blinder Instinkt. Er ging in Jiggs' Gesichtsfeld und versetzte ihm einen Schlag gegen den Kiefer, so daß Überraschung, Schreck und Schock fast eins waren, versetzte ihm dann einen zweiten

Schlag, ehe er endgültig zu Boden fiel, und wirbelte herum, als der Reporter ihn beim Arm ergriff.

»So was!« rief der·Reporter. »Er ist ja betrunken. Sie können doch keinen . . .« Aber der Springer sagte kein Wort; der Reporter sah, wie aus dem Wirbel ein Faustschlag wurde. Er fühlte den Schlag gar nicht. »Ich bin zu leicht, als daß man mich niederschlagen oder auch nur schwer treffen könnte«, dachte er; und während er das dachte, wurde er schon wieder in die Höhe gerissen; Hände hielten ihn auf seinen jetzt knochenlosen Beinen aufrecht; er sah nach Jiggs, der hinter einem kleinen Zaun aus Beinen aufrecht saß und den ein Polizist rüttelte.

»Hallo, Leblanc«, sagte der Reporter. Der Polizist sah ihn an.

»Sie sind es?« sagte der Polizist. »Da haben Sie ja mal Neuigkeiten, was? Das können Sie in Ihre Zeitung bringen, und die Leute werden es bestimmt gern lesen. Reporter von wütendem Opfer niedergeschlagen. Das ist mal was Neues!« Er stieß Jiggs mit der Breitseite des Fußes an. »Wer ist das? Ihr Vertreter? Stehen Sie auf. Hoch!«

»Einen Augenblick«, sagte der Reporter. »Ist schon alles in Ordnung. Er hat nichts damit zu tun. Er ist einer von den Monteuren. Flieger.«

»So, so«, sagte der Polizist und riß Jiggs am Arm. »Flieger, so? Besonders hoch sieht er ja nicht gerade aus. Vielleicht hat ihn eine Wolke in die Kiemen gehauen, was?«

»Er ist betrunken. Ich übernehme alle Verantwortung. Er hat wirklich nichts damit zu tun; der andere traf ihn aus Versehen. Lassen Sie ihn doch, Leblanc.«

»Was soll ich mit ihm anfangen?« sagte der Polizist. »Sie übernehmen also die Verantwortung? Dann schaffen Sie ihn mal erst aus dem Wege.« Er wandte sich um und begann die Zuschauer auseinanderzutreiben. »Weitergehen«, sagte er. »Das Rennen fängt sofort an. Weitergehen!« Schon bald waren sie wieder allein, der Reporter schwankte leicht auf seinen gewichtslosen Beinen. (»Gott sei Dank«, dachte er, »daß ich so leicht bin wie ein Ballon.«) Er betastete vorsichtig seinen Kiefer und dachte mit friedlichem Staunen: »Gefühlt habe ich nichts. Ich habe nie geglaubt, daß ich einen so schweren

Schlag vertragen könnte; da muß ich mich aber wohl geirrt haben.«

Ganz vorsichtig bückte er sich und fing an, Jiggs am Arm zu zerren, bis er ihn endlich verständnislos ansah.

»Los«, sagte der Reporter. »Stehen Sie auf.«

»Ja«, sagte Jiggs. »Ja. Aufstehen.«

»Ja«, sagte der Reporter. »Nun kommen Sie.« Langsam erhob sich Jiggs, der Reporter stützte ihn; er blinzelte den Reporter an. »Was ist denn eigentlich passiert?« fragte er.

»Ist schon alles wieder in Ordnung«, entgegnete der Reporter. »Schon alles vorbei. Kommen Sie jetzt. Wohin wollen Sie?« Jiggs setzte sich in Bewegung, der Reporter, der neben ihm herging, stützte ihn; plötzlich fuhr Jiggs zurück; als der Reporter aufblickte, sah auch er kurz vor sich die Eingangstür der Halle.

»Nicht dahin«, sagte Jiggs.

»Ja«, sagte der Reporter. »Brauchen wir ja auch nicht.« Sie wandten sich um. Jetzt ging der Reporter voran; bald waren sie aus dem Gedränge nach den Tribünen heraus. Er fühlte, daß der Kiefer jetzt zu schmerzen anfing; er sah zurück und dann in die Höhe, sah, wie die Flugzeuge, eines nach dem andern, in Stellung kamen, wie unter ihnen die fallenden Körper zu Fallschirmen erblühten. »Ich habe die Bombe doch gar nicht gehört«, dachte er. »Vielleicht hat die mir den Schlag versetzt.« Er sah nach Jiggs, der steif neben ihm herging, als hätte die Stahlfeder seiner Beine wie durch Zauber ihre Elastizität verloren und wäre nur noch Eisen. »Hören Sie mal«, sagte er. Er blieb stehen und veranlaßte Jiggs auch stehenzubleiben; dann sah er ihn an, sprach langsam und sorgfältig zu ihm, als wäre er ein Kind. »Ich muß in die Stadt. Auf die Redaktion. Der Chef hat mir sagen lassen, ich sollte mal vorbeikommen, verstanden? Nun sagen Sie mir, wohin Sie wollen. Wollen Sie sich irgendwo etwas hinlegen? Vielleicht finde ich einen Wagen, in dem Sie . . .«

»Nein«, unterbrach ihn Jiggs. »Mir geht's ganz gut. Gehen Sie nur.«

»Ja, gewiß. Aber Sie sollten . . .« Jetzt waren alle Fallschirme offen; der sonnige Nachmittag war voller umgekehrter Blumen, die aussahen wie umgekehrte Wasserhyazinthen. Der Reporter schüttelte Jiggs ein wenig: »Kommen Sie jetzt. Was weiter? Nach dem Absprung mit dem Fallschirm?«

»Was?« antwortete Jiggs. »Weiter? Was weiter?«

»Ja. Was? Wissen Sie es nicht mehr?«

»Ja«, sagte Jiggs. »Weiter.« Einen Augenblick lang sah der Reporter auf Jiggs herab; leicht hob er dabei den einen Mundwinkel, als wolle er seinen Kiefer schonen. Er tat das weniger aus einem Gefühl der Sorge, des Bedauerns oder der Hoffnungslosigkeit als vielmehr aus vager und spöttischer Ahnung heraus.

»Ja«, sagte er. Er zog den Schlüssel aus der Tasche. »Wissen Sie, was das ist?« Jiggs sah blinzelnd nach dem Schlüssel. Dann hörte er auf zu blinzeln.

»Ja«, antwortete er. »Er lag auf dem Tisch neben dem Krug. Und dann vertrödelten wir unsere Zeit mit dem Saukerl, der vor der Tür lag, und ich ließ die Tür zuschlagen...« Er sah den Reporter an, sah ihn wieder an mit blinzelnden Augen. »Du lieber Gott«, sagte er, »haben Sie den auch mitgebracht?«

»Nein«, erwiderte der Reporter.

»Verdammt. Geben Sie den Schlüssel her. Ich will...«

»Nein«, sagte der Reporter. Er steckte den Schlüssel wieder in die Tasche, aus der er das Kleingeld nahm, das der Italiener ihm gegeben hatte, die drei Vierteldollar. »Sie sagten doch fünf Dollar. So viel habe ich nicht. Das hier ist alles. Aber das schadet weiter nichts, denn wenn's hundert wären, wäre es genau dasselbe; es wäre nicht genug, denn alles, was ich habe, ist ja nicht genug. Hier.« Er legte die drei Viertel in Jiggs Hand. Einen Augenblick lang sah Jiggs bewegungslos auf seine Hand. Dann schloß sich die Hand; während er den Reporter ansah, schien der Ausdruck seines Gesichts gesammelter zu werden, Gefühl zu verraten.

»Ja«, sagte er. »Danke. Okay. Samstag bekommen Sie es zurück. Wir haben ja gewonnen. Roger und Jack und die andern haben heute nachmittag gestreikt. Nicht des Geldes wegen; des Prinzips wegen, verstehen Sie?«

»Ja«, antwortete der Reporter. Er wandte sich um und ging. Jetzt konnte er durch das leicht verzerrte, schwache, bittere und gequälte Lächeln ganz deutlich seinen Kiefer fühlen. »Ja. Das Geld ist es nicht. Das ist es nicht. Das spielt keine Rolle.«

Dieses Mal hörte er die Bombe und sah, wie die fünf Flugzeuge in die Höhe schossen, kleiner wurden; er hatte das Rollfeld erreicht und ging jetzt an den in Abständen aufgestellten Lautsprechern und der vollen Stimme vorbei:

».. . zweite Nummer. Dreihundertsiebenfünfziger Klasse. Ungefähr die gleichen Piloten wie gestern, nur Myers fehlt, der erst das fünfhundertfünfziger Rennen später am Nachmittag mitfliegt. Aber Ott und Bullitt sind dabei, und auch Roger Shumann, der uns alle gestern überraschte, als er den zweiten Platz in einem Feld belegte, das . . .« Er fand sie fast gleich. Sie trug noch das Arbeitszeug. Er hielt ihr den Schlüssel hin und fühlte seinen Kiefer immer deutlicher durch sein verzerrtes Gesicht.

»Machen Sie es sich gemütlich«, sagte er. »Solange Sie wollen. Ich verlasse für ein paar Tage die Stadt. Vielleicht sehe ich Sie nicht einmal wieder. Dann stecken Sie den Schlüssel in einen Umschlag und adressieren Sie ihn an die Zeitung. Und tun Sie ganz so, als wären Sie zu Hause; außer sonntags kommt jeden Morgen eine Frau und macht sauber . . .« Die fünf Flugzeuge erreichten das erste Ziel: als sie die Wendemarke umflogen, übertönte mehrmaliges, lautes, zusammenhangloses Knallen das Geknatter der Motore.

»Brauchen Sie denn Ihre Wohnung nicht selbst?« fragte sie.

»Nein. Ich bin ja nicht da. Ich habe eine Reportage außerhalb der Stadt.«

»So? Vielen Dank. Ich wollte Ihnen auch noch für gestern danken, aber . . .«

»Ja«, sagte er. »Dann will ich gehen. Grüßen Sie die andern von mir.«

»Ja. Aber sind Sie denn auch . . .«

»Gewiß. Schon alles in Ordnung. Machen Sie sich's nur gemütlich.« Er wandte sich um; er ging schnell, dachte schnell: »Wenn ich jetzt nur . . .« Er hörte, daß sie ihn zweimal rief; er dachte daran, auf seinen knochenlosen Beinen fortzulaufen, und wußte, daß er fallen würde; er hörte jetzt ihre Schritte hinter sich, dachte: »Nein. Nein. Nur das nicht. Mehr verlange ich nicht. Nein. Nein.« Dann war sie neben ihm; er blieb stehen, wandte sich um, sah auf sie herab.

»Noch eins«, sagte sie. »Wir haben Ihnen Geld aus der . . .«

»Ja, das weiß ich. Ist schon okay. Sie können's ja zurückgeben. Tun Sie es zusammen mit dem Schlüssel in den Umschlag...«

»Ich wollte Ihnen das sagen, sobald ich Sie heute sähe. Es war...«

»Ja. Gewiß.« Er sprach jetzt laut, wandte sich wieder um, floh, noch bevor er sich in Bewegung gesetzt hatte. »Wann Sie wollen. Und nun leben Sie wohl.«

»Wir haben Ihnen sechs-siebenzig aus der Tasche genommen. Wir ließen...« Ihre Stimme erstarb; sie sah ihn an, sah in die starre Grimasse, die kaum Lächeln genannt werden konnte, und für die es doch keine andere Bezeichnung gab. »Wieviel fanden Sie heute morgen in Ihrer Tasche?«

»Es war alles drin«, sagte er. »Nur die sechs-siebenzig fehlten. Stimmt ganz genau.« Er begann zu gehen. Die Flugzeuge kamen heran und umflogen wieder die Wendemarke des Feldes, als er durch das Tor ging und die Rotunde betrat. Als er in die Bar kam, war das erste Gesicht, das er sah, das des Photographen, den er Jug genannt hatte.

»Ich biete Ihnen nichts zu trinken an«, sagte der Photograph, »weil ich das nie tue. Selbst Hagood nicht.«

»Ich will auch nichts trinken«, erwiderte der Reporter. »Ich will nur einen Zehner.«

»Einen Zehner? Verdammt, das ist fast dasselbe.«

»Will Hagood anrufen. Das nimmt sich auf Ihrer Spesenrechnung auch besser aus.« In der Ecke war eine Telephonzelle; er rief die Nummer an, die auf dem Zettel stand, den der Vertreter ihm gegeben hatte. Nach einer geraumen Weile antwortete Hagood. »Ja, ich bin hier draußen«, sagte der Reporter. »Ja, mir geht's okay... Ja, ich komme noch rein. Will was anderes, eine andere Reportage... Ja, außerhalb der Stadt, wenn Sie was haben, für einen Tag oder so, wenn Sie... Ja, danke, Chef. Ich komme noch mal rein.« Als er durch die Rotunde ging, mußte er wieder durch die Stimme hindurch; draußen faßte sie ihn wieder, obwohl er im Augenblick nicht auf sie, sondern nur auf sich selbst hörte: »Ist ja genau dasselbe. Ich hab's ja auch getan. Ich habe ja auch nicht die Absicht, Hagood sein Geld wiederzugeben. Ich habe ihm in dieser Geldgeschichte ja auch was vorgelogen«, und die Antwort, ebenfalls laut: »Du lügst ja, du Schwein, du lügst ja, du Schweinehund.« Er hörte den Lautsprecher, ehe er wußte, daß er zuhörte, genau wie er stehengeblieben war und sich halb umgewandt hatte, bevor er noch wußte, daß er in dem hellen, dünnen, von phantastischen Gestalten gefüllten Sonnenlicht stand, das gegen seine schmerzenden Augenlider pulste: so, daß der Reporter, als zwei uniformierte Polizisten plötzlich von jenseits der Halle erschienen und den zappelnden Jiggs, der die Mütze in der Hand trug, und dessen Auge jetzt vollständig geschlossen war, und über dessen Kiefer sich ein blutiger Streifen zog, ihn nicht einmal erkannte; er sah jetzt hinauf zu dem Lautsprecher über der Tür, als sähe er hier, was er nur hörte:

»... Shumann kommt nicht mit; er gibt auf; er dreht ab ... Hat schon den Motor abgestellt und will landen; ich weiß nicht, was los ist, aber er macht einen großen Bogen; er versucht, von den anderen Maschinen loszukommen und ist schon ziemlich weit und der See zu naß, als daß man ihn ohne Motor überfliegen könnte. Los, Roger, flieg in den Hafen, Mensch! Jetzt ist er drin, er versucht, auf die Anlaufbahn zu kommen, um zu landen, und es sieht so aus, als würde es ihm gelingen, aber die Sonne scheint ihm gerade ins Gesicht, und er ist ganz gewaltig nach draußen geflogen, um frei zu kommen – ich weiß nicht, wie es ausgeht. Reiß die Kiste hoch, Roger, reiß die Kiste hoch. Reiß ...«

Der Reporter fing an zu laufen; nicht das Krachen hörte er: nur ein einziges, langes Ausströmen menschlichen Atems, als hätte das Mikrophon seine Fangarme ausgestreckt und auch das eingefangen aus all der Luft, die Menschen je geatmet hatten. Er lief zurück durch die Rotunde und dann durch die plötzlich lärmende Menge am Tor, zog schon seinen Ausweis hervor; er hatte ein Gefühl, als wären alle Gesichter, alle Siege, alle Niederlagen und Hoffnungen, aller Verzicht und alle Verzweiflung der letzten vierundzwanzig Stunden vollständig aus seinem Leben ausgelöscht, als wären sie die Makulatur jenes Organs gewesen, dem er seine Tage widmete, für einen Augenblick festgehalten von dem leblosen Glied einer Vogelscheuche, der er glich, und dann in alle Winde geweht. Kurz darauf sah er über den Köpfen, die das Rollfeld hinaufströmten, und jenseits der Ambulanz und des Feuerautos und der Motorrad-

Abteilung, die über das Feld jagte, das Flugzeug auf dem Rükken liegen. Es streckte das Fahrgestell in die Luft, starr und zart und bewegungslos war es wie die Beine eines toten Vogels.

Zwei Stunden später sah die Frau an der Autobus-Haltestelle an der Ecke der Grandlieu Street, von der sie und Shumann ein paar Schritte entfernt standen, wie der Reporter ruhig dastand, nachdem er aus dem Autobus ausgestiegen war, und die vier Fahrscheine abgab, die er bezahlt hatte. Sie konnte nicht erkennen, nach was oder wem er sah: sein Gesicht war friedlich, wartend, offensichtlich unaufmerksam, als der Fallschirmspringer zu ihm hinüberhinkte und das eine Bein nachzog, das in dem Notverband, den man ihm in der Verbandstation des Lufthafens angelegt hatte, selbst durch den Stoff der Hose hindurch steif, dick, plump aussah. Er war durch einen unvorhergesehenen Windstoß über die Tribünen abgetrieben worden und bei der Landung gegen eine der hastig entstandenen Erfrischungsbuden geschlagen.

»Hören Sie mal«, sagte er. »Heute nachmittag hatte ich eine Stinkwut auf Jiggs. Sie meinte ich gar nicht. Ich war müde und nicht bei Sinnen. Ich glaubte, es wäre Jiggs' Gesicht, den Irrtum erkannte ich leider zu spät.«

»Schon gut«, entgegnete der Reporter. Er lächelte nicht. Er war nur friedlich und heiter. »Ich glaube, ich stand Ihnen im Wege.«

»Absichtlich ist's jedenfalls nicht geschehn. Wenn Sie irgendwelche Genugtuung wollen . . .«

»Schon gut«, unterbrach ihn der Reporter. Sie reichten sich nicht die Hand; einen Augenblick später wandte sich der Springer um und zog sein Bein dahin, wo er gestanden hatte, während der Reporter in seiner Haltung friedlichen Wartens verharrte. Die Frau sah Shumann wieder an.

»Wenn der Kahn in Ordnung ist, warum will Ord ihn dann nicht selbst fliegen?« fragte sie.

»Vielleicht braucht er das nicht«, antwortete Shumann. »Wenn ich seinen Zweiundneunziger hätte, brauchte ich diesen Kahn auch nicht. Vermutlich denkt Ord genau so. Außerdem habe ich – haben wir ihn noch nicht. Wozu sich also jetzt schon den Kopf zerbrechen? Wenn der Kahn nichts taugt, gibt Ord ihn uns sowieso nicht. Ja, wenn wir ihn bekommen, dann beweist das, daß er in Ordnung ist, denn nie würde Ord...« Regungslos sah sie jetzt vor sich nieder, nur die Hände bewegten sich, mit dem Rücken der einen schlug sie leicht in die Handfläche der andern. Ihre Stimme klang matt, hart und leise, trug keine drei Schritt weit:

»Wir, wir. Er hat uns für einen Tag und eine Nacht Kost und Unterkunft gegeben und jetzt besorgt er uns noch eine andere Maschine. Und ich will doch nur ein Haus, ein Zimmer; der kleinste Raum genügt, ein Kohlenschuppen, wenn ich nur weiß, daß nächsten Montag und den Montag darauf und dann den Montag ... Glaubst du, er könnte mir so was geben?« Sie wandte sich um; sie sagte: »Wir wollen gehen und das Zeug für Jacks Bein besorgen.« Der Reporter hatte sie nicht gehört; er hatte nicht zugehört; jetzt stellte er fest, daß er nicht einmal beobachtet hatte. Erst als sie auf ihn zukam, wurde er gewahr, daß sie da war. »Wir gehen in Ihre Wohnung«, sagte sie. »Wir treffen Sie und Roger dann dort. Wollen Sie immer noch die Stadt verlassen?«

»Nein«, erwiderte der Reporter. »Ich meine ja. Ich schlafe bei einem Kollegen von der Zeitung. Machen Sie sich weiter keine Sorge um mich.« Er sah sie an, sein hageres Gesicht war heiter, friedlich. »Machen Sie sich keine Sorge. Ich komme schon zurecht.«

»Ja«, sagte sie. »Und das Geld. Es war die Wahrheit. Sie können Roger und Jack fragen.«

»Schon gut«, sagte er. »Ich würde Ihnen glauben, selbst wenn ich wüßte, daß Sie gelogen haben.«

Und morgen

S O ALSO sieht die Sache aus«, sagte der Reporter. Auch auf
Ord sah er herab, wie er dazu verdammt schien, auf jeden
herabzusehen, mit dem er anscheinend immer und immer
wieder verhandeln oder auch nur Geduld haben mußte: vielleicht verbrachte er auf diese Weise geduldig die Zeit bis zu dem
Tage, an dem Zeit und Alter sein bißchen Blut noch mehr ver-
dünnt hatten, vielleicht sah er sich jetzt als freundlichen und einsamen Geist, der schüchtern herabblickt vom Heuboden auf die
unten spielenden Kinder. »Die Ventile funktionierten nicht, und
dann mußten er und Holmes in die Versammlung, wo sie sich
sagen lassen mußten, daß dreißig Prozent noch niemals geboten worden seien oder so ähnlich: und dann verduftete Jiggs,
und sie hatten keine Zeit, die Ventilstifte zu prüfen und die
schlechten herauszunehmen, und so ging der ganze Motor in die
Wicken und auch das Steuer und die paar Streben, und morgen
ist der letzte Tag. Das ist doch Pech, was?«

»Ja«, erwiderte Ord. Sie standen alle drei. Als sie eintraten,
hatte Ord sie wahrscheinlich aus Gewohnheit, aus Höflichkeit
aufgefordert, Platz zu nehmen, aber daran erinnerte er sich
jetzt wohl ebensowenig, wie der Reporter und Shumann sich
erinnern konnten, seine Aufforderung abgelehnt zu haben,
wenn sie sie überhaupt abgelehnt hatten. Aber wahrscheinlich
war weder eine Aufforderung noch Ablehnung erfolgt. In das
Haus, in das Zimmer hatte der Reporter eine Atmosphäre mitgebracht, die an eine Bühnenszene im Florenz des fünf-
zehnten Jahrhunderts erinnerte: ein Abendbesuch mit formel-
len, höflichen Worten im Mund und dabei die nackten Degen
unter dem Mantel. In dem intensiv neuen Schein zweier Lampen mit rosafarbenen Schirmen, bei denen man unwillkürlich
an die Lampen eines im Schaufenster ausgestellten Muster-

Wohnzimmers denken mußte, das ein Gehilfe aufgestellt hat, standen sie jetzt alle, wie sie vom Flughafen hereingekommen waren, der Reporter immer noch in demselben Anzug, der augenscheinlich seine ganze Garderobe darstellte, und Shumann und Ord in ölfleckigen Lederjacken, die ein dritter nicht voneinander hätte unterscheiden können, im Wohnzimmer von Ords neuem, sauberem, mit Blumen geschmücktem Haus, das mit der ausgeklügelten Wirtschaftlichkeit eines Flugzeuges gebaut war. Diwan, Sessel, Tische und Lampen paßten zusammen und waren im Raum verteilt, wie die Meßinstrumente und Knöpfe auf einem Schaltbrett. Von irgendwoher hörten sie, daß der Tisch gedeckt wurde, daß eine Frauenstimme einem kleinen Kind etwas vorsang. »Gut«, sagte Ord. Er rührte sich nicht: seine Augen schienen sie beide zugleich zu beobachten, als wären sie bewaffnete Einbrecher. »Was verlangen Sie also von mir?«

»Hören Sie«, antwortete der Reporter. »Es handelt sich nicht um das Geld, den Preis; das brauche ich Ihnen nicht besonders zu sagen. Bis Sie Atkinson trafen und Ihr Glück machten, gehörten Sie ja auch zur Zunft, und das ist noch gar nicht so lange her. Ja, und vergessen Sie nicht: selbst als Sie Atkinson hatten, klappte es nicht sofort; aber heute brauchen Sie sie nur zu bauen; Sie begucken sich die Wendemarke von der Tribüne aus und verlassen den Boden nur, wie sie ins Bett steigen. Stimmt's? Vielleicht steuerte im letzten Sommer in Chicago jemand ganz anders die Zweiundneunziger um die Wendemarke; vielleicht war das gar nicht Matt Ord. Sie wissen also, daß das Geld, dieser verdammte Preis, gar keine Rolle spielt: das Geld, das er gestern gewonnen hat, hat er bis jetzt noch nicht erhalten. Denn wenn es sich um das Geld handelte und er es unbedingt haben müßte und Ihnen das sagte, dann gäben Sie es ihm sofort. Ja, das weiß ich genau. Das brauche ich Ihnen erst gar nicht zu sagen. Das brauche ich niemandem nach der Sitzung heute mittag im Büro zu sagen. Ja, aber hören Sie weiter. Nehmen wir mal an, es hätte sich heute nicht um die auf den verdammt harten Stühlen gehandelt, sondern um einen Trupp Leute, die in einem Bergwerk nachsehen sollten, ob der Stollen nicht über ihnen einbricht, und fünf Minuten vor der Einfahrt hätten ihnen die Dickbälge, denen das Bergwerk gehört, gesagt, jedem seien vom Lohn zweiundeinhalb Prozent abgezogen, damit gedruckt bekanntgegeben werden könnte, der Förderkorb habe am Abend vorher einen ihrer Kollegen zerquetscht. Würden Sie da noch einfahren? Nein. Haben sich aber die andern geweigert, das Rennen zu fliegen? Vielleicht hat was anderes als ein Ventil Shumanns Kiste kaputt gemacht, vielleicht war's eine Erdnuß, die jemand von den Tribünen auf das Rollfeld geworfen hat. Ja, und selbst wenn man siebenundneunzigundeinhalb abgezogen und ihnen nur die übrigen zweieinhalb gegeben hätte, so . . .«

»Nein«, sagte Ord entschieden, endgültig. »Ich gäbe sie selbst Shumann nicht für einen Platzflug. Ich würde das nie zulassen; von einem Flug über eine Rennstrecke ganz zu schweigen. Auch nicht, wenn sie qualifiziert wäre.« Jetzt war es, als hätte Ord mit einem Wort allem weiteren Reden ein Ende gemacht, als hätte er ein leichtes Netz endgültig zerrissen. Der Reporter aber folgte ihm unverzüglich auf den neuen Boden, der so öde und erbarmungslos war wie ein Boxring.

»Aber Sie sind doch mit ihr geflogen. Das soll nicht heißen, daß Shumann so gut fliegen kann wie Sie; ich glaube nicht, daß jemand das kann, wenn ich auch weiß, daß meine diesbezügliche Meinung ganz belanglos ist: wenn ich so spreche, dann nur, weil Sie mir damals den ganzen Betrieb mal gründlich erklärt haben. Aber Shumann kann alles fliegen, was überhaupt fliegt, das glaube ich bestimmt. Und die Qualifikation bekommen wir schon; die Lizenz ist ja noch okay.«

»Ja. Die Lizenz ist okay. Und wenn sie das ist, dann nur, weil die Behörde weiß, daß ich die Maschine nicht mehr starten lasse. Mit einem einfachen Widerruf wäre es auch nicht getan: sie müßte zerschlagen und verbrannt werden, wie man einen tollen Hund tötet. Zum Teufel, nein. Ich tu's nicht. Ich bedaure das Shumanns wegen, aber noch mehr würde ich es morgen abend bedauern, wenn der Kahn morgen nachmittag drüben im Feinman-Flughafen gewesen wäre.«

»Aber nun hören Sie doch mal, Matt«, sagte der Reporter. Dann hielt er an. Er sprach nicht laut, auch nicht besonders dringlich; er erweckte die Vorstellung, als wäre er längst zusammengebrochen und doch intakt in seiner eigenen Gewichtslosigkeit, wie ein Löwenzahnsamen, der sich selbst dort noch bewegt, wo kein Wind ist. In dem sanften, rosa Licht wirkte sein Gesicht hagerer als je, als zehrte nach der ausschweifenden, vergangenen Nacht sein Lebensfunken nun an der Innenseite seiner Haut, die immer dünner und durchsichtiger wurde, wie Pergament. Jetzt war sein Gesicht ganz undurchdringlich. »Auch wenn wir die Qualifikation erhielten, würden Sie Shumann nicht damit fliegen lassen?«

»Nein«, antwortete Ord. »Es ist Pech. Das weiß ich. Aber er soll keinen Selbstmord begehen.«

»Ja«, sagte der Reporter. »So weit ist er ja nun noch nicht. Ich glaube, wir gehen jetzt am besten in die Stadt zurück.«

»Bleiben Sie doch zum Essen hier«, meinte Ord. »Ich habe meiner Frau schon . . .«

»Wir wollen lieber gehen«, erwiderte der Reporter. »Es sieht ja so aus, als müßten wir uns morgen die Zeit nur mit Essen vertreiben.«

»Wir könnten doch zusammen essen und dann zur Halle fahren, wo ich Ihnen das Flugzeug zeigen und Ihnen erklären könnte . . .«

»Ja«, unterbrach ihn der Reporter freundlich. »Wir brauchen eins, das sich Shumann morgen nachmittag um drei Uhr vom Führersitz aus begucken kann. Ja; Verzeihung, wenn wir gestört haben.« Der Bahnhof war nicht weit; sie folgten einer ruhigen, mit Kies bestreuten Dorfstraße in die Dunkelheit hinein, die Franciana-Februar-Dunkelheit, die schon schwer war vom Frühling – Franciana-Frühling, der fast unmittelbar aus dem Spätsommer, fast dem Herbst, erblüht, wie eine zu früh erfolgte Wiederauferstehung auf der Bühne, bei der der Getötete vor den Vorhang tritt, bevor noch die Totenstarre eingetreten ist; alle zehn Jahre erlebt man es vielleicht einmal, daß Eis und Schnee zusammen auftreten mit blühenden Stengeln und knospendem Blatt. Sie gingen ruhig nebeneinander her; selbst der Reporter sprach jetzt nicht – die zwei, die vielleicht nur das Schweigen gemeinsam hatten, das der Reporter ihnen augenblicklich gönnte; der eine war flüchtig, vernunftwidrig, war wie ein Geist, der jenseits stand aller Beschränkungen durch Fleisch und Zeit; der andere aber verfolgte, schicksalbestimmt und grimmig, ohne jegliche Schau nach innen, ohne jede Fähigkeit des Objektivierens oder Folgerns, nur ein Ziel, als

wäre er selbst die Maschine, für die er und durch deren Benzin-
dämpfe und dünne Ölschicht er offenbar nur existierte, funktionierte, sich bewegte; diese beiden Menschen waren nun zu-
sammengekoppelt, und ihre Verschiedenheit befähigte sie zu
fast allem. Während sie so nebeneinander hergingen, schienen
sie sich durch irgendein Agens das Ziel, das Unglück mitzuteilen, auf das sie sich, ohne sich dessen augenscheinlich bewußt zu
sein, zubewegten. »Nun«, sagte der Reporter, »damit hatten
wir ja gerechnet.«

»Ja«, entgegnete Shumann. Schweigend gingen sie weiter;
das Schweigen war gleichsam das Zwiegespräch, das wirkliche Gespräch aber das Selbstgespräch, das die Gedanken
ordnete.

»Trauen Sie der Kiste nicht?« sagte der Reporter. »Das wollen wir mal zuerst klarstellen.«

»Erzählen Sie das alles doch noch einmal«, antwortete
Shumann.

»Ja. Von Saint-Louis brachte sie der Mann nach hier, damit
Matt sie umbaute; sie flog ihm nicht schnell genug. Er hatte alles schon genau überlegt, der Motor sollte ausgebaut, der
Rumpf ein wenig geändert und ein großer Motor eingebaut
werden, aber Matt sagte ihm, daß das wohl kaum zu machen
sei, denn der Kahn könne keinen größeren Motor vertragen,
und der Mann fragte Matt, wem der Kahn gehörte, und Matt
antwortete, dem Mann, und der Mann fragte Matt, wem das
Geld gehörte, und da sagte Matt okay. Nur war Matt der Ansicht, der Rumpf müsse gründlicher umgearbeitet werden, als
der Mann meinte, und endlich wollte Matt mit der ganzen Sache überhaupt nichts mehr zu tun haben, es sei denn, daß der
Mann ihm entgegenkam, aber selbst dann war Matt innerlich
nicht einverstanden, er wollte es nicht umbauen, weil es ein gutes Flugzeug war, das kann ich sogar sagen, nachdem ich es gesehen habe. Und sie kamen sich schließlich auf halbem Wege
entgegen, denn Matt sagte ihm, er würde nicht einmal den Probeflug gestatten, von einer Erneuerung der Lizenz ganz zu
schweigen, und darauf sagte der Mann, seine Erkundigungen
über Matt wären wohl nicht ganz richtig, und Matt antwortete
ihm, wenn er das Flugzeug einem andern zum Umbau geben
wollte, dann wollte er es wieder zusammensetzen und dem

Mann nicht einmal Lagergeld berechnen. Schließlich war dann der Mann damit einverstanden, daß Matt die Änderungen vornahm, auf denen er bestand, und verlangte von Matt, er solle für den Kahn die Garantie übernehmen, aber Matt antwortete ihm, das täte er nur, wenn er im Führersitz sitzend in ihm gestartet sei, und als dann der Mann sagte, er solle eine Wendemarke in ihm umfliegen, meinte Matt, er wäre doch wohl falsch über ihn unterrichtet und am besten ginge er mit seinem Kahn zu einem andern; da wurde der Mann ganz kleinlaut, und Matt nahm die Änderungen vor, baute den großen Motor ein, und er und Inspektor Sales prüften dann die ganze Maschine; Sales lobte die Arbeit, und dann sagte Matt zu dem Mann, er wäre bereit, den Kahn auszuprobieren. Der Mann war eine Zeitlang ziemlich ruhig gewesen, er sagte okay, er wolle in die Stadt gehen und das Geld holen, während Matt es ausprobieren und einfliegen sollte, und Matt startete in der Maschine.«

Sie gingen weiter, der Reporter sprach ganz ruhig: »Viel verstehe ich ja nicht davon; Matt hat mir alles mal ganz genau erklärt, weshalb eigentlich, weiß ich ebensowenig wie er. Genaueres kann ich natürlich nicht sagen: aber aus Matts Worten entnahm ich, daß der Kahn ausgezeichnet flog, und Sales war damit einverstanden. Er flog okay und landete okay und tat alles, was man von ihm erwartete, und deshalb war Matt auch gar nicht vorbereitet, als es passierte: er wollte landen, riß den Knüppel zurück und der Kahn kam ganz großartig ran, und dann fühlte er plötzlich, wie er im Gürtel hing, und sah den Boden vor sich anstatt unter dem Kahn, wo er hätte sein sollen, und er überlegte nicht lange, er stieß nur den Knüppel nach vorn, als wollte er ihn in den Boden steuern, und so kam die Nase zur rechten Zeit wieder hoch; er meinte nachher, der Luftstrom um den Schwanzteil hätte einen . . .«

»Wirbel«, sagte Shumann.

»Ja – einen Wirbel verursacht. Ob der Luftstrom sich änderte, weil er langsamer flog, um zu landen, oder weil er so dicht am Boden war, das weiß er auch nicht: er brachte jedenfalls den Kahn wieder in waagerechte Lage, indem er den Knüppel gegen das Brandschott stieß, bis es dann langsamer flog und der Wirbel aufhörte. Dann riß er den Knüppel wieder zurück, und dadurch kam die Nase wieder hoch, und er blieb innerhalb des Flugfeldes, über das er in geringer Höhe hinwegflog. Sie warteten noch eine Zeitlang auf den Mann, der versprochen hatte, das Geld in der Stadt zu holen, und dann brachte Matt den Kahn in die Halle, und da steht er heute noch. Nun sagen Sie selbst, ob Sie ihn haben wollen oder nicht.«

»Ja«, sagte Shumann. »Vielleicht ist das Gewicht nicht richtig verteilt.«

»Das ist ganz gut möglich. Vielleicht können wir das feststellen, wenn Sie sich den Kahn mal begucken.« Sie hatten den kleinen, stillen Bahnhof erreicht, der durch eine einzige Lampe erleuchtet wurde, die fast in Oleander, Wein und Zwergpalmen verschwand. Auf den Schienen, die durch eine Schlucht aus moosbehangenen Eichen liefen, glühte schwach das grüne Auge der Rangierlampen, und spärliches Licht fiel auf sie aus den paar erleuchteten Fenstern in ihrer Nähe. Nach Süden hin lag auf dem tiefen, bedeckten Nachthimmel der Lichtschein der Stadt. Sie mußten ungefähr zehn Minuten warten.

»Wo schlafen Sie heute nacht?« fragte Shumann.

»Ich muß erst noch mal ins Büro. Ich gehe dann mit einem Kollegen.«

»Kommen Sie doch lieber mit nach Hause. Sie haben so viel Teppiche und Sachen, daß wir dort alle schlafen können. Es wäre nicht das erstemal, daß Jack, Jiggs und ich auf dem Fußboden schlafen.«

»Ja«, erwiderte der Reporter. Er sah auf den andern herab; sie konnten sich kaum sehen; der Reporter sagte in einem Ton stiller, ruhiger Verwirrung: »Wo ich bleibe, ist ja ganz einerlei. Ob ich zehn Meilen weit fort oder auf der andern Seite des Vorhangs bin, es ist und bleibt dasselbe. Es ist zu drollig: Holmes ist nicht mit ihr verheiratet, und wenn ich ihm etwas Derartiges sagte, dann müßte ich mich schnell in Sicherheit bringen, wenn ich überhaupt noch dazu käme. Und Sie sind mit ihr verheiratet, und ich kann ... Ja. Auch Sie können über mich herfallen. Und wenn ich mit ihr schliefe, wäre es vielleicht genau dasselbe. Manchmal denke ich, daß einmal Sie und dann wieder er, und daß sie wahrscheinlich nicht einmal den Unterschied merkt, und so wäre es ganz gut möglich, daß sie auch nicht merkt, wenn ich es bin.«

»Na, hören Sie mal«, sagte Shumann. »Da könnte ich ja auf den Gedanken kommen, daß Sie mir Ords Kiste andrehen wollen, damit Sie sie nachher heiraten können.«

»Ja«, entgegnete der Reporter. »Das täte ich schon. Ja. Aber hören Sie zu. Ich will nichts. Vielleicht will ich auch nur, was mir vom Schicksal bestimmt ist, aber so einfach ist es auch wieder nicht. Ja, ich wäre ja doch nur der Name, mein Name: das Haus und die Betten und das tägliche Brot. Ja, aber ich würde ja doch nur gehen: es wäre genau dasselbe: Sie und er, und ich gehe nach wie vor über die Erde; mit Jiggs würde ich's wohl noch aufnehmen, aber das ist auch alles. Ich würde ja immer nur an den Tag denken, der auf morgen folgt, und an den übernächsten und den überübernächsten und immer wieder nur verbrannten Kaffee und tote Garnelen und Austern riechen und immer wieder nur darauf warten, daß das Licht wechselt, als arbeiteten ich und das rote Licht nach derselben Uhr, und dann gehe ich rüber nach Hause, lege mich ins Bett, stehe wieder auf und rieche wieder den Kaffee und den Fisch und warte wieder darauf, daß das Licht wechselt; ja, und ich rieche auch das Papier und die Druckerschwärze der Zeitung, die berichtet, daß sich unter denen, die in Omaha oder Miami oder Cleveland oder Los Angeles siegten oder besiegt wurden, auch Roger Shumann und Familie befand. Ja, ich wäre ja doch nur der Name: ich dürfte ihr die Hosen und Nachthemden kaufen, und die Bettücher und Handtücher gehörten mir ... Aber gehen wir weiter. Fallen Sie denn noch nicht über mich her?« Das ferne Ende der Eichenschlucht wurde noch dunkler, undurchdringlicher, als die Kopflichter des Zuges auftauchten und dann durch die Schlucht fegten. Shumann konnte jetzt das Gesicht des andern erkennen.

»Erwartet Sie der Kollege, bei dem Sie die Nacht verbringen wollen?« fragte er.

»Ja. Ich komme schon zurecht. Am besten benutzen wir den Zug acht Uhr zwanzig.«

»Gewiß«, sagte Shumann. »Was ich noch sagen wollte, das Geld ...«

»Ist schon erledigt«, unterbrach ihn der Reporter. »Es stimmte ganz genau.«

»Wir steckten Ihnen einen Fünfer und einen Einer in die Tasche. Und wenn die verlorengingen, so erledige ich das am Samstag zusammen mit dem andern. Wir hätten es an uns nehmen sollen. Aber wir konnten nicht wieder ins Haus, die Tür war ins Schloß gefallen.«

»Spielt doch gar keine Rolle«, sagte der Reporter. »Es ist ja nur Geld. Ob Sie's zurückgeben oder nicht, ist ja ganz einerlei.« Der Zug kam heran, fuhr langsamer, die erleuchteten Fenster rasselten in ein Halten hinein. Der Wagen war besetzt, denn es war noch nicht acht, aber schließlich fanden sie doch noch zwei Plätze hintereinander; sie konnten ihr Gespräch erst fortsetzen, als sie wieder ausgestiegen waren. Der Reporter hatte von den fünf geborgten Dollar noch einen, sie nahmen eine Taxe. »Wir wollen eben bei der Zeitung vorbeifahren«, sagte er. »Jiggs müßte jetzt doch wieder nüchtern sein.« Schon am Bahnhof fuhr die Taxe durch Konfetti, kam dann zum Vorschein unter den schmutzigen Tropfen aus rotgoldenen Fahnen, die jetzt drei Tage alt waren und über die rauchgeschwärzte Fassade des Bahnhofs tropften; wie Wrackgut waren sie, das die fallende Flut zurückläßt, erzählten in ihrer Trostlosigkeit noch leise von den kalkweißen Gesichtern, dem Glanz und dem Leben der meilenweit entfernten Grandlieu Street. Jetzt fuhr die Taxe wieder zwischen Bögen aus Fahnentuch her, die von einem Laternenpfahl zum andern gespannt waren, und dann zwischen den luftigen und gesitteten Palmen, nahm eine Straßenbiegung, fuhr langsamer und hielt dann vor der Glastür. »Es dauert keine Minute«, sagte der Reporter. »Warten Sie in der Taxe.«

»Wir können von hier aus doch zu Fuß gehen«, sagte Shumann. »Die Wache ist nicht weit.«

»Wir müssen ja doch in die Grandlieu fahren«, entgegnete der Reporter. »Es dauert nicht lange.« Er ging jetzt in kein Spiegelbild hinein, denn hinter ihm war es dunkel: die Tür schwang zu. Die Tür des Aufzugs war nicht ganz geschlossen, er sah den Stapel Zeitungen unter der mit dem Gesicht nach unten gewandten Uhr und roch die stinkende Pfeife; aber er zögerte nicht, nahm zwei Stufen auf einmal und eilte in das Redaktionsbüro. Unter seinem grünen Augenschirm blickte Hagood auf und sah den Reporter. Aber dieses Mal setzte sich der Reporter nicht, auch nahm er den Hut nicht ab: undeutlich sichtbar stand er in dem grünen Schimmer der Tischlampe, sah mit hagerer und ruhiger Unbeweglichkeit herab auf Hagood, als wäre er für eine Sekunde vom Winde an den Tisch geweht, als sollte er gleich weitergeweht werden.

»Gehen Sie nach Hause und legen Sie sich zu Bett«, sagte Hagood. »Die Geschichte, die Sie reintelephonierten, ist schon in Ordnung gebracht.«

»Ja«, sagte der Reporter. »Ich muß fünfzig Dollar haben, Chef.« Nach einer Weile antwortete Hagood:

»Müssen, so?« Er rührte sich nicht. »Müssen, so?« sagte er wieder. Auch der Reporter rührte sich nicht.

»Ich kann nichts dran ändern. Ich weiß, daß ich ... gestern oder wann es war. Als ich glaubte, ich wäre rausgeschmissen. Ich hab's schon verstanden. Ich traf Cooper gegen Mittag und rief Sie erst nach drei an. Ich gab auch hier meinen Bericht nicht ab, wie ich versprach. Aber ich gab alles telephonisch durch; in einer Stunde bin ich wieder da und bringe es dann zu Papier ... Aber ich muß fünfzig Dollar haben.«

»Etwa weil Sie wissen, daß ich Sie nicht an die Luft setze«, sagte Hagood. »Deswegen?« Der Reporter antwortete nicht. »Und was ist es dieses Mal? Ich weiß Bescheid. Ich möchte es nur gern von Ihnen selbst hören; haben Sie wieder geheiratet oder sind Sie umgezogen oder tot?« Der Reporter rührte sich nicht. Er sprach augenscheinlich ganz ruhig in den grünen Lampenschirm hinein, als wäre er ein Mikrophon:

»Die Polizei hat ihn geschnappt. Es passierte gerade, als Shumann sich überschlug und deshalb ... Man hat ihn eingesperrt. Und dann brauchen die andern auch Geld, bis Shumann seins morgen abend bekommt.«

»So«, sagte Hagood. Er sah hinauf in das stille Gesicht über sich, dessen Ausdruck an die ruhige, blinde Versunkenheit einer Statue erinnerte. »Warum lassen Sie diese Leute nicht laufen?« fragte er. Jetzt kam Leben in die toten Augen; der Reporter sah Hagood eine ganze Minute lang an. Seine Stimme war ebenso ruhig wie die Hagoods.

»Weil ich nicht kann«, antwortete er.

»Weil Sie nicht können?« fragte Hagood. »Haben Sie es denn schon mal versucht?«

»Ja«, erwiderte der Reporter mit hohler, toter Stimme und

sah dabei wieder auf die Lampe; das heißt, Hagood wußte, daß der Reporter ihn nicht ansah. »Ich habe es versucht.« Einen Augenblick später drehte Hagood sich schwerfällig um. Sein Rock hing über der Stuhllehne. Er holte seine Brieftasche hervor, zählte fünfzig Dollar auf den Tisch und schob sie dem Reporter hin; er sah, wie die knochige, klauenartige Hand in den Schein der Lampe kam und das Geld nahm. »Soll ich wieder was unterschreiben?« fragte der Reporter.

»Nein«, erwiderte Hagood, ohne aufzublicken. »Gehen Sie nach Hause und legen Sie sich schlafen. Mehr will ich nicht.«

»Ich komme nachher noch mal vorbei und bringe den Bericht in Ordnung.«

»Der ist schon im Satz«, sagte Hagood. »Gehen Sie jetzt nach Hause.«

Der Reporter verließ ruhig den Tisch; als er aber in den Korridor kam, sah es ganz so aus, als triebe ihn der Wind, der ihn an Hagoods Tisch geweht hatte, nach der kurzen Pause wieder vor sich her. Er ging an dem Aufzugschacht vorbei auf die Treppe zu; als die Tür des Aufzugs sich öffnete und jemand ausstieg, sah er kurz hin, dann ging er zurück, trat in den Aufzug, griff mit der einen Hand in die Tasche, während er mit der andern die oberste Zeitung unter der weggleitenden, mit dem Zifferblatt nach unten liegenden Uhr hervorzog. Aber er warf jetzt keinen Blick in sie; er steckte sie gefaltet in die Tasche, als der Aufzug hielt und die Tür geöffnet wurde.

»Da hat ja einer von den Brüdern da draußen versucht, sich ne ordentliche Schlagzeile zu verschaffen«, sagte der Aufzugmann.

»So?« entgegnete der Reporter. »Machen Sie lieber die Tür zu, es zieht hier.« Er lief in das jetzt in der Glastür schwingende Spiegelbild; lief auf langen, lockeren Beinen, die an dem langen, lockeren, irgendwie gewichtslosen Körper, der seit Mittag nichts mehr und vorher nur wenig zu essen bekommen hatte, jetzt noch weniger zu tragen hatten. Shumann öffnete ihm die Tür des Autos. »Bayou Street, Polizeiwache«, sagte der Reporter zu dem Fahrer. »Aber schnell.«

»Wir können doch gehen«, meinte Shumann.

»Verdammt, ich hab jetzt fünfzig Dollar«, sagte der Reporter. Sie fuhren jetzt quer durch die Stadt; das Auto konnte schnell an den einzelnen Häuserblocks der langen Straße entlangfahren, verlangsamte sein Tempo nur an den Kreuzungen, wo, rechts eingeschluchtet, der Lärm der Grandlieu Street anschwoll, verging, anschwoll und wieder verging, als führe es längs der randlosen Peripherie eines Geisterrades, dessen Speichen aus Licht und Laut bestanden. »Ja«, sagte der Reporter. »Vermutlich hat man Jiggs an den einzig ruhigen Ort in New Valois gebracht, wo ein Betrunkener wieder nüchtern werden kann. Und das wird er ja wohl inzwischen geworden sein.« Er war wieder nüchtern. Ein Schließer führte ihn in das Büro, wo der Reporter und Shumann auf ihn warteten. Sein Auge war jetzt ganz geschlossen, die Lippe war geschwollen, das Blut war abgewaschen, nur auf dem Hemd war es eingetrocknet und noch sichtbar.

»Vorläufig haste nun wohl genug?« sagte Shumann.

»Ja«, antwortete Jiggs. »Gib mir um Gottes willen erst mal ne Zigarette.« Der Reporter gab ihm die Zigarette und hielt das Streichholz, während Jiggs versuchte, die Zigarette in die Flamme zu halten; aber er zitterte und bebte derart, daß der Reporter schließlich seine Hand festhielt und so den Kontakt zwischen Zigarette und Flamme herstellte.

»Wir kaufen ein Stück Speck und legen es Ihnen auf das Auge«, sagte der Reporter.

»Geben Sie es ihm lieber zu essen«, meinte der Schließer.

»Wie wär's damit?« fragte der Reporter. »Wollen Sie was essen?« Jiggs hielt die Zigarette mit beiden bebenden Händen.

»Schon gut«, sagte Jiggs.

»Was?« fragte der Reporter. »Fühlten Sie sich besser, wenn Sie etwas äßen?«

»Schon gut«, sagte Jiggs wieder. »Gehen wir jetzt, oder muß ich wieder rein?«

»Nein, wir gehen sofort«, antwortete der Reporter. Er wandte sich an Shumann: »Bringen Sie ihn ins Auto. Ich komme gleich nach.« Er wandte sich an den Beamten. »Weswegen, Mac? Betrunkenheit oder Landstreicherei?«

»Bürgen Sie oder die Zeitung?«

»Ich.«

»Dann ist es Landstreicherei«, sagte der Beamte. Der Reporter zog Hagoods Geld aus der Tasche und legte zehn Dollar auf den Tisch.

»Okay«, sagte er. »Die andern fünf geben Sie bitte Leblanc. Er hat sie mir heute nachmittag draußen im Flughafen geliehen.« Dann ging auch er nach draußen. Shumann und Jiggs warteten neben dem Auto. Der Reporter sah jetzt, daß Jiggs' einst kühn schief getragene Mütze zusammengeknüllt in der Hüfttasche steckte und daß er, da die schief sitzende und schmutzige Kopfbedeckung in seiner Silhouette fehlte, einem von der Kugel getroffenen Bock glich, der den Schwanz hängen läßt – der Körper lief noch, hatte immer noch so etwas wie Kraft und Schnelligkeit, lief vielleicht noch einige Meter oder Meilen, um dann jahrelang die Beute nagender und bohrender Würmer zu werden, aber was die Luft genoß und die Sonne trank, das war tot. »Der arme Kerl«, dachte der Reporter; er hatte immer noch die Dollarnoten in der Hand, wie er sie in die Tasche gesteckt und aus ihr hervorgeholt hatte. »Jetzt geht's Ihnen ja wieder okay«, sagte er laut und herzlich. »Roger kann irgendwo halten und Ihnen was zu essen besorgen, und dann ist bald alles wieder ganz in Ordnung. Hier.« Seine Hand berührte leicht die Shumanns.

»Ich brauche es nicht«, sagte Shumann. »Jack hat sich heute nachmittag seine achtzehn-fünfzig für den Absprung geholt.«

»Das hatte ich vergessen«, entgegnete der Reporter. Dann fuhr er fort: »Aber wie ist's mit morgen? Ich bin den ganzen Tag unterwegs. Da, nehmen Sie es; Sie können es ihr ja geben, falls ... Nun nehmen Sie es doch; Sie können mir ja alles zusammen zurückgeben.«

»Ja«, antwortete Shumann. »Vielen Dank.« Er nahm das zerknüllte Bündel Dollarnoten, ohne es weiter anzusehen, und steckte es in die Tasche; dann schob er Jiggs in das Auto.

»Bezahlen Sie doch das Auto«, sagte der Reporter. »Das haben wir ganz vergessen. Er weiß, wohin. Sehe Sie noch im Laufe des Morgens.« Er beugte sich zum Fenster herab; jenseits von Shumann saß Jiggs in der anderen Ecke, rauchte die Zigarette aus beiden bebenden Händen. Der Reporter sagte verhalten, wie ein Verschwörer: »Zug fährt acht-zweiundzwanzig. Okay?«

»Okay«, antwortete Shumann.

»Bis dahin habe ich alles erledigt; ich treffe Sie am Bahnhof.«

»Okay«, sagte Shumann wieder. Das Auto setzte sich in Bewegung. Durch das Rückfenster sah Shumann den Reporter im Schein der beiden unverkennbaren pariagrünen Lampen zu beiden Seiten des Eingangs stehen, still, hager, und die Kleider, die um sein Knochengerüst hingen, schienen sich dauernd leicht zu bewegen, selbst wenn und wo kein Lüftchen sich regte. Als hätte er gerade diese eine Stelle in der großen, unruhigen und bevölkerten Stadt ausgewählt, stand er da, ohne Ungeduld oder Absicht: Schutzheiliger (wenn nicht Schutzengel) aller Gestrandeten, aller Heimatlosen, Verzweifelten und Darbenden. Das Auto wandte der Grandlieu Street noch den Rücken zu, fuhr dann aber bald parallel zu ihr oder besser zu dem Teil der Stadt, in dem sie lag; man hörte keinen Lärm mehr, keinen Laut, nur ein Lichtschein am Himmel, rechts von ihnen, der selbst dann noch sichtbar war, nachdem das Auto gewendet hatte und dahin fuhr, wo die Straße lag. Shumann hatte gar nicht gemerkt, daß sie sie überquert hatten, bis sie plötzlich hinabtauchten in die Gegend enger Schluchten zwischen Balkonen und über Kreuzungen fuhren, die durch die geisterhaften Einbahnpfeile gekennzeichnet waren. »Wir müssen doch bald da sein«, sagte er. »Sollen wir halten und willst du was essen?«

»Schon gut«, antwortete Jiggs.

»Ja oder nein?«

»Ja«, erwiderte Jiggs, »alles, was du willst.« Dann blickte Shumann ihn an und sah, wie er mit beiden Händen die Zigarette zwischen die Lippen zu stecken versuchte und daß die Zigarette nicht mehr brannte.

»Was willst du haben?« fragte Shumann wieder.

»Was zu trinken«, antwortete Jiggs ruhig.

»Ist das unbedingt nötig?«

»Wenn ich das nicht kriege, dann geht's nicht.« Shumann beobachtete, wie er die kalte Zigarette an die Lippen hielt und an ihr zog.

»Wenn ich dir was zu trinken gebe, ißt du dann auch etwas?«

»Ja. Ich tue alles.« Shumann beugte sich vor und klopfte an die Scheibe. Der Fahrer wandte den Kopf.

»Wo gibt's hier was zu essen?« fragte Shumann. »Eine Tasse Suppe.«

»Da müssen wir zurück nach der Grandlieu.«

»Ist denn hier in der Nähe nichts?«

»In einer der italienischen Kneipen bekommen Sie ein Schinkenbrot, das heißt, wenn der Laden noch auf ist.«

»Gut. Dann halten Sie bitte an der nächsten, die Sie sehen.« Sie fuhren nicht weit. Shumann erkannte die Ecke gleich wieder, erkundigte sich aber der Vorsicht halber, als sie ausstiegen. »Die Noy-dees Street ist doch hier in der Nähe?«

»Noyades?« wiederholte der Fahrer. »Drüben im nächsten Block. Rechts.«

»Wir steigen hier aus«, sagte Shumann. Er zog die zerknitterten Scheine, die der Reporter ihm gegeben hatte, aus der Tasche, betrachtete die dicke, saubere Fünf in der Ecke. »Das macht elf siebzig«, dachte er; dann entdeckte er einen zweiten Schein in dem zerknüllten ersten; er gab ihn dem Fahrer und betrachtete immer noch die fette Fünf auf dem Schein in seiner Hand. »Verdammt noch mal«, dachte er, »das macht ja siebzehn Dollar«, als der Fahrer zu ihm sagte:

»Es macht zwei fünfzehn. Haben Sie es nicht kleiner?«

»Kleiner?« wiederholte Shumann. Er sah auf den Schein in der Hand des Fahrers, auf den das Licht des Zählers fiel. Es war ein Zehndollarschein. »Nein«, dachte er; er fluchte jetzt nicht einmal. »Das macht zweiundzwanzig Dollar.« Die Kneipe war ein Raum von der Gestalt, Größe und Temperatur eines Baugewölbes. Er wurde von einer Petroleumlampe erhellt, die kein Licht, sondern nur Schatten zu geben schien, aus dessen braunem Rembrandtdunkel die stillen Bäuche aufgereihter Kannen hinter einer Theke glühten, auf der eine unglaubliche Menge nicht identifizierbarer Dinge lag, die der Inhaber der Kneipe, wenn er sie verkaufte, wohl nur durch das Gefühl erkannte, denn anders konnte er die einzelnen Gegenstände weder voneinander noch vom Clairobscure unterscheiden. Es roch nach Käse und Knoblauch und erhitztem Metall; neben einem kleinen Petroleumofen mit großer Flamme saßen ein Mann und eine Frau, die Shumann erst jetzt bemerkte; beide waren in Schals gehüllt und nur dadurch als Mann und Frau zu erkennen, daß der Mann eine Mütze trug. Sie sahen ihn an. Das

Sandwich bestand aus dem Endstück eines harten, französischen Brotes, Schinken und Käse. Er gab es Jiggs, ging dann hinter ihm her nach draußen, wo Jiggs wieder stehenblieb und mit stierhafter Verzweiflung auf den Gegenstand in seiner Hand blickte.

»Kann ich denn nicht vorher was zu trinken bekommen?« fragte er.

»Iß erst mal was, während wir nach Hause gehen«, antwortete Shumann. »Zu trinken bekommst du dann später.«

»Es bekommt mir aber besser, wenn ich vorher was trinke«, sagte Jiggs.

»Ja«, erwiderte Shumann, »der gleichen Ansicht warst du heute morgen auch.«

»Ja«, sagte Jiggs, »das stimmt.« Regungslos starrte er auf das Sandwich.

»Los«, sagte Shumann, »iß.«

»Also dann.« Jiggs fing an zu essen; Shumann sah, wie er das Sandwich mit beiden Händen zum Munde führte und das Gesicht zur Seite wandte, als er hineinbiß; er sah, daß Jiggs sich schüttelte, als er den Bissen glücklich ab hatte und anfing zu kauen. Während Jiggs kaute, sah er Shumann an und hielt das angebissene Sandwich mit beiden schmutzigen Händen vor die Brust, als wäre es ein Kruzifix; er kaute mit offenem Munde, sah Shumann an, bis dieser erkannte, daß Jiggs ihn gar nicht ansah, daß das gesunde, offene Auge mit tiefer, hoffnungsloser Selbstverleugnung gefüllt war, als wäre die Verzweiflung, in die beide Augen sich hätten teilen sollen, nun auf das eine konzentriert und in ihm enthalten, und daß Jiggs' Gesicht, kurz bevor er sich erbrach, mit etwas bedeckt war, das bei dem schwachen Licht aussah wie Öl. Shumann hielt ihn fest, rettete mit der andern Hand das Sandwich, während Jiggs' Magen sich selbst dann noch weiter sträubte, als er schon längst alles von sich gegeben hatte.

»Nun versuch doch mal aufzuhören«, sagte Shumann.

»Ja«, entgegnete Jiggs. Er wischte sich mit dem Ärmel über den Mund.

»Da«, sagte Shumann. Er reichte ihm sein Taschentuch. Jiggs nahm es, streckte aber dann sofort wieder die Hand aus. »Was?« fragte Shumann.

»Das Sandwich.«

»Kannst du es denn bei dir behalten, wenn du was getrunken hast?«

»Alles, wenn ich nur was zu trinken kriege«, antwortete Jiggs.

»Dann komm«, sagte Shumann. Als sie die Straße erreichten, sahen sie das erleuchtete Fenster jenseits des Balkons, wie Hagood es in der vergangenen Nacht gesehen hatte, doch fehlte der Armschatten, auch war keine Stimme zu hören. Shumann blieb unter dem Balkon stehen. »Jack«, rief er. »Laverne.« Sie zeigten sich nicht: nur ließ sich die Stimme des Fallschirmspringers hinter dem Fenster vernehmen.

»Sie ist nur angelehnt. Mach sie zu, wenn ihr raufkommt.« Als sie die Treppe heraufkamen, saß der Springer in Unterhosen auf dem Feldbett; seine Kleider hingen ordentlich über einem Stuhl, auf dem auch sein Fuß ruhte. Mit einem fleckigen Wattebausch tupfte er aus einer Flasche eine Flüssigkeit auf die lange, wie ein Farbstrich aussehende Abschürfung, die vom Fußgelenk bis zum Schenkel reichte. Auf dem Fußboden lag der Verband, den man ihm im Flughafen angelegt hatte. Er hatte das Feldbett schon für die Nacht zurechtgemacht; die Decke war sauber zurückgeschlagen und der Teppich vom Fußboden über das Fußende gelegt.

»Du schläfst doch wohl besser im Bett«, sagte Shumann. »Die Decke scheuert bestimmt an der Wunde.« Der Springer antwortete nicht, er beugte sich über sein Bein und betupfte es mit einer Art wilder Sammlung. Shumann wandte sich um; erst jetzt schien er das Sandwich in seiner Hand zu bemerken, und dann fiel ihm auch Jiggs ein, der ruhig neben dem Leinwandsack stand und Shumann ruhig und geduldig mit dem einen Auge beobachtete, wie ein geduldiger Hund, der keinen Laut von sich gibt. »Stimmt ja«, sagte Shumann und ging auf den Tisch zu. Der Krug stand immer noch da, die Gläser und die Schüssel aber waren verschwunden, auch schien der Krug gesäubert worden zu sein. »Hol mal ein Glas und etwas Wasser«, sagte er. Als sich der Vorhang hinter Jiggs schloß, legte Shumann das Sandwich auf den Tisch und sah wieder nach dem Springer. Einen Augenblick später sah der Springer auch ihn an.

»Nun«, sagte der Springer, »wie weit bist du?«

»Ich glaube, ich kriege sie«, antwortete Shumann.

»Hast du Ord nicht gesprochen?«

»Doch, wir waren bei ihm.«

»Angenommen, du kriegst sie. Wie willst du denn für das Rennen morgen so schnell die Qualifikation besorgen?«

»Das weiß ich nicht«, antwortete Shumann. Er steckte sich eine Zigarette an. »Er meinte, er könnte das schon erledigen. Ich weiß es nicht.«

»Aber wie? Glaubt denn auch der Rennausschuß, er wäre ein Herrgott?«

»Ich habe dir doch gerade gesagt, daß ich es nicht weiß«, entgegnete Shumann. »Wenn wir die Qualifikation nicht bekommen, dann ist eben alles Essig... Wenn aber doch...« Er rauchte. Der Springer betupfte vorsichtig und böse sein Bein. »Zweierlei könnte ich tun«, fuhr Shumann fort. »Sie könnte in der fünfhundertfünfundsiebziger Klasse rangieren. Für das Rennen könnte ich sie melden und auf dem Rückweg mit gedrosseltem Motor fliegen, dann käme ich als dritter raus und brauchte die Vertikalkurve nicht zu machen. Der Preis morgen beträgt acht neunzig. Oder ich könnte im Trophy starten. Es ist die einzige Maschine, die es mit Ord aufnehmen kann. Und Ord fliegt ja nur, damit seine Leute zu Hause ihn mal fliegen sehen. Ich glaube nicht, daß er die zweiundneunziger kaputtfliegt, um zweitausend Dollar zu gewinnen. Jedenfalls nicht bei einem Fünfmeilenrennen. Sie muß nur was hergeben. Dann wäre uns allen geholfen.«

»Ja, geholfen. Wir schuldeten dann Ord fünftausend für die Kiste und den Motor. Was ist denn eigentlich nicht in Ordnung?«

»Ich weiß es nicht. Ich habe Ord nicht danach gefragt. Ich weiß nur, was Ord ihm gesagt hat...« Er machte mit dem Kopf eine kurze, unbeschreibbare Bewegung, die scheinbar dem Raum galt, die sich aber so klar und deutlich auf den Reporter bezog, als hätte Shumann dessen Namen genannt – »er sagte, die Steuerung funktionierte nicht beim Landen. Ob es an der Geschwindigkeitsverringerung beim Landen lag oder ob es die Luft über dem Boden war... er sagte jedenfalls, Ord hätte sie grade noch hochbekommen, als er... vielleicht genügte eine andere Gewichtsverteilung, ein paar Sandsäcke in...«

»Ja, ja. Und wenn er morgen die Qualifikation bekommt, erreicht er es vielleicht auch noch, daß man die Wendemarken in viertausend Fuß Höhe umfliegen kann, und daß das Rennen da oben geflogen wird anstatt auf General Behindmans Klubgebäude.« Er beugte sich wieder über sein Bein; jetzt sah Shumann auch Jiggs. Er war augenscheinlich schon seit geraumer Zeit wieder im Zimmer; er stand neben dem Tisch und hielt in den Händen zwei Marmeladengläser, von denen das eine mit Wasser gefüllt war. Shumann trat an den Tisch und füllte das leere Glas zum Teil; er sah Jiggs an, der gedankenvoll in das Getränk starrte.

»Genügt das?« fragte Shumann.

»Ja«, sagte Jiggs, der aus seinen Gedanken erwachte; »ja.« Als er aus dem andern Glas Wasser in das Getränk goß, stießen die beiden Ränder mit leichtem Klirren zusammen. Shumann sah dann, wie er das Wasserglas mit zitternden Händen auf den Tisch niedersetzte und versuchte, das andere mit beiden Händen an den Mund zu führen. Während er das Glas hob, begann sein Kopf zu wackeln, so daß er die Verbindung mit dem Munde nicht herstellen konnte; der Rand des Glases schlug klirrend gegen seine Zähne, als er versuchte, des Zitterns Herr zu werden. »Lieber Gott«, sagte er ganz ruhig, »zwei Stunden lang habe ich auf dem Bett sitzen müssen, denn wenn ich auf- und abgehen wollte, kam der Kerl und schrie mich durch das Gitter an.«

»So«, sagte Shumann. Er faßte das Glas und neigte es; er sah, wie Jiggs schluckte und die Flüssigkeit aus beiden Mundwinkeln über sein blaugestoppeltes Kinn floß und sein Hemd dunkel fleckte, bis Jiggs keuchend das Glas beiseite schob.

»Einen Augenblick«, sagte er. »Das ist Verschwendung. Vielleicht kann ich trinken, wenn du nicht zusiehst.«

»Und dann iß das Sandwich«, sagte Shumann. Er nahm den Krug von dem Tisch und sah wieder nach dem Springer. »Leg dich doch in das Bett«, sagte er. »Unter der Decke kriegst du noch ne Blutvergiftung. Willst du den Verband wieder anlegen?«

»Ich will im Bett eines Hahnreis, aber nicht in dem eines Kupplers schlafen«, sagte der Springer. »Besorg's selbst noch mal, ehe du morgen in die Hölle fährst.«

»Ich kann in der fünfhundertfünfundsiebziger Klasse den dritten Platz belegen, ohne auch nur den Lufthafen zu überkreuzen«, sagte Shumann. »Bis sie qualifiziert ist, weiß ich, ob ich drin landen kann oder nicht ... Sollen wir nicht lieber den Verband wieder anlegen?« Aber der Springer antwortete nicht, sah ihn nicht einmal an. Die Decke war schon zurückgeschlagen; er hielt das verletzte Bein steif, drehte sich auf dem Hintern herum, schwang sich auf das Feldbett und zog mit einer Bewegung die Decke hoch. Eine Zeitlang noch sah Shumann, der den Krug gegen das Bein hielt, zu ihm hin. Dann kam ihm zum Bewußtsein, daß er Jiggs schon geraume Zeit kauen hörte, und er wandte sich ihm zu. Jiggs saß auf dem Fußboden neben dem Leinwandsack und kaute an dem Sandwich, das er mit beiden Händen hielt. »Schläfst du denn auch hier?« fragte Shumann. Jiggs sah mit dem einen Auge zu ihm auf. Sein ganzes Gesicht war jetzt geschwollen und aufgedunsen; er kaute langsam und bedächtig und sah Shumann hündisch, unterwürfig, traurig und friedlich an. »Los«, sagte Shumann. »Mach dich fertig. Ich will das Licht ausdrehen.« Ohne aufzuhören zu kauen, machte Jiggs eine Hand frei, zog den Leinensack heran, auf den er den Kopf legte. Während Shumann in der Dunkelheit nach dem Vorhang tastete, ihn beiseite schob und hinter ihm verschwand, hörte er ihn immer noch kauen. Er tastete vorsichtig nach der Lampe neben dem Bett und machte Licht. Die Frau lag im Bett und beobachtete ihn, der Junge lag neben ihr und schlief. Sie lag in der Mitte des Bettes, das Kind lag zwischen ihr und der Wand. Ihre Kleider lagen fein säuberlich auf einem Stuhl, und dann sah Shumann, daß auch das Nachthemd, es war das einzige seidene, das sie besaß, auf einem Stuhl lag. Er bückte sich und stellte den Krug unter das Bett, zögerte und hob dann die baumwollene, kurze Hose, die sie trug oder getragen hatte, vom Fußboden auf, auf den sie entweder gefallen oder geworfen worden war, und legte sie auch auf den Stuhl. Er zog die Jacke aus und begann, das Hemd aufzuknöpfen, während sie ihn beobachtete; die Laken hatte sie bis ans Kinn hochgezogen.

»Hast du den Kahn?« fragte sie.

»Ich weiß noch nicht, wir sind dabei.« Er nahm die Armbanduhr ab, zog sie vorsichtig auf und legte sie auf den Tisch;

als das leise Schnarren verstummt war, hörte er wieder Jiggs hinter dem Vorhang kauen. Er stellte erst den einen und dann den andern Fuß auf die Ecke des Stuhls, schnürte die Schuhe auf und fühlte, daß sie ihn beobachtete. »In der fünffünfundsiebziger kann ich mindestens dritter werden, ohne an den Wendemarken so dicht vorbeizufliegen, daß jemand die Nummer des Kahns lesen kann. Und das macht fünfzehn Prozent von acht-neunzig. Oder aber zweitausend im Trophy und ich glaube nicht, daß Ord . . .«

»Ja. Ich hab's eben durch den Vorhang gehört. Aber weshalb?« Er stellte die Schuhe nebeneinander, zog die Hose aus, faßte sie an den Enden, legte sie in die Falten und dann auf die Kommode neben den Zelluloidkamm, die Bürste und den Schlips und stand dann in der kurzen Unterhose da. »Und der Kahn ist in Ordnung, nur weiß man erst in der Luft, ob man ihn hochbringt; und wenn man wieder auf dem Boden ist und aussteigt, weiß man erst, ob man mit ihm landen kann oder nicht.«

»Ich glaube, ich kann schon damit landen.« Er zündete eine Zigarette an und stand nun da mit der Hand am Lichtschalter und sah sie an. Sie hatte sich nicht gerührt, nonnengleich lag sie unter der glatten, bis ans Kinn hinaufgezogenen Decke. Wieder hörte er von jenseits des Vorhangs Jiggs, der mit qualvoller Geduld an dem harten Sandwich herumbiß, kauen.

»Du lügst«, sagte sie. »Früher schafften wir's doch auch damit.«

»Weil wir mußten. Dieses Mal müssen wir aber nicht.«

»Aber es ist doch erst sieben Monate her.«

»Ja. Genau sieben Monate. Und das letzte Rennen, und unser Kahn hat einen unbrauchbaren Motor und zwei zerbrochene Streben.« Er sah sie immer noch an; schließlich schlug sie die Decken zurück; als er das Licht ausdrehte, nahm seine Netzhaut das Bild einer nackten Schulter und eines nackten Leibes mit hinein in die Dunkelheit. »Willst du Jack nicht in die Mitte legen?« fragte er. Sie antwortete nicht; erst als er die Decke hochzog, merkte er, daß sie ganz starr dalag; und als er sich im Bett zurechtlegte und ihre Flanke berührte, fühlte er ihre gespannten, harten Muskeln. Er nahm die Zigarette aus dem Munde; hinter dem Vorhang hörte er Jiggs immer noch kauen und dann den Springer sagen: »Hör doch endlich mal auf. Das quatscht, als wäre ein Hund am Fressen.«

»Nun reg dich doch nicht auf«, sagte Shumann, »ich habe ja noch nicht einmal die Qualifikation.«

»Du Saukerl«, sagte sie in gespanntem, starrem Flüstern. »Du elender Pilot, du verfluchter Saupilot. Hältst dich von den andern fern und wagst es nicht, den Knüppel anzupacken, um nur ja den andern im Rennen nicht in die Quere zu kommen, und fliegst dann wie ein Huhn über den Damm und versuchst nicht einmal, die Nase der Kiste wieder hochzureißen...« Ihre Hand schoß unter der Decke hervor und riß ihm die Zigarette weg; er fühlte, wie seine Finger sich wanden und drehten, und dann sah er den rotglühenden Punkt funkeln, im Bogen durch die Dunkelheit fliegen und auf den unsichtbaren Fußboden fallen.

»Ich will sie eben...« flüsterte er. Aber schon traf die harte Hand seine Backe, griff kratzend nach Kiefer und Hals und Schulter, bis er sie packte, festhielt und hart umdrehte.

»Verfluchter Hund, verfluchter...« keuchte sie.

»Nun sei mal ganz ruhig«, sagte er. Sie gab es auf. Keuchend ging ihr Atem. Aber immer noch hielt er ihre Hand, vorsichtig, aber ohne jede Zartheit. »Schluß jetzt... Willst du die Hose nicht ausziehen?«

»Habe ich schon ausgezogen.«

»Richtig«, sagte er, »da drüben liegt sie ja.«

Als sie zum erstenmal mit dem Fallschirm absprang, waren sie noch nicht lange zusammen. Sie hatte ihm vorgeschlagen, sie im Abspringen zu unterrichten; er besaß schon einen Fallschirm, wie man ihn auf Ausstellungen sieht. Wenn er ihn gebrauchte, dann steuerte er entweder das Flugzeug oder machte den Absprung, je nachdem der zufällige Partner, mit dem er sich für einen Tag, eine Woche oder länger zusammentat, selbst Pilot war oder nicht. Sie selbst machte den Vorschlag, und er zeigte es ihr, lehrte sie, wie man mit angeschnalltem Fallschirm auf die Tragfläche klettert, dann abspringt, wobei das eigene Gewicht den Fallschirm aus dem Verpackungssack zieht, der an der Tragfläche befestigt ist.

Die Vorführung sollte an einem Samstagnachmittag in einer kleinen Stadt in Kansas stattfinden, und erst als sie in der Luft waren, merkte er, daß sie Angst hatte; das Geld war eingesammelt und die Menge wartete, und schon kletterte sie auf die Tragfläche. Sie trug einen Rock: sie waren der Ansicht, daß ihre Beine nicht nur ein Anreiz waren, sondern daß, wenn sie einen Rock trug, niemand bezweifeln würde, daß sie eine Frau war; und jetzt klammerte sie sich an die innere Strebe und blickte zu ihm hin mit einem Ausdruck, der, wie er später erkennen sollte, durchaus keine Todesangst war, sondern im Gegenteil ein wildes und in diesem Augenblick sinnloses Abweisen eines Verlusts, als müßte er und nicht sie sterben. Er saß in dem hinteren Sitz und hatte das Flugzeug schon in Position gebracht, hielt die Tragfläche unter ihrer Last waagerecht und gab ihr fast ärgerlich zu verstehen, bis ans Ende der Tragfläche zu klettern, als er sah, daß sie die Strebe losließ und mit jenem blinden und vollkommen unsinnigen Ausdruck des Protestes und wilder Absage im Gesicht, während der Saum ihres Rockes aus dem Fallschirmgurt um ihre Lenden schwippte, nicht nach dem Vordersitz kletterte, den sie verlassen hatte, sondern nach dem, in dem er saß und das Flugzeug waagerecht hielt; nach vieler Mühe purzelte sie sozusagen in den Sitz (er sah, daß ihre Knöchel vollkommen weiß waren, als sie den Rand des Sitzes faßte) zwischen seine Beine und sah ihn an.

In demselben Augenblick, in dem er sah (während sie mit der einen Hand den Saum des Rockes von dem Draht befreite, mit dem er wie Pumphosen zwischen den Beinen befestigt war), daß sie sich blind und wild nicht an dem Gurt um seine Schenkel, sondern dem Schlitz seiner Hose festhielt, sah er auch, daß sie kein Unterzeug, keine Hose anhatte. Sie sagte ihm später, sie habe befürchtet, eine der wenigen Hosen, die sie damals besaß, zu beschmutzen. Eine Zeitlang versuchte er, sie zurückzustoßen, aber er mußte das Flugzeug steuern, es über dem Feld in Position halten, und außerdem hatte er (sie waren damals erst ein paar Monate zusammen) bald zwei Gegner; er unterlag; in seinem Schoß, zwischen sich und ihrem wilden und wahnsinnigen Körper stand der ewig Unbesiegte, der ewig Siegreiche. Während er wartete, daß das flüssige Mark seines Rückgrats wieder erhärtete, riß ihn blinder Instinkt aus dem Vergehen seiner Sinne, und er erinnerte sich, daß er das Flugzeug nach der Tragfläche zu, an der der Verpackungssack des

Fallschirms befestigt war, eindrehen mußte. Als er dann herausblickte und den Fallschirm zwischen sich und der Erde schweben sah, kam ihm zum Bewußtsein, daß der Gurt seine Beine fesselte. Er blickte vor sich nieder und sah den Beraubten, den Aufrechtstehenden, den Pfahl, die glühende, gierige, herzförmige, rote Knospe.

Er mußte landen: das übrige erfuhr er dann später: sie war gelandet, ihr durch keine Gurte des Schirms mehr gehaltener Rock war bis unter die Arme hochgerutscht, sie war dann über den Boden geschleift worden, bis sie von einer heulenden Menge aus Männern und Jünglingen eingeholt wurde, in deren Mitte sie nun lag, vom Gürtel an abwärts in Schmutz, Fallschirmstricke und Strümpfe gekleidet. Als er sich durch die Menge hindurchgearbeitet hatte, bis dahin, wo sie stand, war sie von drei Gemeindepolizisten verhaftet worden. Das Gesicht eines derselben verriet Shumann von vornherein nichts Gutes; es war ein hartes, hübsches Gesicht, das eher sadistisch als böse war; der junge Mann, dem es gehörte, trieb die Menge mit dem Pistolenkolben zurück und schlug mit ihm in der gleichen wilden Wut auch auf Shumann ein. Sie brachten sie ins Gefängnis, wobei der Jüngere der drei sie jetzt mit der Pistole bedrohte; Shumann erkannte gleich, daß er bei den beiden andern Beamten nur gegen Frömmelei und Gier anzukämpfen hatte. Den Jüngeren aber mußte er fürchten: er war ein Mann, den seine wilden Triumphe über erniedrigtes menschliches Fleisch, das ihm sein korruptes und minderwertiges Amt in die Hände spielte, berauschten und dem jetzt urplötzlich letzte Erfüllung seiner abgehetzten Gier in den Schoß fiel; nicht nur nackt war sie, sondern gekleidet in die althergebrachten Symbole – der zerfetzte Rock, mit dem sie wild ihre Lenden zu bedecken versuchte, und die Gurte des Fallschirms – weiblicher Sklaverei.

Man wollte Shumann weder verhaften noch ihm gestatten, zu ihr zu gehen. Nachdem er und die Menge durch die Pistole des jungen Beamten von der Tür des Gefängnisses fortgejagt worden waren – es war ein viereckiges Gebäude aus brandneuen Backsteinen, in das sie, sich wehrend, gestoßen wurde –, sah er noch einmal ihr unbezwingbares und erschrecktes Gesicht hinter der Schulter des jüngeren Beamten, während die aufgeregten älteren Beamten sie schnell in das Innere des Gebäudes schoben. Jetzt wurde er einer der Menge; aber irr vor Wut und Entsetzen wußte er, daß dies nur der Fall war, weil sein und der Menge Interesse dem gleichen Gegenstand galt. Beide wollten sie sehen, sie berühren. Aber er wußte auch, daß die beiden älteren feigen Beamten mindestens neutral waren, daß ihre physische Angst vor der Menge sie auf seine Seite drängte und der andere sich in Wirklichkeit nur auf seine Straflosigkeit bei Gewaltanwendung stützte, die ihm der stinkige Kadaver des Gesetzes zuerkannte. Aber es schien vorläufig genug. Während der nächsten Stunde unternahm Shumann, von zerlumpten Knaben, Jünglingen und betrunkenen Männern gefolgt, seinen gespenstischen Lauf durch die Stadt, vom Bürgermeister zu Anwalt zu Anwalt zu Anwalt, und wieder zurück. Entweder saßen sie gerade beim Abendbrot oder wollten sich gerade zu Tisch setzen oder waren noch nicht ganz fertig; er mußte seine Geschichte immer wieder erzählen, die Kinder machten runde Augen, die Frauen und Tanten beobachteten ihn mit bösen, unversöhnlichen Gesichtern, während die bevollmächtigten Männer, bei denen er suchte, was er aufrichtig und eindeutig für Gerechtigkeit hielt, ihn Schritt für Schritt zwangen, zu sagen, was er fürchtete, worauf ihm einer von ihnen drohte, er werde ihn wegen verbrecherischer Verleumdung von Beamten der Stadtverwaltung verhaften lassen.

Endlich, zwei Stunden nach Einbruch der Dunkelheit, telephonierte ein Geistlicher an den Bürgermeister. Aus der telephonischen Unterhaltung erfuhr Shumann, daß die Behörde ihn augenblicklich suchte. Fünf Minuten später fuhr ein Wagen vor, in dem außer einem der beiden älteren Beamten zwei andere saßen, die er bisher noch nicht gesehen hatte. »Bin ich auch verhaftet?« fragte er.

»Sie können versuchen, auszusteigen und wegzulaufen«, sagte der Beamte. Weiter nichts. Der Wagen hielt vor dem Gefängnis, der Beamte und einer der beiden andern stiegen aus.

»Halten Sie ihn fest«, sagte der Beamte.

»Ich halte ihn schon«, erwiderte der zweite Beamte. Shumann saß im Wagen; der Beamte stemmte seine Schulter gegen die seine. Er sah, wie die beiden andern über den mit Backsteinen gepflasterten Weg liefen. Die Tür des Gefängnisses öffnete sich vor ihnen und schloß sich dann wieder; bald öffnete sie sich wieder, und er sah sie. Sie trug jetzt einen Regenmantel; er sah sie einen Augenblick lang, als die beiden Männer sie schnell aus dem Gefängnis herausführten und die Tür sich wieder schloß. Erst am folgenden Tage zeigte sie ihm das zerfetzte Kleid und die Schrammen und Quetschungen an der Innenseite der Beine, am Kiefer und im Gesicht und den Schnitt in der Lippe. Sie stießen sie neben ihn in den Wagen. Der Beamte wollte ihr folgen, als der zweite Beamte ihn rasch beiseite stieß. »Steig vorne auf«, sagte der Beamte. »Ich sitze hinten.« Zu vieren saßen sie nun auf dem Hintersitz; Shumann saß steif da; noch immer stemmte der Beamte seine Schulter gegen die seine; auf der andern Seite fühlte er Lavernes harte Flanke so deutlich, daß er meinte, er berührte durch ihre Härte hindurch den zweiten Beamten, der sich gegen Lavernes andere Seite drängte und drückte.

»Los«, sagte der Beamte. »Wir wollen von hier fort, solange es noch möglich ist.«

»Wohin fahren wir?« fragte Shumann. Der Beamte antwortete nicht. Er lehnte sich aus dem Wagen und sah zurück nach dem Gefängnis. Der Wagen fuhr an und hatte bald eine ziemliche Geschwindigkeit erreicht.

»Schneller«, sagte er. »Vielleicht können die andern ihn nicht halten, und wir haben heute schon genug Schweinerei gehabt.« Der Wagen sauste weiter, aus dem Dorf heraus. Shumann bemerkte, daß sie in Richtung auf das Feld, den Lufthafen, fuhren. Der Wagen bog jetzt von der Straße ab. Das Licht der Vorderlampen fiel auf das Flugzeug, das noch da stand, wo und wie er es am Nachmittag verlassen hatte. Der Motor lief. Als der Wagen hielt, wurden die Lichter eines zweiten Autos sichtbar, das schnell die Straße herunterkam. Der Beamte begann zu fluchen. »Verdammt noch mal. Verdammt! Ich wußte ja, daß sie ihn nicht . . .« Er wandte sich an Shumann. »Da steht Ihr Flugzeug. Steigen Sie und die Frau jetzt aus.«

»Was sollen wir tun?« fragte Shumann.

»Sie starten mit der Flugmaschine und verlassen die Stadt. Und zwar schnell. Ich fürchtete ja die ganze Zeit über, daß sie ihn nicht zurückhalten könnten.«

»Heute abend?« sagte Shumann. »Ich habe ja keine Lichter.«

»Soviel ich weiß, ist nirgendwo ein Hindernis«, entgegnete

der Beamte. »Sie heben sie rein und machen, daß Sie von hier fortkommen; und lassen Sie sich hier nie wieder sehen.« Jetzt verließ der zweite Wagen die Landstraße, seine Lichter fielen voll auf sie; er fuhr immer schneller, drehte, und seine Insassen sprangen heraus, ehe er noch gehalten hatte. »Schnell«, rief der Beamte. »Wir wollen versuchen, ihn zurückzuhalten.«

»Schnell in den Kahn«, sagte Shumann zu ihr. Zuerst glaubte er, der Mann sei betrunken. Er sah, wie Laverne, die den Regenmantel um sich raffte, durch den langen Lichttunnel der Wagen lief, in das Flugzeug kletterte und verschwand; dann wandte er sich um und sah, wie der Mann versuchte, sich aus den Griffen der andern zu befreien. Er war nicht betrunken, er war nicht bei Sinnen, war im Augenblick nicht zurechnungsfähig; er drängte auf Shumann zu, der in seinem Gesicht weder Wut noch Gier, sondern fast ein Gegenstück jenes Schreckens und wilden Protestes gegen Verlust und Teilung sah, die er in Lavernes Gesicht beobachtet hatte, als sie sich an die Strebe klammerte und zu ihm hinsah.

»Ich will ja zahlen«, schrie der Mann. »Ich will sie bezahlen! Beide will ich bezahlen! Sagen Sie nur, wieviel. Lassen Sie mich ... sie nur einmal, und dann können Sie mit mir machen, was Sie wollen.«

»Beeilen Sie sich doch«, keuchte der ältere Beamte. Jetzt lief auch Shumann; einen Augenblick lang beruhigte sich der Mann; vielleicht glaubte er, Shumann wollte sie zurückholen. Dann schlug er wieder um sich, schrie, schimpfte und fluchte, nannte Laverne wild und verzweifelt Hure und gottloses Sauweib, bis der Motor sein Toben auslöschte. Im Licht der beiden Wagen, das auf die Gruppe fiel, sah Shumann, der eingestiegen war und versuchte, den Motor anzuwärmen, wie er sich immer noch gegen den harten Griff der Männer wehrte. Er mußte schließlich doch mit kaltem Motor starten; wieder hörte er jetzt die lauten Schreie und sah beim Schein der Vorderlichter, daß der Mann auf ihn, auf das Flugzeug zugelaufen kam. Er startete ohne Anlauf in eine mondlose Nacht hinein, in der er nur die blauen Flammen an den Auspuffrohren sah. Eine Windmühle, die er eben noch erkennen konnte, diente ihm beim Schätzen der Höhe. Als er dann dreißig Minuten später in einem Luzernenfeld landete, stieß er gegen etwas, das sich am nächsten Morgen als eine Kuh erwies. Sie lag fünfzig Fuß von dem umgekippten Flugzeug entfernt.

Es war jetzt gegen halb zehn. Einen Augenblick lang dachte der Reporter daran, zur Grandlieu Street mit ihrem Getümmel aus Zelluloid und Konfetti hinüberzugehen, um dann über die Saint Jules das Redaktionsgebäude zu erreichen; aber er tat es nicht. Als er sich wieder in Bewegung setzte, geschah es, um wieder in die dunkle Querstraße einzubiegen, aus der vor einer halben Stunde das Auto aufgetaucht war. Als der Reporter durch die Doppelglastür ging und die Aufzugtür wieder hinter ihm ins Schloß rollte, bückte er sich, nahm die umgekehrt liegende Uhr und blickte auf sie. Vor sich sah er in geschlossenem Kreis den unerklärlichen und verblassenden Wahnsinn der vergangenen vierundzwanzig Stunden als ein vollständiges, objektives Ganzes, das langsam verging wie der feuchte Abdruck eines erhobenen Glases auf einer Theke. Er dachte nicht an Zeit, nicht an irgendeinen Winkel aus Zeigern auf einem Zifferblatt, denn der eine Augenblick der Zukunft, den er sah, in dem sein Körper mit Zeit und Zifferblatt übereinstimmen mußte, wurde erst in zwölf Stunden Ereignis. Nicht sofort sollte er des Kreises saubere Vollendung erkennen, auf die er stetig, nicht schnell, von Block zu Block der engen Nebenstraße zuging, die aus den dumpfen und jetzt schlafenden Hintergebäuden der Kaufhäuser ausgeschnitten war, wobei ihn, wie vorhin im Auto, an jeder Kreuzung, an der er während des verkehrgedämmten Augenblicks wartete, der schwache Lärm der Grandlieu Street erreichte, den er eher fühlte als hörte: der nächtliche Nilbarken-Klatterfalk – Schmetterlingsbrut, die das Gift der zögernden heißen Schwingen der Dämmerung noch nicht traf – und dann die Saint Jules Avenue, die sich breit und friedlich zwischen den hohen und unbeweglichen Palmen hinzog, die an große Reiserbesen auf elenden Pfosten erinnerten, und dann die Doppeltür und der Aufzug, in dem der Aufzugmann unter scheckigen Pfeffer-und-Salz-Brauen, die aussahen, als habe sein Schnurrbart plötzlich Zwillinge bekommen, mit grimmiger und rachsüchtiger Salbung sagte: »Ja, heute nachmittag hat ja wieder einer versucht, auf die erste Seite zu kommen, nur . . .«

»Wirklich?« fragte der Reporter freundlich und legte die Uhr zurück. »Zwei nach zehn? Eine herrliche Zeit für jemanden, der bis morgen nichts anderes zu tun hat, als an die Arbeit zu gehen, was?«

»Weiter kein großes Unglück für jemanden, der nur dann arbeitet, wenn er nichts anderes zu tun hat«, entgegnete der Aufzugmann.

»Stimmt auch«, sagte der Reporter freundlich. »Aber schließen Sie doch die Tür, ich glaube, ich fühle . . .« Sie schlug hinter ihm zu. »Zwei Minuten nach zehn«, dachte er. »Dann sind's nur noch . . .« Aber der Gedanke verflog, ehe er ihn zu denken begonnen hatte; er schwamm in einem langsamen, langen Rückwasser friedlichen und heiteren Wartens und dachte: *Jetzt wird sie . . .* Über dem Kopf auf der Klingeltafel war der schwachoxydierte Strich des Streichholzes von gestern abend noch sichtbar, und jetzt glitt das Streichholz, das weder Berechnung noch Absicht leiteten, über denselben Strich. Der Waschraum lag hinter der letzten Tür: eine einzige, undurchsichtige Glasscheibe mit der Aufschrift: HERREN in einem Rahmen ohne Schloß (»deshalb vielleicht nur für Herren«, dachte der Reporter), die in ewiges Kreosot hineinführte. Er zog sogar das Hemd aus, als er sich wusch, betastete vorsichtig die linke Seite seines Gesichts, bewegte dann den Kiefer hin und her und betrachtete in dem trüben, unebenen Spiegel das Bild seiner bedächtigen Grimasse und das bläuliche Autograph einer Gewalttat, das auf seinem diplomfarbenen Fleisch wie eine Tätowierung aussah, und dachte friedlich: »Ja, jetzt wird sie . . .«

Jetzt wurde das kellergleiche Redaktionsbüro (er strich das Streichholz an der Tür an) sichtbar; der große Schreibtisch sah aus wie eine wilde Insel, und die anderen Einzeltische unter den Lampen mit grünen Schirmen, zu denen auch der seine gehörte, erinnerten an tiefe, einsame, durch Bojen bezeichnete Sandbänke in einem unbefahrenen und vergessenen Meer. Seit vierundzwanzig Stunden hatte er ihn nicht mehr gesehen, und als er jetzt neben ihm stand, sah er auf seine unaufgeräumte Platte – der Rand war von zahllosen ausgegangenen Zigaretten eingekerbt, in der Maschine steckte ein halb vollgeschriebenes Blatt – langsam herab, als wundere er sich nicht nur darüber, daß alles noch auf dem Tisch lag, sondern daß dieser selbst noch an seinem alten Platz stand, und dachte dabei, es wäre schier unmöglich, daß er in so kurzer Zeit so betrunken und wieder nüchtern werden konnte. Als er an Hagoods Tisch vorbeiging, verhandelte dieser gerade mit jemandem und sah ihn nicht. Fast eine ganze Stunde lang hatte er schon an seinem Tisch gesessen und ein gelbes Blatt nach dem andern durch die Maschine gejagt, als der Lehrjunge kam.

»Er will Sie sprechen«, sagte er.

»Danke«, entgegnete der Reporter. In Hemdsärmeln, mit losem Schlips und den Hut auf dem Kopf, blieb er am Tisch stehen und sah mit freundlicher und höflicher Frage auf Hagood herab. »Sie wollen mich sprechen, Chef?« fragte er.

»Ich dachte, Sie wären nach Hause gegangen. Es ist elf Uhr. Was arbeiten Sie denn noch?«

»Einen Sonntags-Artikel für Smitty. Er bat mich darum.«

»Bat Sie darum?«

»Ja. Ich wollte gerade gehen. Bin eben fertig damit.«

»Um was handelt es sich?«

»Daß die Liebe zwischen Antonius und Kleopatra in der ägyptischen Architektur schon prophezeit wurde, nur verstand das kein Mensch; vielleicht mußten sie auf die römischen Zeitungen warten. Aber es ist schon in Ordnung. Smitty hat sich ein paar Bücher und zwei oder drei Illustrationen besorgt, und man hat weiter nichts zu tun, als zu versuchen, die Bücher zu übersetzen, so daß auch der einfachste Mann versteht, um was es sich handelt, und wenn man selbst es nicht versteht, dann schreibt man es hin, wie es im Buch steht, und das macht dann nur einen guten Eindruck, denn selbst die Kritiker wissen ja nicht, was das alles zu bedeuten hat.« Aber Hagood hörte nicht zu.

»Wollen Sie denn heute abend nicht nach Hause gehen?« Ruhig und ernst blickte der Reporter auf Hagood herab. »Sind die denn immer noch drüben in Ihrer Wohnung?« Der Reporter sah ihn an. »Was haben Sie heute abend vor?«

»Ich gehe mit Smitty. Schlafe auf dem Sofa.«

»Er ist ja gar nicht hier«, sagte Hagood.

»Ja. Er ist schon zu Hause. Ich versprach ihm, erst den Artikel für ihn zu erledigen.«

»Gut«, sagte Hagood. Der Reporter ging an seinen Tisch zurück.

»Und jetzt ist es elf Uhr«, dachte er. »Und so sind's nur

noch . . . *Ja, sie wird* . . .« Drei oder vier andere saßen an den Einzeltischen, aber gegen Mitternacht hatten sie ihre Lampen ausgedreht und waren gegangen; jetzt war nur noch die Gruppe an dem großen Schreibtisch da, und das ganze Gebäude begann im Rhythmus der fernen Maschinen zu beben. Jetzt sah es aus, als richteten die sechs oder sieben rock- oder kragenlosen Männer an dem großen Schreibtisch, die alle grüne Augenschirme trugen, als wäre es eine Uniform, ihre ganze Aufmerksamkeit auf eine unterirdische Krise, als beobachteten ebenso viele winzige Menschen einen Mastodon, der ein Junges gebiert. Um halb zwei verließ Hagood das Büro; er blickte durch den Raum nach dem Tisch, an dem der Reporter unbeweglich saß; seine Hände lagen auf der Tastatur, und der Hutrand beschattete und verbarg sein gesenktes Gesicht. Gegen zwei Uhr kam einer der Korrektoren an den Tisch und stellte fest, daß der Reporter nicht nachdachte, sondern schlief; starr aufrecht saß er da, seine knochigen Gelenke und dünnen Hände ragten aus den verschlissenen, sauberen, zu kurzen Manschetten hervor und lagen friedlich und untätig auf der Schreibmaschine, die vor ihm stand.

»Wir gehen rüber zu Joe«, sagte der Korrektor. »Kommen Sie mit?«

»Bin trockengelegt«, antwortete der Reporter. »Bin außerdem noch nicht fertig.«

»Das habe ich gesehen«, sagte der andere. »Am besten machten Sie das im Bett zu Ende. Was meinen Sie mit trockengelegt? Daß Sie für sich selbst bezahlen wollen? Das können Sie auch, wenn wir dabei sind; Joe wird ja nicht gleich vor Schrecken nen Schlaganfall bekommen.«

»Nein«, antwortete der Reporter. »Bin trockengelegt.«

»Aber seit wann denn?«

»Das weiß ich nicht. Seit heute morgen. Ja, ich muß das hier erst fertigmachen. Warten Sie nicht auf mich.« Sie verließen das Büro, zogen ihre Jacken an. Sie waren kaum gegangen, als zwei Putzfrauen kamen. Aber der Reporter beachtete sie weiter nicht. Er nahm das Blatt Papier aus der Schreibmaschine, legte es auf die anderen und glättete sie sorgfältig; sein Gesicht war friedlich. »Ja«, dachte er. »Das Geld ist es nicht. Das ist es nicht . . . Ja, und jetzt wird sie . . .« Die Frauen nahmen keinerlei Notiz von ihm, als er jetzt an Hagoods Tisch ging und das Licht über ihm andrehte. Er öffnete die rechte Schublade und nahm den Block unbeschriebener Wechselformulare heraus, riß das oberste Blatt ab und legte den Block wieder in die Schublade. Er ging nicht wieder an seinen Tisch zurück, blieb auch nicht an dem ihm nächsten stehen, weil hier eine der Frauen beschäftigt war. Er drehte das Licht über dem übernächsten an, setzte sich, schob das Formular in die Schreibmaschine und begann es sorgfältig auszufüllen – das saubere, zweckdienliche, kleine Stück Papier, das durch einige wenige Zeichen in ein Instrument verwandelt wurde, das schärfer war als Stahl und dauerhafter als Stein und durch das, betäubt wie durch die Überschrift eines Liebesbriefes, der letzte und verhängnisvolle Schritt aus dem Reiche der Furcht und des klaren Erkennens in das Reich des Trugs und der sinnlosen Hoffnung getan wurde:... *16. Februar 1935 ... 16. Februar 1936, wir ... die Ord-Atkinson Luftfahrt-Gesellschaft, Franciana ...* Er zögerte nicht, seine Finger sträubten sich nicht; er schrieb die Summe, als hätte er zwei Worte einer Schlagzeile geschrieben: *Fünftausend Dollar ($ 5000.00) ...* Jetzt zögerte er, seine Finger bewegten sich nicht; neben dem Tisch vor ihm warf die Putzfrau etwas in den Papierkorb, es klang wie das bedächtige, lautlose Nagen einer großen Ratte. »Einer ist gegen das Gesetz«, dachte er, »aber wenn ich den andern drauf setzte, ist das vielleicht verdächtig.« Er schrieb wieder, schlug die Tasten sauber und fest an, schrieb *a-c-h-t Prozent* und zog dann das Formular aus der Maschine. Jetzt ging er an den großen Schreibtisch hinüber, denn er besaß keinen Füllfederhalter, drehte das Licht an und schrieb seinen Namen auf die erste für die Unterschriften vorgesehene Linie. Dann löschte er ab, setzte sich und betrachtete das Formular nachdenklich ruhig. »Ja. Jetzt im Bett. Und jetzt wird er ... Ja«, sagte er ruhig, laut, »das sieht okay aus.« Er wandte sich um und sagte zu den beiden Frauen: »Wissen Sie, wieviel Uhr es ist?« Die eine von ihnen lehnte den Mop gegen einen Tisch und zog aus dem Oberteil ihres Kleides einen augenscheinlich endlos langen Schnürriemen, an dessen Ende schließlich eine Uhr – eine schwere altmodische, goldene Herrenuhr – zum Vorschein kam.

»Sechsundzwanzig Minuten vor drei«, sagte sie.

»Danke«, entgegnete der Reporter. »Raucht keine von Ihnen Zigaretten?«

»Diese fand ich eben auf dem Fußboden«, sagte die zweite. »Sie sieht ja nicht besonders aus, jemand hat darauf getreten.« Nichtsdestoweniger enthielt sie noch etwas Tabak; aber sie brannte schnell weg; bei jedem Zug hatte der Reporter die undeutliche und schnellvergehende Empfindung, als wollten Feuer und alles die Papierhülle verlassen und erst an der Rückseite seiner Kehle oder in seiner Lunge haltmachen; nach drei Zügen war die Zigarette zu Ende.

»Danke«, sagte er. »Sollten Sie noch mehr finden, dann legen Sie sie doch auf den Tisch da hinten, wo der Rock hängt. Danke. Zweiundzwanzig vor drei«, dachte er. »Nun sind's kaum noch sechs Stunden.« »Ja«, dachte er, dann verwehte auch dieser Gedanke aus seinem Geist, wurde wieder lange, friedliche, schlaffe Nichthoffnung. Nichtfreude: warten, denken, daß er eigentlich was essen müßte. Dann dachte er, daß der Aufzug jetzt nicht in Betrieb war, wodurch sich das schon von selbst erledigte. »Aber ich könnte mir ein paar Zigaretten besorgen«, dachte er. »Nein, ich müßte was essen.« Im Korridor brannte kein Licht, aber im Waschraum würde es sicher noch brennen. Er ging wieder an seinen Tisch, nahm die gefaltete Zeitung aus dem Rock und verließ das Büro. Er lehnte sich gegen die mit Karbolineum bestrichene Wand, öffnete die Zeitung auf der Seite, auf der die Schlagzeilen standen, die jeden Tag dieselben waren – die Bankiers, die Farmer, die Streiker, die Törichten, die Unglücklichen und die nur Verbrecher – und sich von einem Tag zum andern nicht durch das unterschieden, was sie taten, sondern nur durch den kurzen Satz unter dem Kopf der Zeitung. Er stand ganz bequem und brauchte augenscheinlich gar nicht sein Gewicht von dem einen seiner Beine, die ihn trugen, auf das andere zu verlagern. Da er in seiner Ruhestellung gegen keinerlei Schwere anzukämpfen hatte, hatte er weniger Masse und Gewicht zu tragen als um acht Uhr, als er die Treppe hinaufeilte: Erst als er sich sagte: »Es muß jetzt nach drei Uhr sein«, kam wieder Bewegung in ihn.

Er faltete die Zeitung sauber zusammen und ging wieder auf den Korridor zurück, wo ihn ein Blick in den dunkeln Redaktionsraum erkennen ließ, daß die Frauen fertig waren. »Ja, es geht auf vier zu«, dachte er; er fragte sich, ob es wirklich Dämmerung war, was er fühlte, oder ob irgendwie der dunkle Erdball, auf dem die Menschen lebten, den toten Punkt überwunden hatte, an dem die Kranken und Müden sich niederlegen, um zu sterben, und ob er jetzt wieder anfing sich zu drehen, um bald aus dem letzten, zaudernden Widerstreben der Dunkelheit den Auswurf ins Licht zu schleudern, der die Stadt war: die elenden Hopfenstangen, die die zerfetzten Palmkronen wie ungeheure Kehrichthaufen aus einem alten Land, zu dem sie gehören, emporhoben, der letzten Nacht verbrauchter Klatterfalk Nilbarke jetzt niedergestreckt unter den weißen Schwingen des Heute, das heraufkommt, die Hydranten bespritzt mit dem zertretenen Flitterdung von Sternen. »Und bei Alphonse und Renard verstehn die Kellner nicht nur Mississippital-Französisch, sondern bringen aus der Küche, was man selbst mit einiger Unsicherheit bestellt hat«, dachte er, als er sich jetzt zwischen den Tischen hertastete und die Zeitung als Kissen in seinen Rock rollte, ehe er sich auf den Fußboden niederlegte. »Ja«, dachte er, »jetzt im Bett, und er kommt auch, und sie sagt: *Hast du ihn?* und er antwortet: *Was? Ach, du meinst den Kahn. Ja, den haben wir. Deswegen waren wir ja dort.*«

Nicht die Sonne weckte ihn, auch nicht was Sonne gewesen wäre, wäre der morgendliche Winterhimmel nicht wie gewöhnlich verhangen gewesen: er wachte einfach auf, trotz der Tatsache, daß er während der vergangenen achtundvierzig Stunden kaum wenig mehr geschlafen als gegessen hatte, wie so viele Menschen, die außerhalb der mechanischen Stundeneinteilung leben und sich doch, wenn es not tut, mit instinktiver Leichtigkeit auf einen bestimmten Augenblick einstellen zu können scheinen. Aber der Zug gehorchte rein mechanischen Gesetzen, und im Hause war zu dieser Stunde weder Taschenuhr noch sonst eine Uhr. Hager, müde (er hatte sich nicht einmal die Zeit genommen, sich das Gesicht zu waschen), eilte er die Treppe hinab und über die Straße; immer noch laufend, bog er in den Eingang in der Nähe des Schaufensters mit den uralten Pampelmusenhälften, die augenscheinlich jeden Morgen in dem Augenblick, in dem die Straßenlaternen erloschen, ausgestellt wurden; alters- und zeiterprobt in bezug auf Unversehrtheit und Undurchdringlichkeit, wie die rohen Gefäße, die aus griechischen und römischen Ruinen ausgegraben werden, lagen sie zwischen Papierblumen und dem Ständer, auf dem auf auswechselbaren Metallstreifen die Namen von Speisen zu lesen waren. Im Redaktionsbüro nannte man es den »Schmierigen Löffel«: einer jener zehntausend engen Tunnel, die eine Theke, eine Reihe blankgesessener Stühle ohne Lehne, eine Kaffeemaschine und einen griechischen Besitzer enthielten, der einem Ringkämpfer glich, der sich ins Privatleben zurückgezogen hat; in der Nähe von zehntausend Zeitungen findet man ihn, und er hat im Land zehntausend verschiedene Namen; in jedem dieser Ausschänke hätte ihn derselbe dicke Grieche in derselben schmierigen Drelljacke durch denselben Glassarg hindurch angesehen, der mit Schalen voll Getreide und Orangen und Schüsseln mit Kuchen gefüllt war, die augenscheinlich zusammen mit den Pampelmusen im Fenster, das eben erst geputzt worden war, ausgegraben wurden. Jetzt sah der Reporter die Uhr auf der Rückwand; es war erst ein Viertel nach sieben. »Gott sei Dank«, sagte er.

»Kaffee?« fragte der Grieche.

»Ja«, antwortete der Reporter. »Ich müßte auch etwas essen«, dachte er. Ohne eigentlichen Widerwillen; aber mit einer Art leichter verdrießlicher Enthaltsamkeit, wie sie in Romanen alten Frauen beigelegt wird, sah er hinab in die Gosse aus Glaswänden und Glasdach unter seinen Händen. Nicht ungeduldig, nicht eilig: wie in der vergangenen Nacht sein blinder, wilder Lauf scheinbar unversöhnlich bis an den Punkt zurückgedreht wurde, an dem er die Kontrolle über ihn verloren hatte, als wäre es eine Art geistigen Loopings in der Nähe der Erde, schien er jetzt zu fühlen, daß er endlich wieder vorwärtsdrängte, ihn stetig und unabwendbar mit sich riß, so daß er keine Anstrengung zu machen brauchte, sich mit ihm zu bewegen; er brauchte nur daran zu denken, alles, was er wahrscheinlich nötig hatte, mitzunehmen, denn dieses Mal kam er nicht zurück. »Geben Sie mir eins von diesen«, sagte er und schlug mit der einen Hand auf das Glas, während er mit der andern das gefaltete Stück Papier in seiner Uhrtasche berührte, betastete. Er aß den Kuchen zum Kaffee, schmeckte nichts, fühlte nur die Wärme des Kaffees; es war jetzt fünfundzwan-

zig nach sieben. »Ich kann zu Fuß gehen«, dachte er. Der bedeckte Himmel würde bald der Sonne weichen. Als er den
Bahnhof erreichte, wo Shumann sich von der Bank erhob, war
der Himmel immer noch bedeckt. »Schon gefrühstückt?« fragte
der Reporter.

»Ja«, antwortete Shumann. Der Reporter sah den andern
mit einer Art heiterer, ernster Nachdrücklichkeit an.

»Los«, sagte er. »Wir wollen gehen.« Im Zugschuppen
brannten noch die Lampen; das Oberlicht hatte die gleiche Farbe wie der Himmel draußen. »Das wird schon bald anders«,
sagte der Reporter. »Vielleicht schon, ehe wir an Ort und Stelle
sind; wahrscheinlich fliegen Sie den Kahn bei Sonnenschein zurück.« Aber die Dunkelheit war schon vorher gewichen; sie
war gewichen, als sie die Stadt hinter sich gelassen hatten; der
Wagen (sie hatten den ganzen hintern Teil für sich) fuhr fast
plötzlich in dünnes Sonnenlicht hinein. »Ich sagte Ihnen ja, daß
Sie bei Sonnenschein zurückfliegen würden«, sagte der Reporter. »Ich glaube, wir erledigen dies hier jetzt gleich.« Er nahm
das Formular aus der Tasche; während Shumann es las und
nüchtern darüber nachzudenken schien, beobachtete er ihn mit
jener ernsten, heiteren Nachdrücklichkeit.

»Fünftausend«, sagte Shumann. »Das ist . . .«

»Viel«, unterbrach ihn der Reporter. »Ja. Ich wollte alle
Hindernisse aus dem Wege räumen, so daß wir starten und
wieder in den Lufthafen zurückfliegen können. Den Preis wird
selbst Marchand nicht ausschlagen . . .« Er beobachtete Shumann heiter, ruhig, ernst.

»Ja«, entgegnete Shumann. »Ich verstehe.« Er griff in den
Rock. Vielleicht suchte er den Füllfederhalter; der Reporter
rührte sich nicht; mit der gleichen Heiterkeit und Nachdrücklichkeit, mit demselben Ernst verfolgte er die bedächtige, langsame, etwas zögernde Bewegung der Feder über die leere, für
die Unterschrift vorgesehene Linie unter der, auf die er schon
seinen Namen geschrieben hatte, und sah, wie die Buchstaben
sich formten: *Roger Shumann*. Er rührte sich immer noch nicht;
erst als die Feder jetzt auf die dritte Linie schrieb, beugte er
sich vor und hielt sie an, sah auf den halbgeschriebenen dritten
Namen: *Dr. Carl S.*

»Einen Augenblick«, sagte er. »Was ist denn das?«

»Der Name meines Vaters.«

»Gestattet er das denn?«

»Es bleibt ihm einfach nichts anderes übrig. Ja. Ist ja immerhin eine Hilfe für Sie.«

»Für mich?«

»Ich wäre nicht einmal für fünfhundert gut, falls ich nicht das Rennen mache.« Ein Schaffner kam vorbei, griff im Vorwärtsgehen von einer Lehne nach der andern, blieb einen Augenblick neben ihnen stehen.

»Blaisedell«, sagte er, »Blaisedell.«

»Einen Augenblick«, sagte der Reporter. »Vielleicht habe ich es nicht kapiert. Ich bin kein Flieger; ich weiß von Fliegerei nur, was Matt mir damals beibrachte. Ich vermutete, Matt wollte vielleicht nicht riskieren, daß das Fahrgestell zerbrochen oder der Propeller verbogen oder eine Tragfläche . . .« Er sah Shumann heiter, ernst an, während seine Hand noch immer Shumanns Handgelenk umfaßte.

»Ich glaube, ich kann damit landen«, sagte Shumann. Aber der Reporter rührte sich immer noch nicht, immer noch sah er Shumann an. »Dann wäre also alles in Ordnung? Sie können also damit landen, wie Matt mit ihm landete?«

»Ich glaube ja«, antwortete Shumann. Der Zug fuhr langsamer; Oleanderbüsche, moosbehangene Eichen, in denen leichte, nebelverstrickte Sommerfäden in der Sonne glitzerten; der weinbewachsene Bahnhof strömte heran, dann langsamer; erreichte sie nicht.

»Es handelt sich ja nur um den Barpreis; nur für einen Nachmittag. Und Matt hilft Ihnen bei der Reparatur Ihrer Kiste, und für das nächste Rennen ist alles wieder in Ordnung . . .« Sie sahen sich an.

»Ich glaube, ich krieg sie heil wieder runter«, sagte Shumann.

»Ja, aber hören Sie . . .«

»Ich kann damit landen«, unterbrach ihn Shumann.

»Gut«, sagte der Reporter. Er ließ das Handgelenk des andern los; die Feder bewegte sich wieder, schrieb den Namen zu Ende: *Dr. Carl Shumann durch Roger Shumann.* Der Reporter nahm das Formular und stand auf.

»Wir wollen jetzt gehen«, sagte er. Sie gingen wieder; es war ungefähr eine Meile: jetzt lief der Weg am Flugfeld ent-

lang, hinter dem sie die Gebäude sahen . . . das alleinstehende
Büro, die Werkstatt, die Halle mit der großen Aufschrift über
den offenen Toren: ORD-ATKINSON-FLUGZEUG-GESELLSCHAFT
– alles aus blassen Backsteinen wie Ords neues Haus, mit dem
die Gebäude wohl gleichzeitig entstanden waren. Sie setzten
sich etwas abseits vom Wege auf den Boden und sahen, wie
zwei Monteure den rot-weißen Eindecker herausrollten, mit
dem Lord seinen Rekord aufgestellt hatte; sie machten ihn
startbereit und wärmten ihn an; dann sahen sie Ord aus dem
Büro kommen und in die Rennmaschine klettern; er rollte bis
ans Ende des Feldes, wendete und stieg dann über ihren Köpfen hoch und war schon wieder hundert Fuß höher, als das erste Getöse des Motors sie erreichte. »Von hier nach dem Feinman ist es vierzig Meilen«, sagte der Reporter. »Die fliegt er
glatt in zehn Minuten. Kommen Sie. Das Reden überlassen Sie
mir«, rief er in einer Art leicht staunenden Jubels. »Noch nie in
meinem Leben habe ich eine Lüge geäußert, die jemand glaubte; vielleicht hat mir das die ganze Zeit über gefehlt.« Als sie
die Flugzeughalle erreichten, waren die Tore bis auf einen
Spalt, durch den ein Mensch hindurchgehen konnte, geschlossen. Shumann betrat die Halle, sah sich um und entdeckte bald
das Flugzeug; es war ein Eindecker mit tiefangesetzten Tragflächen, mit dicker Nase und röhrenförmigem Rumpf, der in
einen seltsam flachen Schwanz auslief, was ihm das Aussehen
gab, als wäre er leicht und dauernd durch eine große leicht geschlossene behandschuhte Faust gezogen worden. »Da steht
sie«, sagte der Reporter.

»Ja«, sagte Shumann. »Ich sehe . . . Ja«, dachte er und betrachtete ruhig die seltsame Tragflächenstellung, den stumpfen,
kurzen, zylindrischen Rumpf. »Ich glaube kaum, daß Ord besonders überrascht war.« Dann hörte er, wie der Reporter mit
jemandem sprach; er wandte sich um und sah einen gedrungenen Mann mit einem schlauen Akadier-Gesicht über einem tadellos sauberen Kittel.

»Dies ist Mr. Shumann«, sagte der Reporter und fuhr dann
im Ton heiteren Staunens fort: »Matt hat Ihnen also nichts
gesagt? Wir haben den Kahn gekauft.« Shumann blieb nicht
stehen. Einen Augenblick lang sah er Marchand an, der das Formular in beiden Händen hielt und mit jener verdutzten Unbe-

weglichkeit anstarrte, hinter der der Geist wie ein Terrier hinter dem Gitter des Zwingers hin und herflitzt.

»Ja«, dachte Shumann ohne Bitterkeit. »Er kann die fünftausend Dollar ebensowenig verdauen wie ich, jedenfalls nicht so ohne weiteres.« Er ging an das Flugzeug; ein- oder zweimal blickte er sich um nach Marchand und dem Reporter; der Akadier zeigte immer noch die sture und nur langsam kristallisierende Bestürzung, während der Reporter, den nur die Kleider die er trug, zusammenzuhalten schienen, baumelnd vor ihm stand und redete; einmal konnte er hören, was der Reporter sagte:

»Gewiß, telephonieren Sie doch nach dem Feinman und lassen Sie ihn an den Apparat kommen. Aber sorgen Sie dafür, daß um Gotteswillen niemand hört, daß Matt uns für die verdammte Kiste fünftausend Dollar abgenommen hat. Er hat uns versprochen, es niemandem zu sagen.« Aber augenscheinlich wurde nicht telephoniert, denn fast unmittelbar darauf (so kam es Shumann wenigstens vor) standen Marchand und der Reporter neben ihm; der Reporter war jetzt ganz ruhig und sah ihn mit heiterer Aufmerksamkeit an.

»Wir wollen sie mal ins Licht rollen«, sagte Shumann. Sie schoben das Flugzeug auf das Rollfeld; vierschrötig stand es da. Es hatte nichts von der wespentailligen Feinheit der Flugzeuge drüben im Lufthafen. Es war plump, dickrumpfig und sah fast schwerfällig aus; seltsam, geradezu paradox war es, daß es sich so leicht vorwärtsschieben ließ. Etwa eine Minute lang beobachteten Marchand und der Reporter Shumann, der es mit nachdenklichem Ernst betrachtete. »Gut«, sagte er schließlich. »Wollen's mal anlassen.« Jetzt sprach der Reporter, er lehnte sich leicht zur Seite wie ein Federpfeil, der mit der Spitze voran in den Boden des Rollfeldes fiel.

»Hören Sie mal. Sie meinten gestern abend, es läge vielleicht nur an der Gewichtsverteilung; Sie meinten ferner, Sie könnten durch eine andere Gewichtsverteilung während des Fluges . . .« Später (kaum war Shumann außer Sicht, da saßen der Reporter und Marchand im Wagen des letzteren und fuhren ins Dorf, wo der Reporter eine Taxe mietete, in die er, ohne sich nach dem Preis zu erkundigen, hineinkletterte und aus hagerem und blickstarrem Gesicht schrie: »Nein, zum Teufel! Nicht New Valois! Feinman Flughafen!«) erlebte er immer wieder die blinde zeitlose Phase, während der er im Rumpf des Flugzeugs auf dem Bauche lag, sich an den beiden Rippen des Führersitzes festhielt und nur die Füße Shumanns auf der Steuerung und die Bewegung des Leitwerks nach dem Querruder sah und nichts fühlte als furchtbare Bewegung – keine Schnelligkeit, kein Vorwärtskommen – nur blinde, wilde Bewegung, als versuche eine gefesselte Kraft den Rumpf des Einsitzers, in dem er vom Gürtel abwärts auf dem Bauche lag und sich irgendwo an Rippen klammerte, auseinanderzusprengen. Wieder dachte er: »Vielleicht müssen wir sterben, und dabei hat man einen Geschmack im Munde, als habe man angewärmtes Salz gegessen«, selbst noch, als er aus dem Wagenfenster auf die vorbeieilenden Wiesen und den Sumpf schaute, mit denen die Stadt umsäumt war, und dachte dann weiter wild, triumphierend, überzeugt von der Unsterblichkeit: »Wir haben es geflogen! Wir haben es geflogen!«

Jetzt der Flughafen; die vierzig Meilen durchrast, ehe er es begriff, denn sein Kopf war noch wirr von den Nachwehen des rasenden Fluges, und seine Gedanken flatterten umher wie die Federn eines getroffenen Vogels, so daß er sich der reinen Passivität von Dimension, Raum, Enfernung, die er durchfahren mußte, gar nicht bewußt wurde. Er warf dem Fahrer die Fünfdollarnote zu, noch ehe er mit dem Wagen auf den Platz einbog, und hatte diesen schon verlassen, ehe er hielt; dann lief er zur Halle und hatte wahrscheinlich gar nicht bemerkt, daß das erste Rennen bereits geflogen wurde. Mit wildem Gesicht, hager, mit tiefliegenden Augen, er hatte ja nicht geschlafen und Übermenschliches hinter sich, mit wehenden Kleidern, lief er in die Halle, in der Jiggs an der Werkbank stand. Eine neue Flasche Politur und eine neue Dose Wichse standen vor ihm; er wichste die Stiefel und arbeitete langsam und mit gespanntem Interesse an der Schramme auf dem Spann des rechten. »Ist er . . .« rief der Reporter.

»Ja, er ist glatt gelandet«, sagte Jiggs. »Allerdings brauchte er das ganze Feld dazu. Es sah fast so aus, als wollte er über den Flughafen hinaus rollen, ehe er zum Stehen kam. Als es endlich so weit war, hätte man kein Streichholz zwischen Propeller und Damm mehr fallen lassen können. Sie sind augenblicklich alle oben und halten eine Versammlung ab.«

»Die Qualifikation bekommt es bestimmt«, rief der Reporter. »Das habe ich ihm gleich gesagt. Von Flugzeugen habe ich keine Ahnung, wohl aber kenne ich die Juden vom Entwässerungsamt.«

»Ja«, sagte Jiggs. »Er braucht ja schließlich nur zwei Landungen zu machen. Und eine hat er schon hinter sich.«

»Zwei!« rief der Reporter; jetzt sah er Jiggs frohlockend, nein, ekstatisch an: »Zwei hat er schon hinter sich! Eine machten wir, bevor wir Ords Flugplatz verließen.«

»Wir?« fragte Jiggs. Stiefel und Putzlappen in der Hand, blinzelte er den Reporter mit dem gesunden, heißen, hellen Auge an. »Wir?«

»Ja. Er und ich. Er meinte, es wäre das Gewicht – das heißt, wenn wir irgendwie während des Flugs das Gewicht anders verteilen könnten, – und dann fragte er mich: ›Haben Sie Angst?‹ und ich antwortete: ›Verdammt, ja. Aber nicht, wenn Sie keine haben; Matt hat mir mal eine Stunde Flugunterricht gegeben, hätte ich mehr Stunden bei ihm gehabt, hätte ich vielleicht auch keine.‹ Marchand half uns dann den Sitz herausnehmen, und wir machten einen andern zurecht, so daß unter ihm für mich Platz war, und ich rutschte hinten in den Rumpf, weil er ja unverstrebt ist, er ist ein Ein . . .«

»Einsitzer«, sagte Jiggs. »Ja, du lieber Gott, soll das denn heißen . . .«

»Ja. Und er und Marchand brachten den Sitz wieder in Ordnung, und er zeigte mir, wo ich mich festhalten sollte, und ich konnte nur seine Fersen sehen und sonst nichts; was dann sonst noch alles geschah, weiß ich nicht; nach einer Weile merkte ich, daß wir flogen, ob aber vorwärts oder rückwärts oder sonst was, das weiß ich nicht; ich hatte ja nur eine Stunde bei Matt, und dann nahm er das Gas weg und sagte ganz ruhig, als stünden wir schon auf dem Boden: ›Rutschen Sie jetzt nach hinten. Langsam. Aber halten Sie sich fest.‹ Und dann hing ich nur an meinen Händen; ich berührte den Boden nicht mehr. Und dabei dachte ich: ›Jetzt ist's aus; mit dem Rennen heute nachmittag ist's Essig. ‹ Ich hatte gar nicht gemerkt, daß wir wieder auf der Erde waren; das merkte ich erst, als er und Marchand den Sitz herausnahmen und Marchand sagte: ›Verdammt, verdammt, verdammt‹ und er mich ansah und die verfluchte Kiste ganz ruhig dastand wie auf so 'ner Photographie in der Grandlieu Street, und dann sagte er: ›Wollen Sie noch einmal rauf?‹ und ich antwortete: ›Ja. Jetzt sofort?‹ und er sagte: ›Wir wollen sie rüberfliegen und qualifizieren lassen‹.«

»Du lieber, lieber Gott«, sagte Jiggs.

»Ja«, rief der Reporter. »Es lag nur an der Gewichtsverteilung: er und Marchand füllten den Luftschlauch eines Autoreifens mit Sand und befestigten ihn an einer Rolle, damit er . . . Und dann bauten sie den Sitz wieder ein, und selbst wenn man das Ende des Stricks sah, so wußte doch niemand . . . Der einzige Kahn im Rennen, der ihn schlagen könnte, ist Ords, und der Preis beträgt nur zweitausend, und die hat Ord nicht nötig, er fliegt nur mit, damit die Leute von New Valois ihn einmal in seinem Zweiundneunziger fliegen sehen, und er fliegt den Fünfzehntausend-Dollar-Kahn nicht kaputt, um . . .«

»Nun mal langsam, sachte«, riet Jiggs. »Sie platzen ja gleich vor Aufregung. Rauchen Sie mal ne Zigarette, oder haben Sie keine?« Endlich fand der Reporter die Zigaretten; Jiggs nahm zwei aus dem Paket und zündete das Streichholz an, während der Reporter sich zitternd zu ihm hinabbeugte. Sein Gesicht zeigte noch immer den wirren erschöpften Ausdruck, aber er war doch schon ruhiger.

»Waren denn alle dabei, als er rankam?«

»Ja, alle«, antwortete Jiggs. »Und Ord vorneweg; er erkannte den Kahn, sobald er in Sicht kam; ich will wetten, daß er ihn eher erkannte, als Roger den Flughafen, und als er dann landete, sah's aus, als wäre es Lindbergh selbst. Und er saß im Führersitz und sah sie an und Ord schrie ihn an, und dann kamen sie alle auf das Rollfeld, als wäre Roger ein Kindsräuber oder sonst was, und dann gingen sie in das Verwaltungsgebäude, und eine Minute später rief das Mikrophon nach dem Inspektor; wie heißt . . .«

»Sales«, half ihm der Reporter. »Er hat die Lizenz. Hindern kann ihn kein Mensch.«

»Sales aber doch«, sagte Jiggs.

»Ja.« Schon wandte sich der Reporter um und setzte sich in Bewegung. »Aber Sales ist nur Beamter; Feinman aber ist Jude und beim Entwässerungsamt.«

»Was hat das denn damit zu tun?«

»Was?« rief der hagere Reporter und starrte ihn an; augenscheinlich hatte er seinen schwachen Körper verlassen und war weitergegangen, so daß nur die äußere Hülle Jiggs anstierte. »Was? Weshalb hat er denn den ganzen Zauber hier aufgezogen? Weshalb ... Glauben Sie vielleicht, er hat diesen Flughafen als bequemen Landungsplatz für Flugzeuge angelegt?« Er ging weiter, er lief nicht, ging aber schnell. Als er über das Rollfeld eilte, überholten ihn die Flugzeuge, flogen an ihm vorbei, umflogen die Wendemarke auf dem Feld und verschwanden; er würdigte sie keines Blicks. Dann sah er plötzlich sie; sie führte den kleinen Jungen an der Hand, plötzlich tauchte sie aus der Menge am Tor auf, um ihn abzufangen; sie trug jetzt ein sauberes Leinenkleid unter dem Trenchcoat und einen Hut, den braunen Hut vom ersten Abend. Er blieb stehen. Seine Hand griff in die Tasche, und sein Gesicht wurde heiter, ruhig, fast lächelnd, als sie schnell auf ihn zukam und ihn mit fahler, drängender Nachdrücklichkeit ansah.

»Was ist los?« fragte sie. »In was für eine Geschichte haben Sie ihn da hineingebracht?« Er sah auf sie herab, sein Blick war nicht sehnsüchtig oder verzweifelt, sondern nur tief, tragisch und heiter wie die Augen eines Hühnerhundes.

»Es ist alles in bester Ordnung«, sagte er. »Meine Unterschrift steht auch mit drauf. Und die ist schon gut. Ich gehe jetzt rein, um sie ausdrücklich anzuerkennen; darauf warten sie; Ord braucht das nur zu ...« Er zog das Nickelstück aus der Tasche und gab es dem Jungen.

»Was?« sagte sie. »Auf was? Auf was? Der Kahn, Sie Idiot.«

»Oh!« Er lächelte auf sie herab. »Der Kahn. Wir sind drin geflogen, haben ihn drüben überprüft. Wir haben einen Probeflug gemacht, ehe wir ...«

»Wir?«

»Ja. Ich bin mit ihm geflogen. Ich lag auf dem Boden im Schwanz; auf diese Weise konnten wir feststellen, wie in diesem Falle die beste Gewichtsverteilung sein muß. Weiter nichts. Wir haben jetzt einen Sandsack an einem Strick zurecht gemacht, den er ganz einfach verschieben kann. Ist alles in bester Ordnung.«

»In bester Ordnung?« sagte sie. »Was verstehen Sie denn davon? Ist er auch Ihrer Meinung?«

»Ja. Er sagte gestern abend, er könne damit landen. Ich wußte es ja. Und jetzt braucht er nur noch einmal zu...« Sie starrte ihn an mit fahlen, kalten, drängenden Augen, starrte in das hagere, müde, verträumte und friedliche Gesicht in der milden hellen Sonne; wieder kamen die Flugzeuge heran, brausten weiter und verschwanden. Dann unterbrach ihn der Lautsprecher; alle Lautsprecher auf dem Rollfeld riefen seinen Namen, sagten den Tribünen, dem Feld, dem Land, dem See und der Luft, daß er sofort im Büro der Rennleitung erwartet würde. »Also doch«, sagte er. »Ja. Ich wußte, daß nur das Papier Ord... Deshalb unterschrieb ich es auch. Und nun machen Sie sich keine Sorgen; ich brauche nur hineinzugehen und zu sagen: ›Ja, das ist meine Unterschrift.‹ Machen Sie sich keine Sorge. Er kann damit fliegen. Mit allem kann er fliegen. Ich meinte immer, Matt Ord wäre der beste lebende Pilot, aber jetzt...«

Der Lautsprecher wiederholte sich. Er stand ihm gegenüber; er schien ihn anzustieren, während er seinen Namen bedächtig herausbrüllte, als müßte er nicht aus der lebendigen Welt der Menschen, sondern gebieterisch und immer wieder aus der Luft selbst herbeigerufen werden. Der in der Rotunde fing gerade wieder an, als er eintrat. Der Ruf folgte ihm durch die Tür und durch das Vorzimmer, aber weiter reichte er nicht – nicht in das Sitzungszimmer von gestern, in dem jetzt nur Ord und Shumann auf den harten Stühlen saßen. Sie waren vor einer halben Stunde hineingeführt worden und saßen den Männern hinter dem Tisch gegenüber; Shumann sah Feinman zum erstenmal. Er saß nicht mitten vor dem Tisch, sondern an einem der Enden, wo gestern der Ansager gesessen hatte; sein doppelreihiger Rock war braun statt grau unter dem hellen Fleck der roten Nelke. Er allein hatte den Hut auf, der augenblicklich das Kleinste an ihm war; unter dem Hut sah man sein dunkles, glattes Gesicht mit den dicken Fleischfalten, die augenblicklich durch den Kragen zusammengepreßt, sich unter den engen Falten seines Rockes schwellend fortsetzten. Eine Hand, die ein goldgefaßter Rubin schmückte, ruhte auf dem Tisch und hielt eine brennende Zigarre. Er sah Shumann und Ord nicht einmal an; er blickte auf Sales, den Inspektor... ein vierschrötiger, kahler Mann mit stumpfem Gesicht, das für gewöhnlich ganz freundlich war, wenn auch jetzt nicht..., der sagte:

»Ich kann verbieten, daß es den Boden verläßt, daß es startet.«

»Soll das heißen, daß Sie jedermann verbieten können, in ihm zu starten?« fragte Feinman.

»Sie können's auch so ausdrücken, wenn Sie wollen«, antwortete Sales.

»Wir wollen so sagen, damit das festgehalten ist«, sagte eine andere Stimme – ein junger, gewandter Mann mit Hornbrille, der dicht hinter Feinman saß. Er war Feinmans Sekretär; er sprach jetzt mit einer Art weicher Unverschämtheit, wie der vollgefressene, intelligente, haßerfüllte Eunuchbetrüger eines östlichen Despoten: »Colonel Feinman ist an erster Stelle Rechtsanwalt und dann erst Beamter.«

»Ja; Rechtsanwalt«, sagte Feinman. »Vielleicht für Washington ein kleiner Landanwalt. Lassen Sie mich eins ganz unzweideutig feststellen. Sie sind Regierungsbeamter. Schön. Man hat unsere Ernten, unsere Fischereien und sogar unser Geld auf der Bank reglementiert. Schön. Wie man das machte, das kapiere ich zwar noch nicht, aber es wurde durchgeführt, und wir haben uns daran gewöhnt. Wenn er versuchte, sich seinen Lebensunterhalt aus dem Boden zu verdienen, und Washington eingriffe und ihn in seine Organisation einspannte, gut. Vielleicht verständen wir das ebensowenig wie er, aber wir sagten doch: gut. Und wenn er versuchte, aus dem Fluß seinen Unterhalt zu verdienen, und die Regierung wieder eingriffe und ihn wieder in ihre Organisation einspannte, wir sagten dieses Mal wieder: gut. Aber glauben Sie denn, Washington könne sein Verfahren auch bei einem Mann anwenden, der versucht, seinen Lebensunterhalt aus der Luft zu verdienen? Haben wir denn auch in der Luft eine Erntebeschränkung?«

Sie – die andern um den Tisch (drei von ihnen waren Reporter) – lachten. Sie lachten plötzlich und laut wie erlöst auf, als hätten sie die ganze Zeit überlegt, wie sie sich zu der Verhandlung einstellen sollten, und als wüßten sie es jetzt. Nur Sales, Shumann und Ord lachten nicht; dann bemerkten sie, daß auch der Sekretär nicht lachte, daß er schon wieder sprach, seine seidene Stimme in das Gelächter gleiten zu lassen schien, das plötzlich erstarb, wie ein Nerv nach einer Kokainspritze:

»Ja. Colonel Feinman ist Rechtsanwalt genug (vielleicht

denkt Mr. Sales Landanwalt genug), selbst einen Regierungs-beamten zu bitten, seine Gründe darzulegen. Nach Auffassung des Colonels hat dieses Flugzeug eine Lizenz, die Mr. Sales selbst billigte. Stimmt das, Mr. Sales?« Es dauerte einen Augenblick, bis Sales antwortete. Er sah den Sekretär grimmig an.

»Ich glaube eben nicht, daß es für einen Flug ausreichende Sicherheit bietet«, sagte er. »Das ist der Grund.«

»So«, antwortete der Sekretär. »Ich war eigentlich darauf gefaßt, Mr. Sales würde uns erzählen, es könne überhaupt nicht fliegen und sei von Blaisedell nach hier gelaufen. Dann hätten wir alle gesagt: Gut, wir lassen es nicht fliegen; wir lassen es heute nachmittag um die Wendemarke laufen . . .« Jetzt lachten sie, die drei Reporter schrieben eifrig. Aber es galt nicht dem Sekretär, es galt Feinman. Der Sekretär schien das zu erkennen: während er darauf wartete, daß das Lachen verstummte, sah er ihnen mit nichtlächelnder, frecher Verachtung ins Gesicht. Dann wandte er sich wieder an Sales: »Sie geben also zu, daß es eine Lizenz hat, daß Sie es selbst abgenommen haben, das heißt, daß es, wie ich annehme, in Washington als geeignet und fähig, die Funktion eines Flugzeugs auszuüben, das heißt zu fliegen, eingetragen ist. Nun behaupten Sie, Sie könnten einen Flug nicht gestatten, weil es die Funktion nicht auszuüben imstande sei, die Sie ihm, wie Sie zugeben, selbst zuerkannt haben – das heißt in einfacher Juristensprache, daß es nicht fliegen kann. Und dabei hat Mr. Ord eben noch gesagt, er habe es in Ihrer Gegenwart geflogen. Und Mr.« – er blickte nieder, den Bruchteil eines Augenblicks – »Shumann sagt, er habe es einmal in Blaisedell vor Zeugen geflogen, und wir wissen, daß er es hierher geflogen hat, weil wir das mit eigenen Augen gesehen haben. Wir alle wissen, daß Mr. Ord einer der besten (wir aus New Valois halten ihn für *den* besten) Piloten der Welt ist, aber halten Sie es denn auch nur für möglich, ich sage auch nur, daß der Mann, der es zweimal flog, während Mr. Ord es nur einmal flog . . . Kommt man da nicht ganz von selbst auf den Gedanken, daß Mr. Ord aus anderen Gründen die Teilnahme dieses Flugzeugs am Rennen . . .«

»Ja«, unterbrach ihn Feinman. Er wandte sich um und sah Ord an. »Weshalb also? Ist der Flughafen für Ihre Flugzeuge nicht gut genug? Oder ist für Sie dieses Rennen nicht wichtig

genug? Oder fürchten Sie, er könne Sie schlagen? Aber Sie fliegen doch die Maschine, mit der Sie den Rekord brachen? Was
fürchten Sie also?« Ord sah die Männer, die am Tisch saßen,
an, dann wieder Feinman.

»Weshalb soll denn dieses Flugzeug heute nachmittag
mitfliegen? Weshalb? Ich will ihm gern das Geld leihen, wenn
es sich nur darum handelt.«

»Weshalb?« wiederholte Feinman. »Haben wir den Leuten
da draußen« – er machte mit der Zigarre eine kurz ausholen-
de Bewegung – »nicht eine Reihe von Rennen versprochen?
Haben sie nicht ihr Eintrittsgeld bezahlt? Und je mehr Flugzeuge sie für ihr Geld zu sehen bekommen, desto zufriedener
sind sie. Und weshalb sollte er sich von Ihnen Geld leihen,
wenn er es vielleicht durch seine Arbeit verdienen kann; er
braucht es dann weder zurückzuzahlen noch sich mit Zinsen zu
belasten. Aber kommen wir zum Schluß.« Er wandte sich an
Sales. »Das Flugzeug hat also die Lizenz, nicht wahr?« Nach
einem Augenblick antwortete Sales:

»Ja.« Feinman wandte sich an Ord.

»Und es fliegt?« Auch Ord sah ihn einen Augenblick lang an.

»Ja«, antwortete er. Jetzt wandte sich Feinman an
Shumann.

»Ist ein Flug mit Gefahr verbunden?« fragte er.

»Das ist jeder Flug«, antwortete Shumann.

»Haben Sie Angst, es zu fliegen?« Shumann sah ihn an.
»Rechnen Sie heute nachmittag mit einem Absturz?«

»Wenn das der Fall wäre, würde ich nicht starten«, antwortete Shumann. Plötzlich erhob sich Ord; er sah nach Sales.

»Mac«, sagte er. »So kommen wir nicht weiter. Ich bestehe
darauf, daß der Kahn nicht startet.« Er wandte sich an Shumann. »Hör mal, Roger . . .«

»Und aus welchen Gründen, Mr. Ord?« fragte der Sekretär.

»Weil er mir gehört. Genügt Ihnen dieser Grund?«

»Obwohl ein bevollmächtigter Vertreter Ihrer Firma ein gesetzlich gleichwertiges Zahlungsmittel dafür in Empfang genommen und die Maschine übergeben hat?«

»Aber die stehen für den Wechsel ja doch nicht grade. Ich
kenne das. Ich war selbst so'n Knüppelreißer, bis ich Glück
hatte. Und dabei ist eine der Unterschriften nicht vom Inhaber.

Und weiter: ja. Ich weiß nicht einmal, ob Shumann die Unterschrift geleistet hat. Wer auch unterschrieb, die Unterschrift wurde weder in meiner noch Marchands Gegenwart geleistet.« Er sah den Sekretär an, der seinen Blick mit verschleierten, verächtlichen Augen erwiderte.

»Auf diesen Einwand war ich gefaßt«, sagte der Sekretär. »Sie scheinen aber vergessen zu haben, daß das Papier außerdem noch eine dritte Unterschrift trägt.« Ord starrte ihn eine Minute lang an.

»Aber die taugt doch auch nichts«, sagte er.

»Allein vielleicht nicht. Aber Mr. Shumann sagt uns doch, daß sein Vater für diese Unterschrift einsteht und jederzeit einstehen wird. Nach Ihrer eigenen Einlassung dreht es sich nur darum, ob Mr. Shumann selbst und im Namen seines Vaters den Wechsel unterschrieb. Und dafür ist ja wohl ein Zeuge vorhanden. Genau genommen, verstößt es gegen das Gesetz, das gebe ich gern zu. Aber der andere Unterzeichner ist einigen von uns hier bekannt. Auch Sie kennen ihn. Sie sagen selbst, er sei ein Mensch von unbestreitbarer Aufrichtigkeit. Wir wollen ihn hierher kommen lassen.« Dann begann der Lautsprecher den Namen des Reporters zu rufen; er trat ein; aller Blicke ruhten auf ihm, als er sich dem Tisch näherte. Der Sekretär hielt ihm den Wechsel hin (»Lieber Gott«, dachte der Reporter, »sie haben Marchand sicher per Flugzeug holen lassen.«)

»Betrachten Sie das doch mal«, sagte der Sekretär.

»Ich kenne es«, sagte der Reporter.

»Wollen Sie sich bitte dazu äußern, ob Sie und Shumann einer in Gegenwart des andern dieses Schriftstück in gutem Glauben unterzeichnet haben?« Der Reporter blickte sich um, sah in die Gesichter hinter dem Tisch, zu Shumann, der mit leicht gesenktem Kopf dasaß, und zu Ord, der sich halb erhoben hatte und ihn nicht aus den Augen ließ. Nach einem Augenblick wandte Shumann den Kopf und sah ihn ruhig an.

»Ja«, sagte der Reporter, »wir haben es unterschrieben.«

»Na also«, sagte Feinman. Er stand auf. »Damit wäre wohl alles klar. Shumann ist der Eigentümer; und wenn Ord weiterhin bockig ist, dann soll er in die Stadt fahren und versuchen, vor Beginn des Rennens mit einer einstweiligen Verfügung hier wieder zu erscheinen.«

»Aber er kann damit ja gar nicht ins Rennen«, sagte Ord. »Es ist nicht qualifiziert.« Feinman wartete eine Sekunde, bevor er antwortete. Er sah Ord mit unpersönlicher Undurchdringlichkeit an.

»Im Namen der Bürger von Franciana, die den Grund und Boden stifteten, und der Bürger von New Valois, die den Flugplatz bauten, auf dem das Rennen ausgetragen wird, sehe ich von einer Qualifikation ab.«

»Sie können die A. A. A. nicht so ohne weiteres umgehen«, entgegnete Ord. »Und wenn er das verfluchte Rennen gewinnt, amtlich ist das nie und nimmer.«

»Dann braucht er in der Stadt auch keinen silbernen Pokal zu versetzen«, erwiderte Feinman. Er verließ das Sitzungszimmer. Die andern, die am Tisch saßen, erhoben sich und folgten ihm. Nach einem Augenblick wandte Ord sich ruhig an Shumann.

»Komm«, sagte er. »Wir wollen die Kiste lieber noch mal genau nachsehen.«

Der Reporter sah sie nicht wieder. Er folgte ihnen durch die Rotunde, durch die Stimme des Lautsprechers und das Gedränge an den Toren, oder glaubte das wenigstens, denn auf Grund seiner Ausweiskarte hatte er den Eingang passiert, bevor ihm einfiel, daß sie, um das Rollfeld zu erreichen, einen Umweg hatten machen müssen. Aber er sah das Flugzeug, um das sich viele Menschen drängten. Auch die Frau hatte vergessen, daß Shumann und Ord den Umweg durch die Halle machen mußten; sie tauchte wieder aus der Menge unter dem Musikstand auf. »Also doch«, sagte sie. »Man hat es also doch zugelassen.«

»Ja. Es klappte alles ganz vorzüglich. Ganz wie ich es Ihnen sagte.«

»Also doch«, wiederholte sie; sie starrte ihn an; ihre Worte klangen, als führte sie verwundert ein Selbstgespräch. »Ja. Sie haben's erreicht.«

»Ja. Ich wußte, daß es so ausgehen würde. Ich machte mir deswegen keine Sorgen. Und Sie sollen . . .« Sie rührte sich einen Augenblick lang nicht; nichts Besonderes lenkte ihn ab, wesenlos schien er in der langen, friedlichen Strömung des Wartens zu treiben und sagte ruhig aus dem verträumten Lächeln heraus: »Ja, Ord meinte, er würde für den Pokal, den Preis, disqualifiziert, als wenn ihn das hindern könnte, als wenn er deshalb ...« und merkte gar nicht, daß nur ihre äußere Schale ihm ruhig antwortete und ihn bat, doch auf den Jungen zu achten.

»Sie haben ja wohl vorläufig nichts zu tun.«

»Ja«, sagte er. »Natürlich.« Dann war sie fort, das weiße Kleid und der Trenchcoat verschwanden in der Menge – die einen mit Bändchen und die andern im Arbeitszeug –, die plötzlich über das Rollfeld zu dem Outsider, der Sensation, strömte. Als er so dastand und den kleinen Jungen an einer feuchten, klebrigen Hand hielt, rollte der Franzose Despleins auf einem Rad über die Anlaufbahn, die parallel zu den Tribünen verlief; der Reporter sah, wie er startete, die Halbrolle machte und dann auf dem Rücken fliegend aufstieg. Jetzt hörte er die Stimme; seit sie seinen Namen gerufen hatte, hatte er sie nicht mehr gehört, obwohl sie nie verstummt war; vielleicht hatte er sie gerade deswegen nicht gehört:

»... nein, nein, nein! Lassen Sie das! Lassen Sie das! Fliegen Sie doch so hoch, daß Ihr Fallschirm versuchen kann, sich zu öffnen. Jetzt! Jetzt! Jetzt! Ach, Mac! Ach! Mr. Sales! Veranlassen Sie, daß er Schluß macht.« Der Reporter sah zu dem Knaben hinab.

»Ich wette einen Zehner, daß du den Nickel schon ausgegeben hast«, sagte er.

»Nein«, antwortete der Knabe. »Ich hatte noch keine Gelegenheit. Sie wollte es nicht.«

»Ach, du lieber Gott«, sagte der Reporter. »Dann schulde ich dir ja zwanzig Cents? Komm ...« Er zögerte, wandte sich um; es war der Photograph, der Mann, den er Jug genannt hatte; er trug immer noch die rätselhaften und irgendwie unheimlichen Utensilien seines Berufs, so daß er aussah wie der abgerichtete Hund eines Landarztes.

»Wo, zum Teufel, haben Sie denn gesteckt?« fragte der Photograph. »Hagood beauftragte mich, Sie um zehn Uhr zu treffen.«

»Hier bin ich«, sagte der Reporter. »Wir wollten drüben gerade zwanzig Cents verzehren. Kommen Sie mit?« Jetzt flog der Franzose auf dem Rücken heran, etwa zwanzig Fuß über der Anlaufbahn, Kopf und Gesicht regungslos und lebendig unter dem Rande des Führersitzes, wie der einer Schabe oder Ratte, die unbeweglich hinter einem Riß in der Wandverkleidung sitzt; sein sauberer, kurzer Bart wurde von keinem Wind bewegt, als wäre er aus Bronze gegossen.

»Ja«, meinte der Photograph; vielleicht war es der zum Brechen reizende Anblick einer umgekehrten Welt, die man durch eine abgeblendete Linse sieht, vielleicht war es auch die, die in verzerrter, seltsamer Verkleinerung auf stinkenden Platten in einer einsamen und stygischen Zelle, die eine rote Lampe erhellt, zum Vorschein kommt: »Und dabei kommt der Kerl mit dem Bart nach oben runter, und ich soll ihn nicht aufnehmen?«

»Bleiben Sie hier und machen Sie eine Aufnahme«, sagte der Reporter. Er wandte sich zum Gehen.

»Ja, aber Hagood sagte mir . . .« rief der Photograph. Der Reporter wandte sich um.

»Schon gut«, sagte er. »Aber beeilen Sie sich.«

»Beeilen, wieso?«

»Schnappschuß! Können Sie dann Hagood zeigen, wenn Sie ins Büro kommen.« Er und der Junge gingen weiter; er ging nicht in die Stimme zurück, aus der er bisher noch nicht herausgegangen war:

». . . Leute, jetzt trudelt er ab; aus der Rückenlage direkt ins Trudeln . . . oh! . . .« Der Reporter bückte sich plötzlich und setzte sich den Jungen auf die Schulter.

»So geht's schneller«, sagte er. »In ein paar Minuten müssen wir wieder zurück.« Sie gingen durch das Tor, zwischen den gaffenden und in die Höhe gerichteten Gesichtern her, die den Durchgang versperrten. »Ja, so ist es«, dachte er ruhig; sein leicht verzerrtes Gesicht glich fast einem Lächeln: »sie sind keine Menschen. Es ist kein Ehebruch; man kann sich ebenso wenig vorstellen, daß zwei von ihnen zusammen schlafen, wie man sich nicht vorstellen kann, daß sich zwei der Flugzeuge drüben in der Ecke der Halle paaren.« Mit der einen Hand hielt er den Jungen auf der Schulter fest, fühlte durch das harte Khaki das junge, für kurze Zeit lebendige Fleisch. »Ja, schneidet man ihn auf, dann findet man Zylinderöl; seziert man ihn, dann findet man keine Knochen, sondern nur Streben und Gestänge . . .« Das Restaurant war überfüllt; sie aßen ihr Eis nicht hier. Der Junge trug eine Tüte Eis in der Hand, ebenso der Reporter, der außerdem noch zwei Riegel Schokolade in der Tasche hatte. Als sie sich durch den Durchgang zurückarbeiteten, krachte die Bombe und die Stimme ertönte:

»... vierte Programmnummer: unbegrenzt offen – für – alle, Vaughn-Trophy-Rennen, Preis zweitausend Dollar. Sie haben nicht nur das Glück, Matt Ord in seinem berühmten Zweiundneunziger Ord-Atkinson Spezial, in dem er einen neuen Schnelligkeitsrekord für Landflugzeuge aufstellte, sondern als besondere Überraschung, die wir dem Entgegenkommen der A. A. A. und der Feinman-Lufthafen-Gesellschaft verdanken, Roger Shumann zu sehen, der sich gestern bei einer Notlandung überschlug; er fliegt eine von Matt Ord besonders renovierte Maschine. Zwei Pferde aus demselben Stall, Leute, und zwei so gute Piloten, daß wir uns wirklich freuen, den Bürgern von New Valois und Franciana die Gelegenheit bieten zu können, sie in einem Rennen um den Sieg ringen zu sehen...« Er und der Junge beobachteten den Start und gingen dann weiter. Jetzt fand er sie wieder – den braunen Hut und den Mantel –, er kam näher und blieb etwas hinter ihr stehen. Er setzte den Jungen auf der Schulter zurecht und hielt die schmelzende Tüte Eis in der Hand, als sich die vier Flugzeuge der ersten Wendemarke näherten. Der rot-weiße Eindecker voran und zwei weitere nebeneinander und etwas zurück, so daß er zuerst Shumann gar nicht sah. Dann sah er ihn, höher als die andern und weit draußen; die Stimme aber kam jetzt nicht aus dem Lautsprecher, sondern war die eines Monteurs:

»Sehen Sie nur mal den Shumann. Der Kahn muß verflucht schnell fliegen: er fliegt zweimal so weit wie die andern – oder vielleicht hat Ord noch nicht alles drauf. – Warum, zum Teufel, holt er nicht raus, was drin ist?« Dann ertrank die Stimme in dem Getöse und Geknatter, als die Flugzeuge die Wendemarke auf dem Feld umflogen, während ihnen die sich wendenden Köpfe längs des Rollfeldes folgten, als wären die Gesichter ein Teil des Getöses, wurden dann kleiner und waren schon wieder über dem See. Shumann flog immer noch ganz weit draußen, flog eine Kurve, die fast wie Abdrehen aussah, doch hielt er seine Stellung. Sie flogen auf die zweite Wendemarke zu, die im See; unregelmäßig und klein wegen der großen Entfernung, und Shumann immer noch vorsichtig hoch und weit draußen, stiegen sie leicht in die Höhe und umflogen die Marke. Jetzt hörte der Reporter auch wieder den Monteur: »Jetzt kommt er ran. Sehn Sie nur mal. Lieber Gott, er ist zweiter. Er kommt runter. Bei der Marke ist er gleich hinter Ord; vielleicht hat er erst mal probiert ...« Das Getöse war jetzt schwächer und wie verstreut; der verschlafene Nachmittag wurde gleichsam von ihm überwölbt, und es sah aus, als schwebten die vier Maschinen wie Wasserjungfern still im Leeren; die Entfernung milderte ihren Anstrich und pastellfarben hoben sie sich ab gegen das unaussprechliche Blau, wirkten jetzt irgendwie alltäglich, zufällig, fast wie Töne z. B. einer Harfe, als die Sonne sie einfing und wieder verlor. Der Reporter beugte sich zu der Frau herab, die seine Anwesenheit noch nicht bemerkt hatte, und rief:

»Sehen Sie doch! Oh, der kann fliegen! Der kann fliegen! Ord wird bestimmt nicht den Zweiundneunziger – Zweiter Preis Donnerstag, und wenn Ord jetzt nicht ... Sehen Sie doch nur mal! Sehen Sie doch mal!« Sie wandte sich um: der Kiefer, die fahlen Augen, die Stimme, auf die er nicht einmal hörte:

»Ja. Das Geld wäre ja ganz angenehm.« Dann sah er sie nicht einmal mehr an, stierte die Anlaufbahn hinunter, als die vier Flugzeuge jetzt deutlich paarweise zum Felde kamen und schnell größer wurden. Der Monteur sprach wieder:

»Jetzt geht's los. Jetzt versucht er, Ord zu überholen! Sehen Sie nur, Ord läßt ihn vorbei ...« Die beiden vorderen gingen gleichzeitig, nebeneinander in die Kurve, zogen das dröhnende Tosen hinab aus dem Himmel und in sich hinein, als wäre es nicht von ihnen selbst hervorgebracht. Der Reporter stand immer noch mit offenem Munde da; das merkte er an dem stechenden Schmerz in dem verletzten Kiefer. Später sollte er sich erinnern, daß er sah, wie seine Hand die Tüte Eis zerquetschte, das zwischen seinen Fingern hervorquoll, während er den kleinen Jungen auf den Boden gleiten ließ und seine Hand ergriff. Aber das tat er jetzt noch nicht; jetzt flogen die beiden Flugzeuge nebeneinander, Shumann flog außen und höher, in Kurve auf die Wendemarke zu, als wären sie zusammengeschweißt, als der Reporter über der Wendemarke etwas flattern sah, das an verbranntes Papier oder Federn erinnerte. Mit immer noch offenem Munde sah er hin, als irgendwo eine Stimme sagte: »Ahhhhh!« und dann sah er Shumann fast senkrecht in die Höhe schießen, und dann flog ein ganzer Papierkorb voll von dem leichten Plunder aus dem Flugzeug heraus.

Später sagte man auf dem Rollfeld, er habe, bevor der Rumpf auseinanderbrach, aus der Steuerung herausgeholt, was herauszuholen war, um den beiden Flugzeugen hinter sich die Bahn frei zu machen, während er auf das mit Menschen über-füllte Gelände und den leeren See hinabblickte, und dann habe er schnell seine Wahl getroffen, ehe der Schwanz ganz abbrach. Aber die meisten erzählten immer wieder, wie seine Frau es aufnahm; sie habe nicht geschrien, sei auch nicht ohnmächtig geworden (sie stand ganz in der Nähe des Mikrophons, so na-he, daß es den Schrei hätte auffangen müssen), sie habe nur da-gestanden und zugesehen, wie der Rumpf auseinanderbrach, und gesagt: »Verdammter Roger! Verdammt! Verdammt!« Dann wandte sie sich um, ergriff die Hand des kleinen Jungen und lief zum Damm. Der kleine Junge, den sie und der Re-porter zwischen sich genommen hatten, konnte auf seinen kur-zen Beinen kaum mit. Der Reporter lief in lockerem, leicht klapperndem Galopp, als wäre er eine Vogelscheuche im Wind, hinter dem hellen, deutlichen Bild der Liebe her. Vielleicht war das hinzugefügte Gewicht schuld; sie wandte sich um, immer noch laufend, und sah ihn mit fahlem, kaltem, furchtbarem Blick an und rief:

»Der Teufel soll Sie holen! Ich will Sie nie wieder sehen!«

J. A. Prufrocks Liebeslied

AM MUSCHELSTRAND, zwischen der Straße und der Landestelle für Wasserflugzeuge, stand ein Auto der Elektrizitätsgesellschaft, dessen Mannschaft am Rande des Wassers einen Scheinwerfer aufbaute. Als der Photograph mit Namen Jug den Reporter sah, stand dieser neben dem leeren Auto, in der zurücklaufenden Welle, die sich zwischen den Gesichtern jenseits der Absperrungslinie und den Männern bildete – Polizei, Zeitungsleuten, Hafenbeamten und den andern, die es bei jeder öffentlichen Zusammenrottung fertigbringen, ohne Befugnis oder besonderen Zweck die Absperrungskette zu passieren. Der Photograph näherte sich in schlaffem Trab, die Kamera schlug ihm in die Flanke. »Allmächtiger Gott«, rief er. »Ich hab's geschafft. Aber beim Einlegen neuer Platten hätte ich beinahe in die Kamera gekotzt.« Jenseits der Menge am Rande des Wassers und den äußeren Bojen gegenüber, die das Bassin für die Wasserflugzeuge abgrenzten, trieb eine Polizeibarkasse die Flotte kleiner Boote auseinander, die wie die meisten Leute am Strande wie Krähen, wie durch Zauber von nirgendwoher aufgetaucht waren, um für das Baggerboot Platz zu schaffen, das an der Stelle, an der das Flugzeug vermutlich gesunken war, vor Anker gehen wollte. Die ausgebaggerte Landestelle für Wasserflugzeuge wurde gegen das Hereinströmen des schlammigen Seebodens durch eine Mole geschützt, die aus dem Unrat der Stadt aufgeschüttet war – unbrauchbare Pflastersteine, Brocken eingestürzter Mauern und sogar alte Automobile – kurz, all der Unrat, wie ihn die in Gemeinden zusammengepferchten Menschen des zwanzigsten Jahrhunderts, die sich das Gehalt eines Bürgermeisters leisten können, mit sich bringen, war in den See gestürzt worden. Man nahm an, daß das Flugzeug entweder über oder gleich außerhalb dieser Aufschüttung gesunken war, und zwar auf Grund der Aussagen von drei Austernfischern, die in ihrem Boot dreihundert Yards von der Unfallstelle entfernt gewesen waren. Keiner der drei aber konnte die genaue Stelle angeben, obwohl die beiden Tragflächen fast sofort wieder aufgetaucht und an Land gezogen worden waren. Vor allem behauptete einer der Austernfischer (vom Feld, vom Rollfeld, aus hatte man gesehen, wie Shumann versuchte, die Tür des Führersitzes zu öffnen, als wollte er abspringen und trotz der geringen Höhe den Fallschirm benutzen), der Körper sei frei durch die Luft geflogen, habe sich entweder befreit oder sei herausgeschleudert worden. Aber alle drei meinten übereinstimmend, die Leiche und die Maschine müßten entweder auf oder neben der Mole liegen, aus deren Nähe die Polizeibarkasse jetzt die kleinen Boote vertrieb.

Es war nach Sonnenuntergang. Auf dem spiegelglatten Wasser sahen die kleinen schmutzigen Boote – die verwitterten und stinkenden Boote der Austern- und Garnelen-Fischer – flach und feenleicht aus, als sie jetzt wie Schmetterlinge oder Falter vor einer Mähmaschine, vor der schmucken, niedrigen, kriegerisch bemalten Polizeibarkasse auseinanderstoben, auf die in diesem Augenblick, wie der Photograph sah, von einem der Boote zwei Menschen übernommen wurden, in denen er die Frau und das Kind des toten Piloten erkannte. Zwischen ihnen sah der Bagger aus wie ein vorsintflutliches Tier, das zum erstenmal ins Licht gekrochen war, aufgeweckt, aber nicht erschreckt durch einen Gegenstand oder eine Kreatur aus der Welt des Lichts und der Luft, die plötzlich hinabgetaucht war in seine Wasserfestung, in der es geschlafen hatte. »Lieber Gott«, sagte der Photograph. »Weshalb habe ich nicht hier gestanden? Dann hätte Hagood mir Zulage geben müssen. Ja«, fuhr er heiser im Ton stiller ungläubiger Verwunderung fort, »daß so'n armes Aas wie ich auch nie zur rechten Zeit da ist.« Der Reporter sah ihn jetzt erst an. Das Gesicht des Reporters war vollkommen ruhig; er blickte auf den Photographen herab, wandte sich vorsichtig um, als sei er aus Glas und als wüßte er das, blinzelte ein wenig und sagte dann mit friedlicher, verträumter Stimme, wie man sie da hört, wo ein Kind krank ist

– nicht einen oder zwei Tage lang, sondern so lange, daß selbst verzehrende Angst Gewohnheit geworden ist:

»Sie sagte zu mir, ich sollte mich zum Teufel scheren. Ich meine, ich sollte verschwinden, mich in eine andere Stadt begeben.«

»So?« fragte der Photograph. »Wohin denn?«

»Sie verstehen mich nicht«, antwortete der Reporter mit friedlicher, erstaunter Stimme. »Ich will es Ihnen erklären.«

»Ja, ja«, sagte der Photograph. »Mir ist immer noch kotzelend zumute. Aber ich muß mit den Platten in die Stadt. Ich wette, daß Sie noch nicht telephoniert haben, oder doch?«

»Was? Ja. Gewiß habe ich telephoniert. Aber hören Sie doch mal. Sie hat nicht verstanden. Sie sagte zu mir . . .«

»Kommen Sie jetzt«, sagte der andere. »Sie müssen doch den Bericht reingeben. Lieber Gott, ich sage Ihnen, mir ist auch sauübel zumute. Da, rauchen Sie mal eine Zigarette. Ja, sauübel. Und was geht's uns schließlich an? Unser Bruder ist er ja nicht. Nun kommen Sie doch.« Er nahm die Zigaretten aus dem Rock des Reporters, nahm zwei aus dem Paket und steckte ein Streichholz an. Der Reporter riß sich etwas zusammen; er nahm das brennende Streichholz und hielt es an die beiden Zigaretten. Aber dann schien es plötzlich dem Photographen, als versänke der Reporter wieder in jenen Zustand friedlicher körperlicher Gefühllosigkeit, als glitte er langsam von ihm fort in klares und durchsichtiges Wasser, aus dem das ruhige, leicht verzerrte Gesicht den Photographen mit blinzelnden Augen und kurzsichtigem Ernst ansah, während die Stimme geduldig wiederholte:

»Aber Sie verstehen ja nicht. Ich will es Ihnen mal erklären . . .«

»Ja, ja«, unterbrach ihn der andere. »Das können Sie ja Hagood erklären, wenn wir ein Glas trinken.« Der Reporter ging gehorsam weiter. Aber schon bald bemerkte der Photograph, daß sie sich wie sonst auch bei der gemeinsamen Arbeit wieder ergänzten: der Reporter ging voran und der Photograph mußte sich alle Mühe geben, mit ihm einigermaßen Schritt zu halten. »Ja, der hat's gut«, dachte der Photograph. »Bei seiner Verrücktheit erholt er sich schneller als unsereins.«

»Ja«, sagte der Reporter. »Wir wollen uns beeilen. Dann haben wir was zu essen und die andern was zu lesen. Und wenn Hurerei und Blut abgeschafft werden, wo, zum Teufel, sollen wir denn bleiben? – Ja. Bringen Sie, was Sie fertig haben, ins Büro; wenn's auch rausgefischt wird, bei der Dunkelheit können Sie doch keine Aufnahmen mehr machen. Ich bleibe hier und mache dann meinen Bericht. Sagen Sie das Hagood.«

»Ja, gewiß«, entgegnete der Photograph, der hinter ihm hertrottete und dem die Kamera in die Seite schlug. »Wir wollen erst mal eins trinken, dann geht's uns besser. Unsere Schuld ist's ja nicht, wenn er in dem Ding startete.« Bevor sie die Rotunde erreichten, war die Sonne untergegangen; während sie noch über das Rollfeld gingen, flammten die Grenzlichter auf, und jetzt fegte auch der flache schwertgleiche Strahl des Leuchtturms über den See und wurde in dem Augenblick flackerndes Licht, als das sich drehende Auge sie voll ansah, fegte dann weiter über das Land und vollendete seine Runde. Das Feld, das Rollfeld, war leer, aber die Rotunde war voll von Menschen und hohl klingendem Murmeln, das von den Mündern, aus denen es kam, aufstieg und irgendwo in dem hohen, heiteren, schattigen Gewölbe zu schweben schien. Als sie die Rotunde betraten, schrie ihnen ein Zeitungsjunge, der die Zeitung schwenkte, die Schlagzeile entgegen. PILOT TÖDLICH VERUNGLÜCKT, SHUMANN STÜRZT IN DEN SEE. ZWEITER UNFALL BEIM LUFTRENNEN; aber auch der Schrei versank. Auch die Bar war besetzt, Licht und Menschen strömten Wärme aus. Der Photograph ging jetzt voran, drängte sich an den Bartisch und machte neben sich einen Platz für den Reporter frei.

»Whisky?« fragte er; dann laut zu dem Barkellner: »Zwei Rye.«

»Ja, Rye«, sagte der Reporter. Dann dachte er ruhig: »Ich kann nicht. Ich kann nicht.« Er empfand keinerlei Widerwillen; es war nur so, als hätten seine Kehle und Schluckorgane irgendeine unwiderrufliche Veränderung erfahren, die ihn zwar in keiner Weise behinderte, aber doch für immer einen alten psychischen und physischen Zustand durch einen neuen ersetzte, wie bei der Preisgabe einer Jungfräulichkeit. Innerlich fühlte er eine tiefe und friedliche Leere, als habe er alles aus sich herausgebrochen und als verdanke er gerade dieser Leere einen

schwachen, angenehmen Salzgeschmack im Munde oder irgendwo im Gaumen; so schmeckte nicht Verzweiflung, so schmeckte
das Nichts. »Ich will jetzt anrufen«, sagte er.

»Einen Augenblick«, sagte der Photograph. »Hier kommt
Ihr Rye.«

»Verwahren Sie ihn mir«, entgegnete der Reporter. »Ich bin
gleich wieder da.« In der Ecke war eine Telephonzelle, dieselbe, von der aus er gestern Hagood angerufen hatte. Während
er die Münze einwarf, schloß er die Tür hinter sich. Das automatische Deckenlicht flammte auf; er öffnete die Tür, bis das
Licht wieder verschwand. Er sprach, nicht laut, die dicken
Wände warfen sein Gemurmel zurück, als er dann und wann
bündig und mit geduldiger Sorgfalt ein Wort wiederholte, als
läse er einen fremdsprachigen Text in das Telephon: »... ja.
R-u-m-p-f. Der Rumpf des Flugzeuges; er brach am Schwanz
ab ... Nein, eine Landung war ausgeschlossen. Die Piloten behaupten, er habe aus der Steuerung alles herausgeholt, um aus
der Bahn der andern zu kommen und über den See zu fliegen
anstatt auf die Tribü ... Nein, das wäre nicht möglich gewesen. Er war nicht hoch genug, selbst wenn er aus dem Kahn
herausgekommen wäre, hätte sich der Fallschirm nicht öffnen
können ... ja, das Baggerboot fuhr gerade in Stellung, als
ich ... wahrscheinlich direkt gegen die Mole; vielleicht ist es
gegen die Steine gesaust und dann abgesackt ... Ja, wenn er so
nahe an dem Dreck liegt, dann kann auch das Baggerboot
nichts ... Ja, wahrscheinlich morgen, ein Taucher, wenn nicht
schon irgendwann während der Nacht. Unterdessen haben die
Krabben und Hornhechte ... ja, ich bleibe hier draußen und
rufe Sie um Mitternacht noch einmal an.«

Als er die Zelle verließ und in das Licht kam, blinzelte er
wieder, als hätte er Sand in den Augen, versuchte, sich zu erinnern, wie eigentlich die Augenfeuchtigkeit schmeckt, und fragte
sich, ob nicht das Salz, das er schmeckte, ganz anderswohin gehörte. Der Photograph hatte ihm seinen Platz an dem Bartisch
freigehalten, wo der Rye immer noch auf ihn wartete. Er sah
blinzelnd, fast lächelnd auf den Photographen herab. »Trinken
Sie ihn«, sagte er. »Leider sauf ich ja seit gestern nicht mehr.
Hatte ich ganz vergessen.« Als sie zum Auto gingen, war es
dunkel; der Photograph bückte sich, die Kamera schwang an

ihrem Riemen hin und her, und er kroch in das Auto; er wandte ihm ein ebenso verwundertes wie müdes Gesicht zu.

»Es ist kalt hier draußen«, sagte er. »Ich mache die verdammte Tür hinter mir zu, drehe die beiden roten Lampen an, setze mir nen ordentlich duftenden Entwickler an und bleibe dann mal ruhig sitzen, bis ich warm werde. Ich sage Hagood, Sie seien noch an der Arbeit.« Das Gesicht verschwand, das Auto setzte sich in Bewegung, fuhr auf die Straße zu, wo jenseits und augenscheinlich gerade hinter der Palmenreihe, die sie einsäumte, der Lichtschein der Stadt am Himmel von hier aus sichtbar war. Über den Platz und in und aus der Rotunde wogte immer noch die Menge; vom See her waren die Wolken schon näher gekommen, deutlich hob sich gegen sie der rhythmische und regelmäßige Schwertstreich des Leuchtturms ab; es wehte ein leichter Wind; jetzt stieß er kräftiger vor über Gebäude und Platz, und die Palmen längs der Straße klatschten und zischten hart und wild. Der Reporter sog den dunklen kalten Wind ein; er glaubte, den See, das Wasser schmecken zu können, er begann zu keuchen, sog die Luft tief in die Lungen, stieß sie wieder aus, sog die Lungen wieder voll, als wäre er in einen brennenden Raum gesperrt, zu dessen Schlüssel er sich mühsam, wie durch Baumwollwatte, hindurcharbeiten müßte. Er senkte den Kopf, eilte an dem erleuchteten Eingang und den zahllosen Augen vorbei; unterdessen war sein Gesicht, wie ein ungeölter Maschinenteil, zu einer verzerrten Grimasse erstarrt, er hatte ein Gefühl, als stäche ihn jemand mit kalten Nadeln in den verwundeten Kiefer; Ord mußte ihn zweimal anrufen, bevor er sich umwandte und sah, daß der andere, der immer noch seine Lederjacke und die Mütze mit dem Schirm nach hinten trug, wie er sie bei dem Flug getragen hatte, aus seinem Wagen stieg.

»Ich habe Sie gesucht«, sagte Ord und zog etwas aus der Tasche – das schmale Stück Papier –, es war gefaltet, wie es heute morgen in der Uhrtasche des Reporters gesteckt hatte, ehe er es Marchand gab. »Einen Augenblick, zerreißen Sie es nicht«, sagte Ord. »Halten Sie es einen Moment.« Der Reporter hielt es, während Ord ein Streichholz anzündete. »So«, sagte Ord. »Besehen Sie es genau.« Mit der andern Hand faltete er das Papier auseinander, hielt das Streichholz so, daß der Reporter das Papier genau sehen, es erkennen konnte, und wartete, bis der Reporter es geprüft hatte. »Das ist es doch?« fragte Ord.

»Ja«, antwortete der Reporter.

»Gut, halten Sie es an das Streichholz. Sie sollen das selbst tun . . . Verdammt noch mal! Lassen Sie's doch los! Wollen Sie sich denn . . .« Als es herniederschwebte, schien die Flamme an dem fallenden Stück Papier in die Höhe und weiter in den Raum zu klettern, wo sie verschwand; laut- und gewichtslos schwebte das verkohlte Blatt weiter. Ord zertrat es. »Sie Schweinehund«, sagte er. »Sie Saukerl.«

»Ja«, entgegnete der Reporter ebenso ruhig. »Ich stelle morgen einen andern aus. Sie müssen dann eben . . .«

»Blödsinn. Und was machen die andern jetzt?«

»Weiß ich nicht«, antwortete der Reporter. Dann fing er plötzlich an, in jenem Ton friedlicher und nachdenklicher Verständnislosigkeit zu sprechen. »Ja, sie hat mich nicht verstanden. Sie sagte zu mir, ich sollte mich zum Teufel scheren. Also fortgehen. Ich will es Ihnen mal . . .« Er sprach nicht weiter, ganz ruhig dachte er: »Halt! Das geht nicht. Vielleicht könnte ich nicht wieder aufhören.« Er sagte: »Das wissen sie natürlich selbst noch nicht, erst wenn der Bagger . . . Ich bleibe vorläufig noch hier. Ich will mich um sie kümmern.«

»Bringen Sie sie nach Hause, wenn Sie das wollen. Aber erst trinken Sie mal ein paar Schnäpse. Sie sehen auch nicht gerade glänzend aus.«

»Ja«, sagte der Reporter. »Aber seit gestern trinke ich nichts mehr. Ich bin schwer versackt und bin trockengelegt.«

»So?« sagte Ord. »Na, ich fahre nach Hause. Am besten setzen Sie sich gleich mit ihr in Verbindung. Schaffen Sie sie von hier fort. Packen Sie sie in einen Wagen und fahren Sie sie nach Hause. Wenn er daliegt, wo man sagt, dann holt ihn nur ein Taucher raus.« Er ging an seinen Wagen zurück; auch der Reporter hatte sich umgewandt und ging schon auf den Eingang zu, ehe er sich dessen bewußt war; er blieb wieder stehn, er konnte einfach nicht – die Lichter und die Gesichter, und mochten Lichter und Menschen noch so viel Wärme ausstrahlen. Er dachte: »Wenn ich da hinein müßte, würde ich ersticken.« Er konnte um die gegenüberliegende Halle herumgehen, auf diesem Wege das Rollfeld erreichen und auf dem Rückweg nach der Landestelle für Wasserflugzeuge gehen. Aber als er sich wieder in Bewegung setzte, ging er doch auf die erste Halle zu, in der er seiner Meinung nach genug unfaßbaren Wahnsinn, unsagbare Qual erlebt hatte, ließ dann Lichter, Töne und Gesichter hinter sich, ging in Einsamkeit, in der Verzweiflung und Bedauern sich über das Gebäude legen konnten, und dann über den Platz und hinein in das harte dünne Zischen der Palmen, und dann erst konnte er atmen, dann wurde ihm alles erträglicher. Es war, als leitete ihn ein sechster Sinn, irgendwelche Beherrschung trotz tiefster Unaufmerksamkeit, durch die glatte Tür und den Werkzeugraum und dann in die Halle, wo in dem harten Licht der Trauben unter der Decke die bewegungslosen Flugzeuge sich eins im Riesenschatten des andern in wildem, flachem Relief breitmachten, und weiter dahin, wo Jiggs auf einem Holzklotz saß, die auf Hochglanz gewichsten Stiefel an den ausgestreckten Beinen. Mit der einen Gesichtshälfte biß er mühsam an einem Sandwich herum, hielt dabei den Kopf zur Erde gerichtet, wie ein fressender Hund, während das gesunde Auge, qualvoll und blutunterlaufen, zu dem Reporter aufblickte.

»Was wollen Sie von mir?« fragte Jiggs. Der Reporter blinzelte auf ihn mit ruhiger und kurzsichtiger Nachdrücklichkeit herab.

»Ja, sie hat mich nicht verstanden«, sagte er. »Sie sagte zu mir, ich sollte mich zum Teufel scheren. Sie in Ruh lassen. Und deshalb kann ich doch nicht . . .«

»Ja«, sagte Jiggs. Er zog die Stiefel ein und wollte aufstehen, blieb dann aber doch mit gesenktem Kopf, das Sandwich in der Hand haltend, sitzen und sah nach etwas, wohin aber, das konnte der Reporter nicht erkennen, denn schon blickte ihn das eine Auge wieder an. »Hinter dem Kram drüben in der Ecke liegt mein Sack; wollen Sie mir den wohl mal holen?« sagte Jiggs. Der Reporter fand den Leinwandsack, der sorgsam hinter einem Haufen leerer Ölkannen, Büchsen und dergleichen versteckt war. Als er mit ihm zurückkam, streckte Jiggs ihm schon ein Bein entgegen. »Wollen Sie mal dran ziehen?« Der Reporter faßte den Stiefel. »Aber vorsichtig.«

»Haben Sie schon wunde Füße?« fragte der Reporter.

»Nein. Ziehen Sie vorsichtig.« Die Stiefel ließen sich leichter ausziehen als vor zwei Abenden; der Reporter sah, wie Jiggs gedankenvoll, gespannt, nachdenklich aus dem Sack ein Hemd nahm, nicht schmutzig, sondern ekelerregend, mit dem er die Stiefel sorgfältig abwischte, Schaft, Sohle, alles. Dann wickelte er die Stiefel in das Hemd, tat sie in den Sack, zog wieder die Tennisschuhe und die Notgamaschen an und versteckte dann den Sack wieder in der Ecke; der Reporter folgte ihm in die Ecke und dann wieder zurück, als wäre er jetzt der Hund.

»Ja«, sagte er (und als er das sagte, glaubte er, nicht er spräche, sondern etwas in seinem Innern, das auf seine Zunge ein Vorrecht zu haben schien) – »ja, ich versuche immer wieder, jemandem klarzumachen, daß sie mich nicht verstanden hat. Und dabei versteht sie doch sonst alles, was? Er liegt draußen im See, und immer wieder muß ich daran denken. Sie auch?« Die Haupttüren wurden jetzt abgeschlossen; sie mußten durch den Werkzeugraum zurück, durch den der Reporter hereingekommen war. Als sie im Freien waren, fegte der Strahl des Leuchtturms wieder über sie hin, und wieder hatte man das Gefühl einer gewaltigen und langsamen Beschleunigung. »Man hat Ihnen allen also diesmal ein Bett gegeben«, sagte er.

»Ja«, entgegnete Jiggs. »Der Junge schläft auf dem Polizeiboot. Jack brachte ihn rüber, und diesmal gab man ihnen ein Bett. Sie kam nicht rein. Sie will jetzt nicht weg. Wenn Sie wollen, will ich's mal versuchen.«

»Ja«, erwiderte der Reporter. »Ich glaube, Sie haben recht. Ich wollte ja gar nicht versuchen ... Ich wollte doch nur ...« Dann dachte er *jetzt, jetzt, JETZT*, und dann kam er: der lange nebelhafte Schwertstreich, der dauernd heransauste von jenseits der anderen Halle, bis er fast über ihren Köpfen war, und dann an furchtbarer Kraft und Eile zunahm, die eigentlich einen Laut, ein Zischen hätte hervorbringen müssen, es aber nicht tat. »Ja, sehen Sie, ich verstehe ja nichts von alledem. Ich überlege nur immer, wie ich die Sache mache, damit eine Frau, eine andere Frau ...«

»Schon gut«, unterbrach ihn Jiggs. »Ich will's versuchen.«

»Wenn sie Sie nur sieht und Sie rufen kann, wenn sie Sie braucht – nötig hat – wenn ... Sie braucht gar nicht zu wissen, daß ich ... Aber wenn sie ...«

»Ja. Ich mache das schon, wenn ich kann.« Sie gingen um die
andere Halle. Jetzt konnten sie die Hälfte des ganzen Signal-
feuerbogens sehen; der Reporter sah, wie der Lichtstrahl
über den See raste, wie sich das Lattenskelett der leeren Tribünen gegen ihn abhob, wie er jeden der Masten, von denen die
rotgoldenen Fahnen, die jetzt schwarz waren, steif im Winde
wehten, der sich vom See her auftat, packte und wieder losließ
und dann über ihre Köpfe hinweg weitersauste. Sie sahen auch,
wie das in Bogen gespannte Fahnentuch im Winde flatterte und
hier und da durch die Kraft des Windes die sorgfältig gelegten,
drei Tage alten Falten verlassen hatte und sich in hilflosen Fetzen dauernd bewegte, als wolle es, zu eigenem Leben erwacht,
das mitternächtliche Glockengeläut drüben in der Stadt vor-
wegnehmen, das die Fastenzeit verkündete.

Und jetzt leuchtete jenseits des dunklen Walls des Dammes
der Scheinwerfer, neben dessen Wagen der Photograph den Reporter getroffen hatte – ein wilder, weißer, nach unten leuch-
tender Strahl, der heller, wenn auch kleiner war als der des
Leuchtturms – und jetzt sahen sie noch einen zweiten auf dem
Turm des Baggerbootes. Als sie den Damm erreichten, hatten sie
ein Gefühl, als sähen sie hinab in eine Grube, die nicht durch eine ständige Lichtquelle, sondern durch ein diffuses Leuchten,
das scheinbar von den Luftteilchen ausging, gefüllt war, jenseits dessen die weitausholende Uferlinie leicht funkelnd in der
Dunkelheit verschwand. Aber erst direkt auf dem Damm erkannten sie, daß das Licht weder von dem Scheinwerfer am Ufer
noch von dem auf dem Baggerboot oder von dem auf dem
langsam kreuzenden Polizeiboot ausging, das immer noch die
kleinen Boote vor sich hertrieb, auf denen neben blinzelnden
Blinkfeuern meist schwach leuchtende Petroleumlampen
brannten, sondern von einer Reihe von Autos, die am Rande
der Straße aufgefahren waren. Fast eine Meile weit standen
sie, mit dem Motor dem Wasser zugewandt, am Strande
entlang, strahlten gemeinsam ihr Licht aus, das dann und
wann durch die Knöpfe und Schilder der Polizeibeamten
und jetzt auch noch durch die Seitengewehre und die Wickel-
gamaschen einer Kompanie der Nationalgarde unterbrochen
wurde. Er sah herab auf das aufgestörte unruhige dunkle
Wasser, das sich zu heben und zu senken, sich zu heben und

zu senken schien, als wäre es vor Staunen und Wut in ständiger Bewegung.

Gerade landete ein Boot, das vom Bagger kam. Während der Reporter auf Jiggs' Rückkehr wartete, stieß der dunkle, stetige kalte Wind hart gegen ihn, durch seine dünnen Kleider hindurch; es sah so aus, als sei er durch die Lichter, die schwachen menschlichen Laute und Bewegungen hindurchgefegt, ohne dabei auch nur die geringste Wärme, das geringste Licht angenommen zu haben. Nach einer Weile glaubte er, die schwache zischende Klage des Bodens und der zermahlenen Austernschalen, auf denen er stand, trotz des tiefen stetigen Summens des nicht fernen Scheinwerfers zu vernehmen. Die Männer verließen das Boot, kamen näher und gingen an ihm vorbei; Jiggs folgte ihnen. »Es ist schon so, wie man behauptet«, sagte Jiggs. »Es liegt direkt an den Steinen. Ich habe einen gefragt, ob sie schon was rausgefischt hätten, und er sagte, nette Fischerei; gleich beim ersten Wurf hätten sie was gefischt, und der Haken säße noch drin fest. Mit dem zweiten Haken aber hätten sie ein Stück der Bordwand des verfluchten Einsitzers rausgeholt, und es wäre Öl dran gewesen.« Er sah den Reporter an. »Es wird also wohl ein Stück des unteren Rumpfes gewesen sein.«

»Ja«, sagte der Reporter.

»Es liegt demnach also auf dem Rücken. Der Mann meinte, es wäre gegen eins der alten Automobile und das Gerümpel, mit dem man das Ding aufgebaut hat, gesaust. Ja«, fuhr er fort, obwohl der Reporter nichts gesagt, sondern ihn nur angesehen hatte. »Danach habe ich mich auch erkundigt. Sie ist drüben im Speisewagen und . . .« Der Reporter wandte sich zum Gehen; wie der Photograph mußte auch Jiggs sich jetzt alle Mühe geben, um mit ihm gleichen Schritt zu halten; er kletterte den abschüssigen Strand hinauf zu den aufgereihten Automobilen, bis er gegen den Reporter stieß, der im Licht der Scheinwerfer wartete, den Kopf senkte und einen Arm vor das Gesicht hielt. »Hier weiter«, sagte Jiggs. »Ich kann sehen.« Er faßte den Reporter beim Arm und führte ihn zu einer Lücke in der Wagenreihe, wo Stufen vom Strande hinaufführten, und durch die Lücke dahin, wo sie, jenseits der Straße, die Köpfe und Schultern vor dem breiten, niedrigen, schmutzigen Fenster sehen konnten. Jiggs hörte den Reporter schwer atmen, keuchen, obwohl der Aufstieg vom Strande her gar nicht so beschwerlich gewesen war. Als die tastende Hand des Reporters die seine berührte, fühlte sie sich eiskalt an.

»Sie hat kein Geld«, sagte der Reporter. »Schnell, schnell.« Jiggs ging weiter. Noch immer konnte der Reporter sie sehen – die gegen die Scheibe gepreßten Gesichter (als er sich durch sie drängte und um den Wagen herum an das kleine Fenster ging, verzerrte sich sein Gesicht), die sie anstarrten. Sie saß auf einem der lehnenlosen Stühle am Tisch zwischen einem Polizisten und einem Monteur, den der Reporter in der Halle gesehen hatte. Der Trenchcoat war offen, und über den oberen Teil ihres weißen Kleides lief ein langer Öl- oder Schmutzstreifen; gierig aß sie ein Sandwich und sprach mit den beiden Männern; er sah, wie sie die Reste auf die Schüssel legte, sich mit der Hand über den Mund fuhr, die dicke Kaffeetasse hob und auch den Kaffee verschlang, der in ihrer gierigen Hast wie das Essen über ihr Kinn herabsickerte. Endlich fand ihn Jiggs; er stand immer noch da, obwohl die Theke längst leer und die Gesichter verschwunden und hinter ihnen her zum Strande gegangen waren.

»Sogar der Wirt wollte kein Geld von ihr annehmen«, sagte Jiggs. »Aber ich kam gerade zur rechten Zeit. Sie war froh, als sie es bekam; Sie hatten recht, sie hatte kein Geld bei sich. Sie ist wie ein Mann und läßt sich nicht von jedem x-beliebigen was schenken. So war sie immer. Sie ist schon okay.« Er sah den Reporter immer noch mit einem ganz besonderen Ausdruck an, den aber selbst ein aufmerksamerer Mensch, als der Reporter es war, jetzt nicht hätte deuten können; das blaue, geschwollene Auge und die geschwollene Lippe erweckten kein Mitleid oder Mitgefühl, sondern steigerten nur ein wenig die Brutalität des Gesichtes. Als er wieder anfing zu sprechen, klangen seine Worte nicht gerade planlos, doch sprach er mit einer gewissen, seltsamen Hast, als fürchte er, im nächsten Augenblick unwiderruflich die Herrschaft über seine Gedanken zu verlieren. Der Reporter dachte dabei an einen Mann, der ein halbes Dutzend blinder Schafe durch einen Durchgang zu treiben versucht, der kaum weiter ist, als er mit beiden Armen reichen kann. Jiggs hatte jetzt eine Hand in der Tasche, aber der Reporter bemerkte es nicht. »Sie will also die ganze Nacht hier draußen bleiben für den Fall, daß man ... Und der Junge schläft schon; ja, hat keinen Sinn, ihn zu wecken, und vielleicht wissen wir morgen schon, wohin ... Ja, wenn man mal ein oder zwei Nächte darüber geschlafen hat, sieht alles ganz anders aus; ganz einerlei, wie sehr ... ich meine, wie ...« Er sprach nicht weiter. (»Er hält die Schafe nicht nur nicht mehr zusammen, sondern er streckt auch nicht einmal mehr die Arme aus«, dachte der Reporter.)

Die Hand kam aus der Tasche zum Vorschein und öffnete sich; der Türschlüssel funkelte leicht in der rauhen Hand. »Sie bat mich, ihn Ihnen zurückzugeben, wenn ich Sie träfe«, sagte Jiggs. »Aber kommen Sie mit und essen Sie erst mal was.«

»Ja«, entgegnete der Reporter. »Ja, das ist eine ganz gute Gelegenheit. Außerdem könnten wir uns mal ein bißchen wärmen.«

»Gewiß«, meinte Jiggs. »Kommen Sie aber jetzt auch.« Im Speisewagen war es warm; der Reporter hörte auf zu beben, noch bevor das Essen kam. Er aß ziemlich viel, dann bemerkte er, daß er im Begriff war, alles zu essen, ohne besonderen Geschmack oder besondere Freude, aber mit der immer stärker werdenden Überzeugung naher Befriedigung, als würde ein hohler Zahn, der weder angenehm noch unangenehm war, schmerzlos gefüllt. Die Gesichter waren jetzt vom Fenster verschwunden, folgten ihr zweifellos zum Strand, oder so weit wie Polizei und Soldaten es gestatteten. Und da standen sie nun und sahen zu dem Polizeiboot oder einem andern Boot, in das sie eingestiegen war; aber nichtsdestoweniger blieben er und Jiggs immer noch darin sitzen, atmeten und kauten sie zusammen mit der schalen, heißen Luft und dem heißen, ranzigen Essen – dem Atem, der Ausdünstung, den Variationen über die Bemerkung, die der Photograph gemacht hatte; den zehntausend selbstgefälligen und sich selbstbeglückwünschenden, hinterhältigen Formen des: *Wenn ich auch ein Lump und ein Saukerl bin, jedenfalls liege ich nicht draußen im See.* Aber er sah sie nicht wieder.

Während der nächsten drei Stunden, bis Mitternacht, verließ er den Strand nicht. Unterdessen leuchteten die aufgefahrenen Wagen weiter in die Tiefe, summten die Scheinwerfer und kreuzte das Polizeiboot in langsamen Kreisen, aus denen die kleinen Boote vor seinem Bug herausfuhren, um am Heck wieder in sie hineinzufahren, wie Elritzen in Gegenwart eines harmlosen, pflanzenfressenden Wals. Immer wieder, pünktlich und bedächtig, fegte der lange Sichelstrahl des Leuchtfeuers vom See heran, verschwand in dem Augenblick, in dem das gelbe Auge einen voll anstierte, zögerte einen Moment, währenddessen die langsame, furchtbare Zentrifugalbewegung sich auf das Auge allein beschränkte, bis dann der Strahl gigantisch und lautlos unglaublich weit weiterschoß über den dunklen Himmel. Aber er sah sie nicht, obwohl gerade jetzt eines der kleinen Boote herankam und landete. Jiggs stieg aus dem Boot, das gleich wieder eine verbotene Ladung von fünfundzwanzig Passagieren an Bord nahm.

»Sie sind noch feste an der Arbeit«, sagte er. »Einmal dachten sie, sie wären so weit; aber dann muß da unten wohl was passiert sein, denn schließlich zogen sie nur das Kabel wieder hoch; der Haken war heidi. Man glaubt jetzt, er sei auf einen der dicken Betonblöcke gestoßen und habe ihn dabei losgebrochen, und dann wären beide in die Tiefe gesaust, und zwar der Kahn voran. Sobald es Tag wird, soll ein Taucher mal nachsehen, was eigentlich los ist. Dynamit wollen sie nicht gebrauchen, denn wenn es ihn vielleicht auch an die Oberfläche schleudert, geht dabei doch die ganze Mole in die Brüche. Das alles wird sich morgen entscheiden. – Wollten Sie nicht die Zeitung um Mitternacht oder so anrufen?«

In dem Speisewagen hing ein Apparat an der Wand. Da er in keiner besonderen Zelle angebracht war, mußte sich der Reporter wegen des Lärms beim Sprechen mit der einen Hand das Ohr zuhalten. Wieder antwortete er meist nur auf Fragen; als er eingehängt hatte, sah er, daß Jiggs auf dem Stuhl ohne Lehne eingeschlafen war; seine Arme lagen auf der Theke, und auf ihnen ruhte der Kopf. Es war ganz warm in dem Raum, weil dauernd Fleisch gebraten wurde und der Raum noch – die Polizeistunde war längst vorbei – mit vielen Menschen gefüllt war. Das Fenster, das auf den See hinausging, war beschlagen, so daß man von dem hellerleuchteten Schauplatz jenseits desselben nur ein schwaches Leuchten sah, als läge er hinter fallendem Schnee; der Reporter sah zum Fenster und wieder fing er an, in dem Anzug, zu dem er augenscheinlich keine Weste trug, langsam und dauernd zu beben, während gleichzeitig in ihm, seit er Shumann zum letztenmal in die Kurve hatte gehen sehen, um die Wendemarke auf dem Feld zu umfliegen, der erste aktive Impuls erwachte: ein tiefer Widerwille, nach draußen zu gehen, der nicht seinen Willen, sondern seine Muskeln beherrschte. Er ging an die Theke, der Wirt sah ihn und nahm eine der dicken Tassen.

»Kaffee?«

»Nein«, antwortete der Reporter. »Ich brauche einen Mantel. Mantel. Können Sie mir einen leihen oder gegen Gebühr leihen? Ich bin Reporter«, fügte er hinzu. »Ich muß runter an den Strand und dort bleiben, bis sie mit der Arbeit fertig sind.«

»Einen Mantel habe ich nicht«, antwortete der Wirt. »Aber ich habe eine Zeltbahn, mit der ich meinen Wagen zudecke. Die können Sie haben, müssen sie aber zurückbringen.«

»Gut«, sagte der Reporter. Er weckte Jiggs nicht; als er in die Kälte und Dunkelheit tauchte, glich er einem schmutzigen und nachlässig aufgebauten Zelt. Die Zeltbahn war steif und schwer zu halten und augenblicklich auch mühsam zu tragen, aber unter ihr hörte er auf zu zittern. Es war jetzt nach Mitternacht, und er hatte eigentlich damit gerechnet, daß sich die Reihe der längs der Straße aufgefahrenen Wagen ein wenig gelichtet hätte, aber das war nicht der Fall. Wohl mochte an die Stelle des einen ein anderer getreten sein, die ausgerichtete Reihe war jedenfalls noch dieselbe – eine silhouettenhafte Reihe ovaler Rückfenster, die die regungslosen Köpfe umrahmten, deren Augen zusammen mit den Lichtern mit unbeweglicher und nicht murrender Geduld auf den Schauplatz hinabstarrten, ohne auch nur zu sehen, daß sich nichts ereignete, daß das vierschrötige Baggerboot untätig wie ein verlassenes Wrack dalag, als wäre es durch eine stählerne Nabelschnur nicht mit einem Unglück, sondern mit der unbekümmerten Urmutter alles Lebens verbunden.

Immer wieder sauste die lange, einzige Speiche des Leuchtfeuerrades über den See, wurde ein großes, helles Auge, sauste dann weiter und hinterließ in Geist oder Gefühl die langsame, furchtbare Leere, die vergeblich auf ein Klirren und Sausen wartete, das niemals kam. Das Boot mit den Schaulustigen verkehrte nicht mehr, vielleicht war kein Geschäft mehr zu machen, vielleicht waren die Fahrten behördlicherseits verboten. Das Boot, das jetzt landete, kam geradenwegs von dem Bagger; einer der Passagiere war der Monteur, der im Speisewagen neben der Frau gesessen hatte. Dieses Mal stellte der Reporter selbst die nötigen Fragen.

»Nein«, antwortete der andere. »Vor einer Stunde ist sie zum Flugplatz gegangen, nachdem man festgestellt hatte, daß ein Taucher runter muß. Ich gehe jetzt auch nach Hause. Ich glaube, Sie können auch ganz ruhig abhauen, was?«

»Ja«, antwortete der Reporter. »Ich kann jetzt auch abhauen.« Zuerst dachte er, daß er vielleicht auch auf dem Nachhauseweg sei, als er durch das trockene, leichte, verräterische Muschelpulver ging und die harte, steife Zeltbahn mit beiden Händen hielt, um so ihren Druck auf Nacken und Schultern etwas zu mildern; er fühlte ihr Gewicht, fühlte das kalte Reiben an Fingern und Handflächen. »Ich muß sie erst zurückbringen, wie ich es versprochen habe«, dachte er. »Wenn ich es jetzt nicht tue, dann tue ich es überhaupt nicht.« Der Straßenrand stieg hier ein wenig an, so daß der Schein der Wagenlichter über seinen Kopf hinwegging; er ging durch verhältnismäßige Dunkelheit bis dahin, wo der Damm rechtwinklig auf die Straße stieß. Der Wind kam nicht hierher; er setzte sich auf den Rand der Zeltbahn und schlug sie dicht um sich, und seine Knie und bald auch sein ganzer Körper erwärmten das Innere des so entstandenen Zeltes. Jetzt brauchte er auch nicht mehr zu beobachten, wie das Leuchtfeuer in vollem Bogen über den See sauste, außer wenn es starre Form annahm und über das pastetenförmige Stück Himmel fegte, das von dem rechten Winkel aus Mauer und Rampe eingerahmt wurde. Das tat die Wärme; plötzlich hatte er seit einiger Zeit mit Shumann gesprochen und ihm gesagt, sie hätte ihn nicht verstanden. Und er wußte, daß das nicht recht war; während der ganzen Zeit, in der er mit Shumann sprach, sagte er sich, daß das nicht recht sei. Sein im Krampf verzerrtes Kinn löste sich von den knochigen Spitzen seiner Knie; auch seine Füße waren kalt oder waren wahrscheinlich nur deshalb kalt, weil er sie erst fühlte, als sie sich plötzlich mit kalten Nadeln füllten.

Jetzt (der Scheinwerfer am Strand war dunkel, und nur der

auf dem Bagger starrte noch immer in das Wasser) lag das Polizeiboot vor Anker, und nirgendwo war eins der kleinen Boote sichtbar; und gerade, als er dachte, es könne doch unmöglich schon so spät sein, sah er, daß auch die meisten Wagen von der Rampe über ihm verschwunden waren. Es war schon so spät; das stetige, pünktliche Sausen und Fegen, Fegen und Sausen, Fegen des Leuchtfeuers hatte augenscheinlich etwas erreicht, etwas entdeckt; als er aufblickte, sah er die scharfen Umrisse des dunklen Dammes und erkannte, daß der Lichtschein von dem Rollfeldscheinwerfer herrührte, und hörte, wie irgendwie die Luft verdrängt wurde; und dann sah er die Lichter des Verkehrsflugzeugs, das ganz niedrig über den dunklen Winkel zum Rollfeld glitt. »Also nach vier«, dachte er. »Also schon morgen.« Aber es dämmerte noch nicht. Er versuchte jetzt, sich gleichsam selbst am Arm emporzuziehen, während er wieder zu Shumann sagte: »Ja, es sieht nur so aus; ich versuche immer wieder, jemandem zu erklären, daß sie ...« und stand dann mit einem Ruck auf (er hatte dieses Mal nicht einmal den Kopf auf die Knie gelegt, so daß er sich von nichts abstoßen konnte), die Nadeln waren jetzt keine Nadeln mehr, sondern wirkliches Eis, und er hatte den Mund weit geöffnet, als wäre er nicht groß genug, die von der Lunge geforderte Luftmenge aufzunehmen oder als genügte die Lunge nicht für die Luft, die sein Körper verlangte, und der lange Arm des Leuchtfeuers sauste ihm mit wohlbedachter, rücksichtsloser, nicht beschleunigter Bewegung quer durch die Augen und verschwand schon wieder; es dauerte einige Zeit, ehe er erkannte, daß es nicht das verblassende Leuchtfeuer, sondern der heller werdende Himmel war.

Die Sonne war schon aufgegangen, als der Taucher ins Wasser stieg und wieder nach oben kam. Inzwischen waren auch die meisten Wagen zurückgekommen und standen auf der allgegenwärtigen blaugrauen Straße in Reih und Glied. Der Reporter hatte die Zeltbahn zurückgegeben; von ihrem steifen und scheuernden Gewicht befreit, zitterte er jetzt dauernd in der rosigen Kälte des ersten Morgens seit vier Tagen, der ohne bedeckten Himmel heraufkam. Aber er sah sie nicht wieder. Die Menge war etwas größer als am Abend vorher (es war Sonntag, zwei Polizeibarkassen kreuzten auf dem See, und die

Zahl der Boote hatte sich verdreifacht, als hätten die von gestern während der Nacht gelaicht), doch kam ihm das Tageslicht zu Hilfe. Aber er sah sie nicht. Von ferne sah er Jiggs mehrere Male, aber sie sah er nicht, er wußte nicht einmal, daß sie am Strande gewesen war, bis der Taucher wieder hochkam und berichtete, und er (der Reporter) kletterte wieder auf die Straße und ging ans Telephon, und der Fallschirmspringer rief ihn an. Der Springer kam den Strand herab, nicht vom Wasser, sondern vom Flughafen her, er zog das verletzte Bein nach, von dem bei dem gestrigen Absprung der Verband abgegangen war, so daß sich die Wunde wieder geöffnet hatte.

»Ich habe Sie schon gesucht«, sagte er. Er zog ein sauber gefaltetes Bündel Banknoten aus der Tasche. »Roger sagte, er schuldete Ihnen zweiundzwanzig Dollar. Stimmt das?«

»Ja«, antwortete der Reporter. Der Springer hielt das zwischen zwei Fingern eingeklemmte Geld mit dem Daumen fest.

»Können Sie für uns wohl etwas erledigen, oder haben Sie was zu tun?« fragte er.

»Zu tun?« wiederholte der Reporter.

»Ja, zu tun. Wenn ja, sagen Sie es ruhig, dann wende ich mich an jemand anders.«

»Ja«, entgegnete der Reporter, »ich will's übernehmen.«

»Bestimmt? Wenn nicht, sagen Sie es ruhig. Viel ist es nicht. Jeder andere könnte es auch. Ich dachte nur an Sie, weil Sie sich ja schon so viel mit uns abgegeben haben und weil Sie hierbleiben.«

»Ja«, sagte der Reporter. »Ich übernehme es.«

»Dann gut. Wir fahren heute ab. Hat keinen Sinn, hier noch länger zu bleiben. Die Saukerle da drüben ...«, er zeigte mit dem Kopf zum See, der Menge Boote auf dem rosigen Wasser – »kriegen ihn mit ihren paar Tauen aus all dem Gerümpel nicht heraus. Deshalb wollen wir fort von hier. Ich will Ihnen nur etwas Geld hierlassen für den Fall, daß sie ... ihn schließlich doch noch herausholen.«

»Ja«, entgegnete der Reporter. »Ich verstehe.« Der Springer sah ihn mit trauriger, gespannter Ruhe an.

»Glauben Sie mir, es fällt mir ebenso schwer, Sie darum zu bitten, wie Ihnen, meine Bitte anzuhören. Aber auf Ihre Veranlassung sind wir ja wohl nicht hierhergekommen, und Sie haben sich uns nicht auf unsere Veranlassung angeschlossen. Das müssen Sie doch zugeben. Aber einerlei, es ist nun mal geschehen. Ich kann ebensowenig dran ändern, wie Sie.« Die andere Hand des Springers näherte sich dem Geld: der Reporter sah, daß die Noten schon sorgfältig in zwei Teile getrennt waren und daß der Teil, den der Springer ihm reichte, von zwei Büroklammern unter einem Papierstreifen zusammengehalten wurde, der eine saubere, gedruckte Adresse enthielt, einen Namen, den der Reporter sofort wiedererkannte, denn er hatte ihn schon einmal gelesen, als er zusah, wie Shumann ihn auf den Wechsel schrieb. »Hier sind fünfundsiebzig Dollar, und das ist die Adresse. Ich weiß nicht, wieviel die Fracht beträgt. Sollte es für die Fracht und zur Begleichung der Schuld an Sie genügen, dann gut. Sollten Sie aber nur die Fracht damit bezahlen können, dann verfrachten Sie ihn, verfrachten Sie ihn, Ihre zweiundzwanzig Dollar schicke ich Ihnen, sobald Sie mir geschrieben haben.« Dieses Mal kam der zusammengefaltete Papierstreifen aus seiner Tasche. »Das ist meine. Ich hielt sie getrennt, damit Sie sie nicht verwechseln. Verstehen Sie? Schicken Sie ihn an die erste Adresse, die mit dem Geld. Und wenn es für Ihre zweiundzwanzig Dollar nicht mehr reicht, schreiben Sie mir an die zweite Adresse, und ich schicke es Ihnen. Es dauert vielleicht einige Zeit, bis der Brief mich erreicht, aber früher oder später erhalte ich ihn doch, und dann schicke ich Ihnen das Geld. Verstanden?«

»Ja«, antwortete der Reporter.

»Gut. Ich fragte Sie, ob Sie das erledigen wollten, und Sie sagten ja. Von Versprechen habe ich nichts gesagt, oder doch?«

»Ich verspreche es«, sagte der Reporter.

»Ein Versprechen verlange ich gar nicht. Was anderes aber sollen Sie versprechen. Was ganz anderes. Glauben Sie nicht, daß ich Sie darum bitte, das sagte ich Ihnen ja schon; ich will Sie ebensowenig darum bitten, wie Sie es hören wollen. Sie sollen mir nur versprechen, ihn nicht unter Nachnahme zu schicken.«

»Ich verspreche es«, sagte der Reporter.

»Also gut. Nennen Sie es meinetwegen eine Spekulation auf Ihre zweiundzwanzig Dollar. Aber nicht unter Nachnahme. Vielleicht genügen die fünfundsiebzig nicht. Aber außer meinen neunzehn fünfzig von gestern und dem Preis vom Donnerstag haben wir augenblicklich nichts. Das macht hundertvier. Mehr als fünfundsiebzig kann ich nicht erübrigen. Sie müssen es eben riskieren. Wenn die fünfundsiebzig für die Fracht in die Hei... an die Adresse, die ich Ihnen gab, nicht genügen, so können Sie zweierlei tun. Sie können die Differenz selbst bezahlen und mir schreiben, und dann schicke ich Ihnen die Differenz und Ihre zweiundzwanzig. Sollte ich Ihnen aber zu unsicher sein, dann lassen Sie ihn hier für die fünfundsiebzig begraben; aber so, daß man ihn später auch finden kann. Aber schicken Sie ihn nicht unter Nachnahme. Ich verlange von Ihnen nicht das Versprechen, für die Fracht noch weiter Ihr Geld zu opfern; ich bitte Sie nur, dafür zu sorgen, daß die Kosten des Transports nicht von der Güter- oder Expreß-Kasse vorgelegt und dann eingezogen werden. Wollen Sie das tun?«

»Ja«, antwortete der Reporter. »Ich verspreche es.«

»Dann ist alles in Ordnung«, sagte der Springer. Er gab dem Reporter das Geld in die Hand. »Danke. Ich glaube, wir fahren heute schon. Ich will mich schon mal von Ihnen verabschieden.« Er sah den Reporter traurig an; sein Gesicht zeigte die Spuren langer Schlaflosigkeit; steif stemmte er das verletzte Bein in den Muschelstaub. »Sie hat ein paar Glas getrunken und schläft jetzt.« Er sah den Reporter mit trauriger Durchdringlichkeit an, die fast hellsehend zu sein schien. »Nehmen Sie es nicht zu schwer. Sie haben ihn ebensowenig veranlaßt, die Kiste zu fliegen, wie Sie ihn daran hätten hindern können. Kein Mensch wird Ihnen diesen Vorwurf machen. Und was sie Ihnen vielleicht vorwerfen könnte, das tut Ihnen bestimmt nicht weh, denn Sie werden sie nie wiedersehen.«

»Ja«, sagte der Reporter. »Da haben Sie recht.«

»Und wenn sie das alles mal etwas mehr überwunden hat, dann erzähle ich ihr, daß Sie die Sache erledigten, und sie wird Ihnen dankbar sein, wie für alles andere auch. Aber nehmen Sie einen Rat von mir an: halten Sie sich an die Menschen, an die Sie gewöhnt sind.«

»Ja«, entgegnete der Reporter.

»Ja.« Der Springer setzte sich in Bewegung, schwenkte steif das verletzte Bein, blieb dann wieder stehen und sah sich um. »Meine Adresse haben Sie ja; es kann einige Zeit dauern, bis der Brief mich erreicht. Aber Sie bekommen Ihr Geld. Dann also . . .« Er reichte ihm die Hand; sie war hart, nicht gerade kalt, aber so ganz ohne jede Wärme. »Vielen Dank, daß Sie das erledigen wollen und uns behilflich waren. Lassen Sie sich's gut gehen.« Dann drehte er sich wieder um und hinkte davon. Der Reporter sah ihm nicht nach; kurz darauf rief ihn einer der Soldaten an und machte ihn auf das Loch im Zaun aufmerksam.

»Stecken Sie das Zeug lieber in die Tasche, Doktor«, sagte der Soldat. »Es könnte Ihnen doch leicht aus der Hand gerissen werden.« Das Auto fuhr mit der Sonne, aber einer ihrer Strahlen fiel durch das Hinterfenster und glitzerte auf dem Chrombeschlag des Klappsitzes; der Reporter versuchte, den Sitz umzuklappen, gab es dann schließlich auf und dachte daran, das Glitzern durch seinen Hut zu verdecken. Immer wieder versuchte er, des Gefühls, er habe Sand im Auge, durch Blinzeln Herr zu werden. Es war ganz einerlei, ob er die rückwärtsströmende Mauer aus Moos und Eichen über dem dunklen Wasserglanz beobachtete oder ob er versuchte, seine Augen, sein Gesicht, mit dem Innern des Wagens zu beschäftigen. Sobald er die Augen schloß, fand er sich selbst, das Gefühl der Müdigkeit, der Folgen der Schlaflosigkeit, milderte sich, unbekümmert vermengte er jetzt das Lebendige mit dem Toten, war tief überzeugt von der Unwichtigkeit beides oder ihrer Vermengung und versuchte, jemandem mit jenem geistlosen und starren Optimismus zu erklären, daß sie ihn nicht verstanden hätte, ohne sich weiter darum zu kümmern, zu entscheiden oder sich gar deswegen Sorgen zu machen, ob er schlief oder nicht und weshalb oder weshalb er nicht schlief.

Da das Auto nicht bis in die Grandlieu Street fuhr, sah der Reporter keine Uhr, aber nach der Lage der Schatten des Balkons auf der Haustür vermutete er, daß es gegen neun war. Im Korridor und auf der Treppe hörte er auf zu blinzeln; aber kaum hatte er das Zimmer betreten, in das die Sonne durch die Fenster auf die grellen Streifen der Decke auf dem Feldbett fiel (auch die andern Decken an den Wänden, die die Sonne nicht erreichte, schienen in ihre harten rot-weiß-schwarzen Streifen Licht eingesogen zu haben, das sie jetzt langsam in den Raum entsandten, wie andere Decken, die den Duft von Pferden eingesogen haben, diesen auch ausströmen), fing er wieder an, mit jener gespannten, kurzsichtigen Nachdenklichkeit zu blinzeln. Er schien die Hilfe von etwas außerhalb seiner selbst zu erwarten, ehe er sich in Bewegung setzte und die Jalousien vor dem Fenster schloß. Dann ging es eine Zeitlang besser, weil er überhaupt nichts sehen konnte. Er stand da in einem letzten Destillat des wilden, hellen, fast tropischen Lichtes und wußte jetzt nicht, ob er noch blinzelte oder nicht, stand da in einem unerbittlichen Infiltrat, gegen das sogar Wände machtlos waren. Er kam aus einer Luft, die nach Fisch, Kaffee, Obst und dem Sumpfland roch, das von dem Fluß, dem allein sie ihr Dasein verdankten, durch Deiche getrennt war, so daß die Güterzüge, die mit ihrem Duft und Leben beladen waren, nicht neben oder zwischen ihnen, sondern über sie herfuhren wie sich bewegende Wolkenkratzer, die auf dem Wege zur Küste waren oder von dort kamen. Hinter dem Vorhang war noch weniger Licht, wenn es dort auch nicht dunkel war. »Wie könnte das auch sein«, dachte er; er stand ruhig da, hielt in der einen Hand seinen Rock und nestelte mit der andern an dem Knoten seines Schlipses und dachte dabei, daß kein Ort, an dem ein Mensch fast zwei Jahre lang oder auch nur zwei Wochen oder zwei Tage lang gelebt hat, für ihn vollkommen dunkel ist, es sei denn, daß er in seinen Sinnen so abgestumpft ist, daß er, obwohl er noch atmet und sich bewegt, schon tot ist und für ihn alle Orte selbst bei Sonnenlicht dunkel sind. Es war nicht vollkommen dunkel, aber auch diese unvollkommene Dunkelheit genügte, daß des Raumes letzter, langer Augenblick grenzenlosen Nichtvergessens sich wieder ruhig zu erheben schien in einer langen Unbeweglichkeit des Fliehens; er schien voll bebender Erwartung, die nicht Warten genannt werden konnte, und enthielt nichts, was an Abschied erinnerte, er war nur da, ohne zu atmen und ohne Ungeduld oder Neugierde, und überließ es ganz ihm, den Raum zu verlassen. Schon war seine Hand am Licht, am Schalter.

Er war gerade mit Rasieren fertig, als Jiggs von der Straße her seinen Namen rief. Im Vorbeigehen nahm er vom Bett das saubere Hemd, das er dorthin gelegt hatte, ging ans Fenster und öffnete die Jalousie. »Sie ist nur eingeklinkt«, rief er. »Kommen Sie rauf.« Er knöpfte gerade das Hemd zu, als Jiggs in Tennisschuhen und Schäften mit seinem Leinwandsack die Treppe heraufkam.

»Vermutlich wissen Sie schon Bescheid«, sagte Jiggs.

»Ja. Ehe ich in die Stadt fuhr, habe ich mit Holmes gesprochen. Ich nehme an, daß Sie jetzt alle fort wollen.«

»Ja«, erwiderte Jiggs. »Ich gehe mit Art Jackson. Er quält mich schon lange. Er hat jetzt die Fallschirme, und da ich früher schon mal ein paar Absprünge gemacht habe, werde ich wohl alle andern Kniffe bald spitz haben ... Dann können wir die ganzen fünfundzwanzig Dollar unter uns teilen. Natürlich ist das was ganz anderes wie Rennen. Vielleicht gehe ich nach einiger Zeit auch wieder in den Rennbetrieb zurück, wenn ich ...« Regungslos stand er mitten im Zimmer, hielt den herabhängenden Leinwandsack; nüchtern und qualvoll nachdenklich senkte er das zerschundene und brutale Gesicht. Jetzt erst erkannte der Reporter, was er betrachtete. »Ja«, sagte Jiggs, »ich wollte sie heute morgen wieder anziehen, aber ich konnte nicht einmal den Sack öffnen und sie herausnehmen.« Das war gegen zehn Uhr, denn fast unmittelbar darauf kam die Negerin Leonora in Hut und Mantel herein. Sie trug am Arm den sauberen Korb, dessen Deckel so frisch war, daß die Bügelfalten noch sichtbar waren. Aber der Reporter ließ sie nur eben den Korb auf den Boden stellen.

»Eine Flasche Holzgeist und eine Büchse von dem Zeug, mit dem man Fettflecke aus Kleidern entfernt«, sagte er und gab ihr den Geldschein; dann zu Jiggs: »Oder womit wollen Sie die Schramme entfernen?«

»Ich hab da was«, antwortete Jiggs. »Ich hab's mitgebracht.« Er holte aus dem Sack eine Coca-Cola-Flasche mit Tragflächenfirnis. Sie war mit Papier verkorkt. Die Negerin stellte den Korb nieder, ging hinaus und kam mit den beiden Flaschen zurück; sie kochte Kaffee und stellte Kanne, Tassen und Zucker auf den Tisch. Dann ließ sie ihre Blicke wieder durch die unbenutzten, unberührten Zimmer schweifen, nahm ihren Korb, blieb eine kleine Weile stehen und beobachtete mit steifer und grimmiger Undurchdringlichkeit, was sie taten, bevor sie endgültig ging. Auch der Reporter, der auf dem Feldbett saß und ruhig in seine Tasse blies, um den Kaffee abzukühlen, beobachtete Jiggs, der in dem engen, schmierigen Anzug und den Tennisschuhen vor den glänzenden Stiefeln hockte, und dachte, daß er bisher noch nie von durchgelaufenen Gummisohlen gehört hätte. »Was, zum Teufel, brauche ich ein Paar neue Stiefel, wo ich vielleicht heute in vier Wochen keine Buxe mehr habe, die ich in die Schäfte stecke?« sagte Jiggs. Das war gegen elf. Gegen Mittag hatte der Reporter, der immer noch die kalte, alte Tasse in den Händen hielt, gesehen, wie Jiggs zuerst die Wichse mit dem Alkohol von den Stiefeln entfernte, hatte beobachtet, wie die sich schon verflüchtigende schwarze Brühe über die Stiefelschäfte kroch wie der Schatten einer Wolke über eine Straße, und sie dann mit dem Rücken einer Messerklinge abkratzte, so daß die Stiefel schließlich wieder aussahen, wie sie früher einmal gewesen waren, wie die Kolben von Schießgewehren, die für Liebhaber von Feuerwaffen besonders angefertigt werden. Er sah Jiggs zu, der jetzt auf dem Feldbett saß und das schmierige Hemd in den Stiefel stopfte, den umgekehrten Stiefel zwischen die Knie klemmte und mit Glaspapier vorsichtig von der Sohle jede Spur ihrer Berührung mit der Erde entfernte; und dann begann er, wobei seine stumpfen harten Hände sich mit zarter und unglaublicher Leichtigkeit und Vorsicht bewegten, den Kratzer vom Absatz auf dem Spann des rechten Stiefels mit dem Tragflächenfirnis zu bearbeiten, so daß er augenblicklich für den zufälligen Blick jedes, der von seiner Existenz nichts wußte, unsichtbar war. »Verdammt noch mal«, sagte Jiggs, »wenn ich sie doch nur nicht getragen hätte. Wenn nur diese verflixten Kniffe an den Gelenken nicht wären. Aber wenn ich sie wieder glatt gerieben habe...« Als die Turmuhr eins schlug, waren sie aber noch nicht so weit. Aber das Reiben machte sie nur glatt und ließ sie ohne Leben; der Reporter schlug Bohnerwachs vor, verließ das Zimmer und holte es, aber es mußte wieder runtergekratzt werden.

»Warten Sie mal«, sagte er und sah dabei Jiggs an; das hagere Gesicht war vor Strapazen und Mangel an Schlaf eingefallen, sein Ausdruck der des unwandelbaren ruhigen Erduldens, wie das Gesicht eines Hypnotisierten. »Einen Augenblick. In dem Magazin mit den Bildern, was die weißen amerikanischen Diener tragen sollten, damit sie aussähen wie englische Butler und dann, wenn man das selbst trug, glaubte das Pferd, es wäre in England, falls der Fuchs nicht zufällig unter einem Anschlagbrett oder sonst was herlief ... Und weiter, daß ein Fuchsschwanz das einzige ...« Er stierte Jiggs an, der seinen Blick mit blinzelnder und einäugiger Aufmerksamkeit erwiderte. »Einen Augenblick. Nein, es ist der Knochen des Pferdes. Nicht der Fuchs, das Schienbein eines Pferdes. Das brauchen wir.«

»Das Schienbein eines Pferdes?«

»Für die Stiefel. Das müssen Sie haben.«

»Ja, aber wo ...«

»Ich weiß, wo. Das holen wir uns, wenn ich zu Hagood fahre. Wir mieten einen Wagen.« Sie mußten in die Grandlieu Street gehen, um den Wagen zu mieten.

»Soll ich fahren?« fragte Jiggs.

»Können Sie das denn?«

»Gewiß.«

»Dann werden Sie wohl schon müssen, ich kann es nämlich nicht«, sagte der Reporter. Es war ein heller, milder, sonniger Tag; es war ganz warm, und die Luft voll eines schwachen Seufzens, das den Reporter an Orgeln und Glocken denken ließ – an Zerknirschung und Frieden und schattiges Niederknien –, wenn er auch beides nicht hörte. Die Straßen waren voller Menschen, aber das Gedränge war ruhig, über ihm lagerte nicht nur die gewöhnliche Sonntagsstimmung, sondern eine gewisse langsame Ruhe, als wären selbst die Backsteine und Steine eben erst vom Fieber genesen. Hier und da sah der Reporter, als sie das Stadtzentrum hinter sich ließen, auf der Leeseite von Mauern und Gossen kleine Schwaden der verbrauchten Konfetti, aber sie waren jetzt schmutzig und zertreten, so daß sie eher schmutzigem Sägemehl oder toten Blättern glichen. Ein- oder zweimal sah er zerfetzte Bögen des rotgoldenen Fahnentuchs und an einer Straßenecke wäre beinahe ein kleiner Junge, der einen zerfetzten Wimpel aus demselben Tuche trug, der hinter ihm herwehte, unter die Räder des Wagens gekommen. Dann löste sich die Stadt wieder auf in Sumpf und Marsch; jetzt führte der Weg durch einen breiten Salzsumpf, der durch den blendenden, sonnengebleichten Deich eines Kanals unterbrochen wurde; jetzt bog ein ausgefurchter Weg in das Besengras. »Da wären wir ja schon«, sagte der Reporter. Der Wagen bog in den Weg ein, und nun fingen sie in aller Ruhe

an, das Gerümpel zu untersuchen, das schweigende unvergäng-
liche Denkmal in der hellen Sonne – die alten Wagengestelle
ohne Motor oder Räder, die alten Motore ohne Räder oder
Wagengestelle; die verrosteten Brocken und Teile eiserner Maschinen, Gas- und Wasserrohre, die halbvergraben aus dem
gelblichen Sand und dem Muschelstaub ragten, der so weiß
war, daß Jiggs eine Zeitlang überhaupt keine Knochen sah.
»Können Sie ein Pferd von einer Kuh unterscheiden?« fragte
der Reporter.

»Das weiß ich nicht«, antwortete Jiggs. »Ich weiß nicht einmal genau, wie ein Schienbein aussieht.«

»Wir nehmen von allen ein paar mit und versuchen es dann
einfach«, entgegnete der Reporter. Und das taten sie: sie gingen umher, bückten sich (der Reporter blinzelte jetzt wieder
zwischen dem milden ruhigen Licht des pigmentlosen Sandes
und dem unaussprechlichen und wolkenlosen Blau), und
schleppten ungefähr dreißig Pfund Knochen zusammen. Sie
hatten zwei vollständige Vorderbeine, die beide von Pferden
stammten, was sie aber nicht wußten, einige Maultierschulter-
blätter, und Jiggs schleppte einen ganzen Haufen Rippen heran, die seiner nachdrücklichst geäußerten Meinung nach von einem Füllen, in Wirklichkeit aber von einem großen Hunde
stammten, und der Reporter hatte etwas gefunden, das sich
nicht als Knochen, sondern als der Vorderarm einer Statue erwies. »Es wird schon was dabei sein, das wir gebrauchen können«, sagte er.

»Ja«, erwiderte Jiggs. »Und wie nun weiter?« Sie brauchten
nicht durch die Stadt zurückzufahren. Sie umfuhren sie, ließen
den Salzsumpf hinter sich und kamen, nachdem sie keine wirkliche Grenze oder Demarkationslinie überfahren und auch von
keiner Wache angehalten worden waren, in eine Gegend, in der
selbst das Sonnenlicht anders zu sein schien; es sickerte durch
die in Reih und Glied stehenden Eichen und fiel mild auf park-
ähnliche Weiten und Ausblicke, jenseits welcher die Häuser der
Reichen in selbstvergessener Sicherheit über geschorene Rasen-
flächen und Terrassen hinwegsahen, als wäre es von einem
Wächter durch ein Tor in der Mauer als Besucher hereingelas-
sen worden. Jetzt fuhren sie an einer Vorpostenkette aus Palmen entlang, jenseits deren sich zwischen geschnittenen Hecken

ein Fahrweg hinzog, dessen Ruhe durch stille Gruppen augenscheinlich bewaffneter Männer und Jungen gestört wurde, die wie eine Schützenabteilung auf der Bühne zum Gefecht ausschwärmten.

»Es ist noch keine vier«, sagte der Reporter. »Wir können hier bei Nummer fünfzehn auf ihn warten.« Nach einer Weile blickte Hagood, der in Gegenwart der drei Mitspieler gerade den aufgesetzten und gerichteten Ball schlagen wollte, auf und sah die beiden seelenruhig auf dem Klubgelände stehn, während der Wagen hinter ihnen auf dem Wege wartete; sie beobachteten ihn – der rastlose und jetzt allgegenwärtige Leichnam und der andere, die böse Kreuzung zwischen Schurke und Pferd –, das grobe, harte, stumpfe Gesicht, das das geschwollene blaue Auge noch mitleidloser machte, ließ ihn nicht als ein Opfer erscheinen, als jemanden, der Mitgefühl verdiente, sondern als einen Piraten. Hagood kam von einem kleinen Erdhügel herab.

»Nachricht vom Büro«, sagte er ruhig. »Spielt unterdessen ruhig weiter. Ich hole euch schon ein.« Er näherte sich Jiggs und dem Reporter. »Wieviel wollen Sie denn jetzt wieder haben?« fragte er.

»Was Sie mir geben wollen«, antwortete der Reporter.

»So?« entgegnete Hagood ruhig. »Steht's denn diesmal so schlecht?« Der Reporter antwortete nicht; sie sahen, wie Hagood die Brieftasche aus der Hüfttasche nahm und sie öffnete. »Hoffentlich ist das das letztemal«, sagte er.

»Ja«, erwiderte der Reporter. »Sie verlassen heute abend die Stadt.« Hagood nahm aus der Brieftasche ein dünnes Scheckheft.

»Sie wollen also keine Summe nennen«, sagte Hagood. »Das überlassen Sie schlauerweise mir.«

»So viel Sie können. Wollen. Ich weiß, daß ich von Ihnen mehr geborgt als ich Ihnen wiedergegeben habe. Aber dieses Mal kann ich vielleicht...« Er zog etwas aus der Rocktasche und reichte es Hagood – eine Postkarte, eine farbige Lithographie; Hagood las: *Hotel Vista del Mar, Santa Monica, Kalifornien*; der plumpe Pfeil, der mit einer Hotelfeder gemacht war, wies auf ein Fenster.

»Was?« fragte Hagood.

»Lesen Sie sie«, erwiderte der Reporter. »Sie ist von Mama. Wo sie ihre Flitterwochen verbringen, sie und Mr. Hurtz. Sie schreibt, sie hätte ihm von mir erzählt, er scheint mich ganz gern zu haben, und vielleicht bekomme ich an meinem Geburtstag, am 1. April . . .«

»Das wäre ja sehr nett«, sagte Hagood. Er zog einen kurzen Füllfederhalter aus dem Hemd und blickte um sich; jetzt sprach der zweite Mann, die Zentaurkarikatur eines Witzblattes, der ihn ruhig und dauernd mit dem einen heißen Auge beobachtet hatte, zum erstenmal.

»Schreiben Sie auf meinem Rücken, Mister«, sagte er; er drehte sich um, bückte sich und bot Hagood die breite, augenscheinlich betonharte Fläche seines schmutzigen Hemdes dar, das ihm wie angegossen auf dem Rücken saß.

»Der Teufel soll mich holen, denn ich verdien's nicht besser«, dachte Hagood wütend. Er breitete das Formular auf Jiggs' Rücken aus, schrieb den Scheck, schwenkte ihn trocken, faltete ihn und gab ihn dann dem Reporter.

»Soll ich irgend etwas unterschreiben . . .« begann der Reporter.

»Nein. Aber darf ich Sie um einen Gefallen bitten?«

»Aber gern, Chef, natürlich.«

»Fahren Sie in die Stadt und sehen Sie im Adreßbuch nach, wo Dr. Legendre wohnt. Gehen Sie zu ihm. Aber nicht telephonieren, persönlich hingehen. Sagen Sie ihm, ich hätte Sie geschickt, sagen Sie ihm, er solle Ihnen ein paar Pulver geben, nach denen Sie vierundzwanzig Stunden schlafen. Und dann gehen Sie nach Hause und nehmen Sie die Pulver ein. Wollen Sie das tun?«

»Gewiß, Chef«, antwortete der Reporter. »Und wenn ich morgen den Schuldschein unterschreibe, heften Sie die Postkarte dran. Es ist ja nicht gerade gesetzlich, aber es ist immerhin . . .«

»Ja«, sagte Hagood. »Und jetzt gehen Sie. Gehen Sie, bitte.«

»Ja, Chef«, entgegnete der Reporter. Sie gingen. Als sie die Wohnung wieder erreichten, war es fast fünf Uhr. Sie luden die Knochen aus und dann machten sich beide an die Arbeit; jeder nahm einen Stiefel vor. Die Arbeit schien nur langsam von der Hand zu gehen; die Stiefel nahmen zwar einen tieferen

Farbton an, doch glänzten sie weniger als nach dem Gebrauch von Wachs oder Wichse.

»Verdammt noch mal«, sagte Jiggs. »Wären doch diese Kniffe nicht an den Gelenken und hätte ich doch Schachtel und Papier verwahrt, als ich sie auspackte...« Er dachte gar nicht mehr daran, daß Sonntag war, was er genau wußte: er und der Reporter hatten den ganzen Tag über gewußt, daß Sonntag war, aber beide hatten es vergessen; erst um halb sechs fiel es ihnen wieder ein, als Jiggs mit dem Wagen vor dem Fenster hielt, vor dem er vor vier Tagen gestanden hatte – das Fenster, aus dem jetzt sowohl die Stiefel als auch die Photographien verschwunden waren. Ruhig betrachteten sie eine Zeitlang die verschlossene Tür. »Dann hätten wir uns ja gar nicht so zu beeilen brauchen«, sagte er. »Na, aber vielleicht hätte ich sie doch nicht reinlegen können. Ich kann sie ja auch geradesogut ins Pfandhaus tragen... Wir wollen jetzt den Wagen zurückbringen.«

»Erst mal zur Zeitung, um den Scheck einzukassieren«, entgegnete der Reporter. Er hatte ihn bisher noch nicht betrachtet; während Jiggs im Wagen wartete, ging er ins Haus und kam bald zurück. »Er lautete auf hundert«, sagte er. »Ist doch ein anständiger Kerl. Er ist zu mir immer sehr freundlich gewesen.« Er stieg in den Wagen.

»Wie weiter?« fragte Jiggs.

»Das müssen wir jetzt entscheiden, und während wir das entscheiden, bringen wir den Wagen zurück.« Die Laternen brannten schon. Als sie die Garage verlassen hatten, gingen sie durch rot-grün-weißes Licht und Geglitzer, gingen durch den Lichtschein, der aus den Theatereingängen und den Restaurants nach draußen fiel, gingen quer durch den um diese Stunde wieder auferstehenden Duft von Fisch und Kaffee. »Sie selbst können es ihr nicht geben«, sagte der Reporter. »Sie wissen ja, daß Sie nie so viel hatten.«

»Ja«, entgegnete Jiggs. »Mit den zwanzig Dollar hätte ich es schon riskieren können. Aber etwas kann ich ja auch dazu tun. Wenn mir der Alte im Pfandhaus zehn dafür gibt, bin ich im siebenten Himmel.«

»Und wenn wir es dem Jungen zusteckten, dann wäre es... Einen Augenblick mal«, unterbrach er sich; er blieb stehen und sah Jiggs an. »Ich hab's. Ja. Kommen Sie.« Er lief jetzt fast, wehte durch das langsame Sonntagabendgedränge; Jiggs folgte ihm. Sie versuchten es in fünf Drugstores, bis sie endlich das Richtige fanden – ein blaugelbes Spielzeug, das an einer Kordel vor einem sich bewegenden Ventilator hing und so scheinbar flog. Es war eigentlich unverkäuflich; aber Jiggs und der Reporter holten aus dem hinteren Teil des Ladens die Treppenleiter und nahmen es ab. »Sie sagten doch, der Zug fahre um acht«, sagte der Reporter. »Wir müssen uns etwas beeilen.« Als sie die Grandlieu Street verließen, war es halb sieben. An der Ecke, an der Shumann und Jiggs vor zwei Abenden das Sandwich gekauft hatten, trennten sie sich.

»Ich kann die Kugeln von hier aus sehen«, sagte Jiggs. »Sie brauchen nicht mitzukommen; vermutlich werde ich an dem, was man mir dafür gibt, nicht schwer zu tragen haben. Sie holen inzwischen die Sandwiches; schließen Sie aber die Tür nicht ab.« Er ging; die in Zeitungspapier eingewickelten Stiefel trug er unter dem Arm; und während ein Fuß nach dem andern wie die Haxe eines Pferdes nach rückwärts schwang, glaubte der Reporter den runden Fleck geschwärzten Fleisches in den fahlen Sohlen erkennen zu können. Als er den Korridor betrat, die Tür anlehnte, die Treppen hinaufging und das Licht andrehte, packte er die Sandwiches nicht sofort aus. Er legte sie und das Kinderflugzeug auf den Tisch und verschwand dann hinter dem Vorhang. Als er in das Vorderzimmer zurückkehrte, trug er in der einen Hand den Krug (er enthielt jetzt noch etwa drei Pinten) und in der andern ein Paar Schuhe, die ganz aussahen wie er selbst, wie sein Haar oder seine Hände. Als Jiggs mit einem Paket hereinkam, das dicker wenn auch kürzer war als das mit den Stiefeln, saß er auf dem Feldbett und rauchte. »Fünf Dollar hat er mir dafür gegeben«, sagte Jiggs. »Zweiundzwanzigeinhalb habe ich dafür bezahlt; nur zweimal habe ich sie getragen, und der Kerl gibt mir fünf dafür. Der schmeißt sein Geld geradezu zum Fenster raus.« Er legte das Paket auf das Feldbett. »Und dann dachte ich, es wäre nicht der Mühe wert, ihr die paar Kröten zu geben, und so habe ich für sie alle etwas gekauft.« Er öffnete das Paket. Es enthielt eine Schachtel oder besser einen Kasten von der Größe eines Handkoffers mit Bonbons, der einem Miniaturbaumwollballen glich und folgende Aufschrift in Brandmalerei trug: *Andenken an New Valois. Komm bald wieder*; und dazu drei Zeitschriften: ›Boy's Life‹, ›The Ladie's Home Journal‹ und ein billiges Heft mit Schilderungen von Luftkämpfen. Jiggs nahm sie in seine stumpfen harten Hände und bog die Ecken gerade; sein brutales zerschundenes Gesicht war seltsam heiter. »Dann haben sie während der Fahrt was zu tun. Jetzt will ich mal meine Zange holen und dann machen wir den Kahn zurecht.« Als er sich umwandte, sah er den Krug auf dem Tisch. Aber er rührte ihn nicht an; er blieb nur stehen, betrachtete den Krug, und der Reporter sah, wie plötzlich in dem gesunden Auge stille, heiße Gier aufflammte. Aber Jiggs rührte sich nicht. Der Reporter ging an den Tisch, goß ein Glas voll und gab es ihm und dann noch eins. »Sie müssen auch eins trinken«, sagte Jiggs.

»Ja«, sagte der Reporter. »Gleich.« Aber vorläufig tat er es nicht; er nahm eins der Sandwiches, die Jiggs ausgepackt hatte, und sah dann, wie Jiggs, dessen Backe durch einen großen Bissen aufgetrieben war, sich bückte, aus dem Leinwandsack eine Zigarrenkiste und aus der Kiste eine Zange nahm; der Reporter, der das Sandwich noch nicht angebissen hatte, sah, wie Jiggs die Metallklammern aufbog, die den Rumpf des Kinderflugzeugs zusammenhielten, und dieses öffnete. Der Reporter nahm das Geld aus der Tasche – die fünfundsiebzig, die der Springer ihm gegeben hatte, und die hundert von Hagood – und sie verstauten es im Spielzeug, und Jiggs bog die Klammern wieder zu.

»Ja«, sagte Jiggs. »Er wird's schon finden; mit jedem Spielzeug, das er bekommt, spielt er erst mal ein paar Tage und dann nimmt er es auseinander. Um es in Ordnung zu bringen, wie er sagt. Aber das ist ihm wohl angeboren, Rogers Vater ist Arzt. In einer kleinen Landstadt, in der meist schwedische Siedler wohnen, und der Alte steht zu jeder Nachtzeit auf und fährt zwanzig bis dreißig Meilen im Schlitten und holt die Kinder auf die Welt und schneidet Arme und Beine ab, und manche bezahlen ihn sogar; manchmal dauert es zwei bis drei Jahre, bis sie ihm einen Schinken oder eine Bettdecke oder sonst was als Abzahlung bringen. Der Alte wollte, daß Roger auch Arzt würde, und als Roger noch ein Kind war, redete der Alte von nichts anderm und kontrollierte seine Fortschritte in der Schule: und so mußte Roger denn für den Alten seine Zeugnisse zurechtmachen, aber das hat der Alte nie gemerkt; er sah Roger jeden Morgen in die Stadt zur Schule gehen (sie wohnten damals auf einer Art Farm etwas außerhalb der Stadt, die aber nie jemand zu bewirtschaften versuchte, wie Roger erzählte, weil sich hier sein Vater, seines Vaters Vater, angesiedelt hatte, als er ins Land kam), und er kam erst hinter den ganzen Schwindel, als er eines Tages feststellte, daß Roger seit einem halben Jahr immer nur bis an die Wegbiegung gekommen war, wo ihn niemand mehr sehen konnte, und dann durch die Wälder in eine alte Schmiede lief, die sein Großvater gebaut hatte; und hier hatte sich Roger aus Teilen einer alten Nähmaschine, aus alten Uhren und so weiter ein Motorrad gebaut, und das Ding lief. Und das war sein Glück. Als der Alte sah, daß das Ding lief, ließ er Roger in Ruhe und quälte ihn nicht länger, Arzt zu werden; er kaufte Roger den ersten Kahn, den Hisso Standard, und zwar mit dem Geld, das er für Rogers medizinische Studien gespart hatte, denn als er sah, daß das Motorrad lief, merkte er wohl, daß er nichts mehr machen konnte. Und dann mußte Roger eines Abends ohne Lichter landen; dabei flog er gegen eine Kuh und der Kahn ging in die Brüche und der Alte mußte die Reparaturkosten bezahlen; Roger hat mir mal erzählt, der Alte hätte Geld auf die Farm aufgenommen, um die Kosten bezahlen zu können, und er, Roger, hätte immer die Absicht gehabt, ihm das Geld wiederzugeben, sobald er nur könnte, aber meiner Meinung nach war das ganze okay, denn wahrscheinlich ist doch eine Farm ohne Hypothek gegen das Gesetz oder so ähnlich. Vielleicht hat der Alte auch gar keine Hypothek aufgenommen und das Roger nur so erzählt, damit er das nächste Mal auf einem Feld ohne Hindernisse landete.« Kurz nachdem Jiggs mit seinem Paket hereingekommen war, hatte es auf der Turmuhr sieben geschlagen; es mußte jetzt ungefähr halb acht sein. Jiggs saß da und hielt einen der Schuhe in der Hand. »Gewiß«, sagte er, »habe ich sie nötig. Aber wie steht's mit Ihnen?«

»Ich kann doch immer nur ein Paar tragen, und hätte ich noch so viele«, antwortete der Reporter. »Nun reden Sie nicht lange, sondern probieren Sie sie mal an.«

»Die passen bestimmt. Zweierlei paßt immer, ein Taschentuch, wenn einem die Nase wegläuft, und ein paar Schuhe, wenn man auf den bloßen Sohlen läuft.«

»Ja«, entgegnete der Reporter. »Das war denn wohl derselbe Kahn, in dem er und Laverne . . .«

»Ja, die beiden waren schon ein Paar. Sie freute sich damals mächtig, als er in dem Ding in die Stadt geflogen kam. Sie hat mir mal so allerlei erzählt. Sie war Waise; ihre ältere verheiratete Schwester nahm sie zu sich ins Haus, als die Eltern starben. Die Schwester war ungefähr zwanzig Jahre älter als Laverne, und der Mann der Schwester war ungefähr sechs bis acht Jahre jünger als die Schwester, und Laverne war gegen vierzehn bis fünfzehn; in dem Hause ihrer alten Eltern hatte sie nicht viel Freude erlebt, und ebensowenig mit ihrer Schwester, die ja auch viel älter war als sie. Ich glaube auch kaum, daß die Schwester mit ihrem Mann ein besonders glückliches Leben führte. Und als dann der Mann Laverne zeigte, wie sie heimlich das Haus verlassen konnte, und die beiden dann zusammen in eine vierzig oder fünfzig Meilen entfernte Stadt fuhren, während die Frau glaubte, der Mann sei an der Arbeit, und er ihr ein Glas Soda kaufte oder mit ihr in einen Ausschank ging, wo niemand sie kannte, um dort zu tanzen, da glaubte sie wohl, das wäre das Himmelreich auf Erden. Und als er ihr dann beibog, daß gar nichts dabei wäre, die Schwester auf diese Weise zu hintergehen, da tat sie auch bald alles, was er von ihr verlangte. Er war schon ein gerissener Kunde, er bezahlte ja für sie, was sie aß und am Leibe trug. Vielleicht aber hielt sie es doch nicht für ganz in der Ordnung, vielleicht hatte sie es sich folgendermaßen zurechtgelegt: entweder war man verheiratet und kam vor Hausarbeit um und der Mann betrog einen und man wußte es und man konnte nichts anderes tun als an ihm herumzunörgeln, wenn er wach war, oder seinen Anzug nach Haarnadeln oder Briefen oder Überziehern zu untersuchen, wenn er schlief, und dann der jüngeren Schwester was vorstöhnen, wenn er nicht zu Hause war, oder man war das Liebchen des Mannes einer andern und die einzige Wahl, die man hatte, war, das schmierige Geschirr zu spülen, oder aber die billigen Sodas mit einer halben Stunde Tanz nach einer minderwertigen Kapelle in einer Spelunke, in der niemand seinen richtigen

Namen angab, und auf dem Nachhauseweg wurde man auf dem Hintersitz des Autos mal schnell hochgenommen und zu Hause log man dann der Schwester was vor, und wenn's dann irgendwie brenzlig wurde, dann fiel der Kerl selbst noch über einen her, um sein Gesicht zu wahren, und machte das dadurch wieder gut, daß er einem das nächste Mal zwei Sodas spendierte. Vielleicht aber wußte sie bei ihren fünfzehn Jahren auch nicht, wie sie sich verhalten sollte, und merkte gar nicht, daß der Kerl mit ihr machte, was er wollte, und daß er mit ihr in die billigen Ausschänke ging, nicht, um nicht erkannt zu werden, sondern um der Konkurrenz von Brüdern, wie er selber einer war, aus dem Wege zu gehen; keine jungen Burschen sollten sie und sie keine jungen Burschen zu Gesicht bekommen. Aber eines Tages kam die Konkurrenz dann doch. Irgendwie erfuhr sie, daß man anderswo einen Soda trinken konnte, der mehr als einen Zehner kostete, und daß eine Kapelle nicht nur in einem Hinterraum mit heruntergelassenen Blenden spielen konnte. Vielleicht hatte er selbst schuld, denn eines Abends hatte sie ihn als Vorwand benutzt und da jagte er hinter ihr her und schnappte sie, und der Kerl, mit dem sie zusammen war, mußte ihn schließlich verhauen, und da ging er nach Hause und erzählte alles der Schwester.« Der Reporter erhob sich schnell. Jiggs sah, wie er an den Tisch ging und ein Glas füllte, wobei er die Flüssigkeit auf den Tisch verschüttete. »So ist's recht«, sagte Jiggs. »Nehmen Sie mal nen ordentlichen Schluck.« Der Reporter hob das Glas, schluckte, sein Hals war ein einziges Würgen. Und die Flüssigkeit strömte ihm über das Kinn. Jiggs sprang schnell auf, aber schon rannte der andere an ihm vorbei nach dem Fenster und auf den Balkon, wo ihn Jiggs, der ihm gefolgt war, gerade noch beim Arm erwischte, als er sich über das Gitter beugte und die kaum angewärmte Flüssigkeit ihm aus dem Munde barst. Auf der Turmuhr schlug es halb; der Ton folgte ihnen ins Zimmer und schien dann wie das Licht in dem harten, hellen, wilden Farbenzickzack auf den mit Decken behangenen Wänden zu verschwinden. »Ich will Ihnen mal einen Schluck Wasser holen«, sagte Jiggs. »Setzen Sie sich, ich . . .«

»Mir geht es schon wieder besser«, sagte der Reporter. »Ziehen Sie die Schuhe an. Eben hat es halb acht geschlagen.«

»Ja, aber . . .«

»Nein. Setzen Sie sich. Ich ziehe Ihnen die Schäfte aus.«

»Können Sie das denn auch?«

»Ja. Ist schon wieder vorbei.« Wieder saßen sie einander gegenüber auf dem Fußboden, wie am ersten Abend; der Reporter faßte den Steg des rechten Schaftes. Dann fing er an zu lachen. »Ja, jetzt haben wir den Salat«, sagte er und lachte leise. »Ja, eine Tragödie sollte es werden. So ne richtige italienische Tragödie. Ein Florentiner verliebt sich in die Frau eines andern Florentiners, und es dauert drei Akte, bis der zweite Florentiner merkt, was eigentlich los ist, und wenn der Vorhang nach dem dritten Akt fällt, dann weiß man, daß der Florentiner und die Frau über die Feuerleiter fliehen und der Bruder des zweiten Florentiners sie erst bei Tagesanbruch einholt und sie unterdessen im Bett des Mönches im Kloster schlafen. Aber so verlief es doch nicht. Als er am Fenster erschien, um ihr zu sagen, daß die Pferde bereit stünden, wollte sie nicht mit ihm sprechen. Und so wurde eine Komödie draus.« Er sah Jiggs an, lachte, lachte nicht lauter, sondern nur schneller.

»Menschenskind«, sagte Jiggs. »Nun denken Sie doch nicht mehr dran.«

»Ja«, entgegnete der Reporter. »Spaßig ist's ja auch nicht. Ich versuche, es zu vergessen. Ich versuche es. Aber ich kann nicht. Wissen Sie vielleicht, wie ich es vergessen kann?« sagte er; er hielt immer noch den Steg, Lachen verzerrte das Gesicht, das sich plötzlich, wie Jiggs bemerkte, mit Tropfen bedeckte, die über die leichenhafte Grimasse liefen; Jiggs hatte einen Augenblick lang gemeint, es wäre Schweiß, bis er sah, daß es Tränen waren.

Es war halb acht vorbei; jetzt mußten sie sich schon beeilen. Sie fanden sofort ein Auto und erwischten in der Grandlieu Street das grüne Licht, bevor das Auto seine Fahrt verlangsamte, sausten durch den Neonglanz, das Pulsen und Glitzern der elektrischen Lampen, das auf das mäßige, langsame Sonntags-Pflastergedränge fiel, das von einem Schaufenster zum andern ging, hinter denen die makellosen unglaublichen Wachsmänner und Wachsfrauen sie mit undurchdringlichem delphischem Blick anstarrten. Jetzt flitzten schon die Palmen in der Saint Jules Avenue an ihnen vorbei – schäbige Zaunpfähle, salbeigrüne Staubwedel, wie sie zu dem alten Lande des Südens gehören; die erleuchtete Uhr in der Vorderseite des Bahnhofs zeigte sechs Minuten vor acht. »Wahrscheinlich sind sie schon im Zug«, sagte Jiggs.

»Ja«, entgegnete der Reporter. »Sie können doch durch die Sperre?«

»Ja«, antwortete Jiggs; er nahm das Kinderflugzeug und das Paket, das er neu gepackt hatte. »Wollen Sie denn nicht mitkommen?«

»Ich warte hier«, erwiderte der Reporter. Er sah, wie Jiggs in den Wartesaal ging und dann verschwand. Er hörte, wie ein anderer Zug abgerufen wurde; er ging in die Nähe der Tür und sah, wie die Reisenden langsam aufstanden und sich mit ihren Koffern und Bündeln den numerierten Eingängen zuwandten; andere blieben sitzen und warteten auf andere Züge. »Aber auch nicht lange«, dachte der Reporter. »Ja, sie fahren nun nach Hause«; und er dachte an all die Städtenamen, nach denen Eisenbahnlinien führten, die sich von der Flußmündung fächerartig über ganz Amerika ausbreiten, an die kalten Februarnamen Minnesota und Dakota und Michigan, die hohen vereisten Flußläufe und den langen zuverlässigen Schnee. »Ja, nach Hause, und dabei wissen sie, daß sie fast ein ganzes Jahr vor sich haben, bis sie sich wieder betrinken und diese Tatsache feiern müssen, daß es länger als elf Monate dauert, bis sie wieder Masken tragen, sich betrinken und auf Hörnern blasen.«

Jetzt zeigte die Uhr zwei Minuten vor acht; wahrscheinlich waren sie ausgestiegen, um mit Jiggs zu sprechen, vielleicht standen sie jetzt auf dem Bahnsteig und rauchten; er konnte durch den Wartesaal gehen und hätte sie dann zweifellos gesehen, wie sie neben dem fauchenden Zug standen, während die andern Reisenden und die Rotkappen vorbeieilten; sie trug nun das Paket und die Zeitschriften, und der kleine Junge hatte das Flugzeug und ließ es fliegen und trudeln, ohne es dabei aus der Hand zu lassen. »Vielleicht gehe ich doch mal eben und gucke«, dachte er; er wartete, wozu er sich entschlösse, bis er plötzlich erkannte, daß es jetzt ganz anders war als damals, als er im Schlafzimmer gestanden hatte, ehe er das Licht andrehte. Er selbst war jetzt das nebelhafte und ruhige Durcheinander und Gemisch aus Gefühl und Atem und Erfahrung, ohne äußere sichtbare Zeichen, das wartende sorglose geduldige Nicht-atmen, und jemand anderes als er mußte dieses Mal die Bewegung machen. Die Uhr hatte auch einen Sekundenzeiger – dünn, fein wie ein Spinnfaden; er beobachtete ihn jetzt, konnte ihm aber bei seiner zu schnellen Bewegung nicht folgen, sah ihn nur, wenn er nach jeder Sekunde für einen Augenblick stillstand; dann sah es aus, als würde er jedesmal mit Feder und Lineal auf das Zifferblatt der Uhr eingezeichnet – 9. 8. 7. 6. 5. 4. 3. 2. und fertig; jetzt begann die einundzwanzigste Stunde; weiter nichts. Kein Laut, als hätte nicht ein Dampfzug vor zwei Sekunden den Bahnhof verlassen, sondern als wäre es das Bild auf dem Schirm einer Laterna magica gewesen, das so lange sichtbar war, bis die ungeduldige und ruhelose Hand eines Kindes den Glasstreifen herausnahm.

»Ja«, sagte Jiggs, »vermutlich wollen Sie jetzt nach Hause und ein bißchen pennen.«

»Ja«, entgegnete der Reporter. »Wir können jetzt gehen.« Sie stiegen in das Auto, Jiggs legte dieses Mal seinen Leinwandsack auf den Schoß.

»Ja«, fing Jiggs an. »Er wird's schon finden. Er ließ es schon ein paarmal fallen, als er versuchte, es auf dem Bahnsteig fliegen zu lassen. Sie haben ihm doch gesagt, daß er an der Main Street hält?«

»Ich bringe Sie eben bis ans Hotel«, sagte der Reporter.

»Nein, ich steige an der Main aus. Gott sei Dank, daß ich nicht hier zu leben brauche; wenn mich nicht jemand nach Hause brächte, fände ich meine Wohnung nicht wieder. Ich vergäße sogar den Namen der Straße, in der ich wohnte, wenn ich ihn auch aussprechen und fragen könnte, wo sie liegt.«

»Grandlieu«, sagte der Reporter. »Ich bringe Sie . . .« An der Ecke fuhr das Auto langsamer und hielt. Jiggs nahm den Leinwandsack und öffnete die Tür.

»Fein. Es ist erst Viertel nach acht. Um neun treffe ich Art. Bis dahin gehe ich die Straße ein Stückchen rauf und schöpfe ein bißchen frische Luft.«

»Am liebsten wäre es mir, Sie ließen mich jetzt . . . Oder wollen Sie mit zu mir kommen und . . .«

»Nein; Sie gehen jetzt nach Hause und legen sich schlafen; wir haben Sie wahrhaftig genug in Anspruch genommen.« Er lehnte sich in das Auto; die Kappe verdeckte halb sein hartes, blaues Gesicht und das pflaumenfarbene Auge; plötzlich wurde das Licht grün, und schrillend erklang die Glocke. Jiggs streckte die Hand aus; einen Augenblick lang schwitzte die harte, schlaffe, rauhe Hand in der des Reporters, als faßte der Reporter ein Stück Treibriemen an. »Vielen Dank. Auch für die Schnäpse. Bis zum nächsten Mal.« Das Auto setzte sich in Bewegung; Jiggs schlug die Tür zu; sein Gesicht flitzte am Fenster vorbei; die grünen und roten und weißen elektrischen Lichter verschwanden, pulsten und flitzten auch davon, als der Reporter durch das Hinterfenster sah, wie Jiggs den jetzt schlaffen schmierigen Sack über die Schulter schwang und in der Menge verschwand. Der Reporter beugte sich vor und klopfte an das Glas.

»Zum Flughafen«, sagte er.

»Flughafen?« wiederholte der Fahrer. »Der andere sagte doch, Sie wollten in die Noyades Street.«

»Nein, Flughafen«, sagte der Reporter.

Der Fahrer blickte wieder geradeaus; es sah so aus, als setze er sich zurecht, als brächte er für die lange Fahrt seine Glieder in eine bequeme Stellung. Unterdessen sausten die Einbahnpfeile der engen Altstadt an ihnen vorbei. Jetzt wich das alte Viertel dreckiger Vororte, die meist ohne Licht waren, und das Auto fuhr schneller; dann reckte sich die Straße und wurde die bandgerade Chaussee, die durch die aus Wasser und Land bestehende Ebene führte, und das Auto fuhr nun ganz schnell und dann begann die Illusion, das Gefühl, als säße er in einem kleinen luftdichten Glaskasten, der sich mit zwei kleinen Lichtfingern in der stillen und vorbeisausenden Unendlichkeit des Raumes festhielt. Als er zurückblickte, konnte er in nicht allzu weiter Ferne die Stadt und ihren Schein sehen; wenn er sich bewegte, einerlei mit welch furchtbarer Geschwindigkeit und in welcher Einsamkeit, so bewegte sie sich auch, sauste neben ihm her. Er entkam ihr nicht; symbolisch und umfassend reichte sie weiter als alle benzindurchrasten Entfernungen, jenseits aller nach Uhr oder Sonne getroffenen Verabredungsorte. Ewig war er da, der Duft nach Kaffee, Zucker, Hanf, schwitzende langsame Eisenplatten über dem gegabelten bedächtigen braunen Wasser, in dem alles Blau aus Breite und Horizont untergegangen, versunken war; der heiße Gossen füllende Regen wirbelte die Köpfe verzehrter Garnelen durcheinander; die zehntausend unentrinnbaren Morgen, an denen zehntausend schwingende Luftpflanzen das leichte, skrofulöse Aufsteigen aus schwitzenden Backsteinen tüpfeln und zehntausend Paare schiefer brauner Leonorafüße gestreift werden durch den jalousierten Waffenstillstand mit der unbesiegbaren Sonne: der dünne, schwarze Kaffee, die unzähligen Fische, die in unmeßbarem Öl gebraten werden – morgen und morgen und wieder morgen; nicht nur, um nicht zu hoffen oder auch nur zu warten: nur um auszuharren.

Die Aasgeier

UM MITTERNACHT – einer aus der Gruppe der Zeitungsleute am Strande behauptete, gesehen zu haben, daß
der Maat des Baggers und der Sergeant der Polizeibarkasse ihre Taschenlampen eine Viertelstunde lang auf ihre Uhren gehalten hätten – lichtete der Bagger den Anker, hielt sich
noch kurze Zeit in der Nähe des Landes und dampfte dann ab,
während die weiße schnellere Polizeibarkasse schon jenseits der
Mole war, ehe der Bagger genug Wasser hatte, um wenden zu
können. Dann wandten sich die fünf Zeitungsleute – vier in
Mänteln mit hochgeschlagenen Kragen – um und gingen den
Strand hinauf, wo die Reihe der leuchtenden Wagen dünner
wurde, während die Polizisten – sie waren auch weniger geworden – versuchten, des unvermeidlichen Gedränges Herr zu
werden. Es war ein windstiller Abend, der Himmel war unbe-
deckt. Am Seeufer entlang glühte schwach und klar die Schnur
aus Lichtern, und Entfernung und Klarheit ließen sie zittern
und beben wie helle, noch nicht ganz zur Ruhe gekommene Vögel, und das taten auch die Grenzlichter längs des Dammes, jetzt
hatte man den Eindruck, als fege der stetige rhythmische Strahl
des Leuchtfeuers nicht mehr lautlos durch die dichten schwachen
Sterne, sondern als heule er wie ein Windstoß, der über das
Wasser braust. Sie gingen den Strand hinauf bis zu einem Polizisten, der, die Hände in den Hüften, dastand und sich silhou-
ettenartig nicht nur gegen das Kreuzundquer der Scheinwerfer,
sondern auch gegen den tosenden und schreienden Aufruhr abhob, als betrachte er ohne jede Erregung die Ereigniswerdung
dessen, auf das er seit zwanzig Stunden gewartet hatte. »Wollen
Sie uns denn nichts sagen, Sergeant?« fragte der erste Zeitungsmann. Der Polizist sah über die Schulter, blickte unter seiner
schiefsitzenden Mütze her argwöhnisch hinab auf die Gruppe.

»Wer sind Sie?« fragte er.

»Von der Presse«, antwortete der andere mit gezierter Stimme.

»Weiter, weiter«, sagte ein zweiter hinter ihm. »Wir wollen irgendwo reingehen.« Der Polizist hatte sich schon wieder den Wagen, den Rennmaschinen, dem Lärmen und Tosen zugewandt.

»Langsam, langsam, Sergeant«, begann der erste wieder. »Wollen Sie uns nicht auch in die Stadt zurückschicken?« Der Polizist wandte sich nicht einmal um. »Na, dann rufen Sie doch wenigstens meine Frau an und sagen Sie ihr, Sie wollten mich nicht nach Hause lassen, da Sie den dunkelblauen Rock der Ehre, der Unbestechlichkeit und Reinheit tragen . . .« Ohne den Kopf zu wenden, sagte der Polizist:

»Wollen Sie den Leichenschmaus hier oder lieber im Wagen beenden?«

»Richtig. Endlich haben Sie's kapiert. Jungens, er kommt . . .«

»Los doch, los«, sagte der zweite. »Er soll sich ne Zeitung kaufen und sie lesen.« Sie gingen weiter, als letzter der Reporter (er war der, der keinen Mantel trug), bahnten sich den Weg durch Geblöke und Gehupe und Gequietsch und Geknatter der Getriebe, durch zurück und kreuz und quer sausende Scheinwerferstrahlen, erreichten endlich die Straße, überquerten sie und gingen in den Erfrischungsraum. Der erste ging voran; die Krempe seines Hutes war an der Seite hochgeklappt, der Mantel war schief geknöpft, und aus einer Tasche ragte ein Flaschenhals hervor. Der Wirt sah sie nicht besonders freundlich an; er wollte gerade schließen.

»Der Kerl da draußen hat mich um meine Nachtruhe gebracht, und ich pfeife fast auf dem letzten Loch«, sagte er.

»Er tut so, als wären wir Polizeibeamte, die ihm die Bude zumachen wollen, anstatt eine Abordnung der Presse, die ihn überreden will, sie offen zu halten und unsere paar Kröten anzunehmen«, sagte der erste. »Sie verpassen die dicke Sache bei Tagesanbruch, ganz zu schweigen von den vielen Menschen, die vom Lande kommen, die das alles ja erst erfuhren, als der Mittagszug die Zeitungen brachte.«

»Dann gehen Sie doch in das Hinterzimmer; ich schließe hier ab und mache das Licht aus«, sagte der Wirt.

»Natürlich«, antworteten sie. Er verschloß die Tür, drehte das Licht aus und führte sie nach hinten, in die Küche – ein Ofen, ein Zinktisch, den wie Krusten die Reste von Fleisch und Fisch bedeckten, die an jedem Wochenende auf ihm zubereitet wurden. Er versorgte sie mit Gläsern, Coca Cola, einem Spiel Karten, Bierkästen, auf denen sie sitzen konnten, und einem Faß als Tisch und schickte sich dann an, sich zurückzuziehen.

»Wenn geklopft wird, verhalten Sie sich ganz ruhig«, sagte er. »Und wenn sie wieder anfangen, dann klopfen Sie doch eben gegen die Wand, ich werde dann schon wach.«

»Gern«, entgegneten sie. Er ging. Der erste öffnete die Flasche und begann, die fünf Gläser zu füllen. Der Reporter faßte seinen Arm.

»Für mich nicht. Ich trinke nicht.«

»Was?« fragte der erste, der das vierte Glas noch nicht ganz gefüllt hatte. Vorsichtig stellte er die Flasche nieder, zog sein Taschentuch hervor, tat so, als nähme er eine Brille ab, als putzte er sie, setzte sie dann wieder auf und starrte den Reporter an; dann ergriff er die Flasche und goß die Gläser voll. »Was, nicht?« fragte er wieder. »Habe ich recht gehört, oder habe ich mich doch vertan?«

»Ja«, antwortete der Reporter. Sein Gesicht zeigte den müden, schmerzhaften Ausdruck, den vielleicht ein Mann nach Beendigung der Besichtigung seines Babys zeigt. »Vorläufig habe ich's aufgesteckt.«

»Gott sei Dank«, hauchte der erste; dann wandte er sich um und rief dem, der jetzt die Flasche hielt, mit der burlesken Wut und Verzweiflung eines Amateur-Hanswurstes etwas zu. Aber er hörte sofort wieder auf, und dann setzten sich die vier (der Reporter lehnte wieder ab) um das Faß und verteilten die Karten. Der Reporter gesellte sich nicht zu ihnen. Er zog seinen Bierkasten beiseite, worauf der erste, der gewöhnliche Opportunist, der jeden zufälligen Fehler oder jedes irgendwie auffallende Verhalten zum Anlaß für seine Witze nimmt, sofort bemerkte, daß er seinen Bierkasten neben den jetzt kalten Ofen gestellt hätte. »Wenn Sie nichts trinken wollen, dann geben Sie doch dem Ofen was«, sagte er.

»Ich bin gleich wieder warm«, entgegnete der Reporter. Sie spielten; der vierte gab jetzt aus. Ruhig und frisch und unpersönlich übertönten ihre Stimmen das leichte Klatschen der Karten.

»Das ist doch noch ein Kerl, der so einfach Schluß macht«, sagte er.

»Was mag der wohl gedacht haben, während er da oben saß und darauf wartete, daß das Wasser über ihm zusammenschlug?« fragte der erste.

»Nichts«, antwortete der zweite kurz. »Wäre er ein Mensch gewesen, der denkt, dann wäre er überhaupt nicht da oben gewesen.«

»Meinst wohl, er wäre dann Zeitungsmensch geworden?« fragte der erste.

»Ja«, erwiderte der zweite. »Das meine ich.« Der Reporter stand ruhig auf. Er zündete sich eine Zigarette an, wandte ihnen ein wenig den Rücken zu und warf dann das Streichholz vorsichtig in den kalten Ofen. Dann setzte er sich wieder. Keiner der andern schien ihn zu beachten.

»Und was«, sagte der vierte, »hat denn wohl seine Frau gedacht?«

»Das ist ganz einfach«, erwiderte der erste. »Die dachte: Gott sei Dank habe ich einen in Reserve.« Sie lachten nicht; der Reporter hörte kein Lachen; er saß ganz ruhig und unbeweglich auf dem Bierkasten, während sich der Zigarettenrauch in die windstille, schale Luft erhob, sich an seinem Gesicht brach und dann weiter strömte; die Stimmen tönten hin und her, klangen wie das tote Klatschen der Karten.

»Ist es denn Tatsache, daß beide bei ihr schliefen?« fragte der dritte.

»Das ist doch bekannt«, erwiderte der erste. »Aber Shumann soll das gewußt haben. Die Monteure, die sie kennen, behaupten sogar, sie wüßten nicht, wer der Vater des Kindes ist.«

»Vielleicht beide«, sagte der vierte. »Ein Doppelmensch: der fliegende Jekyll und Bruder Hyde, steuert den Kahn und springt ab mit dem Fallschirm.«

»Wenn er nur weiß, wer von ihm im Kahn sitzt«, sagte der dritte.

»Das spielt ja schließlich keine Rolle«, sagte der erste. »Einer von ihnen sitzt jedenfalls drin, und wer, das ist dem Kahn ganz einerlei.« Der Reporter rührte sich nicht; seine Hand, der gebeugte Arm ruhte mit dem Ellbogen auf dem Knie, hob sich mit der Zigarette an den Mund und wurde dann wieder regungslos, während er den Rauch mit scheinbar gespannter, nachdenklicher Sammlung einsog, ruhig und dauernd zitterte, was ihn augenscheinlich nicht nur nicht störte, sondern was er nicht einmal merkte, wie jemand, der seit vielen, vielen Jahren gelähmt ist; die Stimmen hätten ganz gut das Klatschen der Karten oder vielleicht Blätter sein können, die an ihm vorbeiwehten.

»Ihr Saukerle«, sagte der zweite. »Ihr dreckschnauzigen Schweinehunde. Warum laßt ihr den armen Kerl denn nicht in Ruhe? Laßt sie doch alle in Ruhe. Sie haben zu tun versucht, was sie tun mußten, und zwar so gut, wie sie es konnten, genau wie wir, nur vielleicht ein wenig besser als wir. Jedenfalls ohne Winseln und Bauchweh.«

»Gewiß«, entgegnete der erste. »Du hast den Vogel auf den Kopf getroffen. Was sie tun konnten, und so gut, wie sie es konnten; darüber sprachen wir ja gerade, als du uns dreckschnauzige Schweinehunde nanntest.«

»Ja«, meinte der dritte. »Grady hat recht. Laßt ihn in Ruhe; das scheint auch sie getan zu haben. Aber zum Teufel: vermutlich läßt sie ihn hier, selbst wenn er da rausgefischt wird. Weshalb sollte sie da noch länger hier bleiben, ganz abgesehen von den Kosten? Wohin mögen sie jetzt wohl fahren?«

»Wohin fahren denn solche Menschen?« entgegnete der zweite. »Was wird aus Maultieren und Artisten? Im Graben sieht man einen zerbrochenen Wagen oder findet so'n Fahrrad mit einem Rad und dem vierzehn Fuß hohen Sattel im Pfandhaus. Fragt denn jemand danach, was aus denen wurde, die beide in Bewegung setzten?«

»Glaubst du denn, sie haute ab, um den Beerdigungskosten aus dem Wege zu gehen, falls man ihn rausholt?« fragte der vierte.

»Warum nicht?« entgegnete der zweite. »Leute wie die haben kein Geld für Leichen übrig, weil sie ohne Geld leben. Zum Leben braucht man eigentlich kein Geld; nur wenn man stirbt, muß man selbst oder ein anderer was im Strumpf haben. Mit dem Geld, das einem der Leichenbestatter abnimmt mit der Behauptung, er könne es unmöglich billiger machen, ohne dem Ansehen des Verstorbenen zu schaden, kann ein Mensch ein halbes Jahr lang essen und schlafen und sich die Sittenpolizei vom Halse halten. Und womit sollten sie ihn begraben, wenn sie ihn wirklich begraben müßten?«

»Du redest, als wäre der Versuch, die zweitausend Dollar zu gewinnen, nicht von vornherein Selbstmord gewesen.«

»Das stimmt. Gewiß hätte er das Geld genommen. Aber deshalb flog er nicht mit dem Kahn los. Und hätte er nur ein Fahrrad gehabt, mit dem er hätte hochgehen können, er hätte das Rennen mitgemacht. Aber nicht des Geldes wegen. Sie müssen einfach, wie manche Frauen Huren werden müssen. Sie können einfach nicht anders. Ord wußte, daß der Kahn gefährlich war, und Shumann hat das sicher genau so gut gewußt wie Ord – erinnert ihr euch nicht, wie er bei der ersten Etappe so weit draußen war, daß es aussah, als sei er gar nicht mit im Rennen, bis er dann alles vergaß, herankam und versuchte, Ord zu überholen? Wenn es nur des Geldes wegen gewesen wäre, dann hätte er sich bestimmt nicht dazu entschlossen, es unter Lebensgefahr in einer Maschine zu gewinnen, von der er wußte, daß sie nicht zuverlässig war. Auch müßte er das Geld während der Zeit ganz vergessen haben, als er von den Wendemarken weiter entfernt war als die Richter und weit draußen herumgondelte. Macht euch doch nichts vor!«

»Und du dir auch nichts«, entgegnete der erste. »Es war das Geld. Solche Brüder haben das Geld ebenso gern wie du und ich. Was er damit hätte machen sollen? Was hätten denn andere drei mit zweitausend Dollar angefangen? Sie hätte sich erst mal einen Haufen neue Kleider gekauft und alle wären in ein anständiges Hotel gezogen und hätten sich mal ein paar Tage gründlich amüsiert. Das hätten sie getan. Aber sie kriegten es nicht, und deshalb hast du recht: was sie tat, war das klügste, das sie tun konnte: wenn was nicht klappt, dann setzt man sich nicht auf die Brieftasche, die sonst den Arsch ausbeulte, und jammert, man versucht sich möglichst schnell einen neuen Pakken zu verschaffen und sucht was, wobei man fix dazu kommt. Ja, sie wollen Geld. Aber schwitzen wollen sie nicht, um was im Strumpf zu haben, wenn's schneit oder einer begraben werden muß. Ich weiß nicht mehr als ihr auch, aber wenn ich wüßte, daß Shumann irgendwo Verwandte hat und ich den Namen der Stadt erführe, nach der sie für sich und ihr Kind Fahrkarten gelöst hat, dann könnte ich euch sagen, wo Shumann sonst wohnte. Und dann möchte ich einen Viertel wetten, daß, wenn wir sie das nächste Mal sehen, das Kind nicht mehr dabei ist. Weshalb? Weil ich das an ihrer Stelle auch täte. Und jeder von euch auch«.

»Nein«, sagte der zweite.

»Soll das heißen, daß du's nicht tätest oder sie?« fragte der erste. Der Reporter saß regungslos da, der Zigarette windloses Aufströmen brach sich an seinem Gesicht. »Ja«, fuhr der erste fort. »Früher haben sie vielleicht nicht gewußt, wer der Vater des Kindes ist, es trug Shumanns Namen, und angesichts des Durcheinanders, in dem sie gelebt haben müssen, spielt es ja gar keine Rolle, wer das Kind zeugte. Aber nun ist Shumann nicht mehr; du fragtest vorhin, an was sie wohl dachte, als er da oben saß und wartete, bis das Wasser ihn verschluckte. Ich will euch sagen, an was sie und der andere dachten: daß sie Shumann jetzt, wo er tot war, nie loswerden würden. Vielleicht betrieben sie die Sache umschichtig: ich weiß das nicht. Aber jetzt könnten sie ihn nicht einmal aus dem Zimmer jagen; da hilft auch kein Lichtausdrehen; und wenn sie wach sind und sich bewegen, dann ist er immer da, sieht sie an aus dem zusammengesetzten Namen Jack Shumann, den das Kind trägt. Bisher hatte der Kerl nur einen Rivalen; jetzt hat er in jedem Atemzug, den das Kind tut, einen Rivalen und wird von jedem umherstreifenden Geist, der seinen Namen nicht nennen will, zum Hahnrei gemacht. Wenn mir jemand sagt, Shumann habe irgendwo Verwandte, dann sage ich euch, wohin sie und das Kind . . .« Der Reporter rührte sich nicht. Ganz still saß er da, während die Stimme mit dem Ton plötzlichen Überganges aufhörte, hörte aus dem anders gewordenen Schweigen heraus die Stimmen, die ihn ansprachen, während er starr dasaß und beobachtete, wie die Hand vorsichtig berechnend die Zigarettenasche abschnippte. »Sie waren doch viel mit ihnen zusammen«, fuhr der erste fort. »Haben Sie denn nie was von einem Verwandten Shumanns oder ihrer selbst gehört?« Der Reporter rührte sich nicht. Er ließ die Stimme die Frage wiederholen; er hob die Zigarette wieder und schnippte wieder die Asche ab, oder was Asche gewesen wäre, wenn sie nicht vor einer Sekunde abgeschnippt worden wäre. Dann kam Leben in ihn; er setzte sich aufrecht, sah sie verwundert, fragend an.

»Was?« fragte er. »Um was handelt es sich? Ich habe nicht zugehört.«

»Haben Sie je erfahren, daß Shumann Verwandte, Mutter, Vater oder so hat?« fragte der erste. Das Gesicht des Reporters änderte sich nicht.

»Nein«, sagte er. »Ich glaube, nein. Ich glaube, sein Monteur hat mir erzählt, er wäre Waise.«

Es war schon zwei Uhr, aber das Auto fuhr schnell, so daß es um halb drei das Terrebonne erreichte. Der Reporter trat ein und lehnte sein hageres, verzweifeltes Gesicht über den Tisch und sprach mit dem Bürogehilfen. »Sie nennen sich aber doch das Hauptquartier des amerikanischen Aero-Clubs?« sagte er. »Sie haben also keinerlei Liste der Beteiligten? Läßt sie der Ausschuß denn so ohne weiteres in ganz New Valois . . .«

»Wen suchen Sie denn?« fragte der Gehilfe.

»Art Jackson. Er ist Kunstflieger.«

»Ich will mal nachsehen, ob ich was finde. Das Rennen war gestern zu Ende.« Der Gehilfe verließ das Schalterfenster. Der Reporter beugte sich hinein, nicht keuchend, vollkommen regungslos, bis der Gehilfe zurückkam.

»Ein Arthur Jackson ist als im Hotel Bienville wohnhaft gemeldet. Aber ob er noch da ist oder . . .« Der Reporter war schon fort, er lief nicht, er ging nur schnell zum Eingang; ein Portier, der mit einem langstieligen Besen den Boden fegte, zog den Besen in dem Augenblick zurück, als der Reporter durch den Stiel hindurchgehen wollte, als wäre er ein Spinnweb. Der Fahrer wußte nicht genau, wo das Bienville lag, aber schließlich fanden sie es – eine Seitenstraße, ein Schild, auf dem man vor allem las: Türkisches Bad, dann ein enger Eingang, ein trüb erleuchteter Korridor mit ein paar Sesseln, ein paar Palmen, vielen Spucknäpfen und einem Tisch, an dem ein nicht uniformierter Neger schlief – ein zweideutiger Ort, der nach schweren Samstagnächten roch, dessen Besucher selten irgendwelches Gepäck hatten; hinter den Windungen seiner trüben und abgetretenen Korridore schienen für alle Ewigkeit die hellen flitterhaften Kimonos allen gekauften weiblichen Fleisches, das je atmete und verkam, in hoffnungslos sehnsüchtigem Verein zu wehen. Der Neger wurde wach; ein Aufzug war nicht vorhanden; auf Grund der ihm von Jiggs gegebenen Beschreibung wurde der Reporter zu dem Zimmer geleitet und klopfte unter zwei geisterhaften Zahlen, die auf der Tür mit vier geisterhaften Nägeln angebracht waren, an, bis die Tür sich öffnete und Jiggs, der jetzt nur ein Hemd trug, ihn mit dem gesunden und dem verletzten Auge anblinzelte. Der Reporter hielt in der Hand das Stück Papier, das an das Geld geheftet gewesen war, das ihm der Springer gegeben hatte. Er selbst blinzelte nicht; er sah Jiggs nur an, verzweifelt, drängend.

»Die Fahrkarten«, sagte er. »Wohin . . .«

»Ach so«, antwortete Jiggs. »Myron. Ohio. Ja, das steht ja auch auf dem Zettel. Rogers Vater. Sie wollen das Kind dort lassen. Ich dachte, Sie wüßten das. Sie sagten doch, sie hätten Jack . . . Ja, Doktor, was ist denn los?« Er öffnete die Tür weiter und streckte die Hand aus, aber der Reporter hatte schon den Türpfosten gefaßt. »Kommen Sie rein und setzen Sie sich ein . . .«

»Myron, Ohio«, sagte der Reporter. Sein Gesicht war wieder die ruhige, abgezehrte Grimasse; mit der andern Hand versuchte er, Jiggs' Hand beiseite zu schieben, selbst dann noch, als Jiggs schon gar nicht mehr versuchte, ihm zu helfen. Er fing an, sich bei Jiggs wegen der Störung zu entschuldigen, sprach durch den dünnen Firnis über seinem verwüsteten, hageren Gesicht, den man in Ermangelung von etwas Besserem Lächeln hätte nennen können.

»Schon alles in Ordnung, Doktor«, sagte Jiggs, der ihn blinzelnd mit einer Art brutalen Interesses beobachtete. »Lieber Gott, sind Sie denn noch nicht zu Bett gewesen? Nun kommen Sie doch rein; ich und Art können zusammenrücken.«

»Ja, ich gehe jetzt.« Er schob sich vorsichtig von der Tür weg, als wollte er versuchen, ob er sein Gleichgewicht wieder hatte, und ließ dann die Tür los. Er fühlte, daß Jiggs ihn beobachtete. »Kam ganz zufällig vorbei. Wollte mich eben verabschieden.« Er sah Jiggs mit jener dünnen, starren Grimasse an, während Jiggs ihn anblinzelte.

»Auf Wiedersehen, Doktor. Sie sollten sich wirklich . . .«

»Und viel Glück. Oder heißt es bei einem Fallschirmspringer glückliche Landung?«

»Hoffentlich klappt's damit«, sagte Jiggs.

»Dann also glückliche Landung.«

»Ja. Danke. Desgleichen, Doktor.« Der Reporter wandte sich zum Gehen. Jiggs sah, wie er mit jener seltsamen leichten, steifen Vorsicht den Korridor hinabging und dann um die Ecke verschwand. Auf der Treppe war das Licht noch trüber als im Korridor, doch glänzten die Messingstreifen, mit denen der Gummibelag der Stufen befestigt war, hell und ruhig in der Mitte, wo die Absätze sie blank getreten hatten. Der Neger schlief schon wieder in dem Sessel neben dem Tisch; er rührte sich nicht, als der Reporter an ihm vorbeiging. Schwankend verließ er das Haus und stieg in das Auto.

»Zurück zum Flughafen«, sagte er. »Sie brauchen sich nicht zu beeilen. Wenn wir nur bei Tagesanbruch dort sind.« Vor Tagesanbruch war er wieder am Strand; aber es dämmerte schon, bevor die andern vier ihn wiedersahen; sie kamen aus der dunklen Erfrischungsbude, gingen wieder durch eine Barrikade aus parkenden Wagen (dieses Mal waren es nicht so viele, weil Montag war) an den Strand hinab. Hier sahen sie ihn. Das Licht im Osten färbte das glatte Wasser blaßrosa, und die Silhouette des Reporters erinnerte an die grobe Weihnachtsstickerei eines kleinen Mädchens, die einen schlafenden Kranich darstellen soll.

»Lieber Gott«, sagte der dritte. »Du glaubst also, er wäre die ganze Zeit über allein hier gewesen?« Aber sie hatten keine Zeit, sich weiter hierüber zu wundern; sie kamen kaum zur rechten Zeit; sie hörten das Flugzeug starten, bevor sie den Strand erreichten, und sahen, wie es seine Kreise zog; dann kam es, wie sie annahmen, in Position, das Geknatter des Motors erstarrte für kurze Zeit, ertönte dann wieder, und das Flugzeug flog weiter; das war alles. Sie sahen nichts aus ihm hinabfallen, sie sahen nur drei Möwen, die plötzlich aus dem Nirgendwoher kamen, dahinglitten, sich drehten und über einer Stelle des Wassers, die etwas entfernt lag, schrien und kreischten wie rostige Fensterläden im Wind. »Wenn's mehr nicht ist«, sagte der dritte; »wollen wir lieber in die Stadt zurück.« Wieder nannte der vierte den Namen des Reporters.

»Sollen wir auf ihn warten?« fragte er. Sie sahen sich um, aber der Reporter war verschwunden.

»Wahrscheinlich hat ihn jemand im Auto mitgenommen«, meinte der dritte. »Los. Wir wollen gehen.«

Als der Reporter an der Ecke der Saint Jules Avenue aus dem Auto stieg, schlug es auf der Uhr jenseits des Restaurantfensters acht. Er sah nicht auf die Uhr; er sah augenblicklich nach nichts, er zitterte langsam und dauernd. Wieder ging ein heller, strahlender Tag auf; Sonnenlicht, Straßen und Mauern strahlten die frische energische Nüchternheit eines Montagmorgens aus. Aber auch hierauf achtete er nicht. Er achtete auf nichts. Als er zu sehen anfing, war es, als tauchten die Buchstaben einer nach dem andern langsam aus dem hinteren Teil seines Schädels auf – die breite Seite unter einem rostigen Hufeisen, dankbares Staunen, das Montagsschlagzeilen mit sich bringen, als erführe man, daß der Onkel, von dem man glaubt, er sei vor zwei Jahren beim Brande eines Armenhauses ums Leben gekommen, gestern in Tucson, Arizona, gestorben sei und einem fünfhundert Dollar hinterlassen habe.

Fliegerleiche bleibt im Seegrab.

Dann sah er auch das nicht mehr. Er hatte sich nicht gerührt; seine Pupillen wiederholten wohl die Seite in umgekehrter Verkleinerung, aber er sah sie überhaupt nicht, zitterte ruhig und dauernd in der warmen hellen Sonne, bis er sich umdrehte und mit einem Ausdruck ruhiger und nachdenklicher Verzweiflung in das Fenster starrte – die Nichtfliegen oder Fliegen, die beiden Pampelmusenhälften, die gedruckten Namen von Nahrungsmitteln, wie die gedruckten Stationen in einem Fahrplan, die wie ein Familienbild auf einem Ständer standen – und empfand nicht nur jenen tiefen und unerschütterlichen Widerwillen, sondern eine vollständige Weigerung seines ganzen Organismus. »Ja«, sagte er, »wenn ich nicht essen will, will ich zu Joe gehen.« Es war nicht weit; nur eine Straße und durch eine vergitterte Tür – einer jener Orte, an denen die Vereinigten Staaten fünfzehn Jahre lang den Verkauf von Whisky zu verhindern und seit einem Jahre zu fördern versucht hatten. Der Portier ließ ihn herein, schenkte ihm in der leeren Bar ein Glas voll und lockerte dann den Kork einer anderen Flasche. »Ja«, sagte der Reporter. »Einen ganzen Tag lang keinen Tropfen. Können Sie sich das vorstellen?«

»Von Ihnen nicht«, antwortete der Portier.

»Ich auch nicht. Es hat mich wirklich überrascht. Es überraschte mich ganz gewaltig, bis ich merkte, daß es zwei andere waren. Verstanden?« Er lachte; aber nicht laut; auch als der Portier ihn stützte, ihn beim Namen, ihn wie Leonora Mister nannte und sagte:

»Los doch, versuchen Sie doch, aufzuhören«, schien das Lachen nicht lauter zu klingen.

»Schon vorbei«, sagte der Reporter. »Ich wette ein Flugzeug, daß noch niemand das so schnell überwunden hat.«

»Okay«, entgegnete der Portier. »Fahren Sie für das Geld lieber nach Hause.«

»Hause? Von da komme ich ja gerade. Ich will jetzt arbeiten. Mir geht's okay. Geben Sie mir noch ein Stößchen und bringen Sie mich bis an die Tür, und dann ist alles in Ordnung. In Ordnung, verstanden? Irrtümlicherweise erfuhr ich dann, daß es zwei andere waren...« Er unterbrach sich dieses Mal selbst; er hielt sich ganz ruhig, während der Portier das zweite Glas eingoß und es ihm brachte. Er hatte sich jetzt ganz in der Hand; er fühlte überhaupt nichts: nur das Getränk, das langsam in ihn hineinfloß, feurig, tot und kalt. Bald würde er nun nicht mehr zittern, und bald zitterte er auch nicht mehr; er ging jetzt durch den hellen, sauberen Morgen und hatte nichts mehr, womit er hätte zittern können. »Jetzt fühle ich mich wohler«, sagte er. Dann sagte er schnell: »Lieber Gott, ich fühle mich besser. Ich fühle mich. Ich fühle mich!« bis er auch das aufgab und ruhig, mit tragischer und passiver Hellsichtigkeit sagte, wobei er auf die vertraute Wand, die vertraute Doppeltür blickte, durch die er gleich gehen wollte: »Etwas wird sich ereignen. Ich habe mich zu weit gedehnt und bin zu dünn geworden; etwas muß nun zerreißen.«

Er stieg die stillen Treppen hinauf; im leeren Korridor trank er aus der Flasche, aber dieses Mal war es nur kalt und schmeckte wie Wasser. Als er das leere Redaktionsbüro betrat, fiel ihm ein, daß er hier gerade so gut hätte trinken können; er nahm wieder einen Schluck. »Ich sehe so wenig«, sagte er. »Ich kenne mich hier noch nicht aus.« Aber diese neue Welt war leer oder doch verhältnismäßig leer, denn immer noch sauste er senkrecht ohne Steuer oder Flossen in die Tiefe, sah auf das von Menschen gefüllte Stück Erde und den leeren See und faßte dann seinen Entschluß, und nun steht das Baggerboot seit zwanzig Stunden über ihm, und er liegt nun da und starrt hinauf zu dem Kranz, der sich auflöst, leicht schwankt und von den Möwen bestaunt wird, und er versucht zu erklären, daß er es nicht wußte. »Das habe ich nicht gedacht«, schrie er. »Ich dachte, sie gingen alle. Ich weiß nicht wohin, aber ich dachte, daß sie alle drei, daß vielleicht die hundertfünfundsiebzig Dollar genügten, bis Holmes ... und daß er dann groß genug wäre und ich dort sein würde, vielleicht sähe ich sie zuerst, und sie hätte sich nicht verändert, obwohl er jetzt um die Wendemarke flog, und auch ich hätte mich nicht verändert, wenn ich auch zweiundvierzig statt achtundzwanzig wäre, und er käme dann zurück, und wir gingen ihm entgegen, und vielleicht hielt sie dann meinen Arm, und er sähe uns über den Rand des Führersitzes her an, und sie sagte: ›Es ist der von damals in New Valois. Der dir immer Eis kaufte.‹«

Dann mußte er schnell wieder trinken, sagte: »Einen Augenblick. Genug jetzt. Hör auf!«, bis er aufhörte, groß, ein wenig gebeugt; leicht bewegte er den Mund, als schmeckte er, blinzelte jetzt schnell und riß dann die Augen weit auf, wie jemand, der einen Wagen steuert, versucht, sich mit Gewalt wachzuhalten; wieder schmeckte es wie ebensoviel totes, eisiges Wasser, kalt und schwer und leblos lag es in seinem Magen; als er sich bewegte, seinen Rock auszog und über die Stuhllehne hängte, sich setzte und ein Blatt gelbes Papier in die Maschine spannte, hörte und fühlte er es schwer und tot in seinem Innern. Er fühlte seine Finger auf den Tasten nicht: er sah, wie sich auf dem kriechenden Gelb die Buchstaben aus dünner Luft formten, schwarz, scharf und schnell.

Während der Nacht schlief der kleine Junge auf der Bank der Frau und dem Fallschirmspringer gegenüber, das Spielzeug preßte er gegen die Brust; als es hell wurde, fuhr der Zug durch Schnee. Bei Schneetreiben stiegen sie um, und als gegen Mitte des Nachmittags der Schaffner den Namen der Stadt rief und die Frau ans Fenster trat und den Namen auf dem kleinen

Bahnhof las, schneite es immer noch. Sie stiegen aus, gingen über den Bahnsteig, zwischen Milchkannen und Geflügelkisten her, und betraten den Warteraum, in dem ein Gepäckträger Kohlen in einen Ofen tat. »Können wir wohl ein Auto bekommen?« fragte ihn der Springer.

»Draußen steht eins«, antwortete der Gepäckträger. »Ich sage eben Bescheid.«

»Danke«, sagte der Springer. Der Springer sah die Frau an; sie knöpfte den Trenchcoat zu. »Ich warte hier«, sagte er.

»Ja«, erwiderte sie. »Ich weiß nicht, wie . . .«

»Ich warte. Hier bin ich am besten aufgehoben.«

»Kommt er denn nicht mit?« fragte der kleine Junge die Frau. Er sah dabei den Springer an; das Spielzeug hielt er jetzt unter dem Arm. »Will er denn nicht Rogers Vater besuchen?«

»Nein«, antwortete die Frau. »Verabschiede dich jetzt von ihm.«

»Verabschieden?« wiederholte der Junge. Er blickte von der einen zum andern. »Kommen wir denn nicht zurück?« Er sah wieder von der einen zum andern. »Ich bleibe hier bei ihm, bis du zurückkommst. Ich besuche Rogers Vater ein anderes Mal.«

»Nein«, sagte die Frau. »Komm.« Der Junge sah die beiden wieder an. Plötzlich sagte der Springer:

»Also bis gleich, mein Junge. Ich sehe dich noch.«

»Wartest du auch? Du gehst doch nicht fort?«

»Nein. Ich warte. Du und Laverne müßt jetzt gehen.« Der Gepäckträger kam herein.

»Der Mann wartet draußen«, sagte er.

»Der Wagen wartet«, sagte die Frau. »Verabschiede dich von Jack.«

»Okay«, sagte der Junge. »Du wartest also auf uns. Wenn wir zurück sind, wollen wir essen.«

»Ja, gewiß«, entgegnete der Springer. Plötzlich stellte er den Koffer hin, bückte sich und nahm den Jungen hoch.

»Nein«, sagte die Frau; »du wartest hier . . .« Aber der Springer ging weiter, trug den kleinen Jungen, schwang sein steifes Bein voran. Die Frau folgte ihm in den Schnee hinaus. Das Auto war ein kleiner Tourenwagen mit einem beschriebenen Schild auf der Windscheibe und einer Decke über dem

Kühler; der Fahrer hatte einen struppigen angegrauten Schnurrbart. Er öffnete die Tür; der Springer hob den Jungen in den Wagen und trat dann zurück; er half der Frau beim Einsteigen und lehnte sich dann durch das Fenster in den Wagen; sein Gesicht zeigte jetzt einen Ausdruck, den jeder, der kürzlich den Reporter öfters sah, wieder erkannt hätte – die leichte Grimasse (in diesem Augenblick war sie auch etwas wild), die man in Ermangelung eines Besseren Lächeln hätte nennen können.

»Bis gleich, mein Junge«, sagte er. »Nun sei lieb.«

»Okay«, antwortete der Junge. »Unterdessen kannst du schon mal nachsehen, wo wir nachher essen.«

»Okay«, sagte der Springer.

»Wir wollen fahren«, sagte die Frau. Der Wagen setzte sich in Bewegung; er ließ den Bahnhof links liegen; die Frau beugte sich immer noch vor. »Wissen Sie, wo Dr. Carl Shumann wohnt?« fragte sie. Einen Augenblick lang bewegte sich der Fahrer nicht. Der Wagen fuhr weiter, fuhr schneller, der Fahrer hatte nur das Steuer zu halten. Und doch schien er während dieses Augenblicks in jener Art augenblicklicher Regungslosigkeit gefangen zu sein, die Mensch oder Tier befällt, wenn plötzlich ein Licht aus der Dunkelheit aufblitzt. Dann war sie vorbei.

»Dr. Shumann? Gewiß. Wollen Sie denn zu ihm?«

»Ja«, antwortete die Frau. Es war nicht weit. Die Stadt war nicht groß; es kam der Frau so vor, als habe der Wagen sofort gehalten, und als sie durch den fallenden Schnee sah, erblickte sie eine Art Zenotaph, erbärmlich, ohne Majestät und Würde, von hilfloser siegreicher Trostlosigkeit – ein Bungalow, eine dichte morsche Masse von Stufen und Torwegen und flachen Giebeln und Fenstern; es war noch keine fünf Jahre alt und in jenem bunten Lehm- und Drahtstil erbaut, mit dem die kalifornische Filme Nordamerika verseucht haben, als wären Filme Bazillenträger. Es war also noch keine fünf Jahre alt, und doch zeigte es überall Spuren des Verfalls und der Verwesung, etwas Wildes und Neues, als wäre sofortiger Verfall in den Blaupausen des Architekten vorgesehen, als wäre er ein Teil des Holzes, des Gipses und des Sandes, aus denen es pilzartig aufschoß. Dann merkte sie, daß der Fahrer sie ansah.

»Wir sind da«, sagte er. »Vielleicht meinten Sie seine frühere Wohnung? Kennen Sie ihn denn?«

»Nein«, antwortete die Frau. »Hier ist es schon richtig.« Er machte keinerlei Anstalt, die Tür zu öffnen; er saß halb umgewandt da und sah zu, wie sie sich mit dem Türgriff abmühte.

»Früher hatte er ein großes altes Haus draußen auf dem Lande; vor einigen Jahren hat er es verloren. Sein Sohn wurde Flieger, und er verpfändete den Besitz, um seinem Sohn eine Flugmaschine zu kaufen, und dann flog der Sohn die Maschine kaputt, und der Doktor mußte auf den Besitz neues Geld aufnehmen, damit die Maschine wieder in Ordnung gebracht werden konnte. Ich glaube, der Junge wollte es ihm zurückgeben, aber vielleicht kam er nie so weit. So verlor er das alte Haus und baute dann dieses. Vielleicht gefällt es ihm gerade so gut; Frauen wohnen meist gern in der Nähe der Stadt . . .« Sie hatte jetzt die Tür geöffnet und stieg mit dem Jungen aus.

»Können Sie warten?« fragte sie. »Ich weiß nicht, wie lange es dauert. Ich bezahle Ihnen natürlich die Zeit, die Sie warten.«

»Gewiß«, antwortete er. »Das ist doch mein Geschäft. Was Sie mit dem Wagen machen, solange Sie ihn gemietet haben, ist Ihre und nicht meine Sache.« Er sah, wie sie durch das Tor und über den schmalen Betonpfad im Schnee gingen. »Das also ist sie«, dachte er. »Wie ne Witwe sieht sie kaum aus. Aber sie soll ja auch nie eine richtige Ehefrau gewesen sein.« Auf dem Sitz neben ihm lag eine Decke, eine zweite Pferdedecke. Er wickelte sich in sie, was ganz vernünftig war, denn es war dunkel geworden und der Schnee trieb und wirbelte, was er in dem trichterförmig nach unten geworfenen Licht einer Straßenlaterne, die in der Nähe stand, besonders gut erkannte. Dann öffnete sich die Tür, und gegen das Licht erkannte er die Silhouette des Trenchcoat und dann die des Dr. Shumann. Sie traten ins Freie, und die Tür schloß sich wieder hinter ihnen. Er warf die Decke ab und ließ den Motor an. Aber schon bald stellte er ihn wieder ab und zog die Decke wieder um sich. Es war nun so dunkel und der Schnee fiel so dicht, daß er die beiden Menschen auf den Stufen vor dem Hauseingang nicht mehr sehen konnte.

»Wollen Sie denn so von ihm gehen?« fragte Dr. Shumann. »Wollen Sie ihn schlafen lassen und einfach fortgehn?«

»Haben Sie einen besseren Vorschlag?« entgegnete sie.

»Nein, das ist wahr.« Er sprach laut, zu laut. »Wir wollen alles klarstellen. Sie lassen ihn aus freien Stücken hier; wir geben ihm ein Heim bis zu unserm Tode; so ist es also abgemacht.«

»Ja. Damit erklärte ich mich schon im Hause einverstanden«, sagte sie geduldig.

»Nein; wir wollen ganz klar sein. Ich ...« Er sprach seltsam laut und hastig, als ginge sie fort, als wäre sie schon ein Stück von ihm entfernt. »Wir sind alt; Sie können noch nicht verstehen, daß einmal ein Zeitpunkt kommt, an dem man nur soviel und nicht mehr ertragen kann; daß nur das eine noch des Ertragens wert ist; daß man nicht nur nicht kann, sondern auch nicht will; daß nur eins Wert hat: Friede, Friede, Friede, selbst wenn er mit Verlust und Kummer verbunden ist – eins, nur eins! Wir haben diesen Zeitpunkt erreicht. Als Sie damals mit Roger vor der Geburt des Jungen hierher kamen, sprachen wir beide miteinander, ich sprach damals anders. Es war damals auch anders; Sie sagten mir damals, Sie wüßten nicht, ob Roger der Vater Ihres ungeborenen Kindes sei oder nicht, daß Sie das nie wissen würden, und ich sagte zu Ihnen, erinnern Sie sich? Ich sagte: ›Dann machen Sie doch Roger von jetzt an zu seinem Vater.‹ Und Sie sagten mir die Wahrheit, daß Sie es nicht versprechen wollten, daß Sie schlecht auf die Welt gekommen seien und nichts daran ändern könnten oder auch gar nicht daran dächten, eine Änderung zu versuchen; und ich sagte zu Ihnen, niemand käme als guter oder schlechter Mensch auf die Welt, daß kein Mensch nur das tun kann, was er tun muß. Erinnern Sie sich? Damals war das meine Meinung. Aber damals war ich noch jünger. Und jetzt bin ich alt. Und jetzt kann ich nicht – kann ich nicht ... kann ...«

»Ich weiß. Wenn ich ihn bei Ihnen lasse, dann darf ich, solange Sie und Ihre Frau leben, nie versuchen, ihn wiederzusehen.«

»Ja. Ich muß das verlangen; ich kann nicht anders. Ich will jetzt nur Ruhe. Ich will keine Gerechtigkeit, ich will kein Glück. Ich will nur Ruhe. Wir leben ja nicht mehr lange und dann ...«

Sie lachte, kurz, freudlos, rührte sich nicht. »Und dann hat er mich vergessen.«

»Diese Gefahr laufen Sie. Aber denken Sie daran!« rief er, »denken Sie daran! Ich verlange das nicht. Ich habe nicht von Ihnen verlangt, ihn zu verlassen, ihn zu uns zu bringen. Sie können ihn jetzt wecken und mitnehmen. Wenn Sie das nicht tun, wenn Sie ihn hier lassen, diesem Hause den Rücken wenden und fortgehen ... Überlegen Sie es sich genau. Wenn Sie wollen, nehmen Sie ihn heute abend mit ins Hotel oder sonstwohin, überlegen Sie es sich, entschließen Sie sich und bringen Sie ihn morgen wieder oder kommen Sie und sagen Sie mir, zu welchem Entschluß Sie gekommen sind.«

»Ich habe bereits meinen Entschluß gefaßt«, sagte sie.

»Daß Sie ihn aus freien Stücken hier lassen. Daß wir ihm ein Heim geben, ihm die Sorge und Liebe angedeihen lassen, auf die er sowohl als hilfloses Kind als auch als unser En ... Anspruch hat, und daß Sie hierfür keinerlei Versuch unternehmen, ihn zu unsern Lebzeiten zu sehen oder mit ihm in Verbindung zu treten. Sind Sie damit einverstanden? Überlegen Sie es sich gut.«

»Ja«, sagte sie. »Ich muß so handeln.«

»Von Müssen ist keine Rede. Sie können ihn jetzt mitnehmen; was sich heute abend hier ereignet hat, braucht einfach nicht gewesen zu sein. Sie sind seine Mutter; ich glaube immer noch, daß jede Mutter besser, besser ist als ... Weshalb müssen Sie denn?«

»Weil ich nicht weiß, ob ich ihn ernähren und kleiden und ihn pflegen kann, wenn er krank ist«, antwortete sie. »Können Sie das verstehen?«

»Ja, daß dieser – Ihr – dieser andere Mann in seinem Beruf nicht so viel verdient wie Roger in seinem. Aber Sie sagten mir doch, daß Roger nicht immer genug für vier zusammen verdiente: und trotzdem dachten Sie zu Rogers Lebzeiten nie daran, uns den Jungen zu überlassen. Und jetzt, wo einer weniger zu ernähren ist, wollen Sie mir ...«

»Ich will es Ihnen genauer erklären, wenn Sie mir noch einen Augenblick zuhören wollen«, sagte sie. »Ich bekomme ein Kind.« Jetzt sagte er nichts mehr; sein unvollendeter Satz schien zwischen ihnen zu schweben. Sie standen sich gegenüber, doch sahen sie sich nicht: nur zwei undeutliche Gestalten, auf die und zwischen die der Schnee herabfiel. Sie stand mit dem

Rücken nach der Straßenlaterne und konnte ihn besser sehen als er sie. Nach einer Weile sagte er ruhig:

»Ich verstehe. Ja. Und Sie wissen, daß dieses andere Kind . . .«

»Nicht von Roger ist. Ja. Roger und ich waren . . . Aber einerlei. Dieses Mal weiß ich es genau. Roger und ich wissen es beide. Deshalb brauchten wir Geld, und das wollte Roger bei diesem Rennen schaffen. Der Kahn, in dem er am ersten Tag den Preis gewann, war zu langsam, veraltet. Mehr konnten wir nicht herausholen, und er holte sie bei den Wendemarken ein, schlug sie, weil er die Wendemarken enger umflog, als die andern es für das wenige Geld wagten. Am Samstag konnte er dann einen Kahn fliegen, der gefährlich war, aber dabei hatte er die Aussicht, in diesem Rennen zweitausend Dollar zu gewinnen. Das hätte uns auf die Beine geholfen. Aber der Kahn brach in der Luft auseinander. Vielleicht hätte ich ihn hindern können. Ich weiß es nicht. Vielleicht hätte ich das gekonnt. Aber ich tat es nicht. Ich versuchte es nicht einmal. So haben wir denn dieses Geld nicht bekommen und den größten Teil des Gewinns vom ersten Tage haben wir für den Transport der Leiche, sobald sie gefunden wird, drüben gelassen.«

»Ah!« sagte Dr. Shumann. »Ich verstehe. Ja. Auf diese Weise geben Sie uns die Möglichkeit – die Gelegenheit . . .« Plötzlich rief er: »Wenn ich nur wüßte, daß er Rogers Sohn ist. Wenn ich das nur wüßte. Können Sie mir das nicht sagen? Können Sie mir kein Zeichen, kein kleines Zeichen geben? Irgendein kleines Zeichen?« Sie rührte sich nicht. Durch den Schnee fiel das Licht über ihre Schulter, und sie sah ihn ein wenig . . . ein kleiner magerer Mann mit unordentlichem, dünnem, eisgrauem Haar, in dem der Schnee flüsterte; er wandte das Gesicht zur Seite und hielt seine Hand nicht gerade vor das Gesicht, aber zwischen das seine und das ihre. Nach einer Weile sagte sie:

»Vielleicht überlegen Sie sich das alles noch einmal. Um zu einem Entschluß zu kommen.« Sie konnte jetzt sein Gesicht nicht sehen, nur die erhobene Hand; es sah aus, als spräche sie zu der Hand: »Angenommen, ich wartete bis morgen im Hotel, dann . . .« Die Hand bewegte sich, eine schwache Bewegung vom Handgelenk aus, als versuchte sie, ihre Stimme beiseite zu schieben. Aber sie wiederholte noch einmal, als spräche sie für eine Platte: »Sie meinen also, daß ich nicht warten soll?« Aber nur die Hand bewegte sich wieder, gab Antwort. Sie wandte sich ruhig um und ging die Stufen hinunter, tastete nach jeder Stufe unter dem Schnee, ging über den Pfad und verschwand dann langsam in das müde Spiel des Schnees. Sie sah sich nicht um. Dr. Shumann beobachtete sie nicht. Er hörte, wie der Motor des Wagens angelassen wurde; er wandte sich um und ging ins Haus, tastete einen Augenblick lang an der Tür herum, bevor er den Drücker fand, und trat dann ein; sein Haar und seine Schultern (er war in Hemdsärmeln) waren mit Schnee bepudert. Er ging durch die Diele; seine Frau, die in dem dunklen Zimmer neben dem Bett saß, in dem der Junge schlief, hörte, wie er gegen etwas in der Diele stieß, und sah ihn dann in der Tür erscheinen. Dunkel hob er sich ab gegen die erleuchtete Diele, er lehnte sich leicht gegen den Türrahmen, das Licht glitzerte in dem schmelzenden Schnee in seinem unordentlichen Haar.

»Wenn wir doch nur ein Zeichen hätten«, sagte er. Er taumelte fast in das Zimmer. Sie stand auf und näherte sich ihm, aber er schob sie beiseite und ging weiter: »Laß mich«, sagte er.

»Psst!« machte sie. »Wecke ihn nicht auf. Komm jetzt und iß erst mal was.«

»Laß mich in Ruh«, sagte er und schob jetzt mit der Hand gegen die leere Luft, denn sie war zurückgetreten und sah, wie er sich dem Bett näherte, an dessen Fußende er umhertastete. Seine Stimme klang noch ganz ruhig. »Geh«, sagte er. »Laß mich allein. Geh raus und laß mich allein.«

»Nun komm doch, iß etwas und lege dich schlafen.«

»Geh. Mehr will ich nicht.« Sie gehorchte; er stand da, hielt sich fest am Fußende des Bettes und hörte, wie ihre Schritte sich langsam durch die Diele bewegten; dann war alles still. Jetzt kam Bewegung in ihn; er suchte, bis er die Leitung, die Birne fand und drehte sie an. Der kleine Junge fuhr zusammen, wandte das Gesicht vom Licht fort. Sein Nachtgewand war ein Männerhemd, ein altmodisches Stück, mit früher harter Brust, die aber längst vom vielen Waschen weich geworden war; am Hals war es mit einer goldenen Brosche zusammengesteckt, und die Ärmel waren erst kürzlich an den Manschetten abgeschnitten worden. Neben ihm auf dem Kissen lag das Kinderflugzeug. Plötzlich bückte sich Dr. Shumann, ergriff den Jungen bei der Schulter und begann ihn zu rütteln. Das Kinderflugzeug glitt von dem Kissen hinab; mit der andern Hand warf Dr. Shumann es auf den Fußboden, während er immer noch den kleinen Jungen rüttelte. »Roger«, sagte er, »wache auf. Wache auf, Roger.« Der Junge wurde wach; ohne sich zu rühren blinzelte er in das Gesicht des Mannes, das sich über ihn neigte.

»Laverne«, sagte er. »Jack. Wo ist Laverne? Wo bin ich?«

»Laverne ist fort«, sagte Dr. Shumann, der den Jungen immer noch rüttelte, als habe er vergessen, seinen Muskeln Einhalt zu gebieten. »Du bist zu Hause, aber Laverne ist fort. Fort, sage ich dir. Du willst doch nicht anfangen zu weinen, was?« Der Junge blinzelte zu ihm hinauf, dann drehte er sich um und faßte auf das Kissen neben sich.

»Wo ist meine neue Maschine?« sagte er. »Wo ist mein Kahn?«

»Dein Kahn?« sagte Dr. Shumann. »Dein Kahn, was?« Er bückte sich und ergriff das Spielzeug. Sein Gesicht verzerrte sich zu einer Grimasse zwergenhafter Wut, dann wirbelte er das Spielzeug durch die Luft und knallte es gegen die Wand. Der Junge sah, wie er in manischer Wut darauf herumzutrampeln begann. Der kleine Junge äußerte einen einzigen scharfen Laut: dann stützte er sich schweigend auf einen Ellbogen und beobachtete mit scheinbar neugierigen interessierten Augen, wie der alte schäbige wildhaarige Mann auf der formlosen Masse aus blauem und gelbem Blech in manischer Spaßhaftigkeit herumsprang. Dann sah er, wie er aufhörte, sich bückte, das ruinierte Spielzeug in die Hand nahm und augenscheinlich versuchen wollte, es in Stücke zu zerreißen. Seine Frau, die im Wohnzimmer neben dem Ofen saß, hörte sein Getrampel durch die morschen Wände und fühlte, wie der Boden bebte; dann hörte sie, wie er schnell durch die Diele kam. Sie war klein – eine verwelkte Frau mit welken Augen und einem ruhigen verwelkten Gesicht; sie saß in dem muffigen Zimmer, in dem ein abgetragenes Sofa, dunkelgebeizte Eichenstühle und ein ebensolcher drehbarer Bücherständer mit sauber geordneten alten medizinischen Büchern standen, von deren Rücken die eingepreßten Goldtitel schon längst verschwunden waren. Es enthielt außerdem einen Tisch mit vielen medizinischen Zeitschriften, auf denen augenblicklich eine dicke Mütze mit Ohrenwärmern, ein Paar Fausthandschuhe und eine kleine abgenutzte Tasche lagen. Die Frau rührte sich nicht; sie saß da, sah nach der Tür, durch die Dr. Shumann, der eine Hand ausstreckte, jetzt hereinkam; sie rührte sich immer noch nicht: ganz ruhig sah sie auf das viele Geld. »Das war in dem Flugzeug«, sagte er. »Er mußte sogar sein Geld vor ihr verstecken.«

»Nein«, entgegnete die Frau, »sie versteckte es vor ihm.«

»Nein«, schrie er. »Er versteckte es vor ihr. Für den Jungen. Glaubst du denn, eine Frau würde Geld oder sonst was verstecken und dann vergessen, wo sie es versteckte. Und wie sollte sie denn wohl an hundertfünfundsiebzig Dollar kommen?«

»Ja«, erwiderte die Frau; die welken Augen füllten sich mit unmeßbarer und unerbittlicher Unversöhnlichkeit; »wie kam sie wohl an hundertfünfundsiebzig Dollar, die sie vor beiden in einem Kinderspielzeug verstecken muß?« Er sah sie einen langen Augenblick an.

»Ach so«, sagte er. Er sagte es ganz ruhig: »Natürlich, selbstverständlich.« Dann rief er: »Aber einerlei. Das ist jetzt ganz einerlei.« Er bückte sich, riß die Ofentür auf und schloß sie wieder; sie rührte sich nicht, auch dann nicht, als sie an ihm in dem Augenblick, als er sich bückte, vorbei sah und in der Tür den kleinen Jungen in dem Männerhemd erkannte, der zu ihnen hinblickte. Mit der einen Hand preßte er die zertretene Masse seines Spielzeugs gegen die Brust, während er mit der andern seine Kleider hielt. Die Mütze hatte er schon auf dem Kopf. Dr. Shumann hatte ihn noch nicht gesehen; er richtete sich aus seiner gebückten Stellung vor dem Ofen auf; es war natürlich der Luftzug, der beim Öffnen und Schließen der Tür entstand, aber es sah so aus, als sause das Geld aus eigener Kraft in Flammen und Feuer und mit dumpfem Brüllen die Ofenröhre hinauf ins Nichts. Dr. Shumann sah auf sie hinab: »Es ist unser Junge«, sagte er. Dann schrie er: »Es ist unser Junge, das sage ich dir.« Dann brach er zusammen; es sah so aus, als bräche er plötzlich, wenn auch nicht schwer, er war ja klein und mager, neben ihrem Stuhl in die Knie. Sein Kopf lag in ihrem Schoß, er weinte.

Als sich an diesem Abend das Redaktionsbüro zu füllen begann, fiel einem Lehrjungen der umgekehrte Papierkorb neben dem Tisch des Reporters und die erstaunliche Menge des wild zerknüllten und zerrissenen Papiers auf, das den Fußboden in der Nähe des Tisches bedeckte. Der Lehrjunge war ein heller Bursche, der kurz vor dem Abschlußexamen der High School stand; er hatte nicht nur Ehrgeiz, sondern auch Phantasie. Er hob alle Blätter, die ganzen und die zerrissenen, vom Fußboden auf, leerte den Papierkorb, setzte sich an den Tisch des Reporters und begann, sie zu sortieren; er sonderte aus, paßte zusammen und nahm dann schließlich seine Zuflucht zum Leimtopf. Dann betrachtete er mit aufgeregten, frohlockenden und triumphierenden Augen, was er gerettet und wieder in Ordnung und Zusammenhang gebracht hatte – Sätze und Abschnitte, die seiner Ansicht nach nicht nur Neuigkeiten brachten, sondern den Anfang wahrer Literatur darstellten:

»Am Donnerstag flog Roger Shumann ein Rennen gegen vier Gegner und gewann. Am Samstag hatte er nur einen Gegner. Aber dieser Gegner war der Tod, und Roger Shumann verlor. Und so flog denn heute ein einsames Flugzeug auf den Schwingen der Dämmerung hinaus auf den See und umkreiste die Stelle, wo Roger Shumann die letzte bunte Flagge erhielt, und verschwand wieder in der Dämmerung, aus der es gekommen war.

So nahmen zwei Freunde Abschied von ihm. Zwei Freunde und zwei Gegner zugleich, mit denen er sich in ehrlichem Kampf gemessen und die er im einsamen Himmelsraum besiegt hatte, aus dem er in die Tiefe stürzte. Sie warfen einen einfachen Kranz ab, der seine letzte Wendemarke bezeichnen soll.«

Soweit der Text. Aber dem Jungen genügte er noch nicht. »Vielleicht läßt Hagood mich ihn zu Ende schreiben«, flüsterte er und ging auf den Tisch zu, an dem Hagood, den der Junge nicht hatte eintreten sehen, saß. Hagood hatte sich gerade gesetzt; der Junge blieb zögernd, mit offenem Munde hinter Hagood stehen. Dann wurde er starr vor Staunen, denn auf Hagoods Tisch lag unter einer leeren Whiskyflasche ein anderes Blatt, das Hagood und der Junge zusammen lasen.

»Gegen Mitte der vergangenen Nacht wurde die Suche nach der Leiche Roger Shumanns, des Rennfliegers, der am Samstagnachmittag in den See stürzte, endgültig von einem dreisitzigen Doppeldecker von ungefähr achtzig Pferdekräften aufgegeben, dem es gelang, auf den See hinauszufliegen und zurückzukehren, ohne dabei auseinanderzufallen, und einen Blumenkranz ungefähr dreiviertel Meile von der Stelle entfernt abzuwerfen, an der nach allgemeiner Annahme Shumann liegt, denn es waren Präzisions-Flieger, und als solche verfehlten sie wenigstens nicht den See. Mrs. Shumann ist mit ihrem Mann und ihren Kindern nach Ohio gefahren, wo ihr sechsjähriger Sohn vorläufig bei seinen Großeltern bleibt und wohin alle oder jeder, die oder der Roger Shumann oder etwas von ihm finden oder findet, gebeten werden, ihren Fund zu schicken.«

Und darunter in wilder Bleistiftschrift: *Vermutlich wollen Sie Saukerl es so haben und jetzt gehe ich in die Amboise Street und besaufe mich und wenn Sie nicht wissen wo die Amboise Street liegt dann bitten Sie Ihren Sohn es Ihnen zu sagen und wenn Sie nicht wissen was besoffen sein ist dann kommen Sie mal hin und betrachten Sie mich und wenn Sie kommen bringen Sie Geld mit denn ich saufe auf Kredit*

William Faulkner
Werkausgabe im Diogenes Verlag

Diogenes Taschenbücher

Diogenes Kinder Taschenbücher